순응주의자

Il Conformista
Alberto Moravia

1951 First edition published under Bompiani imprint
2019 First edition published as Giunti Editore S.p.A.
www.giunti.it
www.bompiani.it

대산세계문학총서
168

순응주의자

Il Conformista

알베르토 모라비아 정란기 옮김

문학과지성사

대산세계문학총서 168

순응주의자

지은이 알베르토 모라비아
옮긴이 정란기
펴낸이 이광호
편집 김은주 박솔뫼
펴낸곳 ㈜문학과지성사
등록번호 제1993-000098호
주소 04034 서울 마포구 잔다리로7길 18(서교동 377-20)
전화 02) 338-7224
팩스 02) 323-4180(편집) 02) 338-7221(영업)
전자우편 moonji@moonji.com
홈페이지 www.moonji.com

제1판 제1쇄 2021년 9월 13일

ISBN 978-89-320-3897-1 04880
ISBN 978-89-320-1246-9(세트)

이 책은 대산문화재단의 외국문학 번역지원사업을 통해 발간되었습니다.
대산문화재단은 大山 愼鏞虎 선생의 뜻에 따라 교보생명의 출연으로 창립되어
우리 문학의 창달과 세계화를 위해 다양한 공익문화사업을 펼치고 있습니다.

차례

일러두기

1. 이 책은 Alberto Moravia의 *Il Conformista*(Milano: Bompiani, 1994)를 우리말로 옮긴 것이다.
2. 본문의 주는 모두 옮긴이의 것이다.

프롤로그

1

어린 시절 마르첼로는 눈에 띄는 모든 사물에 매료돼 있었다. 아마도 엄격하다기보다는 무관심한 집안 분위기에서, 부모가 그의 소유욕을 만족시켜주지 않았거나 그럴 생각조차 하지 않았기 때문일 것이다. 아니면 더 깊은 곳에 숨어 명확하게 드러나지 않았던 또 다른 본능이 그 안에서 탐욕의 가면을 쓰고 있는지도 몰랐다. 그는 뭐든 갖고 싶다는 끊임없는 열망을 주체할 수 없었다. 지우개 달린 연필, 그림책, 새총, 자, 휴대용 고무 잉크병 같은 하찮은 물건마저도 그의 마음을 휘저어놓았다. 일단 뭔가를 소유하고 나면 마법에 걸린 듯 말로 표현하기 힘든 만족감을 느꼈다.

마르첼로는 자기 방에서 따로 잠도 자고 공부도 했다. 책상 위에 흩어져 있거나 서랍에 든 잡동사니는 언제 얻었는지에 따라 신성한 것과 세속적인 것으로 나뉘었다. 그것들은 다른 사람이 가진 물건과 비슷하지도 같지도 않았다. 또한 집에 있는 물건들과도 분명 달랐다. 해보았거나 해보고 싶은 경험의 편린으로서 열정과 신비가 담겨 있었다. 마르첼로는 자신의 소유욕이 남들과 다르다는 것을 나름대로 인식하고 있었다. 그런 남다름을 통해 말할 수 없는 즐거움을 얻는 동시에 반성할 틈조차 없을 만큼 계속해서 죄책감이 들었다.

가장 원하는 물건은 무기였다. 그에게는 금지된 것이라 더욱 갈망했다. 그저 아이들이 가지고 노는 장난감 총이나 나무 단검 같은 게 아니었다. 무기의 온전한 존재 이유인 위협, 위험, 죽음이라는 개념이 자연스레 전달되는 진짜 병기였다. 장난감 총으로는 전쟁놀이를 해도 실제로 살인 가능성은 전혀 없다. 반면 진짜 권총은 죽음을 코앞까지 끌어왔다. 오직 도덕적 사리 분별만으로 유혹을 제지해야 하는 것이다. 마르첼로는 진짜 총을 몇 번 잡아본 적이 있었다. 시골에서 사냥할 때 쓰는 소총과 아버지가 어느 날 서랍을 열고 보여준 오래된 권총이었다. 마르첼로는 총을 쥘 때마다 마치 손잡이와 자기 손이 자연스럽게 일체가 되는 듯한 짜릿함을 느꼈다.

그는 동네 친구가 많은 편이었다. 그가 무기를 좋아하는 진짜 이유는 순수하게 군대에 매료됐다기보다, 분명하게 말할 수 없는 심오한 어떤 까닭이 있기 때문이었다. 아이들은 군대놀이를 할 때 잔인하고 흉포했다. 하지만 실제로는 그런 척 흉내만 내는 놀이일 뿐이었다. 마르첼로는 반대였다. 그는 군대놀이를 하면서 정말로 잔인성과 흉악성을 표출했다. 다른 때는 심심풀이로 뭐든 부수거나 죽이곤 했다. 마르첼로는 이런 잔인한 성격 때문에 후회나 수치심을 느낀 적이 없었다. 잔인성이 무미건조하다고 생각되지 않는 유일한 기쁨을 주기 때문이었다.

하지만 이런 잔인성은 자기 자신에게는 물론이고 다른 사람이 볼 때도 유치한 수준이었다. 어느 더운 초여름 낮, 그는 정원에 갔다. 작고 푸른 정원은 몇 년 전부터 방치되어 초목이 무성하게 제멋대로 자라 있었다. 마르첼로는 다락에 있던 카펫 먼지떨이에서 가늘고 유연한 긴 골풀을 뜯어내 밖으로 나갔다. 그는 잠시 주변을 살펴보면서 나무 그늘과 강렬한 햇살 속을 정처 없이 돌아다녔다. 따사로운 햇살과 식물로 가득 찬 정원의 활력이 전해지면서 온몸이 건강해지고 정신이 맑아지는 것 같은 느낌이 들었다.

그는 행복해 보였다. 하지만 자신의 행복을 타인의 불행과 비교하려는 마음이 들기 시작했다. 그렇게 정원에서의 행복 역시 잔인하고 공격적으로 바뀌었다. 마르첼로는 정원 한가운데 서서 희고 노란 데이지로 가득 찬 아름다운 꽃무리, 초록색 줄기 위에 꽃부리가 곧추선 튤립, 크고 풍성한 하얀 백합을 보았다. 그러고는 마치 검이라도 휘두르듯 공중에 휙 소리를 내며 골풀로 꽃들을 한 대 후려쳤다. 꽃과 이파리가 깔끔하게 베여 땅에 떨어졌다. 홀로 남은 줄기만이 여전히 똑바로 서 있었다. 그는 이런 식으로 넘치는 활기와 억눌린 에너지를 발산하면서 만족감을 느꼈다. 그뿐 아니라, 분명하면서도 뭐라고 설명할 수 없는 어떤 힘과 정의감 또한 느꼈다. 그는 마치 초목이 죄를 지어서 벌을 주는 것처럼 행동했으며, 그럴 권리가 있다고까지 생각했다. 하지만 그도 이런 장난은 해서는 안 되고 비난받을 만한 것이라는 사실을 모르지 않았다. 가끔 그는 거실 창문으로 어머니가, 또는 주방 창문을 통해 요리사가 자신을 지켜볼지도 모른다는 생각에 자신도 모르게 집 쪽을 슬쩍 엿보곤 했다. 그리고 곧 자신이 두려워하는 것이 단순히 꾸지람보다는 비정상적이라고 여겨지는 행동을 목격당하는 것임을 깨닫고 이상한 죄책감에 빠져들었다.

그의 폭력은 꽃과 초목에서 동물로 넘어갔다. 그 과정이 너무 자연스럽게 이루어져 특별히 감지하지는 못했다. 그래서 마르첼로는 풀줄기를 꺾을 때보다 동물에게 폭력을 가할 때 훨씬 쾌감이 강하다는 것을 언제 깨달았는지 정확히 말할 수 없었다. 골풀로 관목을 난도질하는 대신 나뭇가지에서 졸고 있는 도마뱀의 등을 후려친 것은 그저 우연이었을지도 모른다. 아니면 그가 아직 깨닫지 못한 잔인성을 표출하기 위해 새로운 표적을 찾게 된 것은 이전의 놀이가 지루해지고 싫증이 났기 때문일 수도 있다.

집 안의 모든 사람이 잠든 어느 조용한 오후, 마르첼로는 도마뱀을 학살하는 자신을 발견하고 엄청난 후회와 수치심에 사로잡혔다. 그는 도마뱀 대여섯 마리를 다양한 방법으로 나뭇가지나 정원 담 위에 올려놓았다. 그리고 그가 다가오는 것을 수상쩍게 여긴 작은 생물이 도망치려는 순간 골풀로 후려쳐 죽여버렸다. 그는 어떻게 이 지경에까지 이르렀는지 설명할 수 없었다. 아니, 오히려 떠올리고 싶지 않을 것이다. 하지만 이제는 돌이킬 수 없었다. 흙먼지로 더럽혀진 도마뱀의 피투성이 사체에는 눈부시게 빛나는 햇빛 외에 아무것도 남아 있지 않았다.

그는 손에 골풀을 꽉 쥐고 도마뱀들이 죽어 있는 시멘트 보도 위에 서서 도마뱀을 죽이며 만끽한 흥분을 여전히 얼굴과 온몸으로 느끼고 있었다. 하지만 즐거운 기분은 곧 후회와 수치심으로 퇴색해버렸다. 게다가 이번에는 기존에 느껴왔던 힘과 잔인성에 더해 그로서도 알 수 없는 낯설고 특이한 당혹감까지 몸으로 느낄 수 있었다. 수치심과 후회 속에서 혼란스러운 공포를 경험했다. 그는 자신 안에서 비정상적인 성격을 발견한 것 같았다. 그것은 수치스러운 일이었기에 다른 사람에게는 그렇지 않은 척해야 했다. 결국 그는 또래 집단과 자신을 분리하기 시작했다. 혼자 하든 친구와 함께 하든, 이런 놀이에 몰두하지 않는 또래의 소년들과 분명 달라 보였다. 도마뱀의 죽음과 그가 행한 잔인하고 미친 짓은 돌이킬 수 없었다. 어제까지의 그의 행동이 순수했기 때문에 지금의 행동은 더욱 두드러져 보였다.

그날 마르첼로는 자신이 마주한 이 고통스러운 성향이 정말 비정상적인 것인지 확인해보기 위해 옆집에 사는 친구 로베르토를 만나고 싶었다. 땅거미가 질 무렵이면 공부를 마친 로베르토와 마르첼로는 가족들의 허락 아래 저녁까지 로베르토의 집 정원에서, 때로는 마르첼로네 정원에서 함께 놀곤 했다. 마르첼로는 평화로운 오후 내내 혼자 침대에 대자로 누워 그 시간을 오래도록 초조하게 기다렸다. 부모는 외출했고 집에는 요리사밖에 없었다. 요리사가 1층 주방에서 혼자 노래를 부르는지 노랫소리가 드문드문 들려왔다. 마르첼로는 보통 오후에는 자기 방에서 혼자 놀거나 공부를 했다. 하지만 그날은 아무것도 하고 싶지 않았고 할 수도 없을 것 같아 그저 빈둥거렸다. 하지만 마음은 아주 조급했다. 자신이 알아낸 사실에 대한 불안과 곧 로베르토를 만나면 이러한 불안이 사라질 거라는 희망은 그를 무력하고 안달 나게 만들었다. 로베르토가 자신도 도마뱀을 죽인 적이 있으며 그러는 것을 좋아하고 또 그걸 나쁘게 생각하지 않는다고 말해주길 바랐다. 그렇다면 자신의 비정상성에 대한 생각이 모두 사라지고 도마뱀을 죽인 걸 별 의미 없거나 중요치 않은 일로 치부할 수 있을 것 같았다.

그는 왜 자신이 로베르토에게 그런 권한을 부여하는지 알 수 없었다. 다만 로베르토도 자기와 같은 감정을 가지고 같은 방식으로 같은 행동을 한다면 모든 사람이 그럴 것이고, 모든 사람이 하는 일은 정상적일 뿐 아니라 좋은 것이라고 어렴풋이 생각했다. 그러나 동시에 이러한 생각은 마르첼로의 마음속에서 확신으로 다가오지 않았다. 정확한 사고보다는 느낌과 강한 충동에서 생겨난 것으로 여겨졌다. 하지만 한 가지는 확신할 수 있었다. 자기 마음의 평온은 로베르토의 대답에 달려 있다는 것이었다. 희망과 번민 속에 그는 초조하게 해가 질 때만을 기다렸다. 막 졸음에 빠지려고 할 때 정원에서 길게 지저귀는 듯한 휘파람 소리가 들렸다. 그것은 로베르토가 자신이 집에 왔음을 알리는 마르첼로와 미리 약속한 신호였다. 마르첼로는 자리에서 일어나 불도 켜지 않은 어두컴컴한 방에서 나와 계단을 내려갔다. 그리고 정원을 내다보았다.

여름날 저녁 어스름 가운데 미동도 없이 서 있는 나무들은 음울해 보였다. 나뭇가지가 드리운 그늘로 인해 벌써 밤이 온 듯했다. 꽃향기, 저녁의 분위기, 햇볕으로 달궈진 땅에서 뿜어져 나오는 열기가 정체된 공기 속에 머물러 있었다. 마르첼로와 로베르토네 정원을 나누는 울타리는 거대한 담쟁이덩굴 아래 가려져 있었다. 무성하게 자란 덩굴은 나뭇잎으로 싸인 벽처럼 보였다. 마르첼로는 담쟁이덩굴이 가장 빽빽하게 자라 그늘이 짙게 드리워진 정원 구석으로 곧장 가 큰 돌 위에 올라섰다. 그리고 단 한 번의 신중한 동작으로 곤충들을 싹 쓸어버렸다. 그들의 놀이에 은밀함과 모험을 더하기 위해 담쟁이덩굴에 출입구를 만든 사람은 마르첼로였다. 담쟁이덩굴을 옆으로 밀어내자 울타리가 나타났다. 그 사이로 친구 로베르토의 마르고 창백한 얼굴과 금발 머리가 보였다. 마르첼로는 돌 위에 올라 발끝으로 서서 물었다.

"우리 본 사람 있니?"

이것은 놀이의 시작을 알리는 것이었다. 로베르토는 마치 배운 것을 암기하듯 말했다.

"아니, 아무도 없어……"

그리고 잠시 후 물었다.

"공부는 했니?"

그가 낮은 목소리로 말했는데 이 또한 약속한 암호였다. 마르첼로 역시 낮게 답했다.

"아니, 오늘은 안 했어…… 그럴 기분이 아니었어…… 선생님께는 아팠다고 말하려고."

"나는 국어 숙제 했어. 대수학 문제도 하나 풀었어…… 할 게 하나 더 남았어…… 그런데 공부는 왜 안 했니?"

그것은 마르첼로가 기다려온 질문이었다.

"도마뱀 잡으러 갔거든."

그는 로베르토가 "오, 맞아…… 나도 가끔 도마뱀을 잡으러 가"라고 말하거나 그 비슷한 얘기를 해주기를 바랐다. 하지만 로베르토의 얼굴에서는 공모의 기미는커녕 호기심도 보이지 않았다. 마르첼로는 애써 당황한 표정을 감추고 서둘러 말했다.

"모두 죽였어."

로베르토는 조심스럽게 물었다.

"몇 마리나?"

"전부. 일곱 마리."

그는 자랑하듯 늘어놓았다.

"나뭇가지와 돌 위에 있었어…… 움직일 때까지 기다렸다가 이 골풀로 한 방에 처리했지…… 한 방에 한 마리씩."

그는 만족스러운 얼굴을 하고 로베르토에게 골풀을 보여주었다. 로베르토는 놀라지도 않고 호기심 어린 눈으로 그를 바라보았다.

"왜 죽였는데?"

"그냥."

그는 망설였다. "재밌으니까"라고 말하려 했지만 왠지 모르게 주저하며 달리 대답했다.

"해롭잖아…… 도마뱀이 나쁜 거 몰라?"

"몰라, 몰랐어…… 어디에 해로운데?"

"포도를 먹어버리거든. 1년 전쯤에 시골에서 포도를 먹어치웠어."

"하지만 여기는 포도가 없잖아."

"그럼 말이지……, 녀석들은 불쾌하거든."

그는 로베르토의 말에 개의치 않고 계속해서 말했다.

"날 보고도 도망가지 않고 곧장 입을 쩍 벌리고 다가오지 뭐야…… 제때 처리하지 않았다면 네게도 덤벼들었을 거야."

그는 잠시 침묵하다가 좀더 은밀하게 말했다.

"넌 도마뱀 죽인 적 없니?"

로베르토는 고개를 저으며 대답했다.

"응, 없어."

그런 다음 눈을 내리깔고 조심스럽게 말했다.

"동물을 해치면 안 된대."

"누가 그래?"

"우리 엄마가."

"엄마들은 말이 많지."

마르첼로는 자신 없게 말했다.

"하지만 한번 해봐, 멍청아…… 정말 재미있어."

"싫어, 안 할 거야."

"왜 안 할 건데?"

"나쁜 짓이니까."

실망한 마르첼로는 되는 게 하나도 없다고 생각했다. 그는 본의 아니게 자신의 흠을 들춰내고 자신의 비정상성을 확인시키는 친구에게 충동적으로 분노를 느꼈다. 그럼에도 그는 자신을 진정시키고 이렇게 제안했다.

"있잖아, 나 내일 또 도마뱀 잡으러 갈 거야. 같이 가면 장터의 상인 카드 한 벌 줄게."

그는 로베르토가 그 카드를 무척 가지고 싶어 한다는 것을 알기에 이것이 매력적인 제안이라는 것을 알고 있었다. 로베르토는 마치 갑작스레 영감이라도 받은 듯 대답했다.

"같이 가긴 하겠지만 한 가지 조건이 있어. 산 채로 잡아서 작은 상자에 가둔 다음 다시 풀어줘야 해…… 그리고 나에게 그 카드를 주는 거야."

"싫어. 가장 중요한 게 이 골풀로 후려치는 거란 말이야…… 넌 분명 못 할걸."

마르첼로가 말했다. 로베르토는 아무 말도 하지 않았다. 마르첼로는 계속해서 말했다.

"자, 그럼 동의한 거다. 그러면 너도 골풀을 챙겨야 해."

"아니. 난 안 갈 거야."

로베르토가 완강하게 말했다.

"왜? 그 카드 새거야."

"싫어. 필요 없어."

"도마뱀은 안 죽일게. 네가……"

마르첼로는 카드에 상응하는 가치를 지닌 걸 생각해내기 위해 잠시 머뭇거리다 말했다.

"네가 권총을 줘도 안 해."

마르첼로는 되는 일이 없다고 생각했다. 그러다 가슴속에서 한동안 끓고 있던 분노가 갑자기 솟구쳐 올라 말했다.

"넌 겁쟁이라서 하기 싫은 거야. 무서우니까."

"뭐가 무서운데? 웃기고 있네."

"무섭잖아."

마르첼로가 격분하여 대답했다.

"넌 겁쟁이야……, 진짜 겁쟁이."

갑자기 그가 울타리 사이로 손을 집어넣고 친구의 귀를 잡아당겼다. 로베르토의 귀가 빨개졌다. 마르첼로가 그의 귀를 잡은 것은 처음이 아니었다. 하지만 화가 나서 일부러 그를 아프게 하고 싶은 적은 없었다.

"겁쟁이라고 말해."

"싫어. 날 좀 놔줘."

로베르토가 몸을 비틀며 흐느끼기 시작했다.

"아…… 아!"

"겁쟁이라고 말해."

그의 손에 잡힌 로베르토의 귀가 뜨겁게 달아오르며 땀까지 났다. 아파서 그의 푸른 눈에 눈물이 차올랐다. 그가 더듬거리며 말했다.

"그래. 좋아. 난 겁쟁이야."

그러자 마르첼로는 그를 즉시 놓아주었다. 로베르토는 울타리에서 뛰어내린 뒤 도망가며 소리쳤다.

"난 겁쟁이가 아니야……! 난 겁쟁이라고 생각한 적 없어. 아까는 거짓말을 한 것뿐이야."

그는 더 이상 보이지 않았다. 눈물과 조롱이 섞인 목소리는 옆집 정원 너머 저 멀리 사라졌다.

로베르토와 만난 후 마르첼로는 더 깊은 고민에 빠졌다. 로베르토는 그와의 연대는 물론 그가 그토록 바라던 면죄부도 거부했다. 그래서 그는 정상에서 벗어나 자제심을 잃고 거짓과 폭력에 굴복하는 일이 자신에게 얼마나 큰 문제인지 보여주지 못한 채 다시 비정상적인 사람이 되어야 했다. 이제 그가 느끼는 수치와 가책은 도마뱀을 죽인 데 그치지 않았다. 공모를 요구하려다 로베르토에게 거짓말을 하고 화가 나 그의 귀를 잡아당기는 행위로 본심을 드러내기에 이르렀다. 첫번째 죄에 두번째 죄가 더해졌지만, 그중 어느 것도 해결할 수 있는 방법이 없었다.

마르첼로는 쓰라린 반성 중에 도마뱀을 죽인 일을 다시 떠올리면서 그에 대한 가책이 모두 사라지기를 바랐다. 그 순간 그는 도마뱀이 죽지 않았기를 바라는 자기 자신을 발견했다. 그리고 동시에 도마뱀을 잡으며 경험했던 흥분감이 또다시 밀려왔다. 이런 느낌이 너무도 강렬해서 나중에 그런 살육을 반복하고자 하는 유혹에 과연 저항할 수 있을지 의심스러웠다. 그는 겁이 났다. 그는 비정상적일 뿐 아니라 비정상성을 억누르지도, 조절하지도 못했다. 그는 자기 방 책상에 앉아 책을 펴놓고 저녁 식사를 기다리고 있었다. 그는 성급하게 일어나 침대 곁으로 가서는 언제나 기도할 때처럼 러그에 무릎을 꿇고 두 손을 모은 뒤 자신이 생각하기에 진실한 어조로 크게 말했다.

"하나님 앞에 맹세하오니, 꽃과 초목과 도마뱀을 다시는 건드리지 않겠습니다."

면죄부에 대한 갈망이 계속됨에도 불구하고, 로베르토에게 공모를 요구하다가 이제는 그 반대의 모습마저 띠게 되었다. 바로 비난을 바라게 된 것이었다. 로베르토는 같은 생각을 공유함으로써 그의 가책을 덜어줄 수는 있지만 마르첼로의 돌이킬 수 없는 마음속 혼란을 수습할 만한 권위가 부족했다. 그는 공범자로서는 적절하지만 심판을 내리는 사람으로서는 부적절한 소년이었다. 그런데 로베르토는 그의 제안을 거절할 때 자기 어머니의 권위를 들먹이며 거부를 정당화했다. 그래서 마르첼로는 자신 역시 어머니에게 호소할 수 있다는 생각이 들었다. 어머니만이 자신을 비난하거나 사면해줄 수 있고, 어찌 되었든 자신이 한 일을 어느 정도 이해해줄 수 있을 것 같았다. 어머니의 성격을 아는 마르첼로는 이러한 결론을 내리기까지 자신이 바라는 이상적인 어머니를 추상적으로 그려보며 생각했다. 하지만 그는 이러한 간청이 실제로 좋은 결과를 가져올지 의심스러웠다. 그래도 세상에 단 하나뿐인 자기 어머니였다. 그래서 의존하려는 충동이 의심보다 강했다.

마르첼로는 잠자리에 들 때 어머니가 들어와 잘 자라는 인사를 건네는 순간을 기다렸다. 그가 어머니와 단둘이 만날 수 있는 얼마 안 되는 시간 중 하나였다. 식사 때든 가끔 산책할 때든 대부분 아버지와 함께였다. 마르첼로는 본능적으로 어머니를 신뢰하지 않았지만 사랑하기는 했다. 아니 사랑하는 것 이상으로 맹목적으로 존경했다. 하지만 그건 특이하고 변덕스러운 누나를 경애하는 식이었다. 아주 어린 나이에 결혼한 마르첼로의 어머니는 도덕적으로, 심지어 신체적으로도 여전히 성숙하지 못했다. 게다가 아들과 전혀 친밀하지 않았고 다른 사람과의 관계에서 처리해야 할 많은 일 때문에 아들에게는 별로 관심을 가지지 못했다. 그래도 자신의 삶에서 아들을 떼어놓은 적은 없었다. 그래서 마르첼로는 어머니 때문에 끊임없이 드나드는 이들, 입어보고 내던지는 옷, 경박할 만큼 지루하게 긴 전화 통화, 옷가게 직원에게 내는 짜증, 하녀와의 다툼, 사소한 이유로 계속되는 감정 기복의 소동 가운데 자라왔다. 마르첼로는 언제든 어머니의 침실에 들어갈 수 있었지만, 친밀함은 전혀 느낄 수 없었다. 가끔씩 그의 어머니는 마치 안 좋은 습관에서 벗어나려는 듯 갑작스럽게 가책을 느끼고 아들에게 헌신하기로 마음먹은 뒤 재단사나 모자 만드는 사람에게 갈 때 아들을 데려가곤 했다. 이런 경우, 마르첼로는 어머니가 모자를 써보고 옷을 입어보는 동안 의자에 오래 앉아 있어야 했기 때문에 오히려 평소의 무관심이 그립기만 했다.

그날 밤, 그는 어머니가 평소보다 서두르고 있음을 즉시 알아챘다. 실제로 마르첼로가 망설임을 털어버리기도 전에 어머니는 그에게서 등을 돌리고 어두운 침실을 가로질러 조금 열려 있던 문으로 갔다. 그러나 마르첼로는 자신이 원하던 심판을 받기 위해 하루를 더 기다리고 싶지 않았다. 그는 침대에서 몸을 일으키며 큰 소리로 어머니를 불렀다.

"엄마."

어머니는 거의 짜증 섞인 몸짓을 보이며 문가에서 몸을 돌렸다.

"무슨 일이니, 마르첼로?"

어머니가 다시 침대로 다가오며 물었다. 목둘레가 깊이 파인 검은 드레스 차림에 피부가 하얗고 날씬한 그녀는 역광을 받으며 마르첼로와 가까이 서 있었다. 검은 머리칼과 창백하고 섬세한 얼굴이 그림자 속에 가려져 있어도 마르첼로는 서두르고 초조해하며 짜증 섞인 표정을 알아볼 수 있었다. 그럼에도 그는 충동을 못 이기고 말을 꺼냈다.

"엄마, 할 얘기가 있어요."

"그래, 마르첼로, 하지만 빨리 해…… 엄만 가야 해…… 아빠가 기다리셔."

그녀는 두 손으로 목을 더듬거리며 목걸이 잠금 고리를 만지작거리고 있었다. 마르첼로는 도마뱀을 죽인 일을 어머니에게 털어놓고 자신이 잘못한 건지 묻고 싶었다. 하지만 어머니가 서두르는 바람에 마음을 바꿨다. 아니 속으로 준비한 말을 수정했다. 도마뱀은 너무 작고 하찮은 동물이어서 마음이 산란한 사람의 주의를 끌 수 없겠다는 생각이 들었다. 바로 그때, 그는 자신의 죄를 부풀리는 거짓말을 지어냈다. 엄청난 죄를 고백해 모성을 자극하고 싶었던 것이다. 그는 자신도 놀랄 만큼 확신을 갖고 말했다.

"엄마, 고양이를 죽였어요."

그 순간 어머니는 가까스로 고리를 잠그는 데 성공할 뻔했다. 두 손을 목에 대고 고개를 푹 숙인 채 그녀는 아래를 내려다보며 이따금 초조하게 신발 뒤꿈치로 바닥을 쳤다.

"응, 그래."

그녀는 마치 목걸이와 씨름하는 데에만 온 신경을 기울이는 듯, 상황 파악이 안 된 어조로 말했다. 마르첼로는 불안해하며 다시 말했다.

"새총으로 죽였어요."

어머니는 고개를 절망적으로 흔든 뒤 목에서 손을 뗐다. 한 손에는 걸지 못한 목걸이가 들려 있었다.

"이 망할 놈의 고리 같으니라고."

그녀가 화가 나서 말했다.

"마르첼로……, 착하지……, 목걸이 거는 것 좀 도와주렴."

그녀는 어깨를 아들 쪽으로 하고 침대에 비스듬히 앉아 초조하게 덧붙였다.

"그리고 고리를 꼭 잠가야 해…… 안 그러면 다시 풀릴 거야."

그녀가 가느다란 어깨와 한가운데까지 노출된 등을 내보였다. 문틈으로 들어오는 불빛을 받아 살이 종이처럼 희어 보였다. 긴 손톱을 빨갛게 칠한 길고 가는 손이 섬세한 목에 목걸이를 대고 있었다. 그것을 걸고 나면 어머니가 좀더 참을성 있게 이야기를 들어줄 거라고 생각한 마르첼로는 몸을 앞으로 기울여 양 끝을 잡고 한 번에 성공했다. 하지만 어머니는 곧장 일어나 몸을 기울여 그의 얼굴에 키스하며 말했다.

"고맙구나…… 이제 그만 자야지…… 잘 자거라."

마르첼로가 손짓을 하거나 큰 소리를 내어 다시 부르기도 전에 그녀는 사라져버렸다.

다음 날은 흐리고 무더웠다. 마르첼로는 아무 말 없이 부모와 식사를 마친 뒤 자리를 빠져나와 유리문을 통해 정원으로 나갔다. 평소와 마찬가지로 음식물이 소화되면서 감각적 쾌감이 고개를 들고 커져갔으며, 알 수 없는 불안이 엄습해왔다. 그는 곤충들이 윙윙거리는 나무 그늘 아래 자갈 위를 발끝으로 쓰르륵거리며 걸어서 대문으로 다가가 밖을 내다보았다. 아래쪽으로 살짝 경사가 지고 옻나무가 양쪽으로 늘어선 익숙한 길이 눈앞에 나타났다. 하늘을 낮게 덮고 있는 먹구름 때문인지 길은 이상하게 어둡고 황량해 보였다. 반대쪽으로는 자신의 집과 비슷한 다른 집, 다른 정원, 다른 문이 보였다.

마르첼로는 그 길을 세심히 살핀 뒤 문에서 떨어져 호주머니에서 새총을 꺼낸 다음 땅 위로 몸을 굽혔다. 작은 자갈 사이에 좀더 큰 흰색 돌 몇 개가 섞여 있었다. 마르첼로는 나무 열매만 한 돌을 하나 집어 가죽으로 된 새총 가방에 넣고, 자신의 정원과 로베르토의 정원을 구분하는 울타리를 따라 걷기 시작했다. 그는 로베르토와 교전 중이었으므로 그 담을 덮고 있는 담쟁이덩굴을 철저히 감시하고 작은 움직임에도 즉시 새총을 쏘아야 했다. 즉 새총에 장전해놓은 돌을 날려버려야 한다는 생각, 아니 느낌이 들었다. 그것은 도마뱀을 죽이는 데 가담하려 하지 않은 로베르토에 대한 적의와, 자신을 그러한 살육으로 이끈 잔인하고 호전적인 본능을 표현하는 놀이였다. 마르첼로는 로베르토가 보통 그 시간에 낮잠을 자기 때문에 분명 담쟁이덩굴 뒤에서 자신을 염탐하지 않을 거라는 사실을 잘 알고 있었다. 그래도 마치 로베르토가 거기에 있다고 확신하듯 매우 조심스럽게 행동했다. 오래된 담쟁이덩굴은 엄청난 규모를 자랑하며 울타리 끝까지 타고 올랐다. 여인의 가슴에 달린 레이스 프릴처럼 두껍게 먼지를 뒤집어쓴 빽빽한 잎사귀는 바람 한 점 없이 후텁지근한 공기 중에 고요히 늘어져 있었다. 두어 차례 미세한 떨림으로 잎사귀가 흔들렸다. 아니, 적어도 그는 이러한 떨림을 보았다고 생각했다. 그래서 매우 만족하며 즉시 담쟁이덩굴을 향해 새총을 쏘았다.

그는 다시 서둘러 몸을 구부려 또 다른 돌을 찾아 새총에 장전하면서 다리를 넓게 벌리고 팔을 안으로 당겨 발사 준비를 했다. 바로 그 순간 로베르토가 덩굴 뒤에서 자신을 겨누고 있을지도 모른다는 생각이 들었다. 자신은 완전히 노출된 반면 숨어 있는 로베르토는 상대적으로 유리할 것 같았다. 그래서 그는 담쟁이덩굴에 출입구를 낸 정원 안쪽으로 향했다. 그리고 그곳에 서서 정원 담을 바라보았다. 그는 상상의 나래를 펴서 집은 성으로, 담쟁이덩굴에 숨은 울타리는 요새의 장벽으로, 입구는 위험하지만 쉽게 넘나들 수 있는 구멍으로 생각했다.

그때 갑자기, 이번에는 의심할 여지 없이 잎사귀가 떨리고 흔들리면서 좌우로 움직이는 게 보였다. 분명 움직였다. 뭔가 거기 있다. 그는 로베르토가 거기에 없고 단지 놀이일 뿐이기 때문에 새총을 쏴도 된다고 생각했다. 그러나 동시에 로베르토가 거기에 있고 그를 죽이고 싶지 않다면 쏘지 말아야 한다는 생각도 들었다. 하지만 그는 경솔하게 바로 결정을 내리고 고무줄을 잡아당겨 잎사귀들 한가운데로 돌을 쏘았다. 그는 이에 만족하지 않고 서둘러 몸을 구부려 또 다른 돌을 장전한 뒤 날려버렸다. 그리고 곧장 세번째 돌을 발사했다. 그는 두려움이나 양심의 가책을 느끼지 않았다. 로베르토가 거기에 있든 없든 더 이상 신경 쓰지도 않았다. 단지 매우 신나고 흥분했을 뿐이다.

잎사귀가 찢겨나갔다. 그는 헐떡거리며 새총을 땅에 던지고는 정원 담을 기어올랐다. 예상했지만 바란 대로 로베르토는 거기 없었다. 울타리 살이 넓게 벌어져 있어 그는 그 사이를 통해 정원 쪽으로 고개를 들이밀 수 있었다. 왜 그랬는지는 몰라도 그는 아래를 내려다보았다. 로베르토네 쪽에는 담쟁이덩굴이 없고 자갈이 깔린 길과 담 사이에 화단만 놓여 있었다.

그때 마르첼로는 흰색과 보라색 붓꽃들 옆 담 바로 아래에 커다란 회색 고양이가 누워 있는 것을 발견했다. 그는 고양이의 부자연스러운 자세를 보자 알 수 없는 공포가 밀려와 숨을 쉴 수 없었다. 고양이는 발을 쭉 뻗고 힘없이 모로 누워 주둥이를 땅에 대고 있었다. 숱이 많고 곤두선 청회색 털은 약간 헝클어져 있었다. 전에 주방의 대리석 식탁에서 본 죽은 새의 깃털처럼 생기가 없어 보였다. 이제 두려움은 더욱 심해졌다. 그는 담에서 뛰어내려와 장미나무를 지탱하고 있는 막대기를 뽑아 다시 올라가서는 울타리 사이로 팔을 뻗어 막대기 끝으로 고양이의 옆구리를 찔러댔다. 그러나 고양이는 움직이지 않았다. 길쭉한 초록색 줄기 앞으로 기운 흰색과 보라색 붓꽃이 꼼짝 않는 회색 고양이를 에워싸고 있었다. 마치 시신 주위에 많은 꽃을 놓아둔 장례식의 한 장면처럼 보였다. 그는 막대기를 내던지고 담쟁이덩굴은 제자리로 돌려놓지도 않은 채 다시 땅으로 내려왔다.

이런저런 공포가 엄습해왔다. 맨 먼저 든 생각은 도망가서 어둡고 폐쇄된 벽장이나 창고 같은 곳에 숨는 것이었다. 그는 무엇보다 고양이를 죽인 것이 무서웠다. 그다음에는 지난밤에 이 사실을 어머니에게 말한 것이 두려웠다. 그것은 이해받기 힘든, 치명적이고 운명적인 사실, 즉 그가 잔인한 살해를 했다는 명백한 증언이었다. 그러나 고양이의 죽음이 로베르토를 죽이려는 마음에서 비롯했다는 사실이 불러일으킨 공포에 비하면 아무것도 아니었다. 친구 대신 고양이가 죽은 것은 우연일 뿐이다. 하지만 그렇다고 해서 그것이 아무 의미가 없는 건 아니었다. 이는 분명 꽃에서 도마뱀으로, 도마뱀에서 고양이로, 고양이에서 로베르토를 죽이는 것으로 나아갔기 때문이다. 이처럼 그는 자신이 비정상이라는 사실을 인식하고 있었다. 이를 생각, 아니 자각하지 않을 수 없었다. 외롭고 위협적인 운명을 안은 비정상인으로서, 이미 그는 사람의 힘으로는 멈출 수 없는 피투성이 길에 들어서 있었다.

그는 이런 생각들에 골몰한 채 집과 문 사이, 좁은 공간을 미친 듯이 맴돌았다. 이따금 눈을 들어 창문을 바라보았다. 경솔하고 정신 산만한 어머니라도 거기에 있기를 바라는 마음에서였다. 이런 상황이 벌어지던 초기엔 어머니가 무언가를 해줄 수도 있었겠지만, 지금은 더 이상 그럴 수가 없었다. 그는 혹시나 하는 희망을 품고 다시 정원 안쪽으로 달려가 담에 오른 뒤 울타리 아래를 내다보았다. 그는 꼼짝 않고 누워 있는 고양이를 처음 발견한 그곳에 이제는 아무것도 없을 거라고 스스로에게 되뇌었다. 하지만 회색 고양이는 사라지지 않고 흰색과 보라색 붓꽃으로 된 장례 화환에 에워싸여 미동도 없이 그대로 있었다. 게다가 썩어가는 고기를 감지하고 길 쪽에서 화단으로 기어 올라온 검은 개미들이 고양이의 주둥이와 눈까지 파고들어 죽음을 확인해주었다.

그것을 바라보던 그는 갑자기 고양이 대신 로베르토를 보는 것처럼 느껴졌다. 로베르토가 죽은 상태로 붓꽃들 사이에 뻗어 있고, 초점 없는 눈과 반쯤 벌어진 입속으로 개미들이 드나드는 것이었다. 그는 공포에 떨며 이 끔찍한 생각을 떨쳐버리고 땅으로 내려왔다. 이번에는 출입구의 담쟁이덩굴을 다시 제자리로 잘 밀어놓았다. 이제 그는 자신이 저지른 일에 대한 가책과 두려움뿐 아니라 이 일이 발각됐을 때 받게 될 벌에 대해서까지 공포를 느꼈다. 그럼에도 그는 그 일이 탄로 나서 처벌을 받고 싶다는 생각이 들었다. 그렇게 함으로써 살해를 향한 걷잡을 수 없는 욕망을 제때 제지할 수 있을 거라고 판단했기 때문이다. 하지만 그의 기억으로는, 그의 부모는 그에게 벌을 준 적이 없었다. 따라서 자신이 범죄를 저지른 장본인일 뿐 아니라 앞으로 훨씬 더 심각한 범죄를 저지를지 모르는데도 불구하고 누구에게 처벌을 요청해야 하고 어떤 처벌을 받게 될지 알 수 없는 이 상황이 던져주는 고통까지 더해지고 말았다. 마르첼로는 그것이 죄가 아니라 모두가 다 하는 일반적인 일이라는 얘기를 들으려고 로베르토에게 자신의 잘못을 털어놓았다. 이제는 부모에게 상반된 기대를 가지고 똑같이 털어놓도록 스스로를 재촉하고 있음을 어렴풋이 깨달았다. 그는 자신이 끔찍한 죄를 저질렀고 그에 상응하는 고통으로 속죄를 해야 한다며 소리 지르고 분노하는 부모의 모습을 보고 싶었다. 첫번째 상황에서 로베르토가 면죄부 주기를 거부하는 바람에 그가 그런 행동을 되풀이하게 된 점이나 두번째 상황에서 그가 저지른 행동 때문에 그가 심하게 비난받게 되리라는 점은 별로 중요하지 않았다. 실제로 그 자신도 잘 알고 있듯이, 그가 바라는 것은 어떻게 해서든 자신의 비정상적인 성향으로 인해 다른 사람으로부터 격리되지 않는 것뿐이었다.

그날 저녁 식사 때 부모가 자신이 고양이를 죽인 일에 대해 이미 알고 있다는 느낌이 들지 않았다면 그는 순순히 고백하기로 마음먹었을 것이다. 사실, 그가 식탁에 앉았을 때 어머니와 아버지는 화가 났고 적의마저 품고 있는 것 같다는 생각이 들었다. 이 때문에 그는 낙심하면서도 안도감을 느꼈다. 어머니는 과장되게 위엄 있는 표정으로 눈을 내리깔고 꼿꼿한 자세로 앉아 침묵했다. 거기에는 분명 경멸의 기미가 담겨 있었다. 어머니와 마주 앉은 아버지도 비슷한 기분을 드러냈다. 어머니보다 나이가 훨씬 많은 아버지는 종종 아내가 마치 누이동생이라도 되는 양 어린아이 취급을 하고 복종을 강요해 당혹스러움을 안겨주곤 했다. 마른 체격의 그는 무미건조하고 주름진 얼굴에 가끔씩 씁쓸한 웃음을 짧게 터뜨렸다. 이때 표정 없이 번뜩이는 둥글납작한 눈과 뺨의 찡그린 피부 아래 신경의 과도하게 잦은 실룩거림은 특히 주목할 만했다. 아마도 그는 군대에 오래 있으면서 정확한 동작과 절제된 태도를 선호하게 되었을 것이다. 그런데 마르첼로는 그가 화났을 때 절제와 세심함이 과도해져서 정반대의 결과를 보인다는 것을 알고 있었다. 즉 가장 단순한 동작에까지 의미를 부여하려는 듯 냉정하고 꼼꼼하며 이상해 보이는 과장된 태도를 취하는 것이었다.

바로 오늘 저녁 식탁에서 마르첼로는 아버지가 마치 주의를 환기시키듯, 특히 중요하지 않은 습관적인 행동을 매우 강조하고 있음을 알아차렸다. 그는 잔을 들어 한 모금 마신 뒤 원래 있던 자리에 '탕' 내려놓았다. 그리고 소금 그릇을 가져다가 소금을 꺼내고는 다시 '탕' 내려놓았다. 또한 빵을 집어 반으로 쪼갠 다음 다시 '탁' 내려놓았다. 그는 마치 대칭에 집착하듯 나이프, 포크, 스푼이 자신의 그릇을 중심으로 정확한 각도를 이루며 서로 당게끔 접시 주변에 가지런히 놓기 시작했다. 마르첼로가 자신의 죄에 덜 몰두해 있었다면, 애처롭고 어떤 의미가 담긴 이러한 동작이 자신이 아니라 어머니를 향한 것임을 쉽게 알아차렸을 것이다. 그녀는 남편이 그런 동작을 보일 때마다 거만하게 한숨을 내쉬고 눈썹을 치켜세우며 위엄을 유지했다. 그러나 그는 걱정에 싸여 아무것도 보지 못했고, 부모가 전부 알고 있다는 것을 믿어 의심치 않았다. 분명 겁쟁이 로베르토가 일러바쳤을 것이다. 그는 벌을 받고 싶었지만, 지금 부모가 화난 것을 보니 이런 상황에서 아버지가 가할 수 있는 폭력이 갑자기 두려워졌다. 매우 드물게 드러나는 어머니의 애정이 우발적이고 분명 모성애보다는 가책 때문이라고 한다면, 아버지의 과열된 태도는 갑작스럽고 근거가 없으며 지나쳤다. 좋은 의도라기보다는 오랫동안 방심했던 것을 한 번에 만회하려는 욕망 때문이었다. 갑자기 어머니나 요리사가 불평이라도 늘어놓았다면, 그 순간 아버지는 아들이 있음을 기억하고 소리를 지르며 손을 날려 그를 공격했을 것이다. 마르첼로는 맞는 게 가장 두려웠다. 아버지가 새끼손가락에 큰 홈이 팬 반지를 끼고 있기 때문이었다. 이런 경우 홈은 항상 손바닥 쪽에 있어 굴욕적인 아픔에 날카로운 고통을 더했다. 마르첼로는 아버지가 고의로 홈을 돌리는 거라고 생각했지만 확실치는 않았다.

겁이 나고 두려운 그는 급히 그럴듯한 거짓말을 꾸며내기 시작했다. 자신은 고양이를 죽이지 않았다. 로베르토가 죽였다. 그 고양이는 로베르토네 정원에 누워 있는데, 담쟁이덩굴로 싸인 담이 가로막고 있는 이쪽에서 어떻게 고양이를 죽일 수 있었겠는가? 하지만 갑자기 지난밤에 어머니에게 고양이를 죽였다고 말한 게 기억났다. 그리고 그 일은 그다음 날 실제로 발생했다. 그는 어떠한 거짓말도 가능하지 않다는 것을 깨달았다. 분명 어머니는 자신이 한 얘기를 아버지에게 했을 것이고, 아버지는 틀림없이 이러한 고백과 로베르토가 일러바친 내용을 연관시켜 생각했을 것이다. 따라서 거짓말을 할 여지가 없었다.

이런 극단적인 생각에 이르자, 그에게는 처벌이 내려지기로 결정됐다면 기꺼이 벌을 받고 싶다는 새로운 충동이 일었다. 어떤 벌일까? 그는 어느 날 로베르토가 한 말이 기억났다. 부모들이 말 안 듣는 아들을 기숙학교에 보내버린다는 것이었다. 그는 놀랍게도 자신에게 이런 처벌이 내려지기를 바랐다. 이러한 갈망에서 드러나는 것은 사랑이 부족하고 무질서한 가정에서 무의식적으로 느끼게 되는 권태였다. 권태는 부모의 응징을 더욱 바라게 했다. 그렇게 함으로써 자신의 가책을 달래는 동시에, 상황을 개선할 수 있을 거라는 재빠른 판단 아래 자신과 자신의 욕구를 속이게 만들었다. 이러한 생각은 곧 그를 낙담시켰지만 유혹적인 이미지 역시 불러왔다. 창살 친 큰 창문에 수수하고 차가운 느낌의 회색빛 건물, 희고 높은 벽 아래 침대가 늘어서 있고 장식 하나 없이 냉랭하기만 한 기숙사, 맨 끝에 놓인 교사 책상 하나와 학생용 책상으로 가득한 우중충한 교실, 황량한 복도, 어두운 층계, 육중한 문, 부술 수 없는 출입문 등, 모든 것이 감옥 같았지만 아버지가 군림하는 집의 모순되고 괴롭고 참을 수 없는 자유보다는 나았다. 줄지어 거리를 다니는 기숙학교 아이들처럼 줄무늬 교복을 입고 머리를 깎는다는 생각만으로도 굴욕적이고 불쾌했지만, 질서와 정상성을 필사적으로 열망하는 지금으로서는 이조차도 즐거운 일 같았다. 그는 이러한 몽상에 빠져 더 이상 아버지를 보지 않고 흰색 불빛으로 눈부시게 빛나는 식탁보를 쳐다보았다. 이따금 열린 창문으로 날아 들어온 야행성 곤충이 전등갓에 부딪혀 그 위에 떨어지곤 했다.

마침 그가 눈을 들었을 때, 아버지의 바로 뒤쪽 창턱에서 고양이의 옆모습이 보였다. 하지만 그가 색깔을 알아보기도 전에 고양이는 창턱을 뛰어내려 식당을 가로지르고 주방 쪽으로 사라졌다. 그는 확신할 수는 없었지만, 몇 시간 전에 로베르토네 정원에서 붓꽃들에 둘러싸여 움직이지 않고 누워 있던 그 고양이일 수도 있다는 생각이 들자 희망으로 가슴이 벅차올랐다. 그리고 이러한 희망에 행복감까지 느꼈다. 그것은 그가 자신의 운명보다 고양이의 생명을 더 소중하게 생각한다는 증거였기 때문이다.

"그 고양이!"

그가 큰 소리로 외쳤다. 그리고 식탁에 냅킨을 던지고 의자에서 일어나며 물었다.

"아빠, 다 먹었어요. 일어나도 돼요?"

"거기 그냥 앉아 있어."

아버지가 위협적인 어조로 말했다.

"하지만 그 고양이가 살아 있어요……"

겁이 난 마르첼로가 말했다.

“네 자리에 그냥 앉아 있으라고 했다.”

아버지가 다시 한마디 했다. 그런 다음, 마치 마르첼로의 말이 그의 긴 침묵을 깨뜨린 것처럼 아내를 향해 말했다.

“좋아, 말 좀 해봐, 어서.”

“할 말 없어요.”

어머니가 눈을 내리깔고 경멸스럽다는 듯 입을 비튼 채 위엄을 보이며 대답했다. 어머니는 등이 깊게 파인 검은색 이브닝드레스를 입고 있었다. 마르첼로는 어머니가 가느다란 손가락 사이에 작은 손수건을 꽉 쥐고 있다가 가끔씩 그것을 코에 살짝 갖다 대는 것을 보았다. 다른 손으로는 새처럼 손톱 끝으로 계속해서 빵 조각을 집어 든 다음 식탁에 떨어뜨렸다.

“할 말을 하란 말이야……, 어서, 제길.”

“당신과는 할 말 없어요.”

마르첼로는 마침내 자신이 고양이를 죽인 일 때문에 부모의 기분이 나쁜 게 아님을 알아차렸다. 갑자기 모든 게 산산조각 나는 기분이었다. 아버지가 다시 재촉했다.

“말해, 어서.”

어머니가 대답 대신 어깨를 으쓱하자, 아버지는 자신의 그릇 앞에 놓여 있던 와인 잔을 쥐고는 “말할 거야, 안 할 거야?”라고 소리를 지르고 잔을 다시 식탁에 난폭하게 내려놓았다. 잔이 부서지고, 아버지는 욕설을 퍼부으며 다친 손을 입에 가져다 댔다. 깜짝 놀란 어머니는 식탁에서 일어나 서둘러 주방 문 쪽으로 향했다. 아버지는 관능적이기까지 한 쾌감을 느끼며 손에서 피를 빨고 눈썹을 치켜세웠지만, 아내가 나가는 것을 보고는 입에서 손을 떼고 소리를 질렀다.

"가지 마, 내 말 안 들려?"

대답 대신 거칠게 쾅 하고 문 닫히는 소리만 들렸다. 아버지도 일어나 문 쪽으로 향했다. 그 폭력성으로 인해 흥분한 마르첼로도 아버지를 따라갔다. 아버지는 평상심을 잃지도 않고 서두르지도 않은 채 한 손으로 난간을 짚고 계단을 올랐다. 마르첼로는 아버지의 뒤를 따라가면서 그가 계단을 두 개씩 오르는 것을 확인했다. 말없이 층계 끝을 향해 거의 날아가다시피 하는 아버지의 모습은 마치 마법의 신발을 신은 동화 속 괴물 같았다. 마르첼로는 어머니가 너무 서두르는 바람에 이 위협적이고 계산된 행동이 유발되었음을 조금도 의심치 않았다. 그녀는 폭이 좁은 스커트가 보폭을 방해한 탓에 아버지 바로 앞에서 층계를 한 개씩 오르고 있었다.

'이제 아빠가 엄마를 죽일 거야.'

마르첼로는 아버지의 뒤를 따르며 생각했다. 어머니는 층계를 다 오르자마자 침실로 뛰어갔지만, 남편이 뒤따라 들어오지 못할 만큼 빠르지는 못했다. 마르첼로는 어린아이의 짧은 다리로 층계를 오르다 보니 아버지처럼 계단을 한 번에 두 개씩 오를 수도, 어머니처럼 급하게 뛰어갈 수도 없었다. 그가 층계 끝에 이르자 이상하게도 추격의 소음 대신 갑작스러운 침묵이 자리를 잡았다. 어머니의 침실 문은 여전히 열려 있었다. 마르첼로는 다소 망설이며 문가로 가 안쪽을 들여다보았다.

흐릿한 불빛이 비치는 침실 끝에는 넓고 낮은 침대가 놓여 있고 그 옆 창문에는 두 개의 크고 얇은 커튼이 달려 있었다. 방으로 바람이 불어 커튼이 천장을 향해 날리며 매달린 등을 스칠 뻔했다. 어두운 침실에 눈부시게 흰 커튼이 고요히 공중에 떠 있는 그 광경은 그곳에 아무도 없다는 느낌을 주었다. 마치 한창 추격전을 벌이던 부모가 활짝 열린 창밖으로 날아가 여름밤 속으로 사라진 것 같았다. 바로 그때, 열린 문을 통해 복도의 불빛이 침대를 비추면서 마침내 두 사람의 모습이 드러났다. 아니, 아버지는 등만 보였고, 그 아래에 있는 어머니는 베개에 흐트러져 있는 머리카락과 침대 머리맡을 잡으려고 들어 올렸으나 결국 실패하고 만 한쪽 팔을 제외하면 거의 보이지 않았다. 아버지는 어머니의 몸에 올라타서는 어깨와 손으로 마치 그녀를 목 졸라 죽이려는 듯한 자세를 취했다.

'엄마를 죽일 거야.'

마르첼로는 문가에 가만히 선 채 확신했다. 그때 이상하게 잔인하고 공격적인 흥분이 엄습해왔다. 동시에 그 싸움에 개입하고자 하는 강한 열망이 느껴졌다. 하지만 아버지를 도와야 할지 어머니를 보호해야 할지 알 수 없었다. 또한 훨씬 더 심각한 죄로 인해 자신의 죄가 무마되는 것을 보고 싶은 희망이 고개를 들면서 한껏 고무되기도 했다. 사실, 한 여자를 죽이는 일에 비하면 고양이를 죽인 것이 무슨 대수겠는가? 그가 폭력에 매료되어 망설임을 극복하고 막 문지방을 넘어서는데, 전혀 목 졸린 것 같지 않은 어머니의 목소리가 부드럽게 속삭였다.

"놔줘요."

그러나 이러한 간청과는 달리, 어머니는 지금까지 머리맡 침대 모서리를 잡기 위해 올리고 있던 팔을 내려 남편의 목을 감싸 안았다. 놀라고 실망하다시피 한 마르첼로는 다시 복도로 나왔다.

그는 소리를 내지 않으려고 애쓰며 아주 천천히 1층으로 내려가 주방으로 향했다. 이제 주방 창턱에서 뛰어내린 고양이가 자신이 죽인 그 고양이인지 알고 싶은 호기심이 다시 한번 발동했다. 주방 문을 열자 고요하고 평화로운 광경이 한눈에 들어왔다. 온통 하얀 주방에서는 중년 요리사와 어린 하녀가 난로와 냉장고를 양쪽에 두고 대리석 식탁에 앉아 음식을 먹고 있었다. 창문 아래 바닥에서는 고양이가 새빨간 혀로 그릇에 담긴 우유를 할짝거리고 있었다. 고양이의 털은 회색이 아니라 줄무늬였다. 이를 알아차린 마르첼로는 크게 실망했다.

딱히 주방에 있어야 할 이유를 찾지 못한 그는 고양이에게 가서 쭈그리고 앉아 등을 쓰다듬었다. 고양이는 계속해서 우유를 할짝대며 그르렁거렸다. 요리사가 일어나 주방 문을 닫으러 갔다. 그런 다음 냉장고를 열고 접시에 담긴 케이크 한 조각을 꺼내 식탁에 올려놓고 의자를 빼면서 마르첼로에게 말했다.

“어젯밤에 만든 케이크 좀 드실래요? 도련님을 위해 남겨두었답니다.”

마르첼로는 고양이를 쓰다듬는 걸 그만두고 식탁에 앉아 아무 말 없이 케이크를 먹기 시작했다. 하녀가 말했다.

“음, 이해할 수가 없어요. 낮에 시간도 많고, 집도 넓은데 꼭 식사 시간에 바로 애 앞에서 싸우는 건 뭔지……”

요리사는 훈계하듯 말했다.

"아이를 돌볼 생각이 없으면 아예 낳지 않는 편이 나아."

하녀는 잠시 침묵하더니 말했다.

"무책임한 아버지잖아요…… 잘 못 지내는 건 당연하죠."

"그것만 문제겠어……"

요리사가 마르첼로 쪽을 의미심장하게 쳐다보며 말했다.

"게다가 제 생각에, 그 남자 정상이 아니에요."

하녀가 말을 이었다. 이 부분에서 마르첼로는 귀를 세우고 천천히 케이크를 먹었다.

"사모님도 나랑 같은 생각이에요. 어제 잠옷으로 갈아입으면서 뭐라고 하신 줄 아세요? '자코미나, 언젠가는 남편이 날 죽일 거야.' 그래서 내가 말했어요. '하지만 사모님, 그렇다면 왜 바깥어른이 그렇게 하기까지 가만히 계시는 거죠?' 그랬더니……"

"쉬……"

요리사가 마르첼로를 가리키며 더 이상 이야기하지 못하게 했다. 하녀는 곧장 알아듣고 마르첼로에게 물었다.

"엄마랑 아빠는 어디 계시죠?"

"위층 침실에."

마르첼로가 대답했다. 그리고 갑자기 억누를 수 없는 충동에 이끌린 듯 말했다.

"정말 아빠는 정상이 아니야. 아빠가 무슨 짓을 한지 알아?"

"아뇨, 몰라요. 무슨 일이 있었죠?"

"고양이를 죽였어."

"고양이를요? 어떻게요?"

"내 새총으로…… 아빠가 정원에 있는 걸 봤는데, 담 위를 걷고 있는 회색 고양이를 따라가고 있었어…… 그러다 돌멩이를 집어 들어 고양이를 겨냥하고 눈을 쐈어. 그 고양이는 로베르토네 정원으로 떨어졌는데, 가서 보니까 죽어 있었어."

그는 계속해서 말을 하는 동안 자신의 이야기에 빠져들었지만, 솔직하고 순진한 태도로 자신이 목격한 범죄를 이야기하는 순수한 아이의 어조를 잃지 않았다. 하녀가 깍지를 끼며 말했다.

"세상에, 고양이를……, 그 나이에, 신사가. 아들의 새총을 가져다 고양이를 죽이다니…… 비정상이라고 할 만하네요."

"동물에게 나쁜 짓을 하는 사람은 기독교인에게도 나쁜 짓을 하지. 고양이로 시작해서 결국에는 사람을 죽일 거야."

"왜요?"

갑자기 마르첼로가 접시에서 눈을 떼고 물었다.

"음, 글쎄요. 그냥 그렇다고들 해요."

요리사가 그의 머리를 쓰다듬으며 말했다.

"비록 항상 그런 건 아니지만……"

요리사는 하녀를 향해 덧붙였다.

"피스토야에서 그 사람들을 다 죽인 남자 있잖아. 신문에서 읽었는데……, 그가 지금 감옥에서 뭐 하고 있는지 알아? 카나리아를 기르고 있대."

케이크를 다 먹은 마르첼로는 자리에서 일어나 주방을 나섰다.

2

요리사의 '고양이로 시작해서 결국에는 사람을 죽일 거야'라는 짧은 말에 예견되어버린 그 운명에 마르첼로는 공포를 느꼈지만, 바닷가에서 여름을 보내는 동안 마음에서 점차 지워나갔다. 아직도 그는 지난 며칠 동안 자신의 삶을 옭아맨 냉혹하고 이해할 수 없는 운명이라는 기제에 대해 생각하곤 했다. 그러나 두려움이 희미해지자 확신보다는 경고의 신호로 여겼다. 이글거리는 햇살과 짭조름한 바다 공기에 취해 즐겁고 새로운 일로 하루하루가 행복했다. 그러는 사이 마르첼로는 직접적이고 자발적으로 죄책감을 느낀 적이 없었다. 그래서 자기 자신을 이기지는 못했지만, 불운과 불행의 그림자로 완전히 점철되어 자기도 모르게 꽃을 망치는 일에서 도마뱀을 죽이는 일로, 그리고 로베르토를 죽이려는 시도로 몰아간 어두운 힘에 승리를 거두었다고 생각했다. 그는 바로 그 모호하고 해롭고 교활한 외적인 힘이 당장 발휘되는 것은 아니지만 항상 위협적으로 존재하고 있다고 생각했다. 그 힘의 위협을 확실하게 떼어놓기란 여전히 어려운 일이었다. 하지만 무심히 잊은 척함으로써 달래고 잠재우는 것이 좋겠다고 생각했다. 이것은 때때로 악몽에서 괴물에게 쫓기는 게 두려워, 꿈속에서조차 자는 척함으로써 괴물을 속이고 싶은 것과 같았다.

그 여름은 마르첼로에게 가장 행복한 시간은 아니었더라도 가장 자유로운 한때였다. 또한 철없는 아이로서의 성향을 간직한 마지막 여름인 것도 분명했다. 이러한 방종은 그 나이 때의 자연스러운 성향 탓이기도 했다. 다른 한편으로는 예감과 운명의 저주스러운 궤도에서 어떻게 해서든 벗어나려는 열망 때문이기도 했다. 마르첼로는 아침에 열 번쯤 바다에 뛰어들고 친구와 난폭한 놀이로 떠들썩하게 겨루며 뜨거운 바다에서 몇 시간 동안 노를 젓게 만드는 충동을 인식하지 못했다. 일종의 과도한 열의를 갖고 바닷가에서 이 모든 것을 하게 만든 충동은 도마뱀을 죽인 후 로베르토에게 공모를 요구하고 고양이를 죽인 뒤 부모의 처벌을 바라게 만든 정상성에 대한 열망, 모두가 인정하는 일반적 규칙에 부합하려는 바람, 다르다는 것이 죄를 의미하는 순간부터 타인처럼 되고자 하는 소망이었다.

로베르토 정원에서 흰색과 보라색 붓꽃들 사이에 누워 있던 죽은 고양이에 대한 기억은 종종 갑작스레 아픈 기억으로 떠올라, 그때의 행동이 무모하고 위선적인 성격이었다는 것을 드러냈다. 채무자가 빚 보증서에 서명한 기억을 두려워하듯이, 그는 그 기억이 두려웠다. 고양이의 죽음으로 인해, 땅속에 숨거나 바다를 건너가 자신의 흔적을 지우더라도 조만간 더 이상 피하지 못하고 무시무시하고 무거운 책임을 떠안을 것 같았다. 그럴 때마다 그는 몇 달이 흐르고, 곧 여러 해가 흘러갈 것이며, 결국 가장 중요한 것은 그 괴물을 깨우는 게 아니라 시간이 지나가게 놔두는 것이라고 생각함으로써 스스로를 위로했다. 그러나 이러한 낙담과 공포가 몰려오는 일은 드물었고, 여름이 끝날 무렵에는 완전히 사라졌다. 마르첼로가 로마로 돌아왔을 때는 고양이와 관련된 사건과 그 이전 사건들이 모두 거의 희미한 기억이 되었다. 마치 다른 세상에서나 겪은 경험처럼 이제는 아무런 관계가 없는 듯 느껴졌다.

로마로 돌아와 학교에 들어간다는 흥분에 젖은 것도 그의 망각에 기여했다. 지금까지 마르첼로는 집에서 공부를 했기 때문에, 올해가 그에게는 공립학교에서 보내는 첫해였다. 집에서 무질서, 규제의 결여, 외로움을 경험한 그는 새로운 친구, 교사, 교실, 시간표가 재미있었다. 학교는 전에 식탁에서 상상했던 기숙학교와 약간 흡사했다. 하지만 압박감이나 예속감은 물론 감옥처럼 생각되는 불쾌한 면은 전혀 없고 즐거운 면만 보였다. 마르첼로는 곧 학교생활이 적성에 잘 맞는다는 것을 알았다. 그는 아침 자명종 소리에 잠을 깨 서둘러 몸을 씻고 옷을 갈아입은 뒤, 교과서와 공책을 오일클로스*에 깔끔하게 담아 고무 밴드로 잘 묶고, 거리를 달려 학교에 가는 게 즐거웠다. 또한 친구들과 함께 낡은 체육관으로 몰려가 더러운 층계를 뛰어올라서는, 소리가 울리는 지저분한 복도를 지나 교실에 이르러 흥분을 가라앉히는 것도 좋았다. 교실에는 교사용 책상이 있고, 그 앞에 학생 책상이 정렬돼 있었다. 그는 특히 교사가 출석을 부르고 질문을 하면 반 친구들과 경쟁하며 답하고,

* oilcloth: 기름으로 방수 처리한 천.

교사의 차분하고 객관적인 말투로 진행되는 수업 방식이 좋았다. 교실 책상 정렬 방법도 마음에 들었는데, 학습 효과를 높일 수 있도록 교사 앞에 나란히 열을 지어놓았다. 마르첼로는 평범한 학생이었고 어떤 과목에서는 가장 뒤처진 축에 속하기도 했다.

그가 학교에서 가장 좋아한 것은 공부가 아니라 새로운 생활 방식이었다. 그것은 지금까지의 생활 방식보다 그의 취향에 잘 맞았다. 그에게도 역시 매력적인 것은 '정상'이었다. 이는 미리 확립되고 공명정대하며, 개인의 취향과 관계없이 모든 게 단일한 목적을 지향하는 명백한 규칙에 의해 제한되고 뒷받침되기 때문이었다.

하지만 그는 미숙하고 솔직해서, 학교와 규율 외에 아이들 간의 관계를 지배하는 무언의 다른 규칙에는 서툴고 자신이 없었다. 이 역시 평범함의 한 측면이었지만 익숙해지기는 더 어려웠다. 그는 교사가 숙제해온 걸 펴보라고 교탁으로 불렀을 때 그것을 처음 경험했다. 교사가 그에게서 공책을 건네받아 자기 책상에 올려놓고 읽기 시작하자, 마르첼로는 교탁 한쪽에 서서 평가를 기다리는 대신 교사의 어깨에 한쪽 팔을 두르고 자신이 해온 숙제를 함께 볼 수 있도록 몸을 낮추었다. 지금까지 집에서 가정교사들과 애정을 기반으로 친숙한 관계를 맺었던 데서 비롯된 매우 자연스러운 행동이었다. 교사는 놀라지 않고 마르첼로가 자신의 어깨에 올려놓은 손을 떼어놓았다. 교실에 있던 학생들이 떠들썩한 웃음을 터뜨렸다. 마르첼로는 교사가 보인 거부감에서 다른 감정을 감지했다. 거기에는 그의 행동에 대한 관대와 이해심이 부족했다. 순진함에서 비롯된 그 사건 이후 가까스로 수치심을 극복하고 나자 그는 자신이 두 가지 규칙, 즉 규율을 준수하고 교사에게 경의를 표해야 한다는 교칙과 독기를 품고 신중을 기해야 한다는 학생 규칙에 따르지 못했다는 생각이 들었다. 그런데 이 두 가지 무언의 규칙은 서로 모순되지 않고 오히려 이해할 수 없을 만큼 상호보완적이라는 게 독특했다.

그가 즉각 이해한 바와 같이, 단기간에 유능한 모범생이 되는 것은 쉬웠지만 나쁜 성격에 무심한 척하는 것은 상당히 어려웠다. 이 두번째 변화는 그의 미숙함, 친숙한 관계에서 비롯된 버릇, 그리고 심지어 외모 때문에도 쉽지 않았다. 마르첼로는 어머니에게서 완벽한 이목구비를 물려받았다. 그 조화와 아름다움은 고귀해 보일 정도였다. 동그스름한 얼굴에 가무잡잡하고 섬세한 뺨, 작은 코, 샐쭉하고 변덕스러운 표정을 띤 물결 모양의 입, 돌출된 턱, 거의 이마 전체를 덮은 밤색 머리카락, 회색과 푸른색의 중간 빛을 띠면서 내리뜨면 순수하고 사랑스러운 표정을 자아내는 눈. 흡사 여자아이처럼 보이는 외모였다. 아이들은 마르첼로가 실제로 남자 옷을 입은 여자아이가 아닐까 궁금해할 정도였다. 몇 가지 여성스러운 특징—쉽게 얼굴을 붉히고 신체 접촉을 통해 애정을 표현해야 직성이 풀리며 비굴하다 싶을 정도로 비위를 맞추려는 성향—을 확인받지 않았다면 그런 취급을 받는다는 것도 알아채지 못했을 것이다. 이는 타고난 특성이라 마르첼로는 특별히 의식하지 못했다. 따라서 그것이 다른 아이들의 눈에는 우습게 보인다는 것을 깨달았을 때, 모든 것은 이미 너무 늦은 뒤였다. 완전히 진압할 수는 없더라도 어떻게 손은 써볼 수 있었을 텐데, 안타깝게도 긴 바지를 입은 여자애라는 오명은 확고하게 자리를 잡은 상황이었다.

그들은 이제 마르첼로의 여성성을 의심하지 않는다는 듯 습관처럼 그를 놀려댔다. 가끔씩 그에게 왜 여자애 책상에 앉지 않는지, 치마 대신 바지를 입는 것은 무슨 생각에서인지 능청스럽게 묻기도 했다. 때로는 집에서 시간을 어떻게 보내는지, 수를 놓는지 인형 놀이를 하는지 궁금해했다. 또 어떤 때는 왜 귀걸이를 할 수 있게 귀를 뚫지 않는지 물었다. 그들은 간혹 그가 몰두해야 할 일을 확실하게 말해주기 위해서인 양 그의 책상에 천 조각과 바늘, 실타래를 몰래 넣어두기도 했다. 때로는 그것이 분첩이 되기도 했고, 또 어느 날 아침에는 한 아이가 누나에게서 훔쳐온 분홍색 브래지어가 되기도 했다. 또한 그의 이름을 여성형으로 바꿔 마르첼리나라고 부르기도 했다.

아이들이 이렇게 그를 놀릴 때, 그는 사실 분노와 함께 우쭐한 만족감도 맛보았다. 그의 내면 깊숙한 곳에서는 그런 상황을 전적으로 비참하게 생각하지는 않기 때문인 듯했다. 그런데 이러한 만족감이 놀림의 성격 때문인지, 아니면 비록 놀리고는 있지만 결국 자신에게 관심을 보여서인지는 잘 모르는 것 같았다. 그러던 어느 날 아침, 그들이 평소처럼 그의 등 뒤에서 "마르첼리나…… 마르첼리나…… 너 진짜 여자 속옷을 입고 있니?" 하고 속삭이자, 그는 손을 들고 일어나 교사에게 발언 의사를 밝혔다. 교실이 갑자기 조용해진 틈을 타 그는 큰 소리로 아이들이 자기를 여자 이름으로 부르고 있다고 항의했다. 몸집이 크고 못생긴 텁수룩한 남자 교사는 그의 말을 들은 뒤 회색 턱수염 사이로 미소를 지으며 말했다.

"그래, 아이들이 너를 여자 이름으로 부른다고…… 뭐라고 부르는 거지?"

"마르첼리나요."

"그게 싫으니?"

"싫어요…… 전 남자니까요."

"이리 오거라."

마르첼로는 그의 말에 따라 교단 앞으로 나아갔다. 교사가 유쾌하게 말을 이었다.

"자, 친구들에게 네 근육을 보여주렴."

마르첼로는 고분고분하게 팔을 구부리고 근육을 수축시켰다. 교사는 책상에서 몸을 구부리고 그의 팔을 이리저리 만져보더니, 인정의 표시로 고개를 끄덕이고는 다른 아이들을 향해 말했다.

"보다시피 마르첼로는 힘센 소년이다. 그리고 여자가 아니라 남자임을 입증할 준비가 되어 있다…… 그와 대결하고 싶은 사람 있나?"

긴 침묵이 흘렀다. 교사는 학생들을 둘러보고 결론을 내렸다.

"아무도 없군…… 흠, 그를 무서워한다는 거로구나. 그럼 더 이상 그를 마르첼리나라고 부르지 마라."

학급 전체가 웃음을 터뜨렸다. 얼굴이 새빨개진 마르첼로는 자기 자리로 돌아왔다. 그러나 그날부터 조롱이 멈추기는커녕 오히려 심해졌다. 마르첼로의 고자질은 아이들이 알려준 공모, 즉 그들을 결속시키는 침묵의 공모를 어겼기 때문이었다.

마르첼로는 더 이상 조롱당하지 않으려면 자신이 나약하지 않음을 입증해야 한다고 생각했다. 그러나 교사가 제안한 바와 같이 팔 근육을 자랑하는 것만으로는 충분치 않다는 사실을 직관적으로 파악했다. 보다 남다른 것, 그들의 상상력을 사로잡고 감탄을 불러일으키는 행동을 해야 했다. 그게 뭘까? 정확히 어떻게 말해야 할지는 모르겠지만, 일반적으로 힘과 남성성, 그리고 철저한 잔인성을 보여주는 행동이나 사물이어야 할 것 같았다.

그는 아반치니라는 아이가 가죽 권투 글러브를 갖고 있다는 이유로 친구들이 그를 매우 동경한다는 것을 알고 있었다. 마르첼로보다 작고 약하며 깡마른 금발 머리의 아반치니는 정작 어떻게 쓰는지도 몰랐지만 글러브는 그에게 특별한 지위를 부여했다. 풀리에제라는 아이도 이와 비슷한 동경의 대상이었는데 그는 유도를 할 줄 아는 척했기 때문이다. 그래서인지 실제로 한번 해보라고 하자 풀리에제는 어떻게 해야 할지 전혀 몰라 했다. 그럼에도 아이들은 아반치니를 존중하는 것과 똑같이 풀리에제를 대했다. 마르첼로는 권투 글러브 같은 물건을 갖고 있다고 과시하거나 유도 같은 재주를 생각해내야 한다고 결론 내렸다. 그는 자신이 다른 아이처럼 얄팍한 아마추어가 아니어서 좋든 싫든 주어진 삶과 그 의무를 진지하게 생각하기 때문에, 자신이 아반치니라면 적의 코를 부러뜨렸을 것이고 풀리에

제라면 목을 부러뜨렸을 것이라고 생각했다. 그러나 그는 미사여구를 구사하거나 겉으로 뭔가 있어 보이게 할 줄은 몰랐기 때문에 자꾸 망설였다. 또한 자존심을 지키기 위해서는 친구들에게 힘이 있다는 걸 입증해 보여야 한다는 생각에 안달 난 동시에 막연히 겁이 나기도 했다.

어느 날, 자신을 가장 심하게 괴롭히는 아이들 중 몇몇이 쑥덕거리는 것을 발견했을 때, 그는 그들의 시선에서 자신을 향한 새로운 음모가 계획되고 있음을 짐작했다. 비록 수업 시간은 별일 없이 지나갔지만, 그들의 표정과 쑥덕거림만으로도 그의 의심은 더욱 확고해졌다. 수업이 끝나는 종이 울리자 마르첼로는 주변을 돌아보지도 않고 집으로 발을 옮겼다. 10월 하순이었다. 앞으로 닥쳐올 위기의 존재를 모른 채 포근한 날씨였다. 이미 가버린 여름의 마지막 따뜻함과 향기가 가을에 느끼는 미약한 첫번째 한기와 뒤섞인 것 같기도 했다. 마르첼로는 이런 분위기에 막연한 흥분을 느꼈다. 몇 달 전에 꽃을 꺾고 도마뱀을 죽게 만든 파괴와 죽음에 대한 갈망 비슷한 것을 감지했기 때문이었다. 가지와 잎사귀가 무성한 나무에 수많은 새가 드나들던 여름은 청명한 하늘 아래 풍요롭고 정적이며 완벽한 계절이었다. 그는 가을바람이 그러한 풍요와 정적, 완벽성을 깨트리며 하늘에 어두운 구름을 드리우고 나뭇잎을 땅에 떨어뜨리며 새를 쫓아버리는 모습을 즐겁게 바라보았다. 또한 나뭇잎과 구름 사이로 새들이 질서 정연하게 떼를 지어 이주하는 모습도 보였다.

그때 마르첼로는 길모퉁이에서 다섯 명의 소년이 자신을 따라오고 있음을 알아차렸다. 그중 두 명은 다른 방향에 살았으므로 그를 쫓아오는 게 틀림없었다. 하지만 가을 향취에 흠뻑 빠진 그는 주의를 기울이지 않았다. 그는 조금이라도 빨리 플라타너스를 심은 큰길에 닿길 바랐다. 교차로를 건너면 바로 집에 갈 수 있는 큰길에는 마른 잎이 한가득 쌓여 있어서 그 속에 발을 넣고 이리저리 돌아다니며 바스락거리는 소리를 내고 싶었다. 그렇게 노는 동안, 장난기가 발동한 그는 따라오는 아이들을 따돌리려고 골목으로 들어섰다가 그만 길을 잃고 말았다. 잠깐 어리둥절해하다가 그는 문제의 다섯 아이들이 매번 자신을 찾아낸다는 걸 알게 되었다. 이제 큰길은 가까워졌고, 마르첼로는 그들에게 마른 잎을 갖고 노는 모습을 보인다면 수치스러울 것 같았다. 그래서 그들과 맞서기로 마음먹고 돌아서서 물었다.

"왜 날 따라오는 거야?"

다섯 명 중 날카롭게 생긴 얼굴에 금발 머리를 짧게 깎은 작은 녀석이 재빨리 대답했다.

"우린 널 따라가는 게 아니야. 길은 모두를 위해 있는 거잖아?"

마르첼로는 아무 말 없이 다시 걷기 시작했다. 이제 그는 잎 하나 남지 않은 거대한 플라타너스들이 양옆에 늘어서 있고 그 뒤로 창문 많은 집들이 줄줄이 보이는 큰길에 다다랐다. 그곳에도 황금처럼 노란 고엽들이 검은 아스팔트 위에 흩어져 있거나 도랑에 쌓여 있었다. 다섯 명의 아이들은 더 이상 보이지 않았다. 아마도 그를 따라오는 걸 포기한 듯싶었다. 넓은 길과 황량한 보도에는 마르첼로밖에 없었다. 그는 보도에 흩어져 있던 나뭇잎 속에 망설임 없이 발을 집어넣고 천천히 걷기 시작했다. 그렇게 즐기는 사이, 가볍고 바스락거리는 나뭇잎 더미는 무릎까지 닿았다. 그가 나뭇잎을 한 줌 주워 공중에 던지려고 몸을 숙였을 때, 다시 금발 머리의 비아냥거리는 목소리가 들려왔다.

"마르첼리나…… 마르첼리나…… 네 팬티를 보여줘."

그러자 그는 갑자기 싸움에 대한 즐거운 열망에 사로잡혔다. 그의 얼굴은 공격적인 흥분으로 환해졌다. 그는 몸을 곧추세우고 단호한 태도로 그들에게 걸어가 말했다.

"저리 안 갈래?"

대답 대신 다섯 명이 모두 그에게 달려들었다. 마르첼로는 자신이 역사책에 나오는 영웅처럼 행동할 수 있기를 바랐다. 즉 여기저기 뛰어다니며 한 번에 한 명씩 상대하고 모두에게 한 방씩 날려 그들이 계획한 일을 포기하게 만드는 것이었다. 그러나 곧 그는 이 생각이 쓸데없음을 깨달았다. 다섯 명이 모두 용의주도하게 즉시 그를 에워쌌다. 한 명은 팔을 잡고, 다른 한 명은 다리를 잡고, 두 명은 몸통을 잡았다. 그리고 다섯번째 아이는 서둘러 꾸러미를 열고 조심스럽게 그에게 다가왔다. 손에는 진한 청색 면치마가 들려 있었다. 그들은 여전히 그를 꼭 붙잡고 다 함께 웃음을 터뜨렸다. 치마를 든 아이가 말했다.

"자, 마르첼리나…… 어디 보자…… 치마를 입혀서 엄마한테 보내줄게."

이러한 장난은 마르첼로가 예상한 바였다. 늘 그렇듯 남성스럽지 못한 그의 태도에서 비롯된 것이었다. 화가 나 얼굴이 빨개진 그는 온 힘을 다해 버둥대기 시작했다. 가까스로 한 아이의 얼굴을 할퀴고 다른 아이의 배를 한 대 쳤지만 차츰 움직이기 힘들어질 만큼 다섯 아이는 그보다 힘이 셌다. 마침내 그가 끙끙대며 말했다.

"이거 놔…… 이 멍청이들아…… 놓으란 말이야."

그러자 그들의 입에서 승리의 탄성이 터져 나왔다. 치마를 머리 위로 씌워도 이제는 저항할 수가 없었다. 그는 계속 몸부림쳤지만 소용이 없었다. 아이들은 쉽게 치마를 허리까지 끌어내리고 등 뒤로 끈을 묶은 뒤 큰 소리로 외쳤다.

"꽉 묶어…… 더 꽉 묶으란 말이야."

그때 꾸짖는다기보다 호기심 어린 어조로 차분하게 묻는 목소리가 들려왔다.

"너희 뭐 하는 거냐?"

다섯 아이들은 즉시 마르첼로를 놓아두고 도망쳐버렸다. 마르첼로는 허리에 치마를 두른 채 온통 흐트러진 모습으로 홀로 남아 숨을 헐떡거렸다. 그는 눈을 들어 앞에 서서 말을 건넨 남자를 바라보았다. 진한 회색 제복을 입고 목 밑까지 옷깃을 꽉 조인 그 남자는 창백하고 수척한 얼굴에 눈이 움푹 들어갔으며 코가 크고 슬퍼 보였으나 입은 경멸하는 듯한 모양에 상고머리를 해 첫눈에 아주 엄격한 인상을 주었다. 그러나 다시 남자를 바라봤을 때에는 전혀 엄격하지 않은 특징 몇 가지가 눈에 띄었다. 눈에서는 불안하고 강렬한 눈길이 느껴지고, 입속에는 부드럽고 너무 익어버린 뭔가를 물고 있었으며, 태도는 전반적으로 불안정했다. 남자는 몸을 숙여 마르첼로가 몸부림치다 땅에 떨어뜨린 책들을 주워 마르첼로에게 내밀며 물었다.

"그 애들은 너한테 뭘 원하는 거니?"

남자의 목소리도 얼굴처럼 엄하게 들렸지만 듣기 싫지는 않았다. 마르첼로는 초조하게 대답했다.

"그 애들은 항상 저를 놀려요…… 정말 멍청한 놈들이에요."

그는 이렇게 말하며 등 뒤에 묶여 있는 치마끈을 풀려고 애썼다.

"기다려라."

남자가 몸을 숙여 끈을 풀어주며 말했다. 치마가 땅에 떨어졌다. 마르첼로는 그것을 밟고 서서 짓이긴 다음, 멀리 마른 잎더미 위로 차버렸다. 남자가 조심스럽게 물었다.

"집에 가는 길 아니었니?"

"맞아요."

마르첼로가 남자를 올려다보며 대답했다.

"그러면 내가 차로 데려다줄게."

남자는 그리 멀지 않은 곳, 갓돌 옆에 세워둔 자동차를 가리키며 말했다. 마르첼로는 그 차를 바라보았다. 차체가 길고 고풍스러운 검은색 차였는데, 그가 모르는 외국산 차종 같았다. 이상하게도 불과 몇 미터 떨어진 곳에 서 있는 차를 보자, 마르첼로는 이 남자의 접근이 우연이라기보다는 의도적이라는 생각이 들었다. 그가 주저하며 대답을 못 하자 남자가 말했다.

"가자. 집에 데려다주기 전에 멋진 드라이브도 시켜줄게…… 어때?"

마르첼로는 거절하고 싶었다. 아니 거절해야 한다고 생각했다. 그러나 그럴 여유가 없었다. 이미 남자는 "내가 들어줄게"라고 말하며 그의 손에서 책을 빼앗아 들고는 자동차를 향해 걸어갔다. 그는 자신의 고분고분한 태도에 다소 놀라며 남자의 뒤를 따라갔지만 불쾌하진 않았다. 남자는 조수석의 문을 열어 마르첼로를 태운 뒤 뒷좌석에 책을 던졌다. 그리고 운전석에 올라타 문을 닫고 장갑을 낀 다음 시동을 걸었다.

나무가 늘어선 큰길을 따라 차가 장엄하게 우르릉거리며 서서히 달리기 시작했다. 마르첼로는 골동품 같은 차라고 생각했지만 흠잡을 데 없이 잘 작동했고 멋지게 윤이 났으며 황동과 니켈 도금은 티 없이 반짝거렸다. 남자는 한 손으로 핸들을 잡고 다른 한 손으로는 챙이 달린 모자를 찾아 단정하게 머리 위에 썼다. 그 모자는 그를 더 엄격해 보이게 하는 것은 물론 군인 같은 분위기를 더했다. 당황스러운 듯 마르첼로가 물었다.

"아저씨 차인가요?"

"편하게 말해."

남자는 오른손으로 차만큼이나 고풍스러운 둥근 기어를 쥐고, 돌아보지도 않은 채 말했다.

"내 차 아니야…… 내 고용주 거야…… 난 운전사야."

마르첼로는 아무 말도 하지 않았다. 남자는 계속해서 그에게 옆얼굴을 보이며 초연한 표정으로 우아하게 운전하며 물었다.

"내 차가 아니라니까 신경 쓰이니? 창피해?"

"아뇨, 왜요?"

마르첼로가 재빨리 말했다. 남자는 만족한다는 듯 살짝 미소를 짓고 속도를 높였다.

"이제 잠시 언덕을 오를 거야. 몬테마리오……, 괜찮겠니?"

"가본 적 없어요."

"아름다운 곳이야. 도시 전체가 다 보여."

남자가 잠시 말이 없다가 부드럽게 말을 이었다.

"이름이 뭐니?"

"마르첼로요."

"오, 그래."

남자가 혼잣말하듯이 말했다.

"그 애들은 널 마르첼리나라고 부르더구나. 그 친구들 말이야…… 내 이름은 파스콸레야."

마르첼로가 그 이름이 우습다고 생각할 시간도 없이, 남자는 마치 그의 생각을 읽은 것처럼 말했다.

"뭐, 좀 웃기는 이름이지…… 리노라고 불러도 돼."

이제 차는 퇴락한 지역으로 접어들어 양옆에 공동 주택이 늘어선 넓고 지저분한 도로를 달렸다. 도로 한가운데에서 놀고 있던 꼬마들이 그들에게 길을 터주었다. 또한 부스스한 여인들과 남루한 남자들이 보도에 서서 그들이 지나가는 것을 지켜보았다. 그들에게는 일상적이지 않은 광경이었기 때문이다. 마르첼로는 호기심의 대상이 된 것이 창피해 눈을 내리깔았다.

"트리온팔레를 지난 거야. 그리고 이제부턴 몬테마리오고."

빈민가를 벗어난 차는 전차를 따라 높은 집들이 양옆으로 늘어선 넓은 나선형 도로를 올라갔다.

"집에는 몇 시까지 가야 하니?"

"시간 있어요. 두 시는 돼야 밥 먹거든요."

"집에선 누가 기다리고 있니? 엄마하고 아빠?"

"네."

"형제자매는 있니?"

"없어요."

"그럼 아빠는 뭘 하시니?"

"아무 일도 안 하세요."

마르첼로가 약간 자신 없이 대답했다.

길모퉁이에서 차는 전차를 따라잡았다. 남자는 상체를 고정시킨 채 핸들에서 팔을 구부려 우아하고 민첩하게 차를 돌렸다. 그리고 여전히 오르막길을 달리며 차는 덩굴이 뻗은 길고 높은 담과 저택 출입구, 나무 울타리를 지나기 시작했다. 때때로 베네치아풍 조명으로 장식된 통로나 적갈색 간판이 있는 아치가 눈에 띄어 그곳에 식당이나 허름한 여관이 있음을 짐작케 했다. 리노가 갑자기 물었다.

"아빠와 엄마가 너한테 선물을 주시니?"

"네, 가끔은요."

마르첼로가 다소 모호하게 대답했다.

"많이? 아니면 조금?"

마르첼로는 선물을 받은 적이 거의 없고 때로는 명절도 선물 없이 보낸다고 밝히고 싶지 않았다. 그는 그저 "중간 정도"라고 대답했다.

"선물 받는 거 좋아해?"

리노가 계기판 아래 작은 문을 열더니 노란색 천을 꺼내 앞

유리를 닦으며 물었다. 마르첼로는 그를 쳐다보았다. 그는 아주 바른 자세로 앉아 여전히 옆모습만 보였다. 모자의 챙이 그의 눈에 그늘을 드리웠다. 마르첼로는 생각 없이 말했다.

"네, 좋아해요."

"그럼 어떤 선물을 받고 싶니?"

이번에는 질문이 너무 노골적이어서 마르첼로는 수수께끼 같은 리노가 어떤 이유에서든 자신에게 선물을 주려 한다고 생각할 수밖에 없었다. 그는 갑자기 무기에 끌린다는 사실이 떠올랐다. 그와 동시에 거의 뭔가를 발견했다는 기분이 들면서, 그는 진짜 무기를 가지면 친구들이 자신을 존중하고 존경할 거라고 생각했다. 그는 너무 큰 걸 요구한다는 느낌이 들어 약간 주뼛거리며 말했다.

"권총 같은 거요……"

"권총?"

남자가 조금도 놀란 기색 없이 되풀이하며 말했다.

"어떤 권총 말이니? 장난감 아니면 모형 총?"

"아뇨, 진짜 권총요."

마르첼로가 대담하게 말했다.

"그럼 진짜 권총 갖고 뭐 할 건데?"

마르첼로는 진짜 이유를 대고 싶지 않았다.

"사격 연습을 할 거예요. 실력이 완벽해질 때까지요."

"사격 연습이 왜 그렇게 중요하니?"

마르첼로는 남자가 실제로 호기심이 발동해서라기보다는 자신이 말하는 걸 듣는 게 좋아서 계속 질문한다고 생각했다. 그럼에도 그는 진지하게 대답했다.

"백발백중이면 누구에게서든 자신을 지킬 수 있을 테니까요."

남자는 잠시 말이 없다가 한 가지 제안을 했다.

"거기 네 바로 옆 문에 주머니가 달려 있어. 거기에 손을 한 번 넣어보렴."

호기심에 그가 시킨 대로 했더니 차가운 금속 물체가 손가락에 닿았다.

"어서 꺼내봐."

차가 길을 건너는 개를 피하기 위해 재빨리 방향을 틀었다. 마르첼로는 금속 물체를 꺼냈다. 진짜 권총이었다. 검고 납작한 자동 권총으로 파괴와 죽음의 기운이 감돌아 무게감이 느껴졌다. 총탄을 발사할 준비가 된 것처럼 총열이 앞으로 나와 있었다. 정말 그러고 싶지는 않았지만, 손가락이 기쁨으로 떨렸다. 마르첼로는 손잡이를 움켜잡았다.

"그런 권총 말이니?"

"네."

"좋아, 정말 갖고 싶다면 줄게…… 하지만 그건 차에 두는 거니까 안 되고…… 똑같은 걸로 다른 걸 줄게."

마르첼로는 아무 말도 하지 않았다. 그는 현실 세계와는 달리 마법의 분위기가 감도는 동화 속으로 들어간 것 같았다. 미지의 운전사가 자신의 차로 초대해 권총을 건네주는 세계였다. 모든 것이 매우 쉽게 느껴졌다. 하지만 그와 동시에 다시 생각해보면 이유는 잘 모르겠지만, 이러한 수월함이 유혹적이면서도 불쾌한 기미를 드러냈다. 뭔지 알 수 없는 위험이 도사리고 있고 곧 드러날 것 같은 느낌이었다. 냉철하게 마르첼로는 두 사람 다 특별한 목적이 있어서 그 차 안에 있는 거라고 생각했다. 자신의 목적은 권총을 갖는 것이었다. 리노의 목적은 권총에 대한 대가로 아직 확실치도 않고 아마 받아들이기도 쉽지 않은 무엇을 얻으려는 것 같았다. 하지만 문제는 둘 중 누가 이 거래에서 더 이득을 보느냐였다.

"어디로 가는 거죠?"

"내가 사는 집으로 가고 있어……, 권총 찾으러."

"그 집이 어딘데요?"

"여기야, 이제 다 왔어."

남자가 마르첼로의 손에서 권총을 빼앗아 자기 호주머니에 넣으며 말했다.

마르첼로는 밖을 내다보았다. 차는 이제 그저 평범한 시골길 같은 데 멈춰 섰다. 그곳에는 네군도단풍나무 울타리가 쳐져 있고 그 뒤로는 드넓은 들판과 하늘이 펼쳐져 있었다. 그리고 조금 앞쪽으로는 기둥이 두 개 박혀 있는 아치형 출입구와 녹색 문이 보였다.

"여기서 기다려라."

남자는 차에서 내려 출입구로 향했다. 잠시 후, 마르첼로는 남자가 이중문을 밀고 다시 차로 돌아오는 것을 보았다. 앉아 있을 때는 키가 커 보였지만 사실 그렇게 크진 않았다. 몸통에 비해 다리가 짧고 엉덩이가 넓었다. 리노는 다시 차를 몰고 출입구를 지나 자갈을 깐 진입로로 들어섰다. 구불구불하게 뻗은 길 양옆으로는 헐벗은 편백나무들이 갑자기 불어온 돌풍을 맞아 미친 듯이 흔들리고 있었다. 그때, 진입로 끝에서 우중충한 하늘을 배경으로 잠깐씩 비치는 햇살에 무언가가 눈부시게 빛났다. 2층 집에 설치된 베란다의 유리문이었다.

"저건 저택이야. 하지만 아무도 없어."

"주인은 누구죠?"

"어떤 여자야. 미국인인데…… 집에 없어. 피렌체에 갔어."

차가 집 앞에서 멈추었다. 길이가 길고 높이가 낮은 직사각형 저택은 흰색 시멘트와 적색 벽돌로 되어 있고 여기저기 거울 같은 유리창이 나 있었다. 거친 사각형 돌기둥이 현관 지붕을 받치고 있었다. 리노는 차 문을 열고 내려서며 말했다.

"좋아, 내리자."

마르첼로는 리노가 자신에게 무엇을 원하는지 몰랐고 짐작조차 하지 못했다. 속게 될까 봐 두려워 망설임만 점점 더 커졌다. 그가 움직이지 않고 물었다.

"권총은요?"

"저 안에 있어. 이제 가지러 갈 거야."

리노가 저택의 창문을 가리키고 다소 조바심을 내며 대답했다.

"나한테 주실 거예요?"

"그렇다니까. 멋진 새 권총이야."

마르첼로는 아무 말도 하지 않고 차에서 내렸다. 그 순간 더위와 먼지를 동반하고 감각을 자극시키면서 침울한 분위기를 자아내는 거센 가을바람의 공격을 받았다. 이유는 잘 모르겠지만, 그는 바람에서 어떤 예감을 느꼈다. 계속해서 리노를 따라 가던 그는 자갈이 깔리고 덤불과 협죽도로 둘러싸인 빈터에 마지막으로 시선을 돌렸다. 리노는 앞서 걷고 있었다. 마르첼로는 그가 입은 재킷의 옆 호주머니가 불룩 튀어나온 것을 보았다. 이곳에 도착했을 때 차 안에서 그로부터 뺏어간 권총이었다. 갑자기 그는 리노가 권총이라고는 그것 하나밖에 없다는 확신이 들었다. 도대체 왜 그가 거짓말을 했고 지금 왜 자신을 집 안으로 데리고 가는지 생각해보았다. 그는 남자를 의심하면서, 눈을 크게 뜨고 절대 속지 않겠다고 다짐했다. 그러는 동안 그들은 널따란 거실로 들어섰다. 안락의자와 소파가 흩어져 있고 뒷벽에는 덮개 달린 적색 벽난로가 놓여 있었다. 여전히 마르첼로를 앞서가던 리노는 거실을 지나 구석에 있던 푸른색 문으로 향했다. 마르첼로가 불안해하며 물었다.

"어디 가는 거죠?"

"내 침실로 들어가는 거야."

리노가 돌아보지 않고 조용히 대답했다. 마르첼로는 자신이 게임의 본질을 간파했음을 리노가 알 수 있도록 만일의 경우 초기에 저항하기로 마음먹었다. 리노가 푸른색 문을 열자 그는 거리를 유지하며 말했다.

"당장 권총을 주세요. 안 그러면 가버릴 거예요."

"하지만 여기엔 없어. 내 침실에 있어."

리노가 몸을 반쯤 돌리며 대답했다.

"아뇨, 있어요. 재킷 호주머니 안에 있잖아요."

"이건 차에 두는 거야."

"다른 권총은 없어요?"

리노는 짜증이 난 듯한 몸짓을 보였지만 곧 자제하는 것 같았다. 마르첼로는 다시 그의 메마르고 엄격한 얼굴이 부드러운 입술이며 불안과 고통으로 애원하는 듯한 눈과 얼마나 대조적인지 알아차렸다.

"그럼 이걸 줄게. 하지만 나랑 같이 가…… 너한테 뭐 문제 될 거 있어? 여기서는 농부가 우릴 볼지도 몰라. 사방이 창문이잖아."

'우릴 보면 어때서요?' 마르첼로는 이렇게 묻고 싶었지만 꾹 참았다. 설명할 수는 없어도 실제로 그것이 문제가 된다는 것을 막연하게나마 감지했기 때문이다. 그가 어린애처럼 물었다.

"좋아요, 그럼 그걸 줄 거예요?"

"걱정 마라."

짧고 흰 복도로 들어서자 리노는 문을 닫았다. 맞은편 복도 끝에 또 다른 파란색 문이 있었다. 이번에는 리노가 마르첼로를 앞서가지 않고 그 옆으로 와 허리에 가볍게 팔을 두르며 물었다.

"권총이 그토록 갖고 싶니?"

"네."

마르첼로는 남자가 팔을 두른 것에 당황해 더 이상 말을 할 수 없었다. 리노는 팔을 풀고 마르첼로를 데리고 침실로 들어갔다. 작고 하얀 침실은 길고 좁았으며 끝에 창문이 하나 나 있었다. 가구라고는 침대와 머리맡 탁자, 옷장, 의자 두 개뿐이었으며 모두 연한 녹색으로 칠해져 있었다. 마르첼로는 침대 쪽 벽에 아주 흔한 청동 십자고상이 걸려 있는 것을 보았다. 탁자에는 검은색 장정에 적색 테두리를 한 두꺼운 책이 하나 놓여 있었는데, 마르첼로는 그게 기도서라고 생각했다. 다른 물건이나 옷 하나 없는 방은 매우 깨끗해 보였다. 게다가 공기 중에는 오드콜로뉴*로 만든 비누에서처럼 강한 향기가 났다. 전에 어디선가 그 냄새를 맡은 것도 같았다. 아마도 어느 날 아침, 어머니가 욕실에서 씻고 난 직후였을 것이다. 리노가 무뚝뚝하게 말했다.

"침대에 앉거라…… 더 편안하단다."

그는 말없이 시키는 대로 했다. 리노는 이제 침실 안을 왔다 갔다 했다. 그는 모자를 벗어 창턱에 올려놓고, 옷깃의 단추를 풀어 손수건으로 목 주변에 맺혀 있던 땀을 닦았다. 그러고 나서 옷장을 열고 커다란 오드콜로뉴 병을 꺼내 손수건을 적시고, 그것으로 얼굴과 이마를 문질렀다.

"너도 좀 뿌릴래? 상쾌하단다."

마르첼로는 거절하고 싶었다. 그 병과 손수건이 말로 표현할 수 없는 혐오감을 불러일으켰다. 하지만 그는 리노가 손바닥으로 자신의 얼굴을 시원하게 문지르도록 내버려두었다. 리노는 오드콜로뉴를 다시 옷장에 넣고 침대로 와서 마르첼로 앞에 앉았다.

그들은 서로를 바라보았다. 메마르고 엄격한 리노의 얼굴은 이제 강렬한 감정에 휩싸여 달래고 애원하는 듯한 새로운 표정

* eau de cologne: 화장수 또는 향수의 일종.

을 띠었다. 그는 마르첼로를 바라보며 아무 말도 하지 않았다. 인내심을 잃은 마르첼로는 당혹스러운 시선에서 벗어나기 위해 마침내 입을 열었다.

"권총은요?"

그는 리노가 한숨을 쉬고 마지못한 듯 호주머니에서 권총을 꺼내는 것을 보았다. 마르첼로가 손을 내밀자 리노의 얼굴이 굳어졌다. 그는 권총을 뒤로 빼며 다급하게 말했다.

"줄게…… 하지만 대가가 있어야 해."

마르첼로는 이 말에 거의 안도감을 느꼈다. 자신이 생각한 바와 같이, 리노는 권총에 대한 대가로 뭔가를 원했다. 그는 재빨리 학교에서 펜촉이나 구슬을 놓고 거래할 때처럼 순진한 척 말했다.

"원하는 것을 얘기하세요. 거래하죠."

리노는 눈을 내리깔고 망설이다가 천천히 물었다.

"이 권총을 갖기 위해 넌 뭘 하겠니?"

그는 리노가 자신의 제안을 교묘히 비껴갔음을 눈치챘다. 그것은 권총과 어떤 '물건'을 교환하는 문제가 아니라 권총을 얻기 위해 무언가를 '해야' 하는 것이었다. 그게 무엇인지는 몰랐지만 처음과 마찬가지로 순진한 척 말했다.

"몰라요, 말씀해주세요."

잠시 침묵이 흘렀다.

"무슨 일이든 할 거니?"

리노가 갑자기 그의 손을 잡으며 다급한 목소리로 물었다. 그 어조와 몸짓에 마르첼로는 두려움을 느꼈다. 그는 리노가 도둑이어서 도둑질에 가담할 것을 요구하지 않을까 싶었다. 하지만 잠시 생각해본 결과, 이러한 추측은 쓸데없었다. 그래도 그는 조심스럽게 대답했다.

"글쎄요, 제가 무얼 하길 바라세요? 말씀해보세요."

리노는 이제 마르첼로의 손을 만지작거리다 물끄러미 바라보더니, 꼭 쥐었다가 다시 풀었다. 그러고 나서 거칠게 손을 내려놓고는 그를 바라보며 천천히 말했다.

"난 분명 네가 하고 싶지 않은 일이 있을 거라 생각해."

"말씀해보시라니까요."

마르첼로가 당황하면서도 일종의 호의를 갖고 다시 한번 재촉했다.

"아니, 싫어."

마르첼로는 남자의 창백한 뺨 위쪽이 걱정될 만큼 이상하고 얼룩덜룩하게 붉어지는 것을 보았다. 리노는 말하고 싶지만 먼저 마르첼로가 원하는 게 무엇인지 확인하고 싶어 하는 것 같았다. 그래서 마르첼로는 의도적이지만 순진하게 간청하는 동작을 해보였다. 몸을 앞으로 숙이고 손을 뻗어 남자의 손을 잡았던 것이다.

"자, 어서요. 말씀해보세요."

긴 침묵이 흘렀다. 리노는 먼저 마르첼로의 손을 바라보다가 얼굴로 시선을 돌렸는데, 그는 마치 주저하는 듯 보였다. 마침내 그는 소년의 손을 다시, 그러나 이번에는 부드럽게 놓아주고는 자리에서 일어나 방 안을 몇 발짝 걸어 다녔다. 그런 다음 제자리로 돌아와 앉더니 부모가 자식에게 그러듯 애정 어린 몸짓으로 다시 마르첼로의 손을 잡았다.

"마르첼로, 내가 어떤 사람인지 아니?"

"아뇨."

"난 성직을 박탈당한 사제야."

리노가 구슬프고 애처로우며 진심 어린 목소리로 버럭 소리를 질렀다.

"파문당한 사제라고. 색을 밝혀서 가르치던 기숙학교에서 쫓겨났지…… 넌 순진해서 네가 그토록 원하는 이 권총의 대가로 내가 뭘 요구하려는지 모를 거야…… 난 너의 무지, 순진함, 어린애다운 욕심을 오용하려고 했어! 그게 바로 나야, 마르첼로."

그는 아주 솔직한 어조로 이야기한 뒤, 침대 머리 쪽으로 몸을 돌려 십자고상에 대고 말하기 시작했다. 이는 전혀 예상치 못한 행동으로, 목소리는 높지 않았지만 마치 불평하는 듯했다.

"저는 당신께 그렇게 자주 기도했지만…… 당신은 저를 버리셨습니다…… 저는 언제나 늘 복종합니다…… 왜 저를 버리셨습니까?"

마치 리노가 혼잣말을 한 것처럼, 이 말들은 일종의 중얼거림으로 사라져버렸다. 그런 다음, 그는 침대에서 일어나 창턱에 놓아둔 모자를 집어 들고 마르첼로에게 말했다.

"가자, 어서. 집에 데려다줄게."

마르첼로는 아무 말도 하지 않았다. 그는 깜짝 놀라서 잠시 무슨 일이 일어났는지 제대로 판단할 수가 없었다. 그는 리노를 따라 복도를 지나고 거실을 가로질러 빈터로 나왔다. 해가 보이지 않는 우중충한 하늘 아래, 커다란 검은색 차 주변에는 여전히 바람이 거세게 불었다. 리노가 차에 오르자 그도 조수석에 올라탔다. 차가 움직이기 시작하고 진입로를 내려가 출입구를 가볍게 통과해 도로로 접어들었다. 오랫동안 두 사람은 아무 말이 없었다. 전과 마찬가지로 리노는 상체를 똑바로 세우고 운전을 했고 모자의 챙은 눈에 그늘을 드리웠으며 장갑을 낀 손은 핸들에 놓여 있었다. 꽤 많이 달려왔을 때, 예기치 않게 그가 고개를 돌리지 않고 물었다.

"권총을 못 가져서 서운하니?"

이 말을 듣자 그토록 원하는 물건을 갖고자 하는 열망이 다시 마르첼로의 마음에 불타올랐다. 하지만 그는 아직 아무것도 잃지 않았다고 생각했다. 그는 진지하게 대답했다.

"네, 서운해요."

"그러면, 만일 내일 같은 시간에 만나자고 하면 오겠니?"

"내일은 일요일이에요."

마르첼로가 신중하게 대답했다.

"하지만 월요일은 괜찮아요…… 그 큰길에서 만나요. 오늘과 같은 장소에서 말이에요."

그 남자는 잠시 아무 말도 하지 않았다. 그러더니 돌연 슬픈 목소리로 크게 외쳤다.

"더 이상 아무 말도 하지 마라…… 날 더 이상 쳐다보지 말라고…… 월요일 정오에 큰길에서 날 보게 되면, 나한테 시선도 주지 말고 인사도 하지 마…… 알겠니?"

'도대체 뭐가 문제야?'

살짝 짜증이 난 마르첼로가 이렇게 생각하고는 대답했다.

"상관없어요. 하지만…… 오늘 그 집에 데려간 건 아저씨잖아요."

리노가 단호하게 말했다.

"그래. 하지만 다시는, 정말 다시는 그런 일이 없어야 해. 난 나를 알아. 분명 오늘 난 너만 생각할 거고, 오늘 그러지 않기로 마음먹더라도 월요일엔 큰길에서 널 기다릴 거야…… 난 나를 알아…… 하지만 넌 나한테 관심을 보여선 안 돼."

마르첼로는 아무 말도 하지 않았다. 리노는 여전히 격노한 채 계속해서 말을 이었다.

"난 밤새도록 널 생각할 거야, 마르첼로…… 그리고 월요일엔 권총을 갖고 큰길에 나와 있을 거야…… 하지만 넌 날 무시해야 해."

그는 같은 말을 계속해서 반복했다. 마르첼로는 냉정하고 순진한 통찰력으로, 실제 리노가 약속을 하고 싶어 하며, 자신에게 접근하지 말라고 경고하고는 있지만 사실은 다시 보자고 하는 것임을 알아챘다.

잠시 침묵이 흐른 후, 리노는 다시 한번 물었다.

"내 말 들었니?"

"네."

"뭐라고 했지?"

"월요일에 큰길에서 저를 기다리겠다고요."

"그게 전부가 아니잖아."

남자가 슬픔에 젖어 말했다.

"그리고 아저씨를 무시해야 한다고 하셨어요."

마르첼로가 마저 이야기했다.

"그래."

리노가 맞는다고 확인해주었다.

"무슨 일이 있어도 그래야 해. 자, 널 부르고 네게 애원할 거야, 차로 널 따라갈 거야…… 네가 원하는 건 뭐든지 약속할 거야…… 하지만 넌 가던 길을 계속 가고 내 말을 듣지 말아야 해."

마르첼로는 성급하게 대답했다.

"됐어요, 알아들었어요."

"하지만 넌 그저 아이일 뿐이야."

리노의 분노는 일종의 달래는 듯한 부드러움으로 변해 있었다.

"넌 나를 저지하지 못할 거야…… 넌 올 거야, 분명해…… 넌 아이니까, 마르첼로."

마르첼로는 화가 났다.

"난 아이가 아니에요. 다 컸어요. 그리고 아저씬 절 몰라요."

리노가 갑자기 차를 세웠다. 오르막길에 있는 어느 정원의 높은 담 아래였다. 바로 앞에는 베네치아풍 조명으로 장식한 식당의 아치가 보였다. 리노는 마르첼로를 향해 몸을 돌렸다.

"정말, 정말 나랑 안 갈 거니?"

남자가 고통스러운 불안감을 보이며 물었다.

"그렇게 해달라고 한 사람이 아저씨 아닌가요?"

마르첼로가 이젠 게임의 규칙을 파악하고 물었다.

"그래, 맞다."

리노가 절망적으로 대답하고는 다시 차를 출발시켰다.

"그래, 맞아…… 네 말이 맞아…… 나지. 미친놈이지. 너한테 그렇게 요구한 건…… 나야."

이렇게 절규한 다음, 그는 더 이상 아무 말 없이 침묵을 지켰다. 차는 언덕길 아래로 내려가 다시 한번 빈민가의 지저분한 거리를 지나쳤다. 대로에는 잎이 다 떨어져 허옇고 키 큰 플라타너스가 늘어서 있고, 사람이 다니지 않는 보도에는 낙엽이 쌓여 있었다. 창이 많은 공장들이 보였고, 마침내 마르첼로가 사는 동네가 나왔다. 리노가 돌아보지 않은 채 물었다.

"어디가 너네 집이니?"

"여기 세워주시는 게 좋겠어요. 안 그러면 제가 아저씨 차에서 내리는 걸 사람들이 볼지도 몰라요."

마르첼로는 이러한 공모의 표시가 남자를 기쁘게 하리라는 걸 알고 있었다.

차가 멈춰 섰다. 마르첼로가 내리자 리노는 창문으로 그의 책을 건네주며 단호하게 말했다.

"그럼, 월요일, 큰길에서야. 오늘과 같은 장소."

"하지만 저는 아저씨를 못 본 척해야 해요, 그렇죠?"

마르첼로가 책을 받아들며 말했다. 그는 리노가 망설이는 것을 보며 거의 잔인한 만족감을 느꼈다. 강렬하게 타오르는 리노의 움푹한 눈이 번민과 동시에 애원하는 시선으로 그를 보았다. 그러고는 화난 목소리로 말했다.

"네 생각대로 해…… 하고 싶은 대로 하라고."

그의 마지막 목소리는 마치 비가처럼 들렸다.

"맹세할게요. 전 아저씨를 쳐다보지도 않을 거예요."

마지막으로 마르첼로가 말했다. 리노는 이해할 수 없는 몸짓을 해 보였다. 그것은 절망적인 동의의 표현인 것 같았다. 그런 다음 차는 큰길 쪽으로 서서히 멀어져갔다.

3

마르첼로에게 특별한 애정을 가진 요리사는 매일 아침 같은 시각에 그를 깨웠다. 그녀는 아침 식사를 가지고 어둠 속에서 그의 침실로 들어와 대리석으로 마감된 서랍장 위에 쟁반을 올려놓았다. 그러면 잠이 깬 마르첼로는 육중한 체구의 그녀가 두 팔로 페르시안 블라인드를 두세 번 잡아당기는 것을 볼 수 있었다. 그녀는 쟁반을 그의 무릎 위에 놓아주고 침대 옆에 서서 그가 먹는 것을 지켜보았다. 그다음, 그가 식사를 마치자마자 침대보를 걷으며 옷을 갈아입으라고 재촉했다. 그녀는 옷을 건네주고 때로는 무릎을 꿇고 앉아 신발을 신겨주면서 그를 도왔다. 그녀는 활달하고 명랑한 여인으로, 상식이 풍부했고 자기가 태어난 지역의 사투리와 익숙한 습관을 그대로 간직하고 있었다.

그 월요일 아침, 눈을 뜬 마르첼로는 지난밤 잠결에 1층인지 아니면 부모님 침실로부터인지 성난 목소리를 들은 것 같았지만 확신할 수가 없었다. 그는 식사를 마칠 때까지 기다렸다가 무심코 요리사에게 물었다.

"지난밤에 무슨 일 있었어요?"

요리사는 과장되게 놀라는 척하며 그를 보았다.

"제가 알기론, 아무 일도 없었어요."

하지만 마르첼로는 그녀가 숨기는 게 있음을 알아챘다. 거짓으로 놀라는 척하고 눈이 장난스럽게 반짝이는 등 그녀의 전반적인 태도가 그 사실을 말해주었다.

"고함 소리를 들었는데……"

"오, 고함 소리요. 하지만 그건 그리 특별한 게 아니잖아요. 엄마와 아빠가 서로에게 자주 소리 지르는 거 몰라요?"

"그렇긴 해요. 하지만 고함 소리가 평소보다 컸어요."

그녀는 미소를 짓고 두 손을 침대 머리맡에 놓고는 몸을 기울이며 말했다.

"최소한 소리라도 지른다면, 서로를 더 잘 이해할 수 있는 거 아니겠어요, 안 그래요?"

특별히 대답을 요구하는 것이 아니라 그저 사실을 확인하는 것뿐인 질문을 하는 것, 이것은 그녀의 습관 중 하나였다.

"하지만 왜 소리를 지르신 거죠?"

요리사가 다시 미소를 지었다.

"사람들이 왜 소리를 지르겠어요? 사이가 안 좋으니까 그렇죠."

"왜 사이가 안 좋은데요?"

"그분들요?"

그녀는 소년이 질문해줘 기쁘다는 듯 큰 소리로 말했다.

"오, 이유야 많죠…… 어느 날은 엄마가 창문을 열어놓고 주무시고 싶은데 아빠는 그게 싫어서일 수 있고……, 또 어떤 날은 아빠가 일찍 자고 싶은데 엄마는 늦게 자고 싶어서일 수도 있고요…… 이유는 많아요, 안 그래요?"

마르첼로는 마치 오랫동안 간직해온 감정을 표현하듯, 갑자기 진지하고 자신 있게 말했다.

"난 더 이상 여기 있고 싶지 않아요."

"그러면 어떻게 하고 싶은데요?"

요리사가 한층 더 유쾌하게 말했다.

"도련님은 어려요. 집을 떠날 수가 없다고요…… 클 때까지 기다려야 해요."

"그냥 기숙학교에 들어가는 게 낫겠어요."

요리사는 그를 부드럽게 바라보더니 큰 소리로 분명하게 말했다.

"맞아요…… 적어도 도련님을 생각해주는 사람이 있다면 기숙학교가 낫겠죠. 어젯밤에 엄마 아빠가 왜 그렇게 소리를 질렀는지 알아요?"

"아뇨, 왜요?"

"기다려요, 알려줄게요."

그녀는 재빨리 문밖으로 나가 보이지 않았다. 마르첼로는 그녀가 급하게 계단을 내려가는 소리가 들리자 지난밤에 무슨 일이 일어났는지 또다시 궁금해졌다. 잠시 후 요리사가 다시 계단을 올라오는 소리가 들렸다. 그녀는 이유를 알 수 없을 만큼 쾌활하게 침실로 들어왔다. 마르첼로는 그녀가 손에 뭔가 들고 있는 것을 알아챘다. 그것은 마르첼로가 겨우 두 살 때 찍은 커다란 사진이었다. 사진 속에는 흰색 옷을 입은 그의 어머니가 역시 작은 흰색 가운을 입은 그를 안고 있었다. 어머니의 긴 머리에는 흰색 나비 모양 매듭이 매어져 있었다.

"이 사진 좀 보세요. 엄마가 어젯밤에 극장에서 돌아와 거실로 들어와서 맨 처음 본 게 피아노 위에 있는 이 사진이었어요……세상에, 거의 실신하셨죠…… 아빠가 이 사진에 한 짓 좀 보세요!"

마르첼로는 사진을 보고 깜짝 놀랐다. 누군가 주머니칼이나 송곳 끝으로 어머니와 아들의 눈에 구멍을 뚫은 다음 붉은색 연필로 눈 아래에 작은 점을 잔뜩 그려놓았다. 마치 네 개의 구멍에서 피눈물이 솟구쳐 나오는 것처럼 보였다. 너무 괴상하고 예기치 못한 일이라 매우 참담해진 마르첼로는 잠시 그걸 어떻게 생각해야 할지 알 수 없었다.

"이렇게 한 사람이 아빠예요. 그러니 엄마가 아빠한테 소리지를 만했죠."

요리사가 큰 소리로 말했다.

"하지만 아빤 왜 그랬대요?"

"저주예요. 저주가 뭔지 알아요?"

"아니요."

"누군가를 해치고 싶을 때…… 아빠가 한 것처럼 해요…… 때로는 눈에 구멍을 뚫는 대신 가슴에 그렇게 해요…… 바로 심장 주변에요…… 그러면 무슨 일이 일어나요."

"무슨 일이요?"

"그 사람이 죽거나, 그에게 어떤 사고가 일어나요…… 경우에 따라 다르지요."

"하지만 난 아빠한테 나쁜 짓을 한 적이 없어요. 그러면 엄마는 아빠한테 무슨 일을 했는데요?"

요리사가 버럭 화를 내며 소리쳤다.

"아빠가 어떤 사람인지 알아요? 미쳤어요! 그리고 결국 어떻게 될지 알아요? 산토노프리오에 있는 정신 병원에 갈 거예요! 이제 일어나서 옷 입어요. 학교에 갔어야 할 시간이에요…… 난 이 사진을 다시 걸어놓을게요."

그녀는 마르첼로를 홀로 남겨놓고 유유히 가버렸다.

이 사진 사건을 어떤 식으로든 해석할 수 없어 멍한 상태로 마르첼로는 다시 옷을 입기 시작했다. 그는 아버지에게 특별한 감정을 가진 적이 없었기 때문에, 옳고 그름과 관계없이 아버지의 적의는 그를 슬프게 하지 않았다. 그래도 주술의 해로운 힘에 대한 요리사의 말은 생각해볼 필요가 있었다. 그것은 아버지가 미신을 믿는 사람이라서 실제로 누군가를 해치기 위해 사진 속 사람의 눈에 구멍을 뚫은 것이라고 믿어서가 아니었다. 아버지의 이러한 광기가 확실히 가라앉았다고 생각한 자신의 불안을 다시 일깨웠기 때문이었다. 그것은 여름 내내 그를 괴롭혔던 비참한 운명의 궤도 속으로 또다시 들어갔다는 끔찍하고 무력한 느낌이었다. 이제는 마치 피눈물로 얼룩진 그 사진을 직면하고 사악한 유혹에 넘어간 듯, 불안은 그의 마음속에서 다시 불타오르며 전보다 더 강렬해졌다.

그는 재앙이 무엇인지 자문해보았다. 그것은 고요하고 푸른 하늘에 떠 있던 알 수 없는 검은 점이 갑자기 크고 거대해지더니 끔찍하고 무자비한 새가 되어, 썩어가는 고기 위에 내려앉는 독수리처럼, 점찍은 대상 위로 급습하는 게 아닐까 생각했다. 아니면 조심하라는 경고를 받았고 아주 분명하게 볼 수 있었음에도 불구하고 발을 들여놓을 수밖에 없었던 덫이거나, 그도 아니면 몸짓, 감각, 핏속까지 스며든 서투름, 경솔, 무분별함에 대한 저주가 아닐까도 싶었다. 그는 이 마지막 정의가 가장 적절하다고 생각했다. 이는 재앙의 원천을 품위가 부족한 데에서 찾았고, 또 품위가 부족한 것은, 떼려야 뗄 수 없으면서도 불확실하고 헤아릴 수 없는 타고난 운명이라고 보았기 때문이다. 그리고 음산하고 생명을 위협하는 길의 입구를 가리키는 푯말처럼, 아버지의 행동은 그러한 운명에 주의를 환기시켰다. 마르첼로는 그 운명이 살인을 요구한다는 것을 알고 있었지만, 그가 가장 두려운 것은 살인에 대한 생각보다는 자신이 무슨 일을 하든 살인할 운명이라는 것이었다. 즉 그가 아무리 자각을 하고 있더라도 전혀 모르고 있는 것과 마찬가지라는 생각이 두려웠던 것이다. 하지만 이는 너무 특별한 종류의 무지여서 아무도 그렇게 생각하지 않을 것이며, 무엇보다 그 자신이 그럴 것 같았다.

등교를 한 뒤, 그는 아이다운 변덕 때문에 갑자기 이런 생각을 싹 잊어버렸다. 그는 자신을 괴롭히는 아이들 중 하나와 짝이 되었는데, 그 이름은 투르키였고 반에서 가장 나이가 많고 가장 무지한 학생이었다. 그는 권투 강습을 몇 번 받아서 전문적으로 주먹싸움하는 법을 아는 유일한 아이였다. 상고머리를 하고 들창코와 얇은 입술에 단단하고 각진 얼굴은 체육복에 파묻혀 이미 프로 권투 선수처럼 보였다. 비록 그는 라틴어를 전혀 이해하지 못했지만 학교 밖에서는 아이들의 존경을 받았다. 이를테면 그가 아이들이 모여 있는 가운데 뼈마디가 굵은 손을 들어 입에서 담배꽁초를 빼내고 넓은 이마에 주름을 잔뜩 잡으면서 매우 권위 있는 듯한 인상을 풍기며 "내가 볼 땐 콜루치가 우승할 거야"라고 단언하면 모든 아이는 말문이 막혀 그의 뜻을 그대로 받아들였다. 가끔 손가락으로 코뼈를 한쪽으로 탈구시켜 실제 권투 선수처럼 코가 부러졌다고 떠벌리고 다니기도 했다. 투르키는 권투뿐 아니라 축구나 다른 격렬한 인기 스포츠에도 열심이었다. 그는 계속해서 마르첼로에게 비아냥거렸고, 잔인한 행동을 하면서도 냉정함을 잃지 않았다. 사실, 이틀 전에 다른 아이들이 마르첼로에게 치마를 입히는 동안 그의 팔을 잡고 있었던 게 바로 투르키였다. 이 사실을 기억하는 마르첼로는 오늘 아침에 마침내 그를 이길 수 있는 방법을 찾았다고 생각했다.

지리 교사가 긴 지시봉으로 유럽 지도를 가리키려고 돌아섰을 때, 그는 재빨리 공책에 "나 오늘 진짜 총을 갖게 될 거야"라고 갈겨쓴 후 그것을 투르키에게 내밀었다. 투르키는 무식했지만 태도만큼은 모범생이었다. 항상 부동자세로 앉아 경청하고 무표정한 얼굴에 따분하게 느껴질 만큼 엄숙했지만, 교사가 간단한 질문을 해도 매번 대답하지 못하는 것을 보고 마르첼로는 매우 놀랐다. 그는 종종 투르키가 수업 중에 무슨 생각을 하고 있는지, 그리고 공부를 하지 않는다면 왜 그렇게 성실한 체하는 것인지 궁금했다. 투르키는 공책을 보더니 귀찮다는 듯한 몸짓을 보였는데, 이는 마치 "날 좀 내버려둬…… 수업 듣고 있는 거 안 보여?"라고 말하는 것 같았다.

하지만 마르첼로는 팔꿈치로 찌르며 읽기를 재촉했다. 그러자 투르키는 고개를 움직이지 않고 눈만 내리깔아 내용을 읽었다. 마르첼로는 그가 연필을 들어 "안 믿어"라고 쓰는 것을 보았다. 약이 오른 그는 그것이 사실임을 확인시키려고 급히 다시 한번 썼다. "맹세해." 투르키는 수상쩍은 듯이 답장을 썼다. "어디 제품이야?"

이 질문에 마르첼로는 당황했지만, 잠시 주저한 후에 답했다. "윌슨이야." 그는 '웨스턴'과 혼동하고 있었다. 그것은 얼마 전에 투르키가 무심코 얘기하던 상표였다.

투르키는 곧 이렇게 썼다. "들어본 적 없어."

마르첼로는 마지막으로 썼다. "내일 학교에 가져올 거야."

교사가 돌아서서 투르키를 부르고는 독일에서 제일 긴 강의 이름을 대라고 하는 바람에 둘의 대화는 갑자기 끝나버렸다. 평소처럼 투르키는 일어서서 오래 생각하더니 당황하지 않고 모른다고 말했다. 바로 그때 문이 열리고 수위가 들어와 수업이 끝났음을 알렸다.

마르첼로는 무슨 일이 있어도 리노가 약속을 지키게 해 권총을 얻어내야만 한다고 생각하고는, 서둘러 거리를 지나 플라타너스가 심어진 큰길로 향했다. 그는 리노가 스스로 원하는 경우에만 권총을 줄 거라고 판단했다. 길을 걸으며 가장 확실하게 목적을 달성하기 위해 어떤 태도를 보이고 어떤 행동을 취할지 자문해보았다. 그는 리노가 보이는 그 간절한 열망의 진짜 이유를 간파하지 못했지만, 본능적인 직감으로 권총을 얻을 수 있는 가장 빠른 방법은 지난 토요일에 리노가 제안한 대로 하는 것임을 알았다. 그에게 관심을 보이지 않고 제안을 거절하며 그가 애원해도 거부함으로써 자신의 값을 높이는 것, 그리고 권총을 가질 수 있다는 확신이 들 때까지 차에 타지 않는 것이었다. 그러나 리노가 자신에게 왜 그렇게 강렬한 감정을 느끼는지, 그리고 왜 자신이 이런 협박까지 할 수 있게 되었는지 마르첼로는 알 수 없었다. 리노를 협박하게 만드는 그 본능은 자신에게 리노와의 관계 배후에 있는, 불가사의할 만큼 당혹스럽고 이상한 애착의 그림자를 엿보게 했다. 권총은 그에게 가장 중요했다. 그와 동시에 리노의 애정과 자신에게 주어진 여성적인 역할이 진정 불쾌하다고 말할 수는 없었다. 플라타너스 길로 향해 가면서 오랫동안 달려 땀투성이가 된 그는 자신이 피하고 싶은 유일한 것은 그들이 처음 만났을 때 그 저택 복도에서처럼 리노가 자신에게 팔을 두르는 것이라고 생각했다.

토요일과 마찬가지로 그날도 폭풍우가 올 듯 우중충한 날씨였다. 더운 바람이 길 여기저기에 낙엽과 종잇조각, 깃털, 솜털, 나뭇가지, 먼지를 날렸다. 바로 그때 대로에서 바람이 마른 잎 더미로 휘몰아쳐, 많은 잎이 플라타너스의 헐벗은 가지 사이로 높이 날아올랐다. 그는 손가락을 쫙 펴고 있는 수많은 노란 손이 어두운 하늘을 배경으로 공중에서 빙글빙글 도는 모습을 즐겁게 바라보았다. 그러다 문득 그 나뭇잎들 사이로 기다란 검은색 차가 반짝거리며 갓돌 옆에 세워져 있는 게 보였다. 그의 가슴은 더욱 요동치기 시작했다. 그는 그 이유를 어떻게 설명해야 할지 알 수 없었다. 하지만 그는 자신의 계획에 따라 서두르지 않고 차와 나란히 설 때까지 앞으로 걸어갔다. 그가 천천히 차창을 지나자 마치 신호라도 떨어지듯 차 문이 열리고 모자를 쓰지 않은 리노가 고개를 내밀었다.

"마르첼로, 타고 싶지 않니?"

마르첼로는 그들이 처음 만났을 때 그렇게 맹세해놓고서 이처럼 진지하게 나오는 데에 놀라지 않을 수 없었다. 그래서 그는 리노가 그 스스로를 잘 알고 있다고 생각했다. 자신의 욕망에 저항하려고 단단히 결심했음에도 불구하고 그가 예언한 대로 하는 것을 보는 게 즐겁기까지 했다. 마르첼로는 아무것도 못 들은 것처럼 계속해서 걷다가, 차가 움직이면서 자신을 따라온다는 것을 알아채고 모호한 만족감을 느꼈다. 같은 간격으로 자리한 온통 창문뿐인 공장들과 플라타너스의 기울어진 거대한 줄기 사이로 넓은 보도가 눈에 들어왔다. 거기에는 사람 하나 보이지 않았다. 차는 그가 걷는 속도로 따라왔다. 차가 내는 낮은 소리는 그의 귀를 애무하는 것처럼 느껴졌다. 약 20미터쯤 걸어갔을 때, 차가 그를 지나쳐 가더니 약간 앞쪽에서 멈췄다. 그리고 차 문이 다시 열렸다. 그가 돌아보지 않고 차를 그냥 지나치자 긴장한 목소리가 다시 한번 다급하게 애원했다.

"마르첼로, 타라……, 제발…… 요전날 내가 한 말은 잊어…… 마르첼로, 내 말 들리니?"

마르첼로는 그 목소리가 다소 역겹다고 생각했다. 리노는 왜 그런 식으로 징징거릴까? 다행히 대로에는 아무도 없었다. 그렇지 않았다면 매우 수치스러웠을 것이다. 그래도 그는 리노를 완전히 단념시키고 싶지 않아, 이번에는 차를 지나치면서 마치 계속하라고 요청이라도 하듯 반쯤 몸을 돌려 뒤를 돌아보았다. 그는 남자가 자신 쪽으로 아첨과 추파의 눈짓을 던지고 있음을 알아채고 불쾌하지 않은 굴욕감과 자연스러운 가식을 느꼈다. 이틀 전에 아이들이 갑자기 자신에게 치마를 입히려던 날 느꼈던 것과 같은 기분이었다. 상대를 무시하면서 동시에 추파를 던지는 역할이 속으로는 불쾌하지 않았다. 아니, 오히려 자신이 뭇 남성과는 달리 그 역할에 맞게 태어났을지도 모른다는 생각이 들었다. 한편 차는 다시 그의 뒤를 따라왔다. 마르첼로는 항복할 시간인지 생각해본 뒤 아직은 때가 아니라고 판단했다. 차는 멈추지 않고 그를 지나치며 속도를 줄였다. 그리고 자신을 부르는 남자의 목소리가 들렸다.

"마르첼로……"

하지만 곧 차는 갑작스러운 굉음을 내며 사라져버렸다. 리노가 인내심을 잃고 아주 가버린 건지 궁금했던 그는 다음 날 학교에서 빈손을 보여줘야 한다는 두려움에 휩싸여 소리를 지르며 달리기 시작했다.

"리노! 리노, 멈춰요, 리노!"

그의 말은 바람에 날려 마른 잎들과 함께 공중에 흩어졌다. 차는 멀리 점점 작아져갔다. 리노는 그의 말을 듣지 않고 가버렸다. 이제 그는 권총을 얻지 못할 것이다. 그리고 투르키는 다시 한번 그를 놀릴 것이다. 그는 숨을 고르고, 다시 자신 있게 거의 평소와 같은 속도로 걷기 시작하면서, 차는 자기를 피하기 위해서가 아니라 교차로에서 그를 기다리기 위해 앞질러 간

것이라고 스스로를 위안했다. 정말로 차는 거기에 서서 보도 전체를 가로막고 있었다.

그는 리노가 자신의 가슴을 그토록 굴욕적으로 뛰게 만든 데에 분노가 치밀었다. 그와 동시에 갑작스레 잔인한 충동이 일어 계획적으로 그에 대한 대가를 아주 가혹하게 치르게 하기로 마음먹었다. 그는 서두르지 않고 교차로에 다다랐다. 기다란 검은색 차가 그곳에 정차한 채 오래된 놋쇠와 고풍스러운 본체를 반짝거리고 있었다. 마르첼로가 차 주위로 다가가자 곧 문이 열리고 리노가 그를 내다보았다. 리노가 절망적이면서도 결연하게 말했다.

"마르첼로, 토요일에 내가 한 말은 잊어…… 그만하면 됐어…… 자, 타라, 마르첼로."

마르첼로는 보닛 근처에서 멈추었다. 그리고 한 걸음 물러나 남자는 보지도 않고 차갑게 말했다.

"난 안 가요. 하지만 토요일에 아저씨가 오지 말라고 해서 그런 건 아니에요…… 그냥 정말로 가고 싶지 않아서 그래요."

"왜 가고 싶지 않은데?"

"왜 가야 하죠? 내가 왜 이 차에 타야 하느냐고요."

"날 기쁘게 하기 위해서지……"

"하지만 난 아저씨를 기쁘게 하고 싶지 않아요."

"왜? 내가 역겹니?"

"네."

마르첼로가 눈을 내리깔고 차 문의 손잡이를 만지작거리며 말했다. 그는 자신이 걱정스럽고 적대적이며 망설이는 표정을 짓고 있음을 알았다. 그게 연기인지 진짜인지 더 이상 알 수 없었다. 하지만 이것은 분명 연극이고 그는 리노와 함께 연기하고 있었다. 그런데 이것이 연극이라면 왜 이렇게 허영심과 혐오, 굴욕, 잔인성, 악의가 뒤섞인, 강렬하고 복잡한 감정이 드는 것일까?

리노는 부드럽고 다정하게 웃으며 물었다.

"내가 왜 역겹니?"

이 말에 그는 눈썹을 치켜세우고 남자의 얼굴을 바라보았다. 실제로 그는 리노가 역겹게 느껴졌지만, 왜 그런지는 생각해본 적이 없었다. 그는 거의 금욕적으로 보이는 남자의 얼굴을 바라보고는 리노를 왜 싫어하는지 깨달을 수 있었다. 그것은 위선이기 때문이었다. 남자의 표정에는 사기성이 도사리고 있었다. 그의 얼굴 중에서도 무엇보다 입에서 이러한 기만이 감지되는 것 같았다. 첫눈에는 얇고 메마른 입술이 냉소적이고 정숙해 보이지만, 미소를 지으며 입을 벌리면 입속 점막에서 불가사의한 욕망의 침이 반짝이는 게 보였다. 그는 자신의 대답을 기다리며 웃는 리노를 바라보면서 주저하다가 진지하게 말했다.

"말할 때 침이 튀어서요."

리노의 얼굴에서 미소가 사라지고 표정이 어두워졌다.

"지금 무슨 바보 같은 얘길 지어내고 있는 거야?"

하지만 남자는 곧 감정을 자제하고 농담조로 태연하게 말을 이었다.

"자, 마르첼로 씨, 차에 타고 싶으십니까?"

마르첼로가 마침내 마음을 정하고 말했다.

"탈게요. 하지만 조건이 있어요."

"무슨 조건?"

"정말로 총을 주셔야 해요."

"알았다…… 자, 타라."

"아뇨, 지금 주세요, 당장요."

마르첼로가 집요하게 말했다.

"하지만 여기엔 없다, 마르첼로. 토요일에 내 침실에 놓고 왔어. 지금 집에 가서 가져오자."

"그러면 안 갈 거예요. 안녕히 가세요."

마르첼로가 자신도 놀랄 정도로 단호하게 말했다. 그는 정말 갈 것처럼 걸음을 떼었다. 이번에는 리노가 인내심을 잃었다.

"제발 애처럼 굴지 마!"

남자가 소리를 질렀다. 남자는 몸을 밖으로 내밀어 마르첼로의 팔을 잡고 옆자리에 끌어다 앉혔다.

"이제 곧장 집으로 가는 거야. 그리고 분명히 약속하건대, 넌 권총을 갖게 될 거야."

폭력에 의해 억지로 차에 타게 된 마르첼로는 어떠한 항의도 하지 않고 그저 어린애같이 뚱한 표정을 지었다. 하지만 마음 속으로는 기쁘기만 했다. 리노는 지체 없이 차 문을 닫고 시동을 걸어 차를 출발시켰다.

한동안 둘 다 말이 없었다. 마르첼로는 리노가 말할 수 없을 만큼 너무나 행복해서 말이 많지 않은 것 같다고 생각했다. 자신은 정말 할 말이 없었다. 이제 리노는 그에게 권총을 줄 것이고, 그러면 그는 그것을 가지고 집으로 돌아간 뒤 다음 날 학교에 가져가 투르키에게 보여줄 것이다. 그의 생각은 이처럼 단순했고 즐거운 기대감 이상으로 나아가지 못했다. 그가 유일하게 두려운 것은 리노가 어떻게 해서든 자신을 속일 수 있다는 것이었다. 만일 그럴 경우, 그는 악랄한 일을 꾸며 리노를 자포자기하게 만들고 약속을 지키게 하리라고 결심했다.

그는 책 꾸러미를 무릎에 올려놓고 가만히 앉아서 대로 끝에 이를 때까지 커다란 플라타너스와 건물들이 지나쳐가는 것을 바라보았다. 차가 오르막길에 들어섰을 때, 리노가 마치 오랜 생각을 정리하듯 물었다.

"그런 요부가 되라고 누가 가르쳐줬니, 마르첼로?"

마르첼로는 그 말이 무슨 뜻인지 잘 몰라 대답을 하지 못했다. 리노는 그의 그런 순진함을 이해하는 것 같았다. 그는 다시 말했다.

"매우 교활하다는 뜻이야."

"그런데 왜요?"

"그냥 물어봤어."

"아저씨가 교활한 사람이죠. 권총을 준다고 약속해놓고 주지 않으니까요."

리노는 웃음을 터뜨리고는 한 손으로 마르첼로의 드러난 무릎을 치며 의기양양한 목소리로 말했다.

"있잖아, 마르첼로, 오늘 네가 와줘서 얼마나 기쁜지 모르겠다…… 요전날 너한테 날 무시하고 오지 말라고 애원한 걸 생각하면, 가끔 우린 얼마나 어리석을 수 있는지 알게 돼…… 정말 바보 같지…… 하지만 다행히 넌 나보다 분별력이 있어, 마르첼로."

마르첼로는 아무 말도 하지 않았다. 그는 리노가 무슨 말을 하고 있는지 잘 이해하지 못했을 뿐 아니라 자신의 무릎에 놓인 리노의 손이 신경 쓰였다. 무릎을 몇 번 움직여 치워보려 했지만, 그 손은 여전히 거기에 있었다. 다행히 길모퉁이에서 차 한 대가 그들을 향해 다가오는 게 보였다. 마르첼로는 무서워하는 척하며 소리쳤다.

"조심하세요. 저 차가 우릴 칠지도 몰라요."

그러자 리노는 핸들을 돌리기 위해 손을 거두었다. 마르첼로는 한숨을 내쉬었다.

정원 담과 울타리 사이로 시골길이 나왔다. 그런 다음 녹색 문이 보였다. 그리고 양쪽으로 작은 편백나무가 드문드문 심어진 진입로가 나왔다. 그 끝에서 베란다의 창문이 반짝거렸다. 마르첼로는 지난번과 마찬가지로 어둡고 우중충한 하늘 아래 바람이 불어 편백나무를 미친 듯이 뒤흔드는 걸 보았다. 주차를 한 리노가 차에서 내려 마르첼로가 내리는 것을 도와준 다음, 그와 함께 기둥이 있는 현관으로 향했다. 리노는 이번에는 그를 앞서지 않았다. 마치 그가 도망칠까 걱정이라도 되는 듯 그의 팔을 꽉 붙들고 함께 걸었다. 마르첼로는 놔달라고 말하고 싶었지만 그럴 여력이 없었다. 리노는 거의 땅에서 들어 올리듯이 그의 팔을 잡고 재빨리 거실을 지나 그를 복도로 밀어 넣었다. 그리고 갑자기 마르첼로의 목을 움켜쥐고 말했다.

"멍청한 녀석…… 멍청이…… 왜 오고 싶지 않았던 건데?"

남자의 목소리는 늘 그렇듯 부드러웠지만 더 이상 쾌활하지 않고 거칠고 불안정했다. 깜짝 놀란 마르첼로는 눈을 들어 리노의 얼굴을 쳐다보았다. 바로 그때 리노는 그를 거칠게 뒤로 밀쳤다. 그리고 고양이나 개의 목덜미를 잡고 들어 올려 던져 버리는듯 침실로 던져 넣었다. 마르첼로는 남자가 자물쇠를 잠그고 열쇠를 호주머니 안에 넣고는 분노에 찬 승리와 기쁨이 뒤섞인 표정으로 자신을 향해 돌아서는 것을 보았다. 남자는 크게 소리쳤다.

"이제 됐어! 넌 내가 원하는 걸 하게 될 거야! 됐어, 마르첼로, 폭군, 애새끼, 이젠 됐다고…… 처신 똑바로 해. 복종하고, 더 이상 한 마디도 하지 마."

남자는 야만적인 기쁨과 거의 관능적인 쾌락으로 이러한 명령과 멸시, 통제의 말을 내뱉었다. 마르첼로는 혼란스러워서 그것이 남자의 생각이나 의지를 표현하는 것이 아니라 마치 누군가를 굴복시키고 내뱉는 의미 없는 말이라고 생각할 수밖에 없었다. 그는 두렵고 말문이 막힌 채로, 리노가 분노에 떨며 작은 방을 왔다 갔다 활보하더니 모자를 벗어 창턱 위에 던져놓고 의자에 걸어놓은 셔츠를 말아서 서랍 속에 밀어 넣은 뒤 주름진 침구를 고르는 모습을, 모호한 의미로 가득한 모든 행동을 지켜보았다. 그런 다음 남자는 여전히 거만하고 잔뜩 힘이 들어간 말을 입에서 나오는 대로 허공에 외쳐댔다. 그러고는 침대 쪽 벽에서 십자고상을 떼어낸 뒤 옷장으로 가 잔인성을 과시하듯 서랍 맨 밑에 던져 넣었다. 그는 리노의 이러한 몸짓을 보고 어떤 식으로든 마지막 양심의 가책마저 버렸음을 보여주고 싶어 한다고 생각했다. 리노는 마치 이러한 두려움을 확인시키기라도 하듯 머리맡 탁자의 서랍을 열고 그토록 원하는 권총을 꺼냈다. 그리고 그것을 마르첼로에게 보여주며 외쳤다.

“보여? 자, 절대 못 가질 거야! 넌 내가 원하는 일을 해야 해. 그러지 않으면 선물도, 권총도 없어…… 사랑으로, 또는 완력으로 하게 되는 거지.”

마르첼로는 정말 우려한 대로 리노가 자신을 속이려 했다고 생각했다. 그는 분노로 창백해져서 말했다.

“권총 줘요. 안 그러면 갈 거예요.”

“아무것도 없어, 아무것도…… 사랑으로, 완력으로 하는 거야.”

리노는 계속해서 한 손으로 권총을 휘두르고 다른 한 손으로는 마르첼로의 팔을 잡아 침대 위로 던졌다. 마르첼로는 앉은 자세로 너무 세게 떨어져 벽에 머리를 부딪혔다. 곧 리노는 갑자기 폭력에서 부드러움으로, 명령에서 애원으로 태도를 바꾸더니 그 앞에 무릎을 꿇었다. 남자는 한쪽 팔로 소년의 다리를 감싸고 여전히 권총을 쥐고 있는 다른 손은 침대 커버 위에 올려놓았다. 남자는 신음하며 마르첼로의 이름을 불렀다. 그런 다음, 여전히 신음 소리를 내며 두 팔로 그의 무릎을 껴안았다. 이제 권총은 침대 위에 버려졌다. 흰 침대보 위의 검은색이 또렷이 눈에 들어왔다. 마르첼로는 자신의 무릎에 매달린 리노를 바라보았다. 리노는 눈물을 흘리며 욕망으로 상기된 얼굴을 들어 애원하듯 소년을 쳐다보다가, 마치 헌신적인 개처럼 고개를 숙여 입을 그의 다리에 비벼댔다. 마르첼로는 권총을 움켜잡고 리노를 힘껏 밀치며 일어섰다. 리노는 곧 마르첼로가 자신을 껴안으려 한다고 생각하고 팔을 풀어 그를 놓아주었다. 마르첼로는 방 한가운데로 걸어 나온 뒤 리노를 향해 돌아섰다.

잠시 후, 마르첼로는 도대체 무슨 일이 일어난 건지 곰곰이 생각해보았다. 그는 총의 차가운 손잡이를 만지기만 해도 마음속에 잔혹하고 무자비한 유혹이 고개를 든다는 사실을 기억해야만 했다. 하지만 그 순간 그가 인식한 것은 벽에 부딪힌 머리의 날카로운 통증과 초조함, 그리고 리노에 대한 심한 반감뿐이었다. 남자는 여전히 침대 옆에 무릎을 꿇고 있었다. 하지만 마르첼로가 한 발 물러나 권총을 겨누는 것을 보자, 그 자리에서 일어서지 않고 완전히 돌아서서는 연극적인 몸짓으로 팔을 활짝 벌리고 연기하듯 외쳤다.

"쏴, 마르첼로…… 날 죽여…… 그래, 날 개처럼 죽여!"

남자에게는 관능과 엄격함, 회개와 정욕이 혐오스럽게 뒤섞여 있었다. 마르첼로는 그 순간만큼 그렇게 그를 증오한 적이 없는 것 같았다. 두렵지만, 남자의 요구를 받아들여야 한다고 자각한 마르첼로는 결국 방아쇠를 당겼다.

작은 방에 총성이 울려 퍼졌다. 그는 리노가 옆으로 쓰러지고는 등을 돌려 양손으로 침대 모서리에 매달리는 것을 보았다. 리노는 매우 천천히 몸을 일으켜 세우더니 침대 위에 모로 쓰러져 움직이지 않았다. 마르첼로는 남자에게 다가가 권총을 침대에 올려놓고 낮은 목소리로 "리노" 하고 부른 다음, 대답을 기다리지 않고 문 쪽으로 갔다. 하지만 문은 잠겨 있었다. 마르첼로는 리노가 열쇠를 빼내 자신의 호주머니에 넣은 것이 생각났다. 그는 죽은 사람의 호주머니를 뒤진다는 생각에 비위가 상해 주저하다가 창문을 보고는 그곳이 1층임을 기억해냈다. 창문턱에 올라선 그는 급히 주위를 훑어보고 두려움에 차서 빈터와 현관 앞에 세워둔 차를 오랫동안 신중하게 바라보았다. 그 순간 누군가 그곳을 지나간다면 자신이 창턱에 두 다리를 벌리고 서 있는 걸 볼 수 있으리라 생각했지만, 달리 할 수 있는 일이 없었다. 하지만 그곳에는 아무도 없었고, 빈터를 에워싸고 드문드문 심어져 있는 나무들 너머, 언덕지고 황량한 들판에도 역시 사람이라고는 없는 것 같다. 마르첼로는 창턱을 기어 내려가 차에서 책을 꺼내 들고는 출입문을 향해 천천히 걷기 시작했다.

걸어가는 내내 그의 양심에는 마치 거울을 보는 듯 자신의 모습이 비쳤다. 양옆으로 편백나무가 늘어선 길 위에, 짧은 바지를 입고 겨드랑이에 책을 끼고 서 있는 한 소년, 그것은 아득한 비운의 예감으로 가득 찬 이해할 수 없는 한 인물의 모습이었다.

1부

1

마르첼로는 모자를 손에 들고 다른 손으로는 선글라스를 벗어 재킷 가슴 주머니에 꽂으며 도서관 로비로 들어와 안내원에게 신문 파일이 어디에 있는지 물었다. 그런 뒤 서두르지 않고 널찍한 계단으로 향했다. 꼭대기에 있는 커다란 창문은 강렬한 5월의 햇살을 받아 눈부시게 빛나고 있었다. 그는 가뿐하고 말끔하게 비워낸 기분이 들었다. 완벽한 육체적 건강과 젊은 활기를 느꼈다. 그가 입고 있는 단순한 형태의 새 회색 양복은 그의 취향에 맞게 깔끔하고 고상한 느낌을 더했다. 2층에서 그는 신청서를 작성한 후 열람실로 들어가 나이 든 안내원과 여성 한 명이 있는 접수대로 향했다. 그는 자신의 차례가 올 때까지 기다렸다가 신청서를 건네면서 1920년 주요 일간지철을 요청했다. 그는 접수대에 기대어 앞에 있는 열람실을 바라보며 참을성 있게 기다렸다. 녹색 갓을 씌운 램프가 하나씩 놓인 책상이 열람실 끝까지 무수히 늘어서 있었다. 마르첼로는 학생들이 드문드문 앉아 있는 책상을 살펴보고 마음속으로 오른쪽 끝에 있는 마지막 자리 하나를 골랐다. 접수대에 있던 여성이 그가 요청한 커다란 신문 파일을 들고 다시 나타났다. 마르첼로는 그것을 받아 들고 점찍어둔 책상으로 갔다.

그는 신문 파일을 비스듬한 책상 위에 올려놓고 자리에 앉아 조심해서 바지를 추어올렸다. 그런 다음 조용히 파일을 열고 페이지를 넘기기 시작했다. 헤드라인은 이제 선명함을 잃어 원래 검은색이던 것이 거의 녹색이 되었다. 종이는 노랗고, 사진은 바래고 얼룩져 알아보기 힘들 정도였다. 그는 기사 제목이 크고 다루는 내용이 광범위할수록 공허하고 부조리한 느낌을 준다고 생각했다. 사건이 발생한 바로 그날 저녁에 이미 중요성과 의미를 상실해 이제는 기억이나 상상에서조차 배제된 기사들이 그랬다. 가장 터무니없는 제목은 다소 편향적인 설명을 수반하는 것이었다. 과장되고 공허한 제목은 어떤 감동도 주지 못하고 이야기를 듣는 사람의 귀를 먹먹하게 할 뿐인 미친 사람의 광란을 연상시켰다. 마르첼로는 이러한 기사 제목에 대한 느낌을, 자신과 관련된 사건의 제목을 접할 때 느낄지 모를 감정과 비교해보니, 자신이 찾는 기사도 똑같이 부조리하고 공허한 느낌을 줄지 궁금해졌다.

그는 계속해서 페이지를 넘기며 그것은 과거라고 생각했다. 소란은 이제 잠잠해졌고, 격분은 지나갔다. 여기서 바로 이 신문의 재료이자 곧 부스러져 먼지가 될 누런 종이가 저속함과 경멸스러움을 부과할 뿐이었다. 그는 신문 기사를 하나씩 읽으며 과거는 실수, 폭력, 기만, 어리석음, 거짓말로 이루어진다고 생각했다. 하지만 동시에 그것은 매일 인간들이 출간할 가치가 있다고 생각하고 다음 세대가 기억하기를 원하는 유일한 것이기도 했다. 신문에는 정상적인 삶이라곤 보이지 않았다. 그런 생각을 하는 중에도, 그가 찾고 있는 것이 범죄 기사가 아니면 달리 무엇이겠는가?

날짜를 정확히 알고 있어서 자신과 관련된 기사를 금세 찾을 수 있었지만, 절대 서두르지 않았다. 1920년 10월 22일, 23일, 24일 신문을 넘겼다. 페이지를 한 장 한 장 넘길 때마다 자신의 인생에서 가장 중요한 사실이라고 생각되는 것에 점점 가까워지고 있었다.

신문은 기사에 대한 어떠한 예고도 없고, 예비 장치도 모두 무시했다. 미끼를 문 물고기가 바닷속에서 표면으로 떠오르듯, 자신과 관계없는 모든 기사 중에서 자신이 관련된 유일한 기사가 경고도 없이 갑자기 나타날 것이다. 그는 정치 사건에 관한 큰 제목들 대신 "마르첼로가 리노를 처음으로 만나다, 마르첼로가 그에게 권총을 요구하다, 마르첼로가 차에 타는 데 동의하다"라는 제목이 쓰여 있어야 한다고 장난처럼 생각했다. 하지만 그 순간 장난스러운 생각은 사라지고 갑작스러운 불안으로 그는 숨을 멈췄다. 찾고 있던 날짜에 이른 것이었다. 그는 서둘러 페이지를 넘기고 범죄 보도 기사를 찾았다. 예상한 것처럼 '치명적 사고'라는 제목이 보였다.

그는 기사를 읽기 전에 먼저, 누가 볼까 두려운 듯 주위를 둘러보았다. 그리고 눈을 내리깔고 신문을 읽기 시작했다. 기사 내용은 다음과 같았다.

> 어제 카밀루치아 거리 33번지에 거주하는 운전사 파스콸레 세미나라가 권총을 닦던 중 사고로 방아쇠를 당겼다. 사고

직후 세미나라는 구급차로 산토스피리토 병원으로 실려 갔으며, 의사들은 심장 부근에서 총상을 발견하고는 가망이 없다고 판단했다. 세미나라는 온갖 치료를 받았지만 그날 저녁 사망했다.

그는 기사를 다시 읽으며, 어느 것도 그보다 더 간략하거나 진부할 수 없다고 생각했다. 그래도 특별할 것 없는 언론의 진부한 문구도 두 가지 중요한 사실은 알려주었다. 첫째는 리노가 정말로 죽었다는 것이다. 그는 항상 어느 정도는 확신이 있었지만 확인할 용기가 없었다. 둘째는 분명 죽어가는 남자의 요청에 따라 사고로 처리되었다는 것이다. 그래서 마르첼로는 철저히 가려졌으며, 어떠한 영향도 받지 않았다. 리노는 죽었고, 아무도 그의 사망 원인을 마르첼로에게서 찾을 수 없었다.

마침내 그가 오래전에 발생한 사건의 기사를 도서관에서 찾아보기로 결심한 것은 안심하기 위해서가 아니었다. 그 세월 동안 완전히 가라앉은 적이 없는 그의 불안은 자신의 행동이 불러온 실제 결과에 주목했던 것이 아니다. 그는 단지 리노의 죽음을 확인했을 때 어떤 기분일지 알고 싶었다. 그는 자신의 감정을 들여다봄으로써, 자신이 아직 옛날같이 치명적인 비정상성에 사로잡힌 소년인지, 아니면 그토록 원했고 현재의 모습이라고 확신하는 완전히 정상적인 남자인지 판단할 수 있을 것이라고 생각했다.

그는 누렇게 변한 17년 전의 신문 기사가 마음에 큰 반향을 불러일으키지 않는다는 것을 깨닫고 크게 안도했고, 또 그 이상으로 놀랐다. 오랫동안 깊은 상처에 붕대를 감고 있다가 마침내 풀어보니 최소한 흉터가 있을 거라고 예상한 자리에 아무런 흔적도 없고 그저 매끄러운 피부임을 발견하고 놀라는 것 같다고 생각했다. 신문 기사를 찾아보는 것은 붕대를 푸는 것과 같고, 자신이 냉정하다는 것을 알게 되는 것은 치유되었음을 확인하는 것과 같다고도 생각했다. 이러한 치유가 어떻게 이루어졌는지는 알 수 없었다. 하지만 분명 그러한 결과를 가져온 것은 시간만이 아니라 자기 자신, 즉 그가 그동안 비정상성을 벗어던지고 다른 사람과 같아지려고 의식적으로 갈망한 덕분이라고 생각했다.

그는 신문에서 눈을 들어 허공을 직시하며 리노의 죽음에 대해 다소 신중하고 애써 솔직하게 생각해보았다. 사실 이제까지 항상 본능적으로 회피해온 일이었다. 신문 기사는 보도에 사용되는 전형적인 언어로 작성되어 사건을 무덤덤하게 전했는데, 이렇게 느껴지는 것 또한 그의 무관심과 무감정 때문일 수도 있다. 하지만 그 사건을 다시 대면하는 것은 생생하게 기억을 떠올려 그로 인해 상처를 입을 수도 있고, 여전히 당시 거기에 있는 것처럼 그의 마음속에 오랜 공포를 다시 불러일으킬 수도 있었다. 그래서 그는 자신의 기억, 즉 자신을 과거로 이끄는 냉정하고 무자비한 안내자를 따라 어릴 적 걸었던 바로 그 길을 걸어갔다. 큰길에서 리노를 처음 만난 일, 총을 갖고자 하는 열망, 리노의 약속, 저택을 방문한 일, 리노와의 두번째 만남, 그 남자의 남색, 권총을 겨누고 있는 자신, 두 팔을 벌리고 침대 옆에 꿇어앉아, "날 죽여, 마르첼로…… 날 개처럼 죽여"

라고 연극조로 소리치는 남자, 마치 그에게 복종하듯이 총을 쏘는 마르첼로, 침대에 기대어 쓰러졌다가 몸을 일으켜 세운 다음 옆으로 고꾸라지는 남자. 그는 이 모든 것을 하나씩 되짚어보며, 신문 기사를 접했을 때 자신이 보였던 무심함이 확실하다고 확인했다. 그리고 이제는 그보다 훨씬 더 무심해졌다고 생각했다.

사실 그는 가책뿐 아니라, 오랫동안 그 기억에서 분리될 수 없을 것 같았던 리노에 대한 연민, 적의, 반감도 느끼지 않았다. 다시 말해, 그는 아무런 느낌도 없었다. 여성의 관능적인 나체 곁에 누운 발기 불능의 남자도 오래전 사건에 직면한 그의 마음보다 무기력하지 않을 것이다. 그는 이러한 무심함이 반가웠다. 그것은 과거의 그인 소년과 현재의 그인 청년이 이제 아무 관계가 없음을, 감춰져 있거나 간접적인, 혹은 잠시 유보된 관계도 아니라는 것을 보여주는 확실한 신호이기 때문이었다. 그는 파일을 천천히 덮고 책상에서 일어서며 자신이 진정 다른 사람이라고 생각했다. 그의 기억은 옛 10월의 일을 자동으로 회상할지 몰라도, 실제 자신은 이제 그 일을 뇌리에서 지워버렸다.

그는 천천히 접수대로 가서 사서에게 파일을 반납했다. 그런 다음, 자신이 선호하는 여전히 침착하고 활기찬 자세를 유지하며 열람실을 나와 로비를 향해 넓은 층계를 내려갔다. 그리고 입구를 지나 환한 거리로 나서며, 신문 기사나 리노의 죽음에 대한 회상이 자신의 마음속에 아무런 반향을 일으키지 않았고, 짐작했던 것만큼 안도감이 느껴지지 않은 것도 다 정말이라고 생각할 수밖에 없었다. 그는 오래된 신문을 넘길 때 들었던 느낌이 생각났다. 붕대를 풀고 놀랍게도 상처가 완전히 치유되었음을 알게 되는 것 같은 느낌. 하지만 상처의 흔적 하나 없는 피부 아래에는 아마도 오래된 감염이 여전히 보이지 않는 종기 형태로 곪고 있을지도 모른다고 생각했다. 자신이 리노의 죽음에 냉담하다는 것을 알고 잠시 느꼈던 안도감의 덧없음뿐 아니라, 아주 얇은 장례식 베일처럼 그의 환상과 현실 사이를 가로지르는 희미한 우울을 봐도 이러한 의심은 확실했다. 리노의 죽음에 대한 기억은 시간이라는 강력한 기제에 의해 낱낱이 흩어져버렸지만, 다시 그의 모든 생각과 감정에 불가해한 그림자를 드리운 것 같았다.

그는 사람들로 붐비는 햇살 가득한 거리를 천천히 걸어가며 17년 전의 자신과 현재의 자신을 비교해보려 했다. 열세 살에는 수줍음을 탔고 감수성이 예민한 데다 혼란스러웠으며, 상상력이 풍부하고 성급하며 열정적인 아이였다고 생각했다. 그러나 서른 살이 된 지금은 전혀 수줍음을 타지 않고, 자신감이 넘치는 남자였다. 이제 그의 태도는 완전히 차분하고 지극히 예의 바르며 상상력을 제한해 냉정하고 자제력을 잃지 않았다. 그는 한때 자신이 매우 이해할 수 없고 격앙되어 있었던 사실도 기억하지만, 이제는 약간 흐릿해졌고 몇 가지 개념과 신념이 확고하게 자리를 잡았다. 그는 누구에게나 때로는 긍정적 활기가 넘치는 친밀함을 보였지만 이제는 폐쇄적이고 꾸준한 열정이 부족했으며 슬픈 듯 말을 아꼈다.

지난 17년 동안 일어난 급격한 변화의 가장 큰 특징은 특이

하고 비정상적인 본능이 끓어오르면서 생기던 과도한 활력이 사라져버렸다는 것이다. 이제 그것은 원숙하고 절도 있는 본능에 자리를 내어준 것 같았다. 다시 그는 리노의 욕망에 따르지 않은 것은 우연일 뿐이며, 당시 어렸지만 본능에서 우러난 무의식적이고 관능적인 성향 때문에 교태를 부리며 교활하게 리노를 지배하려 굴었다고 생각했다. 하지만 이제 그는 다른 사내와 똑같은 남자였다.

그는 상점 거울 앞에 멈춰 서서 오랫동안 자신을 바라보며 감흥 없이 객관적으로 스스로를 관찰했다. 회색 양복을 입고 수수한 넥타이를 매고 키가 크고 비율이 잘 맞는 체격에 가무잡잡하고 둥근 얼굴, 잘 빗은 머리와 짙은 선글라스를 낀 그는 정말 다른 남자들과 다를 바 없었다. 그는 문득 대학에서 자신처럼 옷을 입고 말하고 생각하고 행동하는 또래 남자가 적어도 천 명은 된다는 사실에 기뻐했던 일이 생각났다. 이제 그 수치는 아마도 수백 배는 될 것이다. 그는 경멸과 동시에 씁쓸한 만족을 느끼며, 어떻게 된 일인지는 모르겠지만, 의심 없이 자신이 정상적인 남자라고 생각하게 되었다.

갑자기 그는 담배가 떨어졌다는 것을 기억하고 콜로나 광장 아케이드에 있는 담배 가게로 들어갔다. 그가 계산대로 가 자신이 즐겨 피우는 상표의 담배를 주문하자 동시에 다른 세 사람이 같은 담배를 주문했다. 직원은 계산대 위에 돈을 내밀고 있는 네 개의 손을 향해 재빨리 담배를 건넸다. 똑같은 담뱃갑 네 개를 네 개의 손이 똑같은 동작으로 집어 들었다. 마르첼로는 자신이 다른 세 사람과 똑같이 담뱃갑을 받아 들고, 꽉 쥐어봐 오래된 것은 아닌지 확인한 다음 포장을 뜯는 것에 주목했다. 심지어 세 명 중 둘은 자신처럼 담뱃갑을 재킷 안주머니에 넣었다. 마지막으로, 세 명 중 한 사람은 담배 가게 밖에 멈춰 서서 자신과 똑같이 은색 라이터로 담배에 불을 붙였다. 이러한 것들은 그에게 만족스럽고 관능적이기까지 한 쾌락을 불러일으켰다. 그는 다른 사람들과 같았고, 모든 이와 다를 바가 없었다. 같은 몸짓으로 같은 상표의 담배를 사는 사람들, 심지어 빨간색 옷을 입은 여인이 지나가면 얇은 옷 아래 풍성한 엉덩이가 흔들리는 것을 훔쳐보기 위해 고개를 돌리는 남자들과도 똑같았다. 하지만 그의 마지막 동작은 개인적 성향이 아니라 의도된 모방에서 비롯된 행동이었다.

키가 작고 기형인 신문팔이가 팔에 신문 뭉치를 들고 다가와 그에게 신문 한 부를 흔들며 잘 알아들을 수 없는 말을 큰 소리로 내뱉었다. 그중 '승리'와 '스페인'이라는 말은 알아들을 수 있었다. 마르첼로는 신문을 사서 페이지 상단을 차지한 주요 기사를 주의 깊게 읽었다. 스페인 내전에서 프랑코 추종자들이 또 승리를 거두었다. 그는 정말로 만족스럽게 이 기사를 읽었다. 이것은 그가 절대적으로 완벽하게 정상적임을 입증하는 또 하나의 증거라고 생각했다. 그는 처음에 '스페인에서 무슨 일이 일어나고 있는가?'라는 위선적인 제목에서 내전이 시작되었음을 알았다. 내전은 다른 지역으로 확대되고 규모가 커졌으며 무력뿐 아니라 이념의 충돌로까지 이어졌다. 그리고 점차 그는 정치적이고 도덕적인 고려를 (머릿속에 자주 떠오르기는 했지만) 전혀 해보지 않고 단 하나의 감정으로 내전을 이해했다. 그것은 어느 한 축구팀을 응원하는 팬의 감정과 매우 흡사했다. 처음부터 그는 프랑코가 승리하기를 원했지만 그것은 그저 그런 열렬한 소망이 아니라 깊고 집요한 감정으로, 마치 그의 승리는 정치뿐 아니라 모든 분야에서 그가 취하는 태도와 생각이 훌륭하고 옳다고 확인해주는 것과 같았다. 그가 프랑코의 승리를 원한 건 대칭에 대한 열망 때문이었다. 마치 집 안의 가구를 같은 시기에 제작된 같은 스타일의 가구로 통일해 수집하려는 것과도 같았다. 그는 지난 몇 년간 더욱 분명해지고 영향력을 발휘한 사건들 가운데 이러한 대칭을 읽은 듯했다. 먼저 이탈리아에서 파시즘이 출현한 다음 독일로 이어졌고, 그다음에는 에티오피아 내전, 그리고 또 그다음에는 스페인 내전이 벌어졌다.

그는 왠지 이러한 진행이 마음에 들었다. 거기서는 인간을 넘어선 어떤 논리를 쉽게 인지할 수 있었다. 이러한 인식은 그에게 안전과 무과실성을 느끼게 했다. 하지만 그는 신문을 접어 주머니에 넣으며 정치적, 선전적 주장을 하는 프랑코의 대의에서 정의를 확신할 수 없다고 생각했다. 교육받지 못한 평범한 사람들처럼, 이러한 확신은 난데없이 불쑥 생겼다. 사람들이 공기 중에 생각할 거리가 널려 있다고 말할 때처럼, 그냥 주변에서 그러한 생각을 얻은 것이다.

그는 다른 많은 사람처럼 프랑코 편이었다. 그들은 스페인에 대해 거의 또는 전혀 알지 못하는 대중이고 신문을 잘 읽지 않는 무식한 사람들이었다. 그는 '공감'이라는 단어에는 '사려 깊지 못하고, 비논리적이며 비이성적'이라는 뜻이 포함돼 있다고 생각했다. '공감'은 오직 은유적으로만, 꽃가루나 굴뚝에서 나오는 연기, 먼지와 빛이 있지만 생각할 거리가 없는 공기 중에서 얻었다고 말할 수 있는 것이었다. 그렇게 '공감'은 보다 깊은 곳에서 발생하며, 그의 정상성이 피상적이지 않고 논쟁의 여지가 있는 동기 및 이유와 자발적이며 이성적으로 결합한 것도 아니고, 단지 본능적이고 거의 생리학적인 상태, 즉 다른 수백만 명의 사람들이 공유하는 신념과 연결되어 있다는 점을 다시 한번 입증해주었다. 그는 자신이 살고 있는 사회에 속한 사람들과 함께하는 존재였다. 그는 비정상적이고 미친 외톨이가 아니었다. 그들 중 한 명, 즉 형제이자 시민이고 동료인 것이다. 리노를 죽임으로써 사람들과 분리되는 것이 오랫동안 두려웠던 그에게 이것은 큰 위안이 되었다.

그는 프랑코든 다른 누구든 상관없다고 생각했다. 결국 연계, 즉 연결과 교감을 의미하는 다리만 있다면 그게 누구든 별로 중요치 않았다. 그러나 그게 다른 사람이 아니라 프랑코라는 사실은 교감과 연대를 나타낼 뿐 아니라 그가 스페인 내전에 감정적으로라도 참여하는 것이 현실적이고 옳은 일임을 보여주었다. 사실 모든 사람에게 분명하고 모두가 믿고 반박할 수 없는 것이 진실이 아니라면, 대체 그것은 무엇이겠는가? 따라서 그 연결 고리는 끊어지지 않고, 모든 연대는 그의 '공감'에 의해, 다른 수백만 명의 사람들도 동일한 방식으로 이러한 감정을 공유한다는 생각으로 귀결되었다. 이러한 인식은 옳다는 확신으로 이어졌고, 옳다는 확신은 행동으로 이어졌다. 왜냐하면 진실을 손에 넣고 있으면 행동이 허용될 뿐 아니라 행동을 요구하기 때문이다. 그것은 자신의 정상성에 대해 자신과 타인들에게 제시해야 할 확증 같은 것으로, 현실성을 잃지 않으면 점차 짙어지고 계속해서 재확인되며 결국 입증될 것이다.

이제 그는 목적지에 도착했다. 자동차와 버스가 오가는 2차선 도로 저쪽에 관청의 정문이 활짝 열려 있었다. 그는 잠시 기다렸다가 곧장 입구로 들어가는 커다란 검은색 차를 뒤따라 들어갔다. 그리고 안내원에게 만나고자 하는 관료의 이름을 댄 다음 대기실에 앉았다. 그는 다른 사람들 사이에서 보통 사람처럼 기다리는 것이 좋았다. 그는 급하다거나 초조하다거나 관공서의 질서와 규정을 참을 수 없다는 느낌은 들지 않았다. 오히려 그 질서와 규정이 마음에 들었다. 더 큰 범주에서 일반화된 질서와 규정까지도 기꺼이 따를 수 있을 것 같은 징후처럼 생각했다. 그는 매우 차분하고 냉정했다. 이것은 그에게 생소하지 않은 감정으로, 오히려 조금 슬프게 느껴졌다. 현재 자신의 성격에서 벗어날 수 없다는 생각 때문에 밀려오는 알 수 없는 슬픔이었다. 그는 마치 높은 산이 햇살을 가로막아 어둡고 우울함을 자아내는 호수처럼, 언제나 슬프고 쾌활함이 부족했다. 산이 없어진다면 호수가 빛나겠지만, 산은 항상 거기 있고 호수는 슬플 수밖에 없다. 그는 그런 호수처럼 슬펐지만, 그 산이 무엇인지는 알 수 없었다.

경비실 바로 너머에 있는 작은 대기실은 나이 든 사람으로 가득했다. 그곳은 장관실이 갖는 기품과 관료 특유의 세속적인 분위기로 유명했다. 장관실에서 접할 수 있으리라고 기대했던 분위기와는 정반대였다. 밀고자나 사복 요원같이 보이는 타락하고 사악한 기색의 세 사람이 담배를 피우며 낮은 목소리로 이야기를 나눴다. 그 옆에는 검은 머리와 희고 붉은 얼굴에 화려한 화장과 옷차림을 한 젊은 여인이 있었는데, 딱 보기에도 저급 매춘부 같았다. 그리고 흰 턱수염과 콧수염을 기르고 초라하지만 검은색으로 깔끔하게 차려입은 한 노인이 있었는데, 그는 아마도 교수인 듯 보였다. 백발에 숨 가빠하며 불안한 표정을 한 깡마른 왜소한 여인도 있었는데, 한 가족의 어머니인 것 같았다. 그리고 그가 있었다.

그는 반감을 갖고 모든 사람을 몰래 관찰했다. 항상 그랬다. 그는 같은 감정, 같은 생각, 같은 목적으로 모여 있는 대규모의 군대 같은 군중을 상상할 때면 다른 모든 이처럼 자신이 정상이라고 생각했다. 그 일부가 되는 것은 위안이 되었다. 그러나 사람들이 군중 밖으로 나오자마자 정상성에 대한 환상은 다양성이라는 현실에 부딪혀 산산조각 났다. 그는 그들 사이에 있는 자신의 모습을 전혀 인정할 수 없었고 혐오와 거리감을 느꼈다. 불길하고 천박해 보이는 세 사람, 즉 매춘부, 백발 노인, 숨 가빠하는 초라한 어머니와 자신 사이에 무슨 공통점이 있단 말인가? 혐오와 연민을 제외하면 아무것도 없다.

"클레리치 씨."

안내원의 목소리가 들렸다. 그는 놀라 벌떡 일어섰다.

"오른쪽 첫번째 계단이오."

그는 돌아보지 않고 남자가 가리킨 곳으로 향했다. 중앙에 붉은색 카펫이 깔린 길고 매우 넓은 계단을 올라가서 다시 두 번째 계단을 지나자 큰 이중문 세 개가 있는 넓은 층계참이 나왔다. 그는 가운데 문을 열고 어슴푸레한 넓은 방 안으로 발을 들여놓았다. 방 안에는 길고 커다란 탁자가 하나 있고 그 한가운데에는 지구본이 놓여 있었다. 마르첼로는 잠시 방 안을 거닐었다. 창문의 덧창이 내려져 있고 벽을 따라 늘어선 소파에 먼지막이를 씌운 것을 보면 사용하지 않는 방 같았다. 그는 여러 개의 문 가운데 하나를 열고 밖을 내다보았다. 어둡고 좁은 복도 양옆으로 유리 진열장이 줄지어 있고 그 끝으로 문이 하나 보였다. 거기서는 조금 열린 틈 사이로 불빛이 새어나왔다. 마르첼로는 그곳으로 다가가서 망설이다가, 매우 천천히 조심스럽게 문을 열었다. 호기심에서가 아니라 자신이 가려는 방을 알려줄 만한 안내원을 찾기 위해서였다.

그는 문틈으로 안을 들여다보면서 자신이 엉뚱한 곳에 와 있음을 확신했다. 그의 눈앞에 좁고 길쭉한 방이 펼쳐졌다. 창문에 노란색 커튼이 쳐져 부드러운 분위기를 자아냈다. 창문 앞에는 탁자가 하나 있었다. 그 탁자 앞에는 뚱뚱하고 넓적한 얼굴에 침울해 보이는 젊은 남자가 창을 등진 채 옆모습을 보이며 앉아 있었다. 그리고 한 여인이 마르첼로를 등진 채 탁자에 기대어 서 있었다. 흰 바탕에 커다란 검은색 꽃무늬가 있는 얇은 드레스를 입고 챙이 넓은 검은색 레이스 모자를 쓴 그녀는 얼굴에 베일을 드리웠다. 그녀는 키가 크고 허리가 매우 가늘었지만, 어깨와 엉덩이는 넓었고 다리가 길며 발목은 가늘었다. 그녀는 탁자에 기대어 남자에게 부드럽게 이야기를 했다. 옆모습을 보이며 가만히 앉아 있는 남자는 그녀의 말을 들으며, 그녀가 아니라 탁자 위에 놓인 연필을 만지작거리는 자신의 손을 바라보았다. 그런 다음 그녀는 남자 곁에 있는 안락의자 옆으로 가더니 탁자를 등지고 얼굴은 창문 쪽으로 향한 채 더 친밀한 태도로 그에게 말을 건네기 시작했다. 한쪽 눈 위로 기울어진 검은색 모자 때문에 마르첼로는 그녀의 얼굴을 볼 수 없었다. 그녀는 주저하는 듯하더니 마치 분수에 몸을 기울여 입으로 물을 받아먹으려는 사람처럼 옆으로 어색하게 몸을 기울이면서 자신의 입술을 남자의 입술에 갖다 댔다. 남자는 움직이지도 않고 만족한다는 표현도 하지 않은 채 키스를 했다. 그녀는 모자의 넓은 챙 뒤로 두 사람의 얼굴을 모두 가리고 돌아서더니 휘청거렸다. 남자가 팔로 허리를 감싸서 잡지 않았다면 균형을 잃을 뻔했다. 이제 그녀가 그 자리에 서자 앉아 있는 남자의 모습을 가렸다. 그녀는 남자의 머리를 쓰다듬고 있는 것 같았다. 그러자 남자가 여전히 그녀의 허리에 감고 있던 팔을 내렸다. 남자의 두툼하고 거친 손이 마치 그 무게에 못 이기는 것처럼 여자의 엉덩이 위로 미끄러지더니 거기에 머물렀다. 넓게 벌린 손가락은 부드러운 구형 표면에 내려앉아 잡히지 않으려고 버티는 거미나 게처럼 보였다. 마르첼로는 문을 닫았다.

그는 다시 복도를 지나 지구본이 있는 방으로 돌아왔다. 그가 방금 목격한 것은 난봉꾼으로서의 장관의 명성을 확인시켜주었다. 다른 방에서 본 남자는 바로 장관이었고, 마르첼로는 금방 알아볼 수 있었다. 도덕성을 강조하는 그의 성향을 고려해도 그가 본 것이 그의 신념을 근본적으로 흔들지는 못했다. 마르첼로는 세속적이고 여자를 밝히는 장관에게 '공감'을 느끼지 않았다. 그러기는커녕 그가 싫었다. 그리고 그처럼 자신의 연애를 공적인 영역에 들여오는 것이 매우 부적절하다고 생각했다. 그러나 이것은 마르첼로의 정치적 신념에 조금도 영향을 주지 않았다. 그가 신뢰하는 사람들이 주요 공직자는 도둑질을 하고, 무능력하고, 정치적 영향력을 개인적인 목적에 이용한다고 말할 때도 똑같았다. 최종 선택을 내린 순간부터 그런 일은 더 이상 자신의 관심을 끌지 못하고 스스로의 선택을 뒤집을 생각이 없었으므로 그는 이런 이야기를 거의 무심하게 받아들였다. 게다가 그러한 일에는 더 이상 놀라지도 않았다. 어떤 면에서 볼 때, 그가 인간의 비우호적인 측면을 일찍 깨쳐서 오랫동안 그것을 당연시해왔기 때문이었다. 무엇보다도 그는 체제에 대한 충성과 자신의 행동을 특징짓는 아주 엄격한 도덕성 간에는 아무런 관계가 없다고 생각했다. 그렇게 충성을 보이는 이유가 도덕적 기준보다 좀더 근본적인 데 있었다. 그러므로 관청에서 여자 엉덩이를 더듬는 손이나 절도, 혹은 다른 범죄나 과실에도 흔들리지 않았던 것이다. 그는 이러한 충성심이 대체 어디로부터 나오는 것인지 정확히 알 수 없었다. 충성심의 근원에 대한 문제와 그의 도덕관 사이에 이해할 수 없는 칙칙하고 고질적인 우울함이 드리웠다.

침착하고 차분했지만 초조함을 느낀 그는 큰 방에 있던 또 다른 문을 열고 밖을 내다보았다. 또 다른 복도였다. 그는 다시 문을 닫고 세번째 문을 열어보았다. 그곳이야말로 그가 찾던 대기실이었다. 사람들은 벽을 따라 소파에 앉아 있고, 제복 차림의 안내원들은 입구 근처에 서 있었다. 그는 낮은 목소리로 안내원에게 자신이 만나려고 하는 관료의 이름을 말한 다음 소파로 가 앉았다. 그리고 기다리는 동안 시간을 보내기 위해 다시 신문을 펼쳤다. 스페인의 희생자 소식이 모든 면을 채우고 있었다. 그는 이처럼 미심쩍은 취향이 넘쳐난다는 것에 짜증이 났다. 그는 승리를 알리는 굵은 서체의 속보를 다시 한번 읽었다. 그다음, 이탤릭체로 쓰인 긴 논평을 읽다가 금세 중단했다. 그 특파원의 부자연스럽고 설득력 없는 입장이 짜증났기 때문이다. 그는 잠시 읽기를 멈추고 자신이라면 기사를 어떻게 썼을지 상상했다. 스페인에 관한 기사뿐 아니라 가장 사소한 일에서부터 가장 중요한 일에 이르기까지 체제에 관한 한 모든 면이 완전히 다를 거라고 생각하고 본인 스스로도 깜짝 놀랐다. 그는 실제로 체제에 관해 특별히 싫어하는 점이 거의 없다고 생각했다. 이것이 본래부터 그가 지향하는 방향이었고 그는 계속해서 체제에 충성해야만 했다. 그는 신문을 다시 펼치고 다른 기사 몇 건을 훑어보면서 애써 애국적인 기사와 선전은 피해나갔다. 마침내 그는 신문에서 눈을 들고 주위를 둘러보았다.

그 순간 그는 대기실에 한 노인을 제외하고 아무도 없다는 사실을 발견했다. 둥그스름한 머리에 생기 있는 얼굴을 한 노인은 거만하고 교활하고 탐욕스러워 보였다. 아래위로 밝은 색 옷에 등 쪽이 낡았지만 산뜻하고 젊어 보이는 재킷을 걸치고 고무창을 댄 커다란 신발까지 신고 번지르르한 넥타이를 맨 그는 다소 조바심을 내면서, 입구에 서서 과잉 친절을 보이는 안내원에게 태평스레 말을 건네며 관공서에서도 자기 집에 있는 듯 편안한 태도를 보였다. 잠시 후 문이 열리면서 중년 남성이 들어왔다. 그는 대머리에 마른 체격이었지만 배가 볼록 나왔다. 공허함이 느껴지는 누런 얼굴에 눈은 움푹 들어갔으며, 날카로운 이목구비에 영리하면서도 의심이 많아 보이는 한편 열정적으로 보이기도 하는 남자였다. 노인이 장난치듯 큰 소리로 항의하며 곧장 그에게 다가가자, 중년 남자는 형식적으로 공손하게 경례를 했다. 노인은 친밀한 몸짓으로 마치 여자에게 그러듯 남자의 팔이 아니라 허리를 잡았다. 그리고 그와 함께 나란히 대기실 안을 걸으면서 매우 낮은 목소리로 다급하게 속삭였다.

무심한 눈으로 그 장면을 지켜본 마르첼로는 갑자기 노인에게 미친 듯한 증오심이 생기는 것을 느끼고 스스로도 깜짝 놀랐는데, 도무지 이유를 알 수 없었다. 마르첼로는 아무 때나 아주 다양한 이유로 이렇게 과도한 증오가 평소의 무덤덤함을 이기고 표출될 수 있다는 것을 모르지는 않았다. 하지만 그런 일이 생길 때마다 마치 자신의 성격 가운데 이미 알고 있는 다른 확실한 면들까지도 모두 거짓처럼 느끼게 하는 알려지지 않은 면과 맞닥뜨리는 것 같아 놀라곤 했다. 이를테면 그 노인이 그랬다. 그는 노인을 아무렇지 않게 죽일 수 있으며, 실제로 죽이고 싶다고까지 생각했다. 이유가 뭘까? 그는 아마도 자신이 가장 싫어하는 회의주의자의 표정이 그 불그스레한 얼굴에 분명하게 나타나 있기 때문이라고 생각했다. 아니면 등 부분이 낡은 재킷을 걸치고 주머니에 손을 넣고 있는 노인이 너무 크고 헐렁한 바지를 입고 있었는데, 그 바지 자락 하나가 위로 말려 있어 마치 재단사가 모형에 옷을 맞추기 위해 입혀놓은 것처럼 이상하게 보였기 때문일 수도 있다. 어쨌든 그는 노인이 참을 수 없을 만큼 싫어서 다시 눈을 내리깔고 신문을 보는 쪽을 택했다. 얼마 후 다시 눈을 들자 노인과 중년 남자는 어딘가로 사라져버렸고 대기실에는 아무도 없었다.

안내원 하나가 다가와 낮은 목소리로 들어가도 좋다고 말했고 마르첼로는 자리에서 일어나 그를 따라갔다. 안내원은 문을 열고 뒤에 서서 그가 들어가게 해주었다. 마르첼로는 천장과 벽에 프레스코화가 그려진 넓은 방으로 들어갔다. 방 안쪽에 탁자가 있고 그 위에 종이가 흩어져 있었다. 탁자 뒤에는 이미 대기실에서 언뜻 보았던 누런 얼굴의 그 남자가 있었다. 한쪽에는 다른 남자가 앉아 있었는데, 그는 마르첼로가 잘 아는 사람이었다. 바로 마르첼로가 일하는 첩보 기관의 직속 상관이었다. 마르첼로가 들어서자 장관 비서인 누런 얼굴의 남자가 일어났다. 직속 상관인 바우디노 대령은 의자에 그대로 앉아 고개를 끄덕이며 인사를 건넸다. 마르첼로는, 무뚝뚝한 진홍빛 얼굴에, 가면 위에 달린 가짜 콧수염처럼 뻣뻣하게 곤두선 검은 콧수염을 기르고 군인 같은 모습을 한 이 마른 노인이 장관 비서와는 거리가 멀어 보인다고 생각했다. 사실 이 비서는 이의를 달지 않고 일하며 다른 모든 것, 심지어 양심보다도 의무라고 생각하는 것을 우선시하는 데 익숙한, 충성스럽고 엄격하며 정직한 사람이었다. 그가 기억하는 한, 그 비서는 최근에 들어왔고 지금껏 마주친 사람들과 완전히 다른 종류의 인물이었다. 야심만만하고 회의적이며 세속적이고, 직업적 의무와 양심의 모든 경계를 넘어설 만큼 잔인하게 음모를 추진하는 사람이었다. 따라서 당연하게도 마르첼로의 호의는 모두 대령에게로 돌아갔다. 게다가 황폐해 보이리만큼 비쩍 마른 붉은 얼굴에서 종종 스스로를 억누르는 알 수 없는 우울을 본 것 같았기 때문이다. 바우디노 대령은 마르첼로와 비슷한 처지 같았다. 전혀 합리적이지 않은데 변함없이 맹목적인 충성을 해야 하고 실제로도 일상적으로 자주 드러나는 한심한 문제들에서 확실히 모순을 느끼고 있었을 것이다. 그러나 노老대령을 다시 바라보면서, 마르첼로는 그것이 단지 오해일 뿐이며, 그가 대령을 좋아해서 그러한 느낌이 자기 혼자만의 것이 아니기를 바라며 상관에게 자신의 감정을 이입한 것이라고 생각했다.

대령은 마르첼로와 비서를 보지 않고 냉담하게 말했다.

"이 사람이 얼마 전에 얘기한 클레리치 박사야."

그러자 비서가 형식적이면서도 열의를 보이는 모순적인 태도로 탁자 위로 상체를 구부리고 손을 내밀어 앉으라고 손짓했다. 마르첼로가 자리에 앉자 비서도 따라 앉으며 담뱃갑을 꺼내 대령과 그에게 차례로 권했다. 대령은 거절했고 마르첼로는 받아 들었다. 그러고 나자 비서는 직접 자신의 담배에 불을 붙인 후 말했다.

"클레리치 씨, 만나서 정말 반갑소. 여기 계신 대령님은 당신에 대해 칭찬만 하시더이다…… 들은 바와 같이 당신은 최고 같소."

비서는 미소를 지으며 '들은 바와 같이'를 강조했으며 계속해서 말을 이었다.

"장관님과 나는 당신의 계획을 검토한 결과 매우 훌륭하다고 판단했소…… 콰드리를 잘 아오?"

"네, 대학 은사셨습니다."

"콰드리는 당신이 비밀 요원인 걸 모르는 게 확실하오?"

"확실합니다."

"그들의 신뢰를 얻기 위해 정치적 전향을 가장하고, 그들의 조직에 잠입해 이탈리아에서 실행할 임무를 받아오겠다는 생각은 훌륭하오."

비서가 앞에 놓인 탁자의 어느 한 지점에 눈을 내리깔고 계속해서 말을 이었다.

"장관님도 나처럼 그런 일은 지체 없이 시도해야 한다고 생각하시오. 언제 갈 생각이오, 클레리치 씨?"

"필요하다면, 가능한 한 빨리요."

"좋소, 훌륭하오."

비서가 마치 다른 대답이라도 기대했던 것처럼 다소 놀라며 말했다.

"그래도 확실히 해두어야 할 점이 있소…… 당신은 뭐랄까, 다소 미묘하고 위험한 임무를 수행하겠다고 자처하고 있소. 여기 계신 대령님과 나는 당신이 너무 눈에 띄지 않도록, 파리에 있어야 할 그럴듯한 핑계를 찾아내거나 생각해내고, 혹은 만들어내야 한다고 얘기하고 있었소. 그들이 당신의 정체를 알거나 알아낼 수 있을 거라는 게 아니라…… 정말 조심해야 한다는 거요…… 당신이 보고서에서 밝혔듯이, 당시 콰드리는 체제에 대한 당신의 충성심을 모르지 않았으니 말이오……"

"충성심이 없었다면, 전향이란 있을 수 없겠죠."

마르첼로가 냉담하게 말했다.

"맞소, 정말 그렇지…… 하지만 단지 콰드리에게 '저 왔습니다'라고 말하려고 파리에 가는 건 아니지 않소. 다시 말해서, 정치적인 이유가 아니라 사적인 이유로 파리에 머물게 되었는데 그 기회를 빌려 당신의 정신적 위기를 콰드리에게 보여준다는 인상을 주어야 하오."

비서가 갑자기 눈을 들어 마르첼로를 바라보며 말을 맺었다.

"개인적인 일, 공적이지 않은 일과 임무를 결합해야 하오."

비서가 대령을 돌아보며 덧붙였다.

"그렇게 생각지 않으십니까, 대령님?"

"나도 같은 생각이네."

대령은 눈도 들지 않고 말했다. 그리고 잠시 후 말을 이었다.

"하지만 클레리치 박사만이 자신에게 맞는 핑계를 찾을 수 있겠지."

마르첼로는 고개를 숙이고 아무 생각도 하지 않았다. 이런 종류의 핑계는 신중하고 차분하게 생각해야 하므로 그 순간에는 대답할 게 없는 것 같았다. '하루나 이틀 정도 시간을 주시면 생각해보겠습니다'라고 대답하려는 순간, 갑자기 자신의 의지와는 상관없이 혀가 움직이고 말았다.

"일주일 뒤에 결혼합니다…… 임무와 신혼여행을 병행할 수 있습니다."

이 말에 비서는 크게 놀랐지만 애써 태연한 척했다. 하지만 대령은 마치 마르첼로가 아무 말도 하지 않은 것처럼 계속해서 무표정한 모습이었다. 비서가 당황한 어조로 외쳤다.

"좋소……, 훌륭하오. 결혼을 한다니……, 더 좋은 핑계는 찾을 수 없겠군…… 파리로 신혼여행을 떠난다는 건 고전적이지."

"예, 고전적인 파리 신혼여행이죠."

마르첼로가 웃지도 않고 답했다. 비서는 자신의 말에 그가 기분 상했는지 걱정스러워했다.

"아니, 내가 하고자 한 말은 파리가 신혼여행에 제격이라는 거요. 안타깝게도 난 결혼을 하지 않았지만…… 결혼을 했다면, 나도 파리로 갔을 거라 생각하오……"

이 말에 마르첼로는 아무 대꾸도 하지 않았다. 그는 종종 싫어하는 사람에게 이런 식의 침묵으로 대응하곤 했다. 비서는 그를 안심시키기 위해 대령 쪽으로 몸을 돌려 말했다.

"대령님 말씀이 맞습니다…… 클레리치 박사만이 이런 구실을 댈 수 있습니다. 우리는 아무리 생각해봐도 그런 제안은 못했을 겁니다."

모호하고 다소 진지한 어조로 내뱉은 이 말이 두 가지 상반된 의미를 드러냈다고 마르첼로는 생각했다. 그것은 다소 반어적이지만 진정한 칭찬이었을지도 모른다. "세상에, 정말로 대단한 열정이군!" 또는 어리석은 경멸을 대신하는 표현이었을지도 모른다. "완전한 노예근성이야. 신혼여행까지 이용하다니." 아마도 비서는 둘 다였을 텐데, 그것은 비서에게 열의와 노예근성의 경계가 그리 명확하지 않았기 때문일 것이다. 사실 그는 두 가지 방법을 다 사용했고, 결과는 항상 같았다. 비서가 응수하는 말에 일종의 반응을 보이듯 대령 역시 웃지 않았다. 마르첼로는 이런 상황이 만족스러웠다.

잠시 침묵이 흘렀다. 마르첼로는 미동도 하지 않고 비서의 눈을 똑바로 쳐다보았다. 비서는 그의 시선을 감당하지 못하고 갑자기 양손으로 탁자를 잡으며 일어섰다.

"좋습니다, 그러면…… 대령님은 임무 지시와 관련해 클레리치 박사와 합의를 보시죠."

그는 마르첼로 쪽으로 몸을 돌리며 계속해서 말을 이었다.

"그리고 당신은 또한 장관님과 내가 전적으로 지원하고 있다는 점을 알아야 하오."

그는 일부러 무심한 체하며 덧붙였다.

"장관님이 당신을 개인적으로 만나고 싶어 하셨소."

마르첼로는 이에 대해서도 아무런 대꾸를 하지 않았다. 그저 자리에서 일어나 가볍고 공손하게 고개를 숙였다. 감사의 말을 기대했을 비서는 또 한 번 놀랐지만 즉시 자신의 감정을 자제했다.

"여기 그대로 있으시오, 클레리치 씨. 장관님이 당신을 직접 데려오라고 지시하셨소."

대령이 일어서며 말했다.

"클레리치, 자네는 내가 어디에 있는지 알고 있을 테지."

대령은 비서에게 손을 저었지만 신중하고 굽실거리며 유난스러운 비서는 기어코 그를 문까지 따라갔다. 그리고 그곳에서 그들은 악수를 한 다음, 대령은 가버리고 비서는 마르첼로를 향해 돌아섰다.

"함께 갑시다, 클레리치 씨. 장관님은 매우 바쁘시오. 그럼에도 당신을 직접 만나 얼마나 흡족한지 당신에게 알려주고자 하셨소. 장관님을 소개받는 게 처음이지 않소?"

그들이 비서의 사무실 옆에 붙어 있는 작은 대기실을 통과하는 동안 비서가 말했다. 그리고 문가로 가 문을 열고 마르첼로에게 기다리라는 뜻으로 고개를 끄덕이더니 사라졌다가 눈 깜짝할 사이에 다시 나타나 따라오라고 손짓했다.

마르첼로는 조금 전에 문틈으로 관찰했던 바로 그 길고 좁은 방으로 들어갔지만, 이번에는 다른 쪽에서 방을 바라보는 터라, 탁자가 그의 앞에 있었다. 탁자 뒤에는 침울해 보이는 넓적한 얼굴에 과체중인 남자가 앉아 있었다. 좀 전에 커다란 검은색 모자를 쓴 여인이 키스하던 바로 그 남자였다. 탁자는 잘 닦여서 거울처럼 윤이 났고, 그 위에는 종이 한 장 없이 커다란 청동 잉크병과 닫힌 가죽 서류가방만 눈에 띄었다.

"장관님, 이 사람이 클레리치 박사입니다."

장관이 일어서서 마르첼로에게 손을 내밀었다. 비서보다 훨씬 더 진심 어린 태도였지만 단연 권위적이었다.

"어떻게 지내시오, 클레리치 씨?"

장관은 특별한 의미라도 가득 담은 듯, 신중하면서도 천천히, 거만하게 물었다.

"당신 칭찬을 많이 들었지…… 체제를 유지하는 데에는 당신 같은 사람이 필요하오."

그런 다음 그는 다시 자리에 앉아 호주머니에서 손수건을 꺼내 코를 풀면서 비서가 보여주는 서류를 검토했다. 마르첼로는 분별 있게 방에서 가장 먼 구석으로 물러났다. 장관이 서류를 보는 동안 비서는 장관의 귀에 뭐라고 속삭였다. 장관은 손수건을 보았다. 마르첼로는 흰색 리넨이 붉은색으로 얼룩진 것을 보고, 그가 들어갔을 때 장관의 입술이 일반적이라고 하기에는 지나치게 붉어 보이던 게 생각났다. 검은 모자를 쓴 여인의 립스틱 때문이었다. 장관은 평정을 잃거나 누가 보고 있다는 걱정도 하지 않은 채, 여전히 비서가 보여주는 서류를 검토하면서 손수건으로 입술을 세게 문질렀다. 그러면서 이따금 립스틱이 여전히 묻어 나오는지 살펴보았다. 마침내 서류와 손수건을 검토하는 일이 끝났다. 장관은 자리에서 일어나 마르첼로에게 다시 한번 손을 내밀었다.

"잘 가시오, 클레리치 씨. 내 비서가 말해주겠지만, 나는 당신이 수행하게 될 임무를 무조건 전적으로 지지하는 바요."

마르첼로는 머리를 숙이며 그 두툼하고 둔한 손을 잡고 악수를 한 뒤, 비서를 따라 방을 나섰다. 비서의 사무실로 되돌아오자 그는 장관이 검토한 서류를 탁자 위에 올려놓고는 마르첼로를 문 쪽으로 안내했다. 그가 미소를 지으며 말했다.

"자, 클레리치 씨, 행운을 빌어요. 그리고 결혼 축하하오."

마르첼로는 고개를 끄덕이며 인사하고 낮은 목소리로 고맙다고 말했다. 비서는 마지막으로 미소를 지으며 그와 악수를 나누었다. 그리고 문이 닫혔다.

2

이미 늦었다. 마르첼로는 관청 건물을 나오자마자 걸음을 재촉했다. 그는 한낮의 긴장하고 허기진 사람들과 함께 정류소에서서 혼잡한 버스에 탈 차례를 참을성 있게 기다렸다. 그는 버스를 타기는 했지만 발판에 매달리다시피 하다가 가까스로 올라설 수 있었다. 버스가 덜컹거리면서 도심을 빠져나가 교외로 향하는 동안 다른 승객들이 사방에서 그를 계속 밀쳐댔다. 이런 불편한 상황에도 짜증은 나지 않았다. 반대로 함께하면서 남들과 비슷해지는 데 도움이 되는 거라면 유익하다고 생각했다. 그는 불쾌하고 불편했지만 사람과의 접촉을 좋아했다. 개인과의 접촉보다 군중과의 접촉을 더 좋아했다. 그는 군중 틈에서 좀더 자유롭게 숨 쉬려고 승강구에 발끝으로 서 있거나, 버스 안으로 밀려 들어갈 때, 또는 정치 집회의 애국적 열정에 휩싸일 때 다중 교감의 안도감이 생긴다고 생각했다. 하지만 관청을 방문한 오늘은 자신뿐 아니라 다른 사람까지 의심하게 만들었다.

그는 자신이 신혼여행을 가장한 임무를 수행하기로 제의한 직후, 의도하지 않았던 노예근성을 드러내고 아둔한 광신자처럼 행동했다는 고통스러운 느낌이 든 이유가 무엇인지 다시 생각했다. 교활하고 타락하고 회의적인 그 남자, 다시 말해 가치 없고 혐오스러운 비서에게 그런 제의를 했기 때문이라는 생각이 들었다. 사심 없이 자발적으로 제의한 마르첼로에게 수치심을 불러일으킨 사람은 바로 그였다. 지금 버스가 정류장을 하나씩 지나치는 동안, 그는 충성과 헌신은 물론 희생조차 없고 단지 계산적이고 타산적이어서 자신의 이익만 챙기는 사람 앞에 서 있지 않았다면 이런 수치심을 느끼지 않았을 거라고 확신했다. 사실 마르첼로의 제의는 신중한 고찰에서가 아니라 그 자리에서 나온 것이다. 그런 즉흥적인 제안은 그가 사회적, 정치적으로 정상임을 확실하게 입증했다. 그 비서 같은 사람은 오래전부터 교활하게 생각해본 후에야 그런 제의를 하겠지만, 마르첼로의 제의는 즉흥적이었다. 그에게는 신혼여행에 정치적 의무를 결합하는 일이 부적절한지 살피느라 시간을 낭비할 가치가 없었다. 그는 그런 사람이었으며, 그가 하는 일은 그런 자신에게 순응할 경우 모두 옳은 일이었다.

그는 이런 생각에 잠긴 채 버스에서 내려 노동자 계층이 사는 지역으로 향했다. 길가에 분홍색과 흰색의 협죽도가 심어져 있었다. 낡고 거대한 관용 공동 주택은 도로 쪽으로 입구가 나 있으며, 그는 그 너머로 보이는 지저분하고 넓은 정원을 힐끗 보았다. 입구 길가로 담배 가게, 빵집, 청과물점, 정육점, 식료품점 등 마르첼로가 잘 아는 상점들이 있었다. 정오가 다 되었고, 이름 모를 공장들 사이에서 일을 멈추고 집으로 돌아간 사람들이 덧없고 빈약한 기쁨을 누리는 광경도 보였다. 반쯤 열린 1층 창문으로 요리하는 냄새가 새어 나오고, 흐트러진 차림의 남자들이 현관문으로 급하게 뛰어나오는가 하면, 라디오에서 흘러나오는 진행자의 음성과 전축에서 뿜어져 나오는 음악 소리가 파편처럼 흩어졌다. 건물의 후미진 곳에 숨은 정원에서는 난간을 타고 오르는 덩굴장미가 날카로운 향기를 내뿜으며 지나가는 그에게 인사했다. 마르첼로는 걸음을 재촉해 노동자로 보이는 두세 사람과 함께 19번 입구로 들어가 층계를 올라갔다.

그는 넓은 층계를 천천히 올랐다. 남루한 그늘이 층계참의 큰 창문으로 비쳐드는 밝은 빛과 공존하고 있었다. 하지만 2층에서 그는 무언가를 잊었음을 알아차렸다. 약혼녀 집에 식사 초대를 받았을 때 항상 가져가던 꽃이었다. 그는 다행히 기억난 것이 기뻐서 다시 계단을 내려가 문밖으로 나가서는 곧바로 건물 모퉁이로 향했다. 그곳에는 한 여인이 계절 꽃을 병에 담아 잔뜩 진열해놓고 있었다. 그는 가장 아름답고 가지가 길며 곧은 흑장미 여섯 송이를 서둘러 골랐다. 그는 꽃을 코에 대고 향기를 맡은 후 건물로 다시 들어가 층계를 올라 이번에는 꼭대기 층으로 갔다. 그곳에는 딱 한 가구밖에 없는데, 짧은 계단을 오르자 아담한 현관으로 이어졌다. 그 아래에는 테라스의 강한 불빛이 빛나고 있었다.

그는 '그녀의 어머니가 나오지 않았으면 좋겠는데'라고 생각하며 초인종을 눌렀다. 장모가 될 그녀의 어머니는 그에게 과한 애정을 보였는데 그때마다 그는 몹시 당혹스러웠다. 잠시 후 문이 열렸다. 입구의 희미한 빛 속에서 다행히 거의 아이나 다름없는 하녀의 모습이 보였다. 그녀는 자신에게 지나치게 큰 흰색 앞치마를 두르고, 두 갈래로 딴 흑발이 창백한 얼굴을 감싸고 있었다. 그가 들어오고 문을 닫기 전 그녀는 잠시 고개를 내밀어 호기심에 충계참 주위를 살펴보았다. 마르첼로는 공기를 가득 메우고 있는 강한 음식 냄새를 맡으며 거실로 들어갔다.

거실 창문은 열기와 빛이 들어오지 않도록 반쯤 닫혀 있었다. 그래도 별로 어둡지는 않아서 옅은 그림자와 함께 방을 채우는 어두운 색의 모조 르네상스 양식 가구를 식별할 수 있었다. 그것은 장식이 빽빽하게 조각되어 있어 무게 있으면서도 수수해 보였다. 같은 양식으로 제작된 작은 장식품들과 이상하게 대조를 이룬 모습이었다. 장식품들은 선반과 탁자에 흩어져 있었다. 재떨이 모서리에 무릎 꿇고 있는 작은 나신의 여인, 하모니카를 연주하는 청색 마졸리카 선원, 흑백 얼룩무늬 개들, 꽃 모양의 램프 서너 개, 그리고 약혼녀의 친구들과 친척들이 준 콘페티, 즉 결혼 선물로 받은 설탕옷을 입힌 아몬드가 들어 있던 금속이나 자기로 된 재떨이가 많이 있었다. 벽지는 붉은색 가짜 다마스크*였다. 검은색 액자에 넣은 밝게 채색된 풍경화와 정물화가 벽에 걸려 있었다.

마르첼로는 이미 여름용 덮개를 씌워놓은 소파에 앉아 방 안을 둘러보았다. 그는 이곳이 중산층 아파트로 가장 적당하고, 모든 면에서 이 지역의 다른 주택이나 아파트와 흡사하다고 생

* 피륙의 하나. 능직이나 수자직 바탕에 금실, 은실 따위의 아름다운 실로 무늬를 짜 넣는데, 주로 커튼이나 책상보 따위로 쓴다.

각했다. 딱 그가 바란 모습이었다. 흔하고 값싸 보이지만 안도감을 주었다. 그는 이곳의 추한 모습에 치사한 만족감을 느꼈다. 그는 가장 아름답고 품위 있는 가정에서 성장했기에 지금 자신을 둘러싼 모든 것이 더할 나위 없이 추하다는 것을 매우 잘 알고 있었다. 하지만 그게 그가 원하는 것이었다.

이 알 수 없는 추함은 그가 동료들과 공통적으로 지닌 또 하나의 특성이었다. 그는 돈이 부족해 줄리아와 결혼 후 적어도 처음 몇 년 동안은 그 집에 살게 될 거라는 사실이 생각나자 자신이 가난하다는 사실에 거의 감사할 정도였다. 그가 자신의 취향에 따라 혼자서 행동했다면 집을 이렇게 평범하고 추하게 꾸미지 않았을 것이다. 곧 이곳은 그의 거실이 될 것이다. 미래의 장모와 그녀의 죽은 남편이 30년 동안 사용한 자유주의 양식의 침실은 그의 침실이 될 것이다. 줄리아와 그녀의 부모가 평생 동안 하루에 두 번씩 식사를 한 적갈색 식당은 그의 식당이 될 것이다. 줄리아의 아버지는 잘나가는 관료였다. 그가 젊었을 적 유행에 따라 만들어진 이 아파트는 훌륭함과 정상성이라는 두 가지 신성을 기리며 세운 일종의 사원이었다. 마르첼로는 또다시 한편으로는 슬프기도 한 부정한 기쁨을 탐욕스럽게 생각했다. 그는 이러한 정상성과 훌륭함에 정당하게 편입할 것이다.

문이 열리고 줄리아가 복도에서 하녀로 보이는 누군가와 이야기를 나누며 급히 나왔다. 그녀는 이야기를 마치자 문을 닫고 재빨리 약혼자에게 다가갔다. 스무 살의 줄리아는 서른 살의 여인만큼 풍만했다. 다듬어지지 않은 평범한 몸매는 그럼에도 탄력 있고, 싱싱한 젊음뿐 아니라 미지의 환상적인 관능과 기쁨을 드러내고 있었다. 그녀의 피부는 매우 희고, 눈은 크고, 맑고, 짙고, 나른해 보였다. 그녀는 숱 많고 아름다운 밤색 곱슬머리와 붉은빛 입술을 가졌다. 그녀의 활기 넘치는 몸이 금방이라도 터질 듯 가벼운 옷차림으로 자신에게 다가오는 모습을 본 마르첼로는 다시 기쁨을 느꼈다. 조금 전에 자신에게 위안을 주었던 거실만큼이나 정상적이고 전적으로 평범한 여자와 결혼한다는 사실을 되새기지 않을 수 없었다.

그는 그녀의 미적지근하고 부드러운 로마 말투를 듣자 다시 안도에 가까운 위안을 느꼈다.

"정말 아름다운 장미군요…… 뭐하러 가져왔어요? 신경 쓰지 말라고 했잖아요. 우리 집에 점심을 먹으러 온 건 처음이지요?"

그러면서 그녀는 방 한쪽 구석에 있는 황색 대리석 선반에 얹어둔 청색 꽃병에 장미를 꽂았다.

"난 당신에게 꽃을 주는 게 좋아."

줄리아는 만족스러운 듯 숨을 내쉬며 그 옆에 몸을 쭉 펴고 앉았다. 마르첼로는 그녀를 보다가 아까의 의도적인 태연함 대신 갑작스러운 당혹감이 밀려오는 것을 느꼈다. 이것은 분명 그녀가 곧 흥분할 거라는 신호였다. 그녀는 갑자기 그에게 몸을 돌리고 그의 목에 팔을 두르며 속삭였다.

"키스해줘요."

마르첼로는 그녀의 허리에 팔을 두르고 입술에 키스했다. 줄리아는 무척 관능적이었다. 그들에게 키스란 거의 마르첼로가 그녀의 요청에 못 이겨서 하는 행위였다. 그러다가 관능적인 그녀에게 끌려 격정적으로 키스하며 약혼이라는 관계를 실감하는 순간이기도 했다. 이번에도 그들이 입술을 떼려는 순간, 그녀는 갑자기 욕망으로 몸을 떨며 한쪽 팔로 마르첼로의 목을 끌어안고 다시 자신의 입을 그의 입에 밀착시켰다. 그는 그녀의 혀가 자신의 입술 사이로 들어와 자기 입안에서 빠르게 움직이는 것을 느꼈다. 그러는 동안 줄리아는 그의 한 손을 잡아끌어다가 자신의 왼쪽 가슴을 쥐게 했다. 그녀는 콧바람 소리를 내며 거칠게 숨을 쉬면서 마치 굶주린 듯한 동물 소리를 냈다.

마르첼로는 약혼녀 줄리아를 좋아하기는 하지만 사랑하지는 않았다. 그래서 이처럼 관능적인 포옹에 결코 흥분하지 않았다. 마찬가지로 그는 열정적인 애무에 답하고 싶지 않았다. 그는 약혼녀와의 관계가 전통적인 경계 안에서 유지되기를 원했다. 친밀함이 깊어질수록 자신이 그렇게 애써 떨쳐버리고자 했던 무질서와 비정상성이 다시 자신의 삶에 들어올 것만 같았다. 그래서 잠시 후 그는 그녀의 가슴에서 손을 치우고 부드럽게 천천히 몸을 뗐다. 줄리아가 뒤로 물러나 미소를 띠고 그를 바라보며 말했다.

"당신은 너무 차가워요. 정말이지, 당신이 날 사랑하지 않는다고 생각될 때도 있어요."

"내가 당신 사랑하는 거 알잖아."

그녀는 자주 그러듯 재빨리 화제를 바꾸어 말했다.

"정말 행복해요. 이렇게 행복한 적은 없었어요. 그런데 오늘 아침에 엄마가 다시 우리가 엄마 침실을 써야 한다고 주장한 거 알고 있었어요? 엄마는 복도 끝에 있는 작은 방으로 옮기실 거래요. 어떻게 생각해요? 받아들여야 할까요?"

"거절하면 어머님이 속상해하실 거야."

"나도 그렇게 생각해요. 있죠, 어렸을 때 난 언젠가는 그런 침대에서 자는 게 꿈이었어요. 이젠 더 이상 그게 그렇게 좋은지 모르겠어요…… 당신은 좋아요?"

그녀는 확신을 못 하면서도 인정해주기를 바라는 어조로, 자신의 취향에 대한 그의 의견을 듣는 것을 기뻐하면서도 두려운 심정으로 물었다. 마르첼로는 재빨리 대답했다.

"아주 좋아. 정말 아름다워."

그리고 그는 이 말에 줄리아가 확실히 만족해하는 것을 보았다. 그녀는 기쁨이 넘쳐서 그의 볼에 키스하고 계속해서 말했다.

"오늘 아침에 페르시코 부인을 만나서 파티에 초대했어요. 내가 결혼한다는 사실을 그녀가 몰랐다는 게 믿어져요? 그녀는 내게 많은 걸 물었어요. 당신이 누구인지 말해줬더니 그녀는 당신 어머니를 안다고 하더라고요. 몇 년 전 해변에서 만났대요."

마르첼로는 아무 말도 하지 않았다. 오랫동안 함께 살지 않았고 거의 만나지 못한 어머니에 대해 이야기하는 것은 항상 기분이 언짢았다. 다행히 줄리아는 그런 그의 기분을 알아채지 못하고 다른 이야기를 했다.

"피로연 말인데, 초대할 손님 목록 만들었어요. 한번 볼래요?"

"그래. 보여줘."

그녀는 주머니에서 종이 한 장을 꺼내 그에게 내밀었다. 마르첼로는 그것을 받아 보았다. 목록은 길었고 가족별로 나뉘어 있었는데, 아버지, 어머니, 딸, 아들까지 적혀 있었다. 남자는 이름뿐 아니라 의사, 변호사, 기술자, 교사와 같이 직업도 쓰여 있었다. 이를테면 고위급 장교, 군인 옆에 3명, 5명, 2명, 4명 이렇게 동반 가족 수를 적어두는 식이었다. 마르첼로는 거의 다 모르는 이름이었지만 줄리아는 알고 지내는 사람들 같았다. 모두 중산층 및 중하류층 전문직 종사자와 공무원이었다. 아마 그들도 분명히 이런 거실과 가구를 갖춘 아파트에 거주할 것이며, 줄리아처럼 결혼하는 딸이 있고, 그 딸은 자신과 매우 흡사한 계급과 직업을 가진 젊은이와 결혼을 할 것이다. 그는 긴 목록을 살펴보다가 흔하고 일반적인 이름 몇 개를 보고 안심이 되었음에도 불구하고 평소처럼 차가운 표정이 되어 침울해졌다. "아르칸젤리 씨가 누구지?" 하고 그는 아무 이름이나 들어서 물었다.

"주세레 아르칸젤리 대장이라는데. 부인은 이오레, 딸은 실바나와 베아트리체, 아들은 의사인 지노이고."

"아무도 아니에요, 당신은 모르는 사람들이에요. 아르칸젤리 씨는 돌아가신 아빠의 친구분이고, 정부에서 일했어요."

"어디 살지?"

"바로 근처예요. 비아 포르포라."

"그 집 거실은 어떻게 생겼지?"

"당신, 그런 질문들이 얼마나 우스운지 알아요?"

그녀가 웃으며 큰 소리로 말했다.

"어떨 것 같아요? 우리 집이나 다른 집이나 다 같은 거실이죠. 아르칸젤리 씨 거실이 어떻게 생겼는지가 왜 그렇게 궁금해요?"

"딸들은 약혼했나?"

"네, 베아트리체는…… 그런데 왜요?"

"약혼자는 어떤 사람이지?"

"음…… 약혼자도…… 맞아요. 약혼자는 이름이 낯설어요. 스키린지예요. 공공 사무소에서 일하죠."

마르첼로는 줄리아의 대답에서 손님들에 대해 추론할 방법이 없음을 알았다. 그녀의 머릿속에 목록에 적힌 것 이상의 특징은 들어 있지 않은 것 같았다. 구별이 안 되는 훌륭하고 정상적인 사람들, 그는 목록을 다시 훑어보다가 또 다른 이름에서 멈췄다.

"세자르 스파도니 박사는 누구지? 부인은 리비아, 남동생은 변호사인 툴리오라는데?"

"소아과 의사예요. 부인은 제 학교 친구였고. 당신도 만난 적 있을 거예요. 진짜 예쁘고, 어두운 갈색 머리에 아담하고, 피부가 새하얘요…… 남동생도 잘생겼어요. 둘은 쌍둥이거든요."

"그러면 루이지 파체 기병은 누구지? 부인은 테레사, 아들은 네 명인데, 마우리지오, 조반니, 비토이로, 리카르도."

"역시 돌아가신 아빠의 친구분이에요. 아들들은 모두 학생이고…… 리카르도는 아직 고등학교에 다니고 있어요."

마르첼로는 목록에 적힌 인물들에 대해 자세히 물어봤자 소용없다는 걸 알았다. 줄리아는 목록에 나온 것만 말해줄 수 있었다. 설사 그녀가 그 사람들의 특징과 생활에 대해 모든 걸 알려주더라도 그녀가 알고 있는 정보는 자신의 판단과 지능의 편협한 한계를 넘어서지 못할 게 뻔하다. 그래도 그는 결혼 덕분에 이처럼 평범한 공동체에 들어가서 그 일부가 되는 게 행복하다는 것을 알고 있었다. 하지만 여전히 질문이 혀끝에서 맴돌아 잠시 주저하다 그는 그냥 물어보기로 마음먹었다.

"있잖아, 내가 손님들과 닮았나?"

"그러니까…… 외모 말인가요?"

"아니, 그들과 공통점이 있는지 알고 싶어…… 외모와 행동방식에서…… 내 말은, 내가 그들과 비슷한지 말이야."

그녀가 격정적으로 대답했다.

"당신은 그들 중 누구보다 낫다고 생각해요. 생각해보면, 그래요, 당신은 그들과 같은 사람이에요. 당신은 진지하고, 교육을 받았고, 매너 있고, 교양 있어요…… 그러니까 당신은 그들처럼 예의 바르고 존경할 만한 사람이에요. 그런데 그건 왜요?"

"그냥 생각나서."

"당신 정말 이상해요."

그녀는 호기심 어린 눈으로 그를 바라보며 말했다.

"사람들은 대부분 다른 사람과 다르고 싶어 하는데, 당신은 남들과 똑같기를 원하는 것 같아요."

마르첼로는 말없이 그녀에게 목록을 건네며 부드럽게 말

했다.

"아무튼 한 사람도 모르겠군."

"그럼 난 그 사람들을 다 안다고 생각해요?"

줄리아가 쾌활하게 물었다.

"그중 대부분이 누군지 아는 사람은 엄마뿐이에요. 게다가 피로연도 금방 끝날 거예요⋯⋯ 한 시간 정도 지나면 그들을 다시 만날 일 없을 거예요."

"만나도 상관없어."

"무슨 얘기 하고 있었더라⋯⋯ 자, 호텔에서 보내온 메뉴를 듣고 괜찮은지 말해줘요."

줄리아가 주머니에서 또 다른 종이를 꺼내 소리 내어 읽었다.

"차가운 콩소메,* 쌀과 수프림 소스**를 곁들인 어린 암컷 칠면조, 계절 샐러드, 다양한 종류의 치즈, 아이스크림과 케이크, 과일, 커피와 술. 어때요?"

그녀가 조금 전 어머니의 침실에 대해 이야기할 때와 똑같이 확신은 없지만 만족한 어조로 물었다.

"괜찮아 보여요? 사람들이 충분히 먹을 것 같아요?"

"아주 충분해 보여."

줄리아가 계속해서 말했다.

"샴페인은 이탈리아산으로 골랐어요. 프랑스 것만큼 좋지는

---

* 육류, 야채 따위를 삶은 물을 면포에 걸러낸 맑은 수프.

** 벨로테 소스에 생크림과 닭 또는 메추리 육수를 섞어 만든 소스.

않지만 건배하기엔 충분히 괜찮아요."

그녀는 잠시 말이 없다가 특유의 예측 불가능한 태도로 덧붙였다.

"돈 라탄지가 뭐라고 하셨는지 알아요? 결혼하고 싶다면 영성체를 해야 하고, 영성체를 하고 싶다면 고해성사를 해야 한대요. 안 그러면 주례를 서줄 수 없대요."

잠시 놀란 마르첼로는 뭐라고 말해야 할지 몰랐다. 그는 신자가 아니었고 종교적인 목적으로 성당에 간 지 10년은 되었을 것이다. 게다가 그는 기독교적인 것을 모두 싫어하게 되었다고 항상 확신해왔다. 하지만 이제는 놀랍게도 고해성사와 영성체라는 개념이 곤혹스럽지 않고 실제로 즐겁고 매력적으로 다가왔다. 결혼 피로연, 모르는 손님들, 줄리아와 결혼하는 것, 다른 여자처럼 평범한 줄리아 자체가 매력적으로 다가온 것과 흡사했다. 그것은 자신이 불안정한 삶에 정착하기 위해 추구하는 정상성이라는 사슬에서 또 하나의 고리라고 생각했다. 그리고 이 고리는 다른 것보다 더 고귀하고 영속적인 금속으로 만들어진 것이었다. 종교, 그는 그것을 더 일찍 생각하지 않은 데 놀랐다. 종교를 잊은 것은 주일을 지키지는 않지만 태생적으로 항상 속해 있다고 여긴 종교의 확실하고 태평한 특성 때문이라고 생각했다. 하지만 그는 줄리아가 뭐라고 대답할지 궁금해서 이렇게 말했다.

"하지만 난 신자가 아니야."

"그러면 성당 다니는 사람들 중 90퍼센트는 어떨 것 같아요? 그 사람들은 신자라고 생각해요? 그리고 사제들 본인은요?"

"그럼 당신은 신자인가?"

줄리아가 허공에 손짓을 했다.

"그렇다고 할 수 있죠. 어느 정도는요…… 이따금 전 돈 라탄지에게 이렇게 말해요. '전 신부님의 모든 이야기에 다 속는 건 아니에요.' 난 신자이기도 하고 아니기도 해요. 아니면,"

그녀가 용의주도하게 덧붙였다.

"나만의 종교가 있다고 해두죠…… 사제들과는 다른 종교요."

'자기만의 종교는 무슨 뜻이지?'

마르첼로는 경험상 줄리아가 종종 무슨 말을 하는지도 잘 모른 채 이야기한다는 걸 알기에 묻지 않았다. 대신에 그는 이렇게 말했다.

"내 경우는 좀더 근본적이야. 난 믿음이 전혀 없어. 그리고 종교도 없어."

줄리아는 명랑하고 무관심한 손짓을 했다.

"그래서 뭐가 어려운데요? 똑같아요. 그 사람들한테는 그게 굉장히 중요해요. 그리고 당신한테 아무런 피해가 안 가고요."

"그래, 하지만 거짓말을 해야 하잖아."

"말이야 어쨌든 선의의 거짓말이겠죠. 돈 라탄지가 뭐라고 하시는지 알아요? 믿지 않더라도 마치 믿는 것처럼 어떤 일을 한다면…… 나중에 믿음이 생긴대요."

마르첼로는 잠시 말이 없다가 입을 열었다.

"좋아, 그러면 고해성사를 하고 영성체를 하겠어."

그는 그렇게 말하면서 앞서 손님 목록이 자신에게 불러일으킨 그 어두운 기쁨의 떨림을 다시 한번 느꼈다.

"그럼 돈 라탄지에게 가서 고해성사를 할게."

"꼭 그분께 갈 필요는 없어요. 아무 성당 아무 신부님이든 상관없어요."

"그러면 영성체는?"

"돈 라탄지가 우리 결혼식 날에 해주실 거예요…… 우린 함께 할 거예요. 고해성사한 지 얼마나 됐어요?"

마르첼로는 약간 당황해하며 말했다.

"글쎄, 여덟 살 때 첫 영성체를 하고 나서 고해성사를 해본 적이 있어. 그러고 나서 다시는 없었어."

"생각해봐요! 당신이 죄를 몇 가지나 고백해야 하는지 누가 알겠어요."

"그런데 나를 사죄해주시지 않으면 어떡하지?"

"분명히 사죄해주실 거예요."

그녀가 애정 어린 목소리로 대답하며 한 손으로 그의 얼굴을 어루만졌다.

"게다가 당신이 무슨 죄를 지었겠어요? 당신은 착한 사람이고, 상냥하고, 누구한테도 절대 해를 입히지 않았어요. 당신은 즉시 사죄받을 거예요."

"결혼하는 게 복잡하군."

"그래요, 하지만 나는 이런 복잡함 속에서 준비하는 게 정말 즐거워요…… 결국 우린 남은 인생을 함께하게 될 거예요. 안 그래요? 그런데 우리 신혼여행은 어디로 가요?"

마르첼로는 처음으로 평소에 느끼던 애정과 함께 줄리아에게 동정심을 느꼈다. 그는 임무를 수행할 파리로 신혼여행을 가는 대신 마음을 바꾸어 다른 곳을 고를 시간이 아직 남아 있음을 알고 있었다. 그는 장관에게 임무 수행을 거절하겠다고 말할 수도 있었다. 하지만 동시에 그는 그게 불가능하다는 걸 깨달았다. 그 임무는 자신이 절대적으로 정상이 되는 데 가장 확실하고 결정적인 조치일 것이다. 줄리아와의 결혼, 결혼 피로연, 종교 의식, 고해성사, 영성체는 같은 맥락이지만 중요성은 덜했다. 그는 어둡고 불길한 저속함을 여전히 느끼며 이런 생각을 곰곰이 해보기 위해 잠시 동안 멈추었다가 재빨리 말했다.

"있지, 파리가 어떨까 생각했어."

줄리아는 기뻐서 손뼉을 쳤다.

"오, 좋아요. 파리라고요! 내가 꿈꾸던 곳이에요!"

그녀는 그의 목에 팔을 두르고 열광하며 그에게 키스를 퍼부었다.

"내가 얼마나 행복한지 모를 거예요⋯⋯ 내가 파리에 얼마나 가고 싶었는데요⋯⋯ 비용이 너무 많이 들까 봐 걱정돼서 말을 못 했어요."

"다른 곳과 별 차이 없을 거야. 돈은 걱정하지 마. 이번 한 번은 충당할 수 있을 거야."

줄리아는 황홀한 나머지 반복해서 말했다.

"정말 행복해요."

그녀는 마르첼로를 열정적으로 끌어안고 속삭였다.

"나 사랑해요? 키스해주지 않을래요?"

그래서 다시 한번 마르첼로는 약혼녀의 팔에 목이 감긴 채 키스를 받았다. 이번에는 키스의 열정이 고마움에 의해 배가된 것 같았다. 줄리아는 거친 숨을 내쉬었고, 몸 전체가 꿈틀거렸다. 그녀는 마르첼로의 손을 가져다가 자신의 가슴을 누르고, 재빠르고 다급하게 그의 입안에서 혀를 움직였다. 흥분한 마르첼로는 '원한다면 지금 바로 여기 이 소파에서 그녀를 가질 수 있겠군' 하고 생각했다. 그는 자신이 정상성이라고 부르는 것의 허약함을 다시 한번 인식했다. 마침내 그들은 몸을 뗐고, 마르첼로가 미소 지으며 말했다.

"우리가 곧 결혼한다니 다행이군. 그렇지 않으면 조만간 결혼도 하지 않고 당신을 안게 되지 않을까 걱정이었어."

키스로 얼굴이 아직 온통 상기된 줄리아는 어깨를 으쓱하고 특유의 들뜨고 순진한 뻔뻔함을 보이며 대답했다.

"정말 사랑해요. 그보다 더 좋은 걸 바랄 수 없겠는데요."

"정말이야?"

그녀가 열정적으로 말했다.

"당장이라도 좋아요. 여기서도요. 지금이라도……"

그녀는 마르첼로의 한 손을 잡고 그 손에 천천히 키스하며 사랑스럽게 반짝이는 눈으로 그를 올려다보았다. 그때 문이 열리고 어머니가 방에 들어오자 줄리아는 뒤로 물러났다. 마르첼로는 그녀의 어머니가 다가오는 것을 보면서, 그녀의 어머니도 구원으로서 정상성을 추구해온 자신의 삶에 들어온 많은 사람 중 하나라고 생각했다. 그는 늘 열렬한 애정을 과시하는 이 감상적인 여인과 어떤 공통점도 없었다. 다만 그는 견고하게 확립된 인간 사회에 자신을 깊이 지속적으로 결합시키기를 바랄 뿐이었다. 줄리아의 어머니 델리아 지나미 부인은 뚱뚱한 여자로, 노화로 인해 몸과 정신이 쇠퇴하는 것 같았다. 몸은 뼈가 보이지 않을 정도로 비만이었으며, 정신은 생리적으로 감상을 역겹게 분출하는 경향이 있었다. 그녀가 한 발 내디딜 때마다 부푼 몸의 모든 부분이 볼품없는 옷 아래에서 저절로 움직이는 것 같았다. 사소한 일에도 감상적이 되어서 통제 능력을 상실한 채 황홀해하는 동작을 취하면서 두 손을 모으고 촉촉한 푸른 눈에 눈물을 글썽이곤 했다. 최근 외동딸의 결혼식이 임박함에 따라 델리아 부인은 한없이 감격했다. 그녀는 울기만 했고—본인의 설명에 따르면 기뻐서였다—줄리아나 벌써 아들처럼 좋아한다고 단언하는 미래의 사위를 계속해서 안아주고 싶어 했다. 마르첼로는 이러한 감정 표현이 당혹스러웠다. 하지만 그저 자신이 들어가고자 하는 현실의 또 다른 측면이라고 생각해 참고 이해하면서 그 집의 흉물스러운 가구, 줄리아의 혼잣말, 결혼식 피로연, 돈 라탄지의 종교적 요구와 마찬가지로 자신에게 약간 우울한 만족감을 느끼게 하는 것쯤으로 여겼다.

그러나 오늘 델리아 부인은 다정하지 않았고 화가 나 있었다. 그녀는 손에 든 종잇조각을 흔들면서 자리에서 일어선 마르첼로에게 인사한 후 말했다.

"익명의 편지야…… 지금은 일단 밥 먹으러 가세. 준비됐어."

"익명의 편지요?"

줄리아가 급히 어머니를 뒤따라가며 소리쳤다.

"그래, 익명의 편지, 정말 역겨운 사람이야."

마르첼로는 손수건으로 얼굴을 가리면서 그들을 따라 식당으로 들어갔다. 익명의 편지 소식에 그는 심하게 동요했는데, 이런 모습을 두 여인에게 보여서는 안 되었다. 그는 줄리아의 어머니가 "익명의 편지야"라고 소리치는 것을 들은 즉시 '누군가 나와 리노 사이에 생긴 일에 대해 쓴 것'이라고 예상했다. 생각하는 것만으로 얼굴의 핏기가 사라지고 숨을 쉬기가 어려웠다. 리노와의 기억이 생생했던 청소년기 초기를 제외하고는 경험한 적 없던 당혹감, 수치심, 두려움, 설명할 수 없고 예상치 못한 감정이 번개처럼 빠르게 그를 공격했다. 그 감정이 그보다 더 강했다. 그의 모든 통제력이 잠시 공황장애와 무력감에 압도당하는 느낌이었다. 식탁에 기대 피가 나도록 입술을 깨물었다. 도서관에서 사건사고 기사를 찾으며 오래된 상처가 완전히 아물었을 거라고 확신했지만 착각이었다. 상처는 치유되지 않았을 뿐 아니라 그가 생각했던 것보다 훨씬 더 깊었다. 다행히 그의 자리는 햇빛이 뒤에서 비춰 얼굴이 보이지 않는 쪽이었다. 그는 식탁의 맨 앞자리였으며 오른쪽에는 줄리아가, 왼쪽에는 지나미 부인이 침묵 속에 경직되어 앉아 있었다.

익명의 편지는 줄리아 어머니의 접시 옆에 있었다. 마침 어린 하녀가 파스타가 가득 담긴 쟁반을 양손에 들고 들어왔다. 마르첼로는 큰 포크와 작은 포크를 사용해 기름진 붉은 파스타 덩어리에서 면을 조금 덜어 개인 접시에 담았다. 그러자 바로 두 여자가 잔소리했다.

"너무 적어. 당신 체중을 신경 쓰는 거예요? 더 담아요."

지나미 부인도 "일하려면 먹어야지"라며 거들었다. 줄리아는 충동적으로 직접 쟁반을 들어서 그의 접시에 파스타를 더 덜었다.

“시장하지 않아.”

마르첼로는 고민에 빠진 채 가라앉은 목소리로 말했다.

“식욕은 먹으면서 생기는 거예요.”

줄리아는 음식을 덜며 단호하게 대답했다. 어린 하녀가 거의 비어버린 쟁반을 치웠다. 줄리아의 어머니가 중얼거렸다.

“이걸 보여주고 싶지 않아. 내가 볼 땐 아무 의미도 없어. 의미 없는 일에는 신경을 끄고 살아야지.”

마르첼로는 침묵하고 파스타를 입에 가득 채웠다. 그는 그 편지가 리노에 관한 게 아닌가 여전히 걱정되었다. 그래도 그런 일은 절대 불가능하다고 생각하려고 했다. 걱정이라기보다 더 강한 공포가 반사적으로 밀려왔다. 줄리아가 어머니에게 물었다.

“그래도 무슨 내용인지 간단히 말해줄 수 있지 않아요?”

어머니는 이렇게 대답했다.

“무엇보다 내가 마르첼로에게 하고 싶은 말이 있어. 아무리 이 편지에 내가 아는 자네에 대해 천 배나 더 나쁜 내용이 쓰여 있더라도 내 애정에는 변함이 없음을 확신한다는 거야. 마르첼로, 넌 내 아들이나 마찬가지야. 자식에 대한 어머니의 사랑은 어떤 상황에서도 강하다는 걸 나는 잘 알아.”

그녀의 눈은 갑자기 눈물로 가득 차버렸다.

“진정한 내 아들. 사랑스러운 마르첼로.”

지나미 부인이 마르첼로의 손을 잡으면서 진심 어린 투로 말했다. 마르첼로는 어떻게 해야 하는지, 무슨 말을 해야 할지 몰라서 여전히 침묵을 지키며 부인의 애정 표현이 끝나기만을 기다렸다. 지나미 부인은 부드러운 시선으로 쳐다보며 덧붙였다.

"마르첼로, 나 같은 늙은 여자를 용서해줘."

"말도 안 되는 소리하지 마. 엄마 아직 창창해요."

진지하게 느끼거나 놀라기에는 어머니의 그런 식의 말에 너무 익숙해진 줄리아가 말했다.

"아니. 난 늙어서 살날이 몇 년 남지 않았어."

지나미 부인이 대답했다. 임박한 죽음에 대한 건 그녀가 얘기하기 좋아하는 주제 중 하나였다. 아마도 그녀가 스스로 자기 자신뿐 아니라 다른 사람들을 감동시키는 능력이 있다고 생각했기 때문일 것이다.

"내 딸을 자네처럼 좋은 남자에게 맡기고 간다는 게 너무 기뻐, 마르첼로."

지나미 부인의 손이 심장을 눌러 파스타를 먹기 불편했다. 마르첼로는 벗어나고픈 조바심을 억누르지 못하고 있었다. 그런데 이 노파는 그가 과도한 칭찬에 겸손을 떠는 것으로 착각했다.

"자네는 착해. 아주 착하지. 가끔 줄리아에게 넌 참 좋은 남자를 만나서 행운이라고 말해. 마르첼로 같은 사람은 요즘 세상에 잘 없거든. 나이 들고 보니 알겠더라고. 세상 사는 데 착한 것 외에는 아무것도 필요 없어. 다행히 자네는 정말 좋은 사람이야."

마르첼로는 인상을 찌푸리면서도 아무 말도 할 수 없었다.

줄리아가 말했다.

"먹게 좀 놔둬요. 안쓰러워서 정말."

"제 접시의 소스가 마르고 있습니다만."

지나미 부인은 마르첼로의 손을 놓고 편지를 들면서 말했다.

"로마 우표가 붙어 있고 타자기로 쓴 편지인데. 만약 사무실 동료 중 한 사람이 썼다면 큰일 아니니?"

"엄마는 무슨 내용인지 바로 알겠어요?"

"여기 있다."

어머니는 딸에게 편지를 건네주었다.

"읽어 봐. 소리는 내지 말고. 난 나쁜 말을 듣고 싶지 않거든. 다 읽으면 마르첼로에게 줘."

안심한 마르첼로는 약혼녀가 편지를 읽는 것을 보았다. 조금 뒤 줄리아는 경멸 어린 표정으로 얼굴을 찌푸렸다.

"역겨워!"

그리고 그에게 편지를 건넸다. 공장에서 만든 종이에 쓴 편지에는 흐린 잉크로 타이핑된 몇 줄이 쓰여 있었다.

「사모님! 당신 딸이 클레리치 박사와 결혼하게 두는 건 실수라기보다 큰 죄를 짓는 것입니다. 클레리치 박사의 아버지는 매독균에 의한 광기로 수년 동안 정신병원에 입원해서 고통받고 있습니다. 아시겠지만 이 병은 유전입니다. 아직 시간이 있으니 결혼을 막으십시오. 친구가.」

"이게 다야." 마르첼로는 다소 실망했다. 그는 이런 실망이 안도하는 마음보다 큰 것이 이해되었다. 다른 누군가가 어린 시절의 비극을 폭로함으로써 그 부담에서 다소나마 해방되기를 바라고 있었는지도 모른다. 무엇보다도 "이 병은 유전입니다"라는 문장을 되새겨보았다. 아버지의 광기의 원인은 정확했다. 언젠가 자신도 아버지처럼 될 수도 있지만 그럴 일은 없다는 것도 잘 알고 있었다. 이 문장은 악의를 품은 채 이미 유전되었을지 모를 광기를 암시하는 것처럼 보였다. 그렇게 될 리 없을 거라고 생각했는데 어쩌면 진짜 물려받았을지도 모른다고 일깨우는 듯했다. 다 읽고 난 후 마르첼로는 침착하게 줄리아의 어머니에게 편지를 돌려주었다.

"사실이 아닙니다."

"나도 사실이 아니란 걸 알아."

성격이 좋은 여자였지만 거의 화내듯이 대답했다. 잠시 후 덧붙여 말했다.

"나는 내 딸이 성실하고, 똑똑하고, 진실하고, 잘생긴 남자와 결혼한다는 것만 알고 있어."

그녀는 교태를 부리듯 결론을 지었다.

"자네는 누구보다 잘생겼다고 크게 말할 수 있어."

"이 편지대로라면 완벽한 사람에게도 흠이 있다는 건가? 바보 같아."

그들은 마르첼로가 열세 살에 마음이 끌린 남자를 죽였다는 걸 알게 되어도 "걔는 그럴 줄 알았어"라고 반응할 것 같았다.

마르첼로는 편지로 생겼던 두려움이 시간이 지나자 평소처럼 침울한 생각에 빠지는 무관심으로 변했다는 것을 깨달았다. 그는 약혼녀와 지나미 부인을 바라보면서 생각했다. '알더라도 열을 내거나 차가워지진 않겠지. 보통 사람들은 나에게 관심도 없지만.' 그리고 자신이 두 여자를 가끔, 어쩌면 자주 자신과 다르게 구분하고 있다는 것을 깨달았다. 그는 갑자기 오늘 아버지를 만나러 가야 한다고 말했다.

"어머님과 같이 가나?"

"네."

파스타는 다 먹었다. 하녀가 다시 들어와 접시를 바꿔 고기와 야채가 가득 담긴 큰 접시를 식탁 위에 놓았다. 줄리아의 어머니는 하녀가 나가자마자 편지를 다시 살펴보았다.

"이 편지를 누가 썼는지 정말 궁금하네."

돌연 진지해진 줄리아가 "엄마, 그 편지 다시 줘보세요"라고 말했다. 그녀는 봉투를 받아 주의 깊게 살펴본 다음 얇은 편지지를 꺼내 면밀히 살펴보더니 눈썹을 찌푸렸다. 그리고 마침내 아주 화난 목소리로 말했다.

"누가 썼는지 알겠어. 확실해. 아, 고약한 인간 같으니."

"누구?"

"나쁜 놈 있어."

줄리아는 식탁으로 눈을 내리깔며 대답했다. 마르첼로는 아무 말도 하지 않았다. 줄리아는 변호사 사무실에서 비서로 일했다. 아마도 그녀가 생각한 대로 이 편지는 그 많은 직원 중 한 명이 쓴 것일 테다. 그녀의 어머니가 말했다.

"부러워하는 사람이 있는 건 확실해. 마르첼로는 30대에 남자들이 원하는 걸 모두 갖췄으니까."

그는 관심 없었지만 형식적으로 약혼녀에게 물었다.

"편지를 쓴 사람을 아는데 왜 말하지 않지?"

"말할 수 없어요."

그녀는 이제 화내기보다는 후회하는 것처럼 대답했다. 그녀는 편지를 어머니에게 돌려주고, 시중드는 사람을 도와 큰 접시들을 같이 나누어주었다. 잠시 세 사람 중 누구도 말을 꺼내지 않았다. 어머니는 진정 믿기지 않는다는 어조로 말을 이어갔다.

"마르첼로에게 감히 그런 편지를 쓸 만큼 나쁜 사람이 있다는 게 믿기지 않네."

"엄마! 모두가 우리 둘처럼 그를 좋아하는 건 아니에요."

줄리아가 대답했다. 어머니는 갑자기 강조하며 물었다.

"감히 누가 우리 마르첼로를 좋아하지 않을 수 있다는 거야?"

"엄마가 당신에 대해 뭐라고 하는지 알아요?"

평소처럼 명랑하고 발랄하게 돌아온 줄리아가 물었다.

"당신은 남자가 아니라 천사래요. 언젠가 집에 문으로 들어오는 대신 창문으로 날아 들어올 거라나요."

그녀는 웃음을 참으며 계속 말했다.

"신부님께 고해성사하러 갈 때 당신이 천사라는 걸 알게 되면 기뻐하실 거예요. 천사의 고백을 듣는 것은 매일 일어나는 일이 아니니까요."

"이제 여느 때처럼 날 놀리네." 어머니가 말했다.

"하지만 전혀 과장이 아니야. 마르첼로는 나에게 천사야."

그녀는 마르첼로를 부드럽고 애정 어린 달콤한 눈으로 쳐다보았다. 곧장 그녀의 눈이 눈물로 그윽해졌다.

"난 내 인생에서 마르첼로만큼 좋은 사람을 딱 한 명 만났었어. 바로 네 아빠란다, 줄리아."

줄리아는 상황에 맞게 진지한 표정을 지으며 접시에 눈을 내리깔았다. 한편 세월을 겪으며 눈물이 많아진 어머니의 얼굴은 머리카락에 가려졌다. 멍하고 찡그린 그 얼굴은 아무렇게나 놔둔 물잔 너머로 희미하게 보였다. 줄리아는 빠르게 손수건을 찾아 눈에 대고 더듬으며 말했다. "당신은 정말 좋은 남자, 진짜 천사야. 우리 셋이 함께해서 더 좋아요. 아버지는 돌아가셨고 이제 안 계세요. 당신의 착한 심성이 아버지를 생각나게 해서 당신을 더 사랑할 수밖에 없어요. 이렇게 좋은 남자가 죽는다고 생각하면 내 마음이 찢어질 정도예요."

마지막 말꼬리는 손수건 뒤로 사라졌다. 줄리아는 조용히 말했다.

"엄마 드세요."

"아니, 아니다. 배고프지 않구나."

어머니가 훌쩍이며 말했다.

"오히려 내가 미안하다. 너희는 행복해야 하고, 행복은 나 같은 노인의 슬픔으로 방해받아서는 안 돼."

그러고는 갑자기 일어나서 문 쪽으로 가더니 나가버렸다.

"이미 6년이나 지났는데."

줄리아가 문 쪽을 바라보며 말했다.

"돌아가신 다음 날부터 저러시는 것 같아요."

마르첼로는 아무 말도 하지 않았다. 그는 머리를 숙인 채 담배에 불을 붙였다. 줄리아는 손을 내밀어 그의 손을 잡았다.

"무슨 생각해요?"

거의 애원하는 듯했다.

줄리아는 자주 그에게 무슨 생각을 하는지 물었고 그에게 관심을 가졌다. 그리고 가끔 진지하고 폐쇄적인 그의 표정에 놀라기도 했다. 마르첼로는 대답했다.

"당신 어머니를 생각하고 있었어. 그렇게 나를 칭찬하실 줄은…… 내가 좋은 사람이라고 말할 만큼 나를 아시지 못하는데."

줄리아는 손을 꽉 잡으며 대답했다.

"그냥 하는 말이 아니라 당신이 없을 때에도 내게 자주 말씀하세요. 당신이 얼마나 좋은 사람인지."

"그걸 어떻게 아시지?"

"그 나이쯤 되면 다 보이는 거겠죠."

줄리아는 일어나 옆에 서서 그의 어깨에 그녀의 풍만한 엉덩이를 기대며 그의 머리를 손으로 쓰다듬었다.

"왜? 사람들이 당신을 좋은 사람이라고 생각하는 게 싫어요?

"그런 말이 아니라, 사실이 아닐 수도 있으니까."

그녀는 고개를 가로저었다.

"당신은 너무 겸손한 게 단점이에요. 봐요, 우리 엄마는 다 좋다고 하시지만 전 좋은 사람이 아니에요. 난 착한 면도 못된 면도 있어요. 내게는 당신이 내가 살아온 삶에서 만난 최고의 남자들 중 한 명이에요. 내가 당신을 사랑하기 때문에 말하지 않았지만…… 진실, 아니 사실이니까 말하는 거예요."

"그 착하다는 건 뭐야?"

"내가 얘기했잖아요, 그런 건 보일 수밖에 없다고. 여자들에게 왜 아름답다고 말해요? 그건 그 여자가 분명히 아름답기 때문이죠…… 그러니까, 당신은 착해 보여요."

"그런가."

마르첼로는 고개를 숙이며 말했다. 그가 착하다는 두 여자의 확신은 그에게 낯설지는 않았지만 늘 당황스러웠다. 이 선함이 무엇으로 이루어졌을까? 진짜로 선한 것인가? 아니면 오히려 줄리아와 그녀의 어머니는 자신들의 선함, 비정상, 다시 말하면 그녀들이 현실과 분리되어 부재하게 된 현실을 선함으로 대체하는 것 아닐까? 정상인이라면 선량하지 않다고 다시금 생각하게 된다. 정상이라고 하는 것은 의도적이든 아니든 간에 항상 무관심, 어리석음, 비겁함, 심지어 범죄와 같은 여러 가지 부정적인 일들이 대가로 따르기 때문이다. 이런 생각에 잠겨 있는데 줄리아의 목소리가 들려왔다.

"어쨌든 드레스가 도착했을 거예요. 당신에게 보여주고 싶은데…… 여기서 기다려줘요."

그녀가 급하게 나가자 마르첼로는 식탁에서 일어나 창가로 가서 덧문을 열었다. 창문에서는 거리가 내려다보였다. 건물의 처마 장식이 튀어나와 있는 꼭대기 층 아파트라서 그 아래는 아무것도 볼 수 없다. 저 너머로 맞은편 건물의 다락방이 보였다. 덧문이 달린 창문이 열려 있어서 방의 내부까지 알아볼 수 있었다. 맞은편 아파트는 줄리아의 집과 비슷했다. 침실, 침실만큼이나 '좋은' 거실에 놓인 어둡고 평범한 가구들. 부엌 식탁에는 세 사람이 앉아 있었다. 남자 두 명 여자 한 명 같다. 맞은편 방이 매우 가까워서 마르첼로는 식당에 앉아 있는 세 사람이 잘 보였다. 금발에 성숙하며 다소 부유해 보이는 여자와 남자들은 그가 있는 방과 별로 다르지 않은 샹들리에 아래, 그가 앉았던 것과 비슷한 식탁에서 조용하게 식사하고 있었다. 그들의 대화가 들리는 것 같은 착각을 일으킬 만큼 가까이 보였지만, 테라스 난간이 주는 깊이 때문인지 멀게 느껴졌다. 목소리를 높여서 같이 공모하듯이 그들과 이야기할 수 있지만 물질적인 의미뿐 아니라 도덕적인 면에서 그럴 수 없었다. 줄리아와의 사이에는 거리와 끝이 존재하지 않는다는 것이 확실했다. 그녀는 같은 방에 있었고 그녀가 아는 모든 정보를 그에게 무심하게 제공했다. 그녀는 지역 주민에 대해서 얘기를 종종 해주었다. 그가 얼마 전 파티에서 손님들에게 했던 것처럼 예의상 정보를 공유했던 것이다. 실제로 그녀는 꼭 필요한 것이 아닌 이상 어떤 의미도 부여하지 않았다. 그러나 그는 경계 밖에 있었고, 그에게 정상이란, 바로 그가 그것으로부터 배제되고 자신의 비정상성과 반대되는 것으로 느꼈기 때문에 정상이라고 불렀다. 줄리아와 비슷하려면 이런 환경에서 태어났어야 했거나, 또는……

어깨 너머 문이 열리고 그가 돌아섰다. 그 앞에 줄리아가 흰 실크 웨딩드레스를 입고 그를 감탄하게 하려고 그녀의 머리로부터 늘어뜨린 풍성한 베일을 두 손으로 잡고 있었다.

"아름답지 않아요? 보세요."

그녀는 들뜬 목소리로 창과 탁자 사이의 공간을 돌면서 약혼자가 웨딩드레스를 여러 방향에서 볼 수 있도록 했다. 웨딩드레스는 모든 면에서 다른 신부들이 입었던 것들과 비슷했다.

그러나 그는 줄리아가 수백만 명의 여성들이 그러했던 것처럼, 평범한 드레스에 똑같이 만족한 것에 행복했다. 줄리아의 풍성한 몸매는 흰색 실크에 마치 자신의 몸을 찍어 증거라도 남기려는 듯 꼭 맞아 보였다. 그녀가 마르첼로에게 다가와서 베일을 걷어 얼굴을 드러내며 말했다.

"이제 내게 키스해줘요. 절 만지지는 말고요. 드레스가 구겨질 테니까."

그 순간 줄리아가 창문으로 등을 돌렸고 마르첼로가 그녀를 마주했다. 몸을 굽혀 줄리아의 입술을 만지려 했을 때 맞은편 다락방 식당이 보였다. 백발의 사람이 나갔고, 바로 들어온 다른 두 사람은 마른 흑인 청년과 금발 여자였다. 그들은 자연스럽게 키스했다. 이 모습은 그를 기분 좋게 했다. 그는 조금 전까지만 해도 멀게만 느껴졌던 두 사람처럼 행동했다. 동시에 줄리아는 급하게 소리 질렀다.

"망할 드레스."

그리고 마르첼로에게서 떨어지지 않으려고 하며 한 손으로 그의 빗장뼈를 눌렀다. 그녀의 온몸이 그를 향해 다가왔다. 그녀는 그의 목에 팔을 둘렀다. 두 사람은 어둠 속에서 키스를 했다. 그들이 베일에 싸인 채 몸을 비틀며 키스하는 동안 마르첼로는 지금의 행동과 웨딩드레스 사이에 모순을 느끼지 않고 잘하고 있는 것이라 생각했다. 다른 사람들처럼 정상적으로 자유를 최대한 누릴 수 있다는 증거였다. 서로 숨이 너무 차서 떨어지고 줄리아는 속삭였다.

"우리 조급해할 필요 없어요. 며칠만 더 있으면 거리에서도 내게 키스해도 돼요."

"가야 해." 그는 손수건을 입을 닦으며 말했다.

"같이 가요."

그들은 벽을 더듬어서 식당에서 현관으로 갔다.

"오늘 저녁 식사 후에 봐요."

줄리아가 말했다. 문지방에서 그를 감동하면서 바라다보는 그녀는 매혹적이다. 키스할 때 걷은 베일이 그녀의 머리 위로 올라가 있어 한쪽에만 달려 있었다. 마르첼로는 그녀에게 다가가 베일을 다시 제자리로 놓아주었다.

"이제 됐어."

그 순간 아래층 승강장에서 웅성거리는 소리가 들렸다. 줄리아는 부끄러워하며 뒤로 물러서더니 손끝으로 그에게 키스를 하고 재빨리 문을 닫았다.

3

고해성사를 생각하자 마르첼로는 걱정이 됐다. 그는 사실 신을 믿지 않았다. 공식적으로 어떤 예배에도 참가하지 않았을 뿐 아니라 선천적으로 종교에 대한 성향이 있는지 확신하지도 못했다. 그럼에도 불구하고 말할 수밖에 없다고 생각되는 두 가지 일—어린 시절의 비극과 파리에서의 임무—을 밝힐 이유가 없다면, 그는 정상인이 되기 위해 꼭 수행해야 하는 여러 관습적인 행동 중 하나로서 돈 라탄지의 고해성사 요청을 흔쾌히 응했을 것이다. 그는 미묘한 연결 고리가 이 두 가지 일을 결부시킨다는 걸 어렴풋이 알고는 있었지만, 이러한 연결 고리를 구성하는 것이 무엇인지 확실히 말하기 어려웠을 것이다. 그는 또한 많은 규범 중에서 살인을 금하는 기독교 규범과는 완전히 다른, 유혈을 꺼리지 않는 최근의 정치 규범을 선택했음을 알게 되었다. 마르첼로는 교황, 성당 그리고 수백 명의 성인과 순교자가 리노와의 사건 이후 받지 않았던 영성체를 다시 받게 할 힘이 있다고 믿지 않았다. 오히려 그는 뚱뚱한 장관과 장관의 냉소적인 비서, 첩보 기관장에게 그런 힘이 있다고 생각했다. 마르첼로는 이 모든 것에 대해 생각하기보다는 희미하게 직감했다. 선택할 수 있는 길은 하나뿐이고 나머지는 갈 수 없는 길이라 어쩔 수 없이 그 길을 갈 수밖에 없다고 여겼다. 내키지 않는 마음이 우울감을 증가시켰다.

그는 산타 마리아 마조레행 전차를 타면서 결정을 내릴 필요가 있다고 생각했다. 교회 규칙에 따라 솔직하게 모든 걸 고백해야 할지, 단지 줄리아를 기쁘게 해주기 위해 일부만 고백해야 할지를 선택해야 했다. 그는 주일을 지키지 않았을 뿐 아니라 믿음도 없지만, 고해성사를 통해 자신의 운명을 바꿀 수 있으리라 생각했다. 나아가 더 전적으로 운명에 순응하게 되기를 바라면서 고백하는 데 마음이 쏠렸다. 전차가 달리기 시작하자 그는 평소처럼 현학적이고 다소 진지하게 이 문제에 대해 깊이 고민했다. 리노 문제에 관한 한 그는 다소 평온했다. 그 일은 실제 일어난 일이었고, 사제는 관례적으로 묻고 그의 죄를 사해주지 않을 수 없으므로 전부 말할 수 있다. 하지만 사기, 배신 그리고 궁극적으로 한 사람의 죽음까지 연루된 임무는 다른 문제였다. 임무의 경우에는 승인을 구하는 문제가 아니라 그 임무 자체에 대한 문제였다. 그 임무에 대해 이야기한다는 것은 다른 기준을 선택해 지금까지 전적으로 자신과 상관없다고 생각해왔던 것을 기독교의 판단에 맡기는 것을 의미하므로, 마르첼로로서는 과연 그렇게 할 수 있을지 확신할 수 없었다. 그는 침묵과 비밀이라는 암묵적 약속을 배반하고 정상적으로 살려는 노력이 오히려 자신을 위험에 처하게 할 거라 생각했다. 하지만 단지 그러한 노력을 확신하기 위해서는 여전히 시도해볼 가치가 있다고도 생각했다.

마르첼로는 자신이 구경꾼처럼 냉담하고 수동적인 마음으로 아무런 감정 없이 이러한 선택을 고려하고 있다는 것을 알고 있었다. 마치 그는 실제로 이미 선택을 하고 언제 어떻게 발생할지 모르지만 곧 발생하게 될 모든 것을 예견한 것 같았다. 그는 아무 생각 없이 거리의 소음, 열기, 빛에 시달린 자신을 시원하고 그늘진 침묵으로 위로해주는 거대한 성당에 들어갔다. 실제로 고해성사는 잊고 마치 한가한 관광객처럼 황량한 돌바닥 위를 서성이기 시작했다. 그는 성당을 좋아했다. 성당은 변화가 거듭되는 세계에서 안전한 곳이기 때문이다. 특수한 의도로 지어진 이 구조물은 질서, 표준, 규칙, 진실 등의 의미를 가지고 있으며 육중하고 멋진 인상을 주었다. 그는 종종 로마의 많은 성당 중 한 곳에 들어가 어슬렁거리다가 상황만 달랐다면 '신도석에 앉아 기도하는 대신 이렇게 어슬렁거리기만 하진 않았을 텐데'라고 생각했다. 그의 마음을 끄는 것은 성당이 제공하는 해결책이 아니었다. 그가 감탄하고 칭찬할 만한 해결책이 아닐뿐더러 그 해결책은 받아들일 수도 없었다. 그는 모든 성당을 다 좋아했지만, 으리으리하고 웅장할수록 다시 말하면 신성이 퇴색될수록 더 좋아했다. 장엄하고 질서정연했던 종교가 세속화된 성당에서 그는 성장했다. 하지만 사회는 오래되고 순박한 신앙 덕분에 존재하는 것이다.

지금 시간대에 성당은 한산했다. 마르첼로는 제단祭壇의 우측 기둥 가까이 서서 바닥 전체를 내려다보며 높이를 의식하지 않고 1층부터 응시하려 했다. 바닥을 먼저 바라보니 마치 개미가 돼서 보는 것처럼 매우 광대했으며 대평원 같아서 어지러웠다. 그런 다음 그는 거대한 대리석 주형의 볼록한 표면에 번지는 어슴푸레한 빛이 기둥 사이를 이동하다가 앞문에 다다르는 걸 바라보았다. 그때 누군가가 하얀 빛의 파편 속에서 문의 무거운 고리를 들어 올리고 안으로 들어왔다. 성당 아래층 입구에 서 있는 신자의 몸집은 참으로 작았다. 마르첼로는 제단 뒤로 걸어가서 애프스*의 모자이크를 바라보았다. 네 명의 성인 사이에 있는 그리스도의 모습이 그의 시선을 사로잡았다. 마르첼로는 그리스도를 그런 식으로 묘사한 사람은 누구든 분명 정상적인 것과 비정상적인 것에 대한 의심을 키워오지 않았을 거라고 생각했다. 그는 고개를 숙이고 우측 기둥의 고해실 쪽으로 천천히 걷기 시작했다. 그는 이제 다른 시대에 다른 환경에서 태어나지 않은 것을 아쉬워해도 소용이 없다고 생각했다. 지금의 자신이 속한 사회가 더 이상 성당 건축을 장려하지 않는다는 현실을 통해 그가 무엇을 인식해야 하는지 깨달았기 때문이다.

그는 무릎을 꿇기 전에 습관적으로 구겨지지 않도록 무릎 위에서 바지를 잡아 올린 다음 낮은 목소리로 말했다.

"고해하러 왔습니다."

맞은편에서 저음으로 무뚝뚝하지만 진솔해 보이는 사제의 목소리가 고해하라고 대답하고는 더 이상 말이 없었다. 남부 이탈리아 억양이 강한 나이 든 남자의 크고, 깊고, 노래하는 것

---

* 직사각형 건물의 평면에서 입구의 맞은편 마구리 벽면에 설치한 반원형 혹은 다각형의 돌출부.

같은 목소리였다. 마르첼로는 자신도 모르게 검은 턱수염이 있고, 눈썹이 짙고, 코가 크고, 귀와 콧구멍에 털이 가득한 수도사의 모습을 떠올렸다. 의심할 여지 없이 묵직한 느낌의 고해실과도 같은 인물이라고 생각되었다. 예상대로 사제는 고해한 지 얼마나 되었는지 물었고, 그는 어릴 때 고해한 이후 처음이며, 결혼을 앞두고 있기 때문에 이렇게 고해하는 거라고 대답했다. 잠시 후 사제의 목소리가 문 뒤에서 다소 무심하게 말했다.

"아주 나쁜 일을 했군요. 형제님! 나이가 어떻게 됩니까?"

"서른입니다."

"30년 동안 죄 안에서 살았군요."

사제가 대차대조표의 차변을 고지하는 회계사의 어조로 대답했다. 그는 잠시 후 계속해서 말했다.

"30년 동안 형제님은 사람처럼 산 것이 아니라 짐승처럼 살았군요."

마르첼로는 입술을 깨물었다. 이제 그는 자세한 내막을 파악하기도 전에 지레 판단해버리고 무뚝뚝하게 표현하는 고해 사제의 권위가 짜증나고 용납되지 않았다. 자신의 임무를 양심적으로 수행하는 사제가 싫어서도 아니었고, 이런 의식이 싫어서도 아니었다. 명백하게 권위적이던 장관 사무실에서와 달리 여기서는 본능적으로 반항하고 싶은 열망을 느꼈다. 하지만 그는 그런 감정을 애써 누르며 말했다.

"저는 모든 죄를 지었습니다. 가장 중대한 죄까지도요."

"모든 죄라고요?"

마르첼로는 이제 살인을 했다고 말할 것이며, 그 말을 함으로써 어떤 일이 벌어지는지 알고 싶었다. 그는 주저하다가 마음을 가다듬고 가까스로 명료하고 분명한 목소리로 말했다.

"네, 사람도 죽였습니다."

사제는 바로 큰 소리로 답했지만 놀라거나 화내는 것 같지는 않았다.

"사람을 죽이고도 고해할 필요를 느끼지 못했나요?"

마르첼로는 사제가 진즉에 이런 식으로 물었어야 한다고 생각했다. 그렇게 심각한 죄를 저지르고도 두려워하지 않고 더 일찍 고백하지 않은 데 대한 공적인 불쾌감을 표현한 것이다. 그는 설명을 듣지도 않고 바로 자신을 체포하려던 경찰관에게 그런 고백을 하게 된 것마냥 사제에게 고마움을 느꼈다. 그는 모든 사람에게 다 각자의 역할이 있으며, 세상은 그렇게 이어진다고 생각했다. 그러나 한편으로는 자신이 스스로의 비극을 발설하면서 특별한 감정을 느끼지 않는다는 것을 다시 한번 깨달았다. 그리고 줄리아의 어머니가 익명의 편지를 받았다고 말할 때 느꼈던 매우 불안한 반응과 대조를 이루는 무관심한 자신에게 놀랐다. 마르첼로는 차분한 목소리로 말했다.

"살인을 한 건 열세 살 때였습니다. 저 자신을 방어하기 위해서였어요. 원하지 않는 일을 당했기 때문입니다."

"어떻게 된 일인지 말씀해주세요."

그는 무릎이 저려서 자세를 약간 바꾸고 이야기를 시작했다.

"어느 날 학교에서 나오는데 어떤 남자가 이런저런 핑계를 대면서 제게 다가왔습니다. 당시 저는 권총을 갖고 싶었어요.

장난감이 아니라 진짜 총 말입니다. 그 사람은 권총을 주겠다고 약속하면서 저를 자기 차에 태우려 했습니다. 그는 외국인 여성이 고용한 운전사였는데 차 주인이 여행을 떠났기 때문에 차를 마음대로 쓸 수 있다고 했어요. 당시 저는 어리고 무지해서 그 사람이 제게 한 제안이 무엇을 의미하는지 이해하지 못했습니다."

"어떤 제안이었습니까?"

"성적인 제안이었습니다."

마르첼로가 냉정하게 말했다.

"저는 정상이든 비정상이든 육체적 사랑이 무엇인지 몰랐습니다. 그래서 저는 차에 탔고, 그 사람은 주인의 집으로 저를 데려갔습니다."

"거기서 무슨 일이 일어난 거죠?"

"아무 일도, 거의 아무 일도 일어나지 않았습니다. 그는 뭔가를 시도하려 했지만 곧 후회하면서 더 이상 자신에게 눈길을 주지 말라고 약속하게 했습니다. 다시 차에 타라고 해도 들어주지 말라고요."

"거의 아무 일도 일어나지 않았다는 건 무슨 뜻이죠? 그 사람이 형제님에게 키스했나요?"

마르첼로가 약간 놀라서 말했다.

"아닙니다. 그 사람은 복도에서 잠시 제 허리에 팔을 둘렀을 뿐입니다."

"계속하세요."

"하지만 그는 저를 잊지 못할 거라는 걸 알고 있었습니다.

실제로 그다음 날 그는 다시 학교 밖에서 기다리고 있었습니다. 이번에는 진짜로 총을 주겠다고 말했고, 저는 총이 정말 갖고 싶어서 그를 안달 나게 만들다가 차에 탔습니다."

"그리고 어디로 갔습니까?"

"그전과 같은 곳, 그 집으로 가서 침실로 들어갔습니다."

"그 사람이 어떻게 했죠?"

"그는 완전히 변했어요. 마치 정신이 나간 것 같았습니다. 그는 총을 주지 않을 거고, 제가 좋든 싫든 자기가 원하는 일을 해야 한다고 말했습니다. 그는 그 말을 하면서 손에 총을 들고 있었습니다. 그러고는 제 팔을 잡고 침대 위로 던져 저는 벽에 머리를 부딪혔습니다. 그사이 총은 침대 위에 떨어졌고, 그는 제 앞에서 무릎을 꿇고 제 다리를 끌어안았습니다. 제가 권총을 집어 들고 침대에서 일어나 뒤로 몇 걸음 물러나자 그는 양팔을 벌리고 소리쳤습니다. '죽여줘, 개처럼 죽여줘.' 그래서 저는 마치 그 사람의 말에 복종하듯이 그를 쏘았고 그는 침대 위에 쓰러졌습니다. 이 모든 일은 오래전에 일어났습니다. 최근에 저는 당시 신문을 찾아보고 그 사람이 그날 밤 병원에서 죽었다는 것을 알았습니다."

마르첼로는 조급해하지 않았다. 단어를 신중하게 골라 정확하게 말하려고 애썼다. 그는 말을 하면서 평소처럼 아무런 느낌이 없다는 것을 알았다. 무슨 일을 하거나 무슨 말을 해도 항상 느끼는 건 냉담한 슬픔이었다. 사제는 그 이야기에 대해 어떤 식으로든 의견을 말하지 않고 바로 물었다.

"확실히 진실을 다 말한 거죠?"

"네, 물론입니다."

마르첼로가 놀라서 대답했다. 갑자기 초조해진 사제가 계속해서 말했다.

"아시다시피 진실의 일부라도 숨기거나 왜곡하면 고해는 무효가 되고 신성 모독을 범하는 것입니다. 그 사람을 두번째로 만났을 때 정말 아무런 일도 없었나요?"

"네, 말씀드린 대로입니다."

"두 사람 사이에 육체적인 관계가 없었다는 겁니까? 그 사람이 폭력을 써서 형제님을 욕보이지 않았습니까?"

이런 말을 들으니 신부가 살인을 비역 죄보다 덜 중요하게 여긴다는 것을 알 수 있었다. 마르첼로는 확실하게 말했다.

"아닙니다. 말씀드린 것 이상의 일은 아무것도 없었습니다."

사제가 계속해서 고집스럽게 물었다.

"혹시 그 사람이 형제님에게 잘못한 것에 대한 보복으로 죽인 것은 아닌가요?"

"그 사람은 제게 아무 짓도 하지 않았습니다."

짧은 침묵이 흐르는 동안, 마르첼로가 서툴게 무언가를 감춘다는 의심이 들었는지 사제가 전혀 예기치 않게 질문을 던졌다.

"그래서 그 이후 남자와 성관계를 가진 적이 있습니까?"

"아니요, 제 성생활은 정상적입니다."

"정상적이라는 말은 무슨 뜻이죠?"

"제가 다른 남자와 같다는 말씀입니다. 저는 열일곱 살에 사창가에서 여자를 처음 안은 뒤로 줄곧 여자와만 성관계를 했습니다.”

“그것을 정상적인 성생활이라고 합니까?”

“예, 왜 그러시죠?”

“그 또한 비정상적이기 때문이죠.”

사제가 의기양양하게 말했다.

“그것 또한 죄입니다. 아무도 말해준 적이 없나요? 불쌍한 형제님. 정상적인 것은 결혼을 해서 자녀를 낳기 위해 부인과 성관계를 하는 것입니다.”

“그렇게 하려고 합니다.”

“좋습니다. 하지만 그것만으로는 부족합니다. 형제님은 손에 피를 묻혔고 제단에 가까이 갈 수 없습니다.”

마르첼로는 사제가 고해의 주요 목적을 잊었다고 생각하지 않을 수 없었다. 그래서 그는 최대한 겸손하게 말했다.

“그럼 제가 어떻게 해야 하는지 말씀해주십시오.”

“회개해야 합니다. 신실하고 깊은 회개를 통해서만 형제님의 잘못을 속죄할 수 있습니다.”

“저는 회개했습니다. 회개가 어떤 일을 결코 하지 않았기를 진심으로 바라는 것이라면 저는 분명히 회개했습니다.”

그는 “하지만 회개는 충분치 않았습니다. 그것만으로 충분할 수 없었습니다”라고 덧붙여 말하고 싶었지만 참았다. 사제는 성급히 말했다.

“나의 임무는 형제님이 지금 말하는 게 진실이 아니면 나의 사죄가 쓸모없다는 것을 알리는 것입니다. 나를 속이고 있다면 형제님을 기다리는 게 무엇인지 아십니까?”

"무엇입니까?"

"지옥입니다."

사제는 특히 만족스럽게 이 말을 했다. 마르첼로는 그 말이 떠올리는 것을 상상하려 했지만 아무것도 떠오르지 않았다. 그는 마치 회개 여부와 상관없이 지옥이 존재하고, 사제는 거기서 벗어나게 해줄 수 없다는 사실을 알게 된 것처럼 고통스럽게 몸을 떨었다. 마르첼로는 비통해하면서 말했다.

"저는 진심으로 회개했습니다."

"다른 할 말은 없습니까?"

마르첼로는 대답하기 전에 잠시 침묵을 지켰다. 이제 그는 기독교적으로 비난받을 행동인 자신의 임무에 대해 이야기할 시간이 왔음을 깨달았다. 그는 이 순간을 예견했고, 그 임무를 밝혀야 하는 자신을 최대한 응시했다. 그는 말하기 위해 입을 열자마자 무언가가 자신을 가로막고 있다는 사실을 깨달았다. 그것은 도덕적 반감도 아니고 수치심도 아니며 다른 어떠한 죄의 표현도 아니었다. 그것은 죄와 아무런 관계없는 것이었다. 그것은 철저한 공모에 대해 끝까지 비밀을 지키고자 하는 충성심으로 인해 절대적으로 강요된 억제였다. 그래서 그는 그 임무에 대해 말하지 않기로 했다. 사제에게 "저는 살인을 했습니다"라고 말했을 때 암묵적이고 수동적이던 양심을 밝힘으로써 이러한 침묵을 가능케 했던 것이다. 하지만 그는 확신할 수 없어서 다시 한번 말하려 했지만, 열쇠를 돌릴 때 자물쇠가 찰칵 소리를 내는 것처럼 저절로 어떤 저항에 의해 혀가 묶이고 말이 막히는 것을 느꼈다. 그래서 다시, 이번에는 훨씬 더 확실하게 관청에서 그 야비한 관료와 마찬가지로 비열한 비서가 드러낸 권위의 힘이 의심할 여지 없이 확인되었다. 그것은 모든 권위와 마찬가지로 불가사의했으며, 그의 영혼 깊은 곳에 뿌리내리는 것 같았다. 의심할 바 없이 훨씬 더 강력한 권위를 갖는 교회는 그 표면일 뿐이었다. 그는 처음으로 거짓말을 했다.

"오늘 고해한 내용을 결혼 전에 약혼녀에게 말해야 할까요?"

"그 일에 대해 아무런 말도 한 적이 없습니까?"

"예, 지금 하는 고해가 처음입니다."

"필요하다고 생각하지 않았군요."

"공연히 약혼녀가 혼란스러워할 겁니다. 가정의 평화도 위태로워질 거고요."

"그렇군요."

다시 침묵이 흘렀다. 사제가 최종적으로 확인하려는 것처럼 종결적인 어조로 말했다.

"궁금한 게 있습니다. 형제님, 정부에 반하는 정당이나 단체에 가담한 적이 있습니까?"

예상치 못한 질문에 마르첼로는 놀라서 잠시 말을 잊었다. 사제가 고위층의 명령으로 신도의 정치적 성향을 확인한다는 건 공공연한 사실처럼 여겨졌다. 그런데도 이런 질문을 대놓고 한다는 것은 그만큼 중요한 사안이라는 뜻이었다. 그는 사회에 등을 돌리지 않고 합류하고 싶어 하는 외부인으로서 정식으로 교회에 접근한 마르첼로에게 질문하고 있었다. 마르첼로는 "없습니다. 저는 불온 분자를 추적하는 조직의 일원입니다"라고 대답하고 싶었지만 그런 유혹을 억누르고 간단하게 대답했다.

"사실 저는 공무원입니다."

이 대답에 사제가 흡족했을 거라 여겼는데, 사제는 잠시 멈추었다가 조용히 말을 이었다.

"이제 기도하겠다고 약속해야 합니다. 단지 며칠, 몇 달, 몇 년이 아니라 평생 기도해야 합니다. 형제님의 영혼과 그 사람의 영혼을 위해서 기도하십시오. 그리고 부인과 장차 생길 자녀에게 기도하도록 권유하십시오. 기도를 통해서만 하느님의 관심을 끌고 자비를 받을 수 있습니다. 아시겠지요? 이제 마음을 가다듬고 함께 기도합시다."

마르첼로는 기계적으로 얼굴을 숙이고 문 저편에서 사제의 낮고 성급한 목소리가 라틴어로 기도문을 암송하는 것을 들었다. 그리고 마르첼로는 일어나 고해실을 나갔다. 하지만 그가 그 앞을 지나가고 있을 때, 커튼이 열리고 사제가 멈추라고 손짓했다. 마르첼로는 그가 상상했던 모습과 비슷한 사제를 보고 놀랐다. 사제는 뚱뚱하고 이마가 둥글고 넓은 대머리였다. 눈썹이 짙고, 진지하지만 지성적으로 보이지 않는 둥근 갈색 눈에 입술은 두툼했다. 마르첼로는 그가 시골 사제나 탁발 수사라고 생각했다. 사제는 표지에 컬러 이미지가 있는 얇은 책자를 말없이 그에게 건넸다. 그것은 젊은 가톨릭 신자를 위한 로욜라의 성 이냐시오의 삶에 관한 책이었다.

"감사합니다."

마르첼로가 책을 살피며 말했다. 사제는 별것 아니라고 말하는 것처럼 손짓을 하고는 커튼을 내려 닫았다. 마르첼로는 입구로 걸어갔다. 그는 떠나기 전에 기둥이 늘어서 있고, 천장에 장식 판자를 대고 바닥과 제단을 장식한 성당 전체를 훑어보았다. 원하지만 이제는 더 이상 접근할 수 없는 세계의 오래된 이미지에 영원히 작별을 고하는 것 같았다. 되찾을 수 없는 과거에 세워진 일종의 반전 이미지로부터 그는 걸음을 돌려 멀어져갔다. 그런 다음 그는 구름 한 점 없는 하늘의 강렬한 빛 속으로 걸어 나와 이름 모를 건물과 상점이 있고 전차 소리가 시끄럽게 울리는 광장으로 들어섰다.

4

버스를 타고 어머니가 사는 동네에서 내렸을 때, 마르첼로는 어떤 남자가 약간 거리를 두고 따라오고 있다는 걸 알았다. 그는 서두르지 않고 정원 벽 옆으로 붙어 걸어가면서 곁눈질로 남자를 힐끗 보았다. 남자는 체격이 좋았으며, 중간 키로 각진 얼굴에 나타난 표정은 정직하고 선해 보였지만 시골 사람이 그렇듯이 교활함도 약간 보였다. 남자는 갈색과 보라색의 중간 정도 되는 빛바랜 색상의 가벼운 슈트를 입고 있었다. 옅은 쥐색 모자를 눌러썼는데 농부 스타일로 앞쪽에서 챙이 올라가 있었다. 마르첼로가 장날 마을에서 그를 만났다면 농부라고 생각했을 것이다. 그 남자는 마르첼로와 같은 버스를 탔고 같은 정류장에서 내렸으며, 마르첼로의 속도에 맞춰 반대편 보도로 따라오고 있었다. 하지만 그는 마치 마르첼로의 정체를 확신하지 못하고 그에게 접근하기 전에 개인적으로 살펴보려는 것처럼 시선을 불확실하게 두었다.

그들은 오후의 열기 속에서 비탈길을 그렇게 함께 걸어 올라갔다. 길을 걸어오는 동안 아무도 보이지 않았다. 후추나무 수관 다발로 형성된 녹색 터널을 앞둔 텅 빈 길거리는 마치 닫힌 문의 빗장 너머 정원에 아무도 없는 것과 같았다. 인적이 드문 이런 곳은 기습을 당하기 좋은 곳이다. 마르첼로는 이 같은 침묵이 의심스럽다고 생각했다. 남자가 우연히 자신과 동행하는 게 아닐 수도 있었다. 그는 돌연히 보도를 내려와 길을 건너 남자를 향해 걸어갔다.

"나를 쫓고 있습니까?"

마르첼로는 몇 걸음 안 떨어진 곳에서 남자의 얼굴을 마주보고 물었다. 남자도 걸음을 멈췄다. 마르첼로의 물음에 겁먹은 듯 남자는 낮은 목소리로 말했다.

"실례합니다만, 내가 당신을 뒤쫓은 것처럼 보인 것은 같은 곳으로 가고 있기 때문입니다. 그렇지 않다면 이런 일이 없었을 거예요. 혹시 클레리치 씨입니까?"

"네, 맞습니다. 그런데 누구십니까?"

"첩보 요원 오를란도입니다."

남자는 군대식 경례를 하며 말했다.

"바우디노 대령이 보냈습니다. 그분이 당신이 살고 있는 하숙집과 본가 주소를 알려줬습니다. 하숙집에 안 계셔서 이곳으로 오게 된 거죠. 우연히 같은 버스를 탔나 봅니다. 급한 일이 생겨서요."

"함께 가시죠."

마르첼로는 이렇게 말하고 다른 말 없이 어머니 집 쪽으로 걸어갔다. 그는 주머니에서 열쇠를 꺼내 대문을 열고 남자를 들어가게 했다. 요원이 집에 들어가면서 공손하게 모자를 벗자 동그란 머리가 드러났다. 검은 머리카락은 숱이 적었고, 가운데 쪽은 흡사 삭발한 것처럼 둥글고 흰 대머리였다. 마르첼로는 그를 앞질러 정원 끝을 향해 걸어갔다. 철제 의자 두 개와 탁자가 놓여 있는 곳이었다. 마르첼로는 요원을 앞서가면서 마치 야생처럼 방치된 정원을 다시 한번 인지할 수밖에 없었다. 어린 시절에 뛰어다니기 좋아했던 깨끗한 흰색 자갈길은 오래전에 묻히거나 흩어져 사라졌다. 잡초가 무성한 길은 흉측하고 군데군데 부서졌지만 여전히 알아볼 수 있는 두 개의 작은 울타리에 의해 대부분 드러나 있었다. 울타리 양쪽에 있는 화단도 무성한 잡초로 덮여 있었다. 장미 덤불과 다른 꽃나무도 가시 많은 관목과 사정없이 뒤얽힌 딸기나무에 자리를 내주었다. 나무 그늘 속 여기저기에서 쓰레기 더미, 부서진 포장용 나무 상자, 깨진 병, 그리고 보통 다락에나 넣어두는 흉물스러운 물건들이 보였다. 그는 역겨움에 시선을 돌리고 놀라서 자문했다.

'좀 치울 순 없을까? 정리를 하면 될 텐데. 시간도 별로 안 걸리는데, 왜?'

다른 쪽 길은 그가 어릴 때 옆집에 사는 로베르토와 이야기를 나누던 담쟁이로 덮인 정원 담과 저택 사이로 이어졌다. 그는 요원을 앞질러 철제 의자에 앉으며 상대에게도 앉기를 권했다. 하지만 요원은 계속해서 공손하게 서 있었다.

"박사님."

요원이 서둘러 말을 꺼냈다.

"별 얘기는 아닙니다. 저는 대령을 대신해서 박사님에게 파리로 가는 도중에 중간쯤에서 잠시 머물라는 명령을 전할 임무를 맡았습니다."

요원은 국경에서 멀지 않은 도시의 이름을 댔다.

"그리고 비아 데이 글리치니 3번가에서 가브리오 씨를 찾으세요."

'계획이 변경됐구나.'

그가 알기로는 책임을 분산시키고 행적을 숨길 요량으로 마지막 순간에 고의로 명령을 변경하는 것이 첩보 기관의 특징이었다. 그는 이렇게 묻지 않을 수 없었다.

"그 길에 무엇이 있습니까? 일반 주택입니까?"

"그렇지 않습니다."

요원이 다소 당황하면서 반쯤 교활한 미소를 보이며 말했다.

"그곳에는 매음굴이 있습니다. 마담 이름이 엔리케타 포라디이지만, 가브리오 씨를 찾으세요. 그런 집들이 그렇듯이 한밤중까지 열려 있습니다. 하지만 아침 일찍 주위에 아무도 없을 때 가는 게 좋습니다. 저도 그곳으로 갈 겁니다."

요원은 잠시 말이 없다가 무표정한 마르첼로의 얼굴에 당황해 덧붙여 말했다.

"그러는 편이 더 안전할 겁니다."

마르첼로는 아무 말도 하지 않고 눈을 들어 요원을 바라보며 잠시 관찰했다. 요원에게 작별을 고할 시간이었다. 그는 이유를 알 수는 없지만 호의적인 표현을 하기 위해 비공식적인 몇 마디를 덧붙이고 싶었다. 이유는 아마도 요원의 널찍하고 각진 얼굴의 정직하고 친숙한 표정 때문이었을 것이다.

"오를란도 씨는 이 일을 한 지 얼마나 되었나요?"

"1925년부터 해오고 있습니다."

"늘 이탈리아에서 활동하셨나요?"

"그렇지 않습니다."

요원은 친밀하게 행동하려는 듯 한숨을 지으며 대답했다.

"제 생활이 어떤지 말씀드리자면, 항상 쉴 새 없이 돌아다녔습니다. 터키, 프랑스, 독일, 케냐, 튀니지 등 잠시도 쉬지 않았죠."

그는 잠시 말을 멈추고 마르첼로를 똑바로 바라보다가 수사적이지만 진심으로 강조하며 덧붙였다.

"가족과 조국을 위해서라면 무슨 일이든 했습니다."

마르첼로는 눈을 들어 거의 차렷 자세로 모자를 손에 들고 똑바로 서 있는 요원을 다시 바라보았다. 그런 다음 손짓을 하며 말했다.

"좋습니다. 그럼 오를란도 씨, 가서 대령께서 명령한 대로 하겠다고 전해주세요."

"그러죠."

요원은 그에게 경례를 하고 집 벽을 따라 걸어갔다. 혼자 남겨진 마르첼로는 허공을 쳐다보았다. 태양이 넝쿨 잎과 가지를 투과해 그의 얼굴에 빛을 뿌려서 덥고 눈부셨다. 에나멜을 입힌 작은 탁자는 전에는 티끌 한 점 없었지만 이제는 더러운 흰색이고, 검은 얼룩이 많았으며, 녹이 슬어 벗겨져 있었다. 담쟁이덩굴 속에 있던 비밀 문이 보였다. 그 문을 통해서 로베르토와 이야기를 나누곤 했다. 담쟁이덩굴은 여전히 거기에 있었고 그곳을 통해 이웃집 정원을 들여다볼 수 있었다. 로베르토 가족은 더 이상 그 집에 살지 않았다. 이제 그곳은 치과 의사가 사무실로 사용하고 있었다.

갑자기 도마뱀 한 마리가 겁도 없이 탁자 위로 걸어 다녔다. 흔한 종류의 큰 도마뱀으로 등이 초록색이었다. 흰 배는 탁자의 변색된 에나멜에 닿아 꿈틀거렸다. 도마뱀은 작고 잽싼 걸음으로 재빠르게 마르첼로에게 다가와 멈춰 서서 뾰족한 머리를 들어 작고 검은 눈으로 그를 바라보았다. 마르첼로는 애정을 가지고 그것을 바라보면서 가만히 있었다. 그는 어릴 적에 도마뱀을 죽이고 자책하지 않으려고 소심한 로베르토에게 공모를 요구했다가 거절당한 일이 생각났다. 그때는 죄의 짐을 덜어줄 수 있는 사람을 어디서도 찾을 수 없었다. 그는 홀로 남겨져서 도마뱀들의 죽음에 직면했고, 그러한 고독 속에서 범죄의 실마리를 인식했다. 하지만 이제 그는 혼자가 아니며 앞으로도 절대 다시는 혼자가 아닐 거라고 생각했다. 자신이 죄를 짓더라도 특정한 목적을 지닌다면 국가, 국가에 의존하는 정치·사회·군대 조직, 자신처럼 생각하는 많은 사람, 그리고 이탈리아 밖의 다른 국가와 다른 수백만 명의 사람들이 자신을 뒤에서 밀어줄 것이다. 그는 자신이 하려는 일이 분명 도마뱀 몇 마리를 죽이는 일보다 훨씬 더 나쁜 일이라는 생각이 들었지만 많은 사람, 우선 결혼해 다섯 자녀를 둔 좋은 남자인 오를란도 요원이 함께하므로 똑같다고 생각했다.

"가족과 조국을 위하여."

햇살이 강렬하게 내리쬐는 맑고 화창한 날에 팡파르가 울려 퍼지는 가운데 군인들의 행렬을 따라 기분 좋은 산들바람에 펄

럭이는 밝은 색상의 멋진 깃발과 흡사한 이 말이 그의 귀에 희망과 슬픔이 뒤섞인 메아리로 울렸다.

"가족과 조국을 위하여."

그는 생각했다.

'오를란도에겐 충분한 것 같은데, 왜 내겐 그렇지 않은 것 같지?'

마르첼로는 입구 근처 정원에서 엔진 소리가 들려 즉시 일어났다. 그의 갑작스러운 동작에 도마뱀이 놀라서 도망갔다. 그는 서두르지 않고 입구 쪽으로 걷기 시작했다. 아직 열려 있는 대문에 오래된 검은색 자동차가 주차되어 있었다. 푸른색 장식 끈을 댄 흰색 정복을 입은 운전사가 문을 닫다가 마르첼로를 보더니 멈추고 모자를 벗었다.

"알베리."

마르첼로가 매우 조용한 목소리로 말했다.

"오늘 병원에 간다네. 차고에 넣지 말게."

"알겠습니다. 마르첼로 씨."

마르첼로는 곁눈으로 그를 보았다. 알베리는 올리브색 피부를 가진 청년으로 눈은 석탄처럼 검고 흰자위는 빛나는 도자기처럼 희었다. 그는 매우 균형 잡힌 이목구비에 흰 치아를 악물고 있었으며, 검은 머리에는 세심하게 포마드를 발랐다. 키는 크지 않지만 손발이 매우 작아서 비율이 적당해 보였다. 그는 마르첼로와 같은 연배였지만 이목구비에 나타나는 동양적인 스타일 때문인지 더 나이 들어 보였고, 나이 들면서 살이 찐 것 같기도 했다. 마르첼로는 그가 문을 닫는 동안 깊은 혐오감을 느끼며 다시 그를 바라보다가 저택을 향해 발걸음을 옮겼다.

마르첼로는 프랑스식 문을 열고 깜깜한 거실로 들어섰다. 바로 악취가 풍겼는데 어머니가 키우는 개 페키니즈 열 마리가 마음대로 돌아다니는 방에 비하면 덜했다. 그러나 개들이 들어갈 수 없는 곳에서는 그 냄새가 더 두드러졌다. 그는 창문을 열고 들어오는 희미한 빛 속에서 잠시 잿빛 먼지 덮개를 씌어놓은 가구, 말아서 구석에 세워놓은 카펫, 시트를 덮고 핀으로 고정시켜놓은 피아노를 보았다. 그는 거실과 식당을 가로질러 복도를 지나 계단을 오르기 시작했다. 대리석 계단의 중간에는 개똥이 쌓여 있어서 밟지 않으려고 돌아서 지나갔다.

층계참에 이르러 어머니 침실 문을 열었다. 문을 다 열기도 전에 페키니즈 열 마리가 오래 막아둔 큰물이 터져 나오는 것처럼 그의 다리 사이를 지나 마구 짖어대며 복도 전체로 흩어지면서 계단을 내려갔다. 그는 짜증이 나서 멍하니 개들을 쳐다보았다. 깃털 같은 꼬리에 시무룩한 표정, 거의 고양이 같은 얼굴을 한 우아한 동물들이었다. 그러다가 그는 어둠 속에 잠긴 침실에서 어머니의 목소리를 들었다.

"너니? 마르첼로?"

"예, 어머니. 저예요. 그런데 이 개들은 어쩌죠?"

"놔둬라. 불쌍한 녀석들, 오전 내내 갇혀 있었거든. 맘대로 돌아다니게 놔두렴."

마르첼로는 눈살을 찌푸리며 불쾌감을 보이면서 안으로 들어갔다. 그는 즉시 침실 안에서는 숨을 쉴 수 없다고 생각했다.

밤새 창문을 닫아둔 방 안에 개 냄새와 향수 냄새가 섞여서 빠져나가지 못하고 있었다. 덧문 뒤에서 이글거리는 태양의 열기가 이미 공기를 발효시키고 부패시키는 것 같았다. 그는 마치 움직이면 금방 더럽혀지고 냄새에 오염될까 봐 두려워하는 사람처럼 잔뜩 경계하며 침대로 다가가서 모서리에 앉은 채 양손을 무릎 위에 올려놓았다.

눈이 서서히 어스름한 빛에 적응되면서 침실 전체가 보였다. 방에는 속옷들이 여기저기 흩어져 있었고, 그 속옷과 같은 하늘거리는 소재로 만든 듯한 잔뜩 얼룩지고 변색된 긴 커튼 사이로 빛이 새어 들었는데, 창문 아래쪽에 개 사료가 가득한 알루미늄 그릇 여러 개가 나란히 늘어서 있는 게 보였다. 바닥에는 신발과 스타킹이 흩어져 있었다. 화장실 문 근처의 어두운 구석에는 지난밤에 던져놓은 채로 의자에 걸쳐진 분홍색 목욕 가운이 보였는데, 반은 바닥에 닿아 있었고 소매는 축 늘어져 있었다.

그는 어머니가 누워 있는 침대 쪽으로 혐오감이 가득한 냉담한 시선을 돌렸다. 평소처럼 그녀는 그가 들어와도 가릴 생각도 하지 않은 채 반쯤 벗은 상태였다. 그녀는 푸른색 실크로 누빈 낡고 더러운 베개에 양손 깍지를 끼고 누워 말없이 그를 바라보았다. 흐트러진 머리카락 아래 드리운 그늘에서 확대되고 어두워진 눈에 잠식된 그녀의 얼굴은 가늘고 수척한 역삼각형이 되어 거의 죽은 듯이 보였다. 그녀는 허벅지 위쪽을 거의 가리지 못하는 엷은 녹색 슬립을 입고 있었다. 이 또한 그가 어머니를 원숙한 여인이 아니라 늙고 말라빠진 어린 소녀라고 생각하게 만들었다. 그녀의 위쪽 가슴은 뼈만 앙상했다. 베일 뒤로 완전히 평평해진 가슴 위 두 개의 어둡고 둥근 얼룩이 비쳤다. 하지만 무엇보다도 허벅지는 마르첼로에게 반감과 연민을 동시에 불러일으켰다. 앙상하게 여윈 허벅지는 아직 여인의 굴곡이 생기지 않은 열두 살 아이의 것이었다. 어머니의 나이는 다소 부드러워진 피부의 임신선과 착색에 그대로 드러났다. 신경질적으로 차가워 보이는 흰 피부에는 알 수 없는 멍이 들어 있었는데, 일부는 푸르스름했고 일부는 선명했다. '알베리한테 맞았거나 물린 거군' 하고 그는 생각했다. 하지만 무릎 아래 다리는 작은 발과 곧고 날씬한 발가락 때문에 완벽해 보였다. 마르첼로는 자신이 불쾌해하는 것을 어머니가 알지 못하기를 바랐지만 참을 수 없었다.

"제가 올 때는 이렇게 반쯤 벗은 채로 계시지 말라고 몇 번 말했어요?"

마르첼로가 그녀를 보지 않고 짜증스럽게 말했다. 그녀는 조바심이 나지만 악의 없이 "오, 우리 아들 참 엄격하네"라고 대답하며 이불 모서리를 끌어올려 몸을 덮었다. 마르첼로는 어머니의 쉰 목소리도 불쾌했다. 그는 어렸을 때 노래처럼 달콤하고 순수한 목소리를 듣던 기억이 났다. 쉰 목소리는 알코올과 학대의 결과였다. 마르첼로는 잠시 후 말했다.

"오늘은 병원에 가는 날이에요."

"그럼 가야지."

어머니가 일어나 침대 머리판 뒤에서 무언가를 찾으며 말했다.

"몸도 안 좋고 우리가 가봤자 그 불쌍한 사람한테는 아무런 의미도 없겠지만 말이다."

"아직 어머니 남편이고 제 아버지예요."

마르첼로가 양손을 머리에 대고 바닥을 내려다보았다.

"그래, 분명 그렇지."

그녀가 말했다. 이제 그녀는 전등 스위치를 찾아 켰다. 침대 옆 탁자 위에서 여성의 블라우스로 싸인 것 같은 램프가 희미한 조명을 발했다.

"하지만 그렇더라도."

그녀가 침대에 일어나 앉아 바닥에 발을 내려놓으며 계속해서 말했다.

"사실은 말이다, 이따금 난 그 사람이 죽기를 바란단다. 특히 그 사람이 그걸 알지도 못하게 된 후론 말이다. 그러면 더 이상 병원에 돈을 쓸 필요가 없을 거야. 난 가진 게 너무 적어. 내 꼴을 봐라."

그녀가 갑자기 불평하며 덧붙여 말했다.

"생각해봐, 차를 포기해야 할 수도 있어."

"그게 문제예요?"

그녀가 어린애같이 화를 내며 뻔뻔스럽게 말했다.

"당연하지. 그게 그런 법이다. 차가 있으니 난 알베리를 고용했고, 원할 때마다 만날 핑계가 있지. 이후에는 더 이상 핑계가 없을 거야."

"어머니, 애인들에 대해서는 말씀하지 마세요."

마르첼로가 한쪽 손의 손톱으로 다른 쪽 손의 손바닥을 짓누르며 말했다.

"애인들이라니…… 그 사람은 내 유일한 애인이야. 네가 암탉 같은 그 약혼녀에 대해 말하려 한다면 분명 나도 그 가여운 사람에 대해 말할 권리가 있다. 그 애보다 훨씬 더 상냥하고 지적이지."

이상하게도 마르첼로는 약혼녀 줄리아를 받아들이지 못하는 어머니가 그녀를 모욕하며 내뱉는 말을 들어도 화가 나지 않았다.

'그래 맞아. 그녀는 암탉과 닮았을지도 몰라. 하지만 난 그런 모습 그대로도 좋아.'

그는 좀더 부드러운 어조로 말했다.

"좋아요. 옷 좀 입으시죠. 병원에 가려면 준비할 시간이에요."

"물론 그래야지."

거의 그림자처럼 가벼운 그녀는 발끝으로 방을 가로질러 지나가면서 의자에서 분홍색 목욕 가운을 집어 들어 어깨에 걸치고 욕실 문을 열고 사라졌다.

어머니가 사라지자마자 마르첼로는 창가로 가서 창문을 열었다. 밖의 공기는 여전히 덥고 여전히 정체되어 있었지만 그는 마치 숨 막히는 정원이 아니라 빙산을 내려다보는 것처럼 강렬한 안도감을 느꼈다. 그와 동시에 그는 자신의 뒤에서 향이 변한 향수 냄새와 동물의 악취로 오염된 내부 공기가 서서히 창문을 통해 바깥으로 사라져 없어지는 걸 느낄 수 있었다. 마치 엉망진창이 된 집이 입으로 더러운 숨을 내뿜는 것 같았다. 그는 한동안 거기 서서 가지가 창을 에워싸고 있는 등나무의 두꺼운 잎을 바라보다가 방 쪽으로 돌아섰다. 그는 다시 한

번 난장판 속의 질펀한 추레함과 맞닥뜨렸지만 이번에는 혐오감보다 슬픔이 엄습해왔다. 그는 갑자기 어머니의 젊은 시절 모습이 떠올랐다. 어머니를 젊은 시절의 모습에서 현재의 여인으로 바꿔놓은 퇴폐와 타락에 대해 참을 수 없는 반항심이 생겨났다. 이러한 변화에는 분명 이해할 수 없는.무언가가 있었다. 나이나 열정이나 재정상의 파멸이나 인지 결핍도 아니고, 다른 정확한 이유도 없었다. 그것은 그가 봐온 어머니의 삶에서 극단적으로 대립했다. 한때는 그녀의 최상의 특징이었으나 이후 다소 불가사의한 변화에 의해 치명적인 결점이 된 것이었다.

그는 창가에서 물러나 서랍장으로 다가갔다. 그 위에는 많은 장식품 사이에 젊은 어머니의 사진이 놓여 있었다. 그는 사진 속의 섬세한 얼굴, 순수한 눈, 달콤한 입술을 바라보며 왜 여전히 그 모습이 아닌지 자문했다. 이러한 자문에 모든 형태의 타락과 퇴폐에 대한 그의 반감이 되살아났고 비통한 죄책감과 자식으로서의 슬픔까지 더해져 참을 수가 없었다. 아마도 어머니가 그런 상태가 된 것은 자신의 잘못일 것이다. 자신이 어머니를 더 사랑했거나 다른 식으로 사랑했더라면 그처럼 지저분하고 돌이킬 수 없는 방종에 빠지지 않았을 것이다. 그는 이런 생각에 눈물이 차오르면서 사진이 온통 뿌옇게 보이는 것을 알아채고 고개를 세차게 흔들었다. 그와 동시에 욕실 문이 열리고 어머니가 목욕 가운을 입고 입구에 나타났다. 그녀는 곧 팔을 들어 눈을 가리고 소리쳤다.

"문 닫아! 그 창문 좀 닫으라고! 눈부시지도 않니?"

마르첼로는 잽싸게 가서 덧문을 내린 다음, 어머니에게 다가가 팔을 잡아 침대 모서리 자신 옆에 앉히고 부드럽게 물었다.

"어머니, 이렇게 지저분한 걸 어떻게 참으세요?"

그녀는 당황하여 멍하니 아들을 바라보았다.

"어떻게 된 일인지 모르겠어. 물건을 사용할 때마다 제자리에 돌려놓아야 한다는 건 알지만, 어쩐지 기억이 나질 않는구나."

"어머니, 나이마다 품위를 지키는 방식이 있어요. 왜 이런 식으로 내버려두시는 거죠?"

그녀의 한쪽 손은 그가 잡고 있었고, 다른 쪽 손은 지팡이를 들고 있었는데 거기에는 드레스가 매달려 있었다. 그는 잠시 어머니의 어린애같이 크고 불쌍한 눈에서 슬픔의 감정을 엿본 것 같았다. 어머니의 입술이 약간 떨리기 시작했다. 그러다가 갑자기 악의적인 표정이 다른 감정을 모두 떨쳐버리며 그녀가 소리쳤다.

"넌 내가 어떤 사람이든, 무슨 일을 하든 좋아하지 않지. 알고 있어. 내 개들, 내 옷, 내 습관을 참을 수 없겠지. 하지만 난 아직 젊단다. 얘야. 그리고 내 방식대로 삶을 즐기고 싶어. 그러니 날 내버려두렴. 안 그러면 옷 안 입을 거야."

그녀가 갑작스럽게 손을 빼며 말을 끝맺었다.

마르첼로는 아무 말도 하지 않았다. 어머니는 침실 구석으로 가서 어깨를 움츠려 목욕 가운을 바닥에 벗어 던지고 옷장을 열고 옷장 거울 앞에서 옷을 입었다. 옷을 입자 과도하게 마른 앙상한 엉덩이, 홀쭉한 어깨, 납작한 가슴이 더욱 확실하게 드러났다. 그녀는 잠시 거울을 들여다보며 한 손으로 머리를 매만지고 나서 약간 뛰어다니며 바닥에 흩어져 있는 많은 신발 중에서 두 짝을 찾아 신었다.

"자, 가자."

그녀가 이렇게 말하며 책상에서 지갑을 꺼내 문 쪽으로 걸어갔다.

"모자는 안 쓰실 거예요?"

"왜? 필요 없잖니."

그들은 계단을 내려가기 시작했다. 어머니가 말했다.

"결혼식에 대해서는 이야기해주지 않았구나."

"모레 결혼해요."

"신혼여행은 어디로 가니?"

"파리로요."

"전형적인 신혼여행이구나."

현관에 다다르자 그녀는 부엌문으로 가서 요리사에게 주의를 주었다.

"마틸데, 잊지 말고 어두워지기 전에 개들을 다시 집 안에 들여놔."

그들은 정원으로 나갔다. 검고 불투명한 색의 차가 나무 뒤 진입로에 주차되어 있었다. 어머니가 말했다.

"그렇게 정해졌구나. 여기 와서 나랑 함께 지내고 싶지 않겠지. 난 네 안사람이 싫지만 오기만 한다면 희생을 감수했을 텐데⋯⋯ 방도 많고 말이다."

"아니에요, 어머니."

"장모랑 같이 사는 게 더 좋겠지. 방 네 개에 부엌 한 개인 그 끔찍한 아파트에서 말이야."

그녀는 몸을 숙여 풀잎을 집다 휘청거리는 바람에 옆에 있던 마르첼로가 팔을 잡아 지탱해주지 않았더라면 넘어질 뻔했다. 그는 자신의 손가락 아래에서 마치 막대기에 둘러놓은 헝겊 조각처럼 뼈 둘레에서 움직이는 것 같은 어머니의 깡마른 팔을 확인하고 다시 한번 연민을 느꼈다. 그들이 차를 타는 동안 알베리는 문을 열어두고 모자를 손에 들고 있었다. 그런 다음 알베리는 운전석에 올라타 대문 밖으로 차를 몰았다.

마르첼로는 알베리가 대문을 닫기 위해 다시 내린 틈을 타서 어머니에게 말했다.

"알베리를 해고하고 좀더 질서 있게 생활하시면 기꺼이 어머니와 살게요. 그리고 그 주사 좀 그만 맞으시고요."

그녀는 이해하지 못하겠다는 듯이 미심쩍은 눈으로 그를 바라보았다. 하지만 표정은 뾰족한 코에서 작고 야윈 입으로 전율이 타고 흘러 내려오면서 제정신이 아닌 듯한 희미한 미소로 변했다.

"의사가 뭐라는지 아니? 조만간 그걸로 죽을 수도 있대."

"그럼 왜 끊지 않는 거죠?"

"왜 끊어야 하는지 말해보렴."

알베리가 다시 차에 타 코 위의 선글라스를 고쳐 썼다. 어머니는 몸을 앞으로 기울이고 한 손을 운전사의 어깨 위에 올려놓았다. 피부가 힘줄 위로 뻗쳐 있고 붉고 푸르스름한 반점으로 얼룩진 가늘고 투명한 손에 진홍색 손톱은 너무 짙어서 거의 검게 보였다. 마르첼로는 보고 싶지 않았지만 어쩔 수 없었다. 그는 손이 남자의 어깨를 지나 귀를 건드리며 가볍게 애무하는 것을 보았다. 어머니가 말했다.

"자, 병원으로 가줘."

"알겠습니다. 부인."

알베리가 돌아보지 않고 말했다. 그녀는 차가 부드럽게 전진하는 동안 차창을 닫고 다시 좌석에 몸을 기대었다. 그러면서 곁눈으로 아들을 보며 말했다. 어머니에게서 직관력을 기대하지 못한 마르첼로는 놀랐다.

"내가 알베리를 애무해서 화났지?"

그녀는 그렇게 말하면서 어린애같이 간절하고 약간 초조한 미소를 지으며 그를 바라보았다. 마르첼로는 얼굴에 깃든 혐오를 숨길 수 없었다.

"화나지 않았어요. 그래도 그러지 않으면 좋겠어요."

그녀가 아들을 보지 않고 말했다.

"여자에게 더 이상 젊지 않다는 게 어떤 의미인지 넌 이해 못 한다. 그건 죽음보다 더 끔찍해."

마르첼로는 아무 말도 하지 않았다. 이제 차는 조용히 후추나무 아래를 지났다. 깃털 같은 가지들이 창유리에 스쳤다. 어머니는 잠시 후 덧붙여 말했다.

"가끔 난 빨리 늙기를 바랐어. 날씬하고 멀끔한 할머니로 말이다."

그녀는 이 같은 환상에 도취되어 행복한 미소를 지었다.

"난 책갈피 사이에 꽂아둔 마른 꽃 같아."

그녀는 마르첼로의 손에 한 손을 얹으며 물었다.

"경험 많고 젊어 보이는 할머니를 엄마로 두는 게 더 좋지 않겠니?"

마르첼로는 어머니를 쳐다보며 당황해 대답했다.

"언젠가는 그렇게 되실 거예요."

그녀는 진지해져서 속눈썹 아래로 그를 바라보며 불쌍한 미소를 지었다.

"정말 그렇게 생각하니? 난 아니다. 분명 머지않아 어느 날 아침에 난 네가 몹시 싫어하는 그 방에서 죽은 채 발견될 거야."

"왜 그러세요. 어머니?"

마르첼로는 이렇게 물었지만 어머니가 진지하게 이야기하고 있고, 그 말이 옳을지도 모른다는 생각이 들었다.

"어머닌 젊어요. 오래 사실 거예요."

"내가 곧 죽을 거란 말이 있어. 난 알아, 별자리 운세에 그렇게 나왔어."

갑자기 그녀는 그의 눈앞에 손을 뻗고는 뜬금없이 말했다.

"이 반지 맘에 드니?"

정교하게 세공된 반지에는 우윳빛 색상의 보석이 박혀 있었다. 마르첼로가 거의 보지도 않고 말했다.

"네, 예뻐요."

어머니가 다시 화제를 바꾸었다.

"있잖니, 이따금 네가 네 아버지한테서 모든 걸 물려받았다는 생각이 든다. 네 아버지는 제정신일 때도 좋아하는 게 없었어. 아름다운 것은 그에게 아무 의미 없었지. 그저 생각하는 거라곤 정치뿐이었어. 너처럼."

이때 마르첼로는 이유를 알 수는 없지만 억누를 수 없는 초조함을 느꼈다.

"제 생각엔 아버지와 저 사이엔 공통점이 없는 거 같아요. 전 완전히 이성적이고 정상적인 사람이에요. 반면에 아버진 병원에 들어가시기 전에, 제가 기억하기에는 어머니도 그렇게 말하셨죠. 뭐라고 말해야 하죠. 그냥 과도하게 흥분하실 뿐이었죠."

"그래, 하지만 둘 다 삶을 즐기지 못하고 누구도 행복하지 않기를 바라지."

그녀가 잠시 창밖을 바라보다가 갑자기 덧붙여 말했다.

"난 결혼식에 안 갈 테니 마음 상하지 마려무나. 난 원래 아무 데도 안 가잖니. 하지만 아들이니 선물은 줘야 할 텐데. 뭐가 좋겠니?"

"아무것도 필요 없어요. 어머니."

마르첼로가 무심하게 대답했다. 어머니가 부끄러운 듯 말했다.

"아쉽구나. 네가 원하지 않는다는 걸 알았으면 돈을 쓰지 않았을 텐데. 벌써 샀단다. 풀어보렴."

그녀는 지갑을 뒤져 고무줄로 묶은 작은 흰색 상자를 꺼냈다.

"담배 케이스다. 네가 담배를 호주머니에 넣는 걸 봤거든."

그녀는 상자를 열고 은색 케이스를 꺼내 찰칵 소리를 내 열어서 아들에게 주었다. 그 안에는 동양산 담배가 가득했다. 그녀는 그 기회를 잡아 한 개비를 꺼내 마르첼로에게 불을 붙여 달라고 했다. 약간 당황한 그는 어머니의 무릎 위에 놓인 열린 담배 케이스를 만져보지도 않고 바라보다가 말했다.

"멋있네요. 뭐라 감사드려야 할지 모르겠어요, 어머니. 제겐 과분할 정도로 예쁘네요."

"이런. 넌 정말 재미없구나."

그녀는 케이스를 닫아 우아하고 의도적인 동작으로 그것을 마르첼로의 재킷 주머니 안에 넣었다. 차가 모퉁이를 급하게 도는 바람에 몸이 아들에게 쏠린 그녀는 그 순간을 이용해 양 손을 그의 어깨에 대고 몸을 약간 뒤로 젖혀 그를 바라보며 말했다.

"보답으로 키스해주겠니?"

마르첼로는 몸을 숙여 어머니의 볼에 입술을 댔다. 그녀는 다시 좌석에 몸을 기대고 한 손을 가슴에 갖다 댄 채 한숨을 내쉬며 말했다.

"덥구나. 네가 어릴 때는 이런 어색한 요구를 할 필요가 없었는데. 넌 애정이 넘치는 아이였지."

"어머니, 아버지가 병에 걸린 그해 겨울 기억나세요?"

"물론이지."

어머니가 단언했다.

"끔찍한 겨울이었어. 그 사람은 날 떠나면서 널 데려가려 했지. 이미 제정신이 아니었어. 정말 다행인 건 그 사람이 완전히 미쳐서 사람들이 내가 널 맡는 게 옳다고 생각한 거지. 그런데 그건 왜 묻는데?"

"그냥요, 어머니."

마르첼로가 그녀를 바라보지 않으려 애쓰며 말했다.

"그해 겨울에 제가 바랐던 건 두 분이 함께 살지 않아서 기숙사로 떠나는 것이었어요. 그렇다고 어머니를 사랑하지 않은 건 아니고요. 그 뒤로 제가 변했다고 말씀하시는 건 옳지 않아요. 전 그때나 지금이나 똑같아요. 단지 지금은 이런 혼란과 무질서를 참을 수 없을 뿐이에요."

마르첼로는 무미건조하고 무뚝뚝하게 말해놓고는 어머니의 얼굴이 상처받은 표정으로 어두워지는 것을 보고 이내 후회했다. 그래도 말한 걸 철회할 정도의 마음은 아니었다. 그는 진실을 말했고, 안타깝게도 진실밖에 말할 수 없었다. 하지만 그와 동시에 그는 자식으로서의 연민을 보이지 않았다는 못마땅한 인식으로 인해 평소의 우울감이 어느 때보다도 더 강하게 짓눌려오는 것을 느꼈다. 어머니는 체념한 듯한 어조로 말했다.

"네 말이 맞을 거야."

차가 멈추어 섰다. 그들은 차에서 내려 병원 문 쪽으로 걸어갔다. 그 거리는 평화로운 동네에 오래된 귀족 소유 저택의 가장자리에 나 있었다. 병원까지는 그리 멀지 않았다. 한쪽에는 오래된 저택 대여섯 채가 나무에 일부 가려진 채 일렬로 늘어서 있고, 다른 쪽에는 병원 부지 울타리가 둘러져 있었다. 그 끝에는 오래된 회색 벽과 드넓은 공작 소유 정원에 심어진 나무의 무성한 나뭇잎이 앞을 가로막았다.

마르첼로는 여러 해 동안 적어도 한 달에 한 번은 아버지를 방문했지만 아직도 이런 방문에 익숙하지 않았고 매번 낙담과 실망감을 느꼈다. 이것은 거의 같은 감정이었는데, 자신이 어린 시절을 보낸 집을 방문할 때 받는 느낌보다 더 강했다. 어머니의 무질서와 타락은 나아질 것 같지만, 아버지의 광기는 여전히 고치기 어려워서 전체적으로 완전히 돌이킬 수 없는 무질서와 타락을 암시하는 것 같았다. 그는 이번에는 어머니와 나란히 병원에 들어서면서 그런 느낌이 들었다. 그 느낌은 마음을 짓누르고 무릎을 꺾이게 만드는 매우 불쾌한 불안감이었다. 그는 자신이 창백해졌다는 걸 알고 잠시 병원 울타리의 검은 창살로 시선을 돌리면서 문병은 이쯤에서 그만두고 아무 핑계나 대고 이곳을 떠나고 싶은 히스테릭한 욕망을 느꼈다. 이 같은 그의 불안한 속내를 모르는 어머니는 작은 검은색 문 앞에 멈춰 서서 초인종 버튼을 누르며 말했다.

"네 아버지에게 가장 최근에 나타난 증세가 뭔지 아니?"

"뭔데요?"

"그 사람은 자기가 무솔리니 정부의 장관 중 한 사람이라고 생각한단다. 한 달 전 즈음에 시작됐지. 아마도 그 사람한테 신문을 읽게 해서 그럴 거야."

마르첼로는 눈살을 찌푸렸지만 아무 말도 하지 않았다. 문이 열리고 흰색 셔츠를 입은 젊은 간호사가 나왔다. 키가 크고 금발에 면도한 얼굴은 희고 다소 부어 있었다. 어머니가 정중하게 말했다.

"안녕하세요, 프란츠. 좀 어때요?"

"오늘은 어제보다 좀 낫군요. 어제는 너무 힘들었어요."

간호사가 특유의 거친 독일어 억양으로 말했다.

"힘들었다고요?"

"우리는 구속복을 입혀야 했거든요."

간호사가 계속해서 복수형을 사용하며 설명했다. 마치 억지 웃음을 지으면서 아이들에 대해 이야기하는 가정교사 같았다.

"구속복이라, 끔찍하군."

그동안 그들은 안으로 들어가 정원 벽과 병원 벽 사이의 좁은 길을 따라 걸어갔다.

"구속복이라니, 그걸 봐야 해. 그건 사실 셔츠가 아니라 팔을 못 움직이게 묶는 두 개의 소매 같단다. 난 그걸 보기 전에는 잠옷용 셔츠 같은 거라고 생각했어. 팔이 양쪽에 결박된 채 그 사람이 그런 것으로 묶여 있는 걸 보면 정말 슬프단다."

어머니가 가볍게, 거의 명랑하게 말을 어어갔다. 그들은 병원을 돌아 정면의 빈터로 나왔다. 흰색 3층 주택인 병원은 창을 막고 있는 빗장을 제외하면 일반 가정집처럼 보였다. 간호사는 현관으로 이어지는 계단을 급히 오르며 말했다.

"교수님이 기다리고 계십니다, 클레리치 씨."

그는 두 사람을 앞서서 황량하고 어두운 입구로 들어가 에나멜을 칠한 문패에 '업무 중'이라고 적혀 있는 문을 두드렸다. 곧 문이 열리고 원장인 에르미니 교수가 나왔는데, 그는 장신의 거구인데도 불구하고 매우 가볍게 움직여 방문객들에게 다가섰다.

"부인, 어서 오세요. 클레리치 박사님, 안녕하셨어요?"

그의 큰 목소리는 황량한 벽 사이로 병원의 얼어붙은 침묵 속에 청동 종같이 울려 퍼졌다. 마르첼로의 어머니가 손을 내밀자 교수는 흰색 가운에 싸인 육중한 몸을 힘겹게 숙이고 정중하게 그 손에 키스했다. 반면에 마르첼로는 가벼운 인사만 건넸다. 교수의 얼굴은 크고 둥근 눈, 부리처럼 굽은 큰 코, 크고 소란스러운 입 위로 늘어진 붉은색 콧수염 등 가면올빼미와 매우 흡사했다. 하지만 그 표정은 우울한 밤의 새 같지 않았으며, 그와 달리 쾌활한 표정이었다. 그건 마치 쾌활함을 연구해 뼛속까지 교묘하게 위장한 것 같았다. 교수는 마르첼로와 그의 어머니에 앞서서 계단을 올라갔다.

계단을 반쯤 올라갔을 때, 층계에서 내던져진 금속 물체가 계단을 몇 번 스치며 굴러 내려왔다. 그와 동시에 매우 날카로운 비명 소리가 들리고 뒤이어 비웃는 듯한 웃음소리가 들렸다. 교수는 몸을 숙여 그 물체를 집어 들었다. 알루미늄 접시였다. 그가 두 사람 쪽으로 몸을 돌리며 말했다.

“도네갈리입니다. 걱정 마세요. 평소에는 아주 온순한 할머니입니다. 이따금 손에 닿는 건 뭐든 던지는 것만 제외하면 말입니다. 하하. 야구 경기에 나가면 우승하겠군요.”

그는 닫힌 문들이 양쪽으로 늘어선 긴 복도를 지나며 계속 말했다.

“그런데 부인, 아직 로마에 계십니까? 벌써 산악 지대나 바닷가에 계실 거라 생각했는데요.”

“한 달 후에 떠날 겁니다. 하지만 어디로 갈지는 몰라요. 일단 베니스는 피하고 싶네요.”

교수가 복도 모퉁이를 돌며 말했다.

“조언을 드리자면 부인, 이스키아로 가십시오. 예전에 간 적이 있는데 멋진 곳입니다. 카르미넬로라는 식당에서 생선 수프를 먹었는데 정말 환상적인 맛이었어요."

교수는 반쯤 몸을 돌려 두 손가락을 입가에 대고 저속해 보이는 동작을 지어 보였다.

"그 맛이요, 갖은 해산물에…… 마늘, 토마토, 고추를 곁들였는데…… 정말 맛있었어요, 부인. 죄송해요. 이제 그만하겠습니다."

익살스러운 나폴리 억양으로 생선 수프를 설명하던 교수는 이제 본래의 로마 사투리로 돌아와 덧붙여 말했다.

"제가 집사람에게 뭐라 말했는지 아세요? 올해 안에 그 지방에 작은 집이라도 구하자고 했어요."

마르첼로의 어머니가 말했다.

"전 카프리가 더 좋아요."

"하지만 그곳은 지식 계급과 동성애의 장소죠."

교수가 약간 언짢아하며 말했다. 그 순간 어느 방에선가 심장을 멎게 만들 듯한 비명 소리가 들려왔다. 교수는 그 문으로 다가가 감시창을 밀어 열고 잠시 들여다보고는 도로 닫은 다음 돌아서며 마저 말했다.

"이스키아예요, 부인. 그 지방의 생선 수프, 바다, 태양, 야외 생활 등 그곳을 능가하는 것은 아무것도 없답니다."

그들보다 몇 걸음 앞서가던 간호사 프란츠가 문 앞에서 미동도 없이 서서 그들을 기다리고 있었다. 복도 끝 창문으로 들어오는 희미한 빛 속에 그의 육중한 몸집이 드러났다.

"약은 드셨나요?"

교수가 낮은 목소리로 물었다. 간호사는 그렇다는 뜻으로 고개를 끄덕였다. 교수가 문을 열고 들어갔고, 마르첼로와 그의 어머니가 뒤따라 들어갔다.

작은 방은 휑했고 침대가 벽에 붙어 있었다. 일반적인 창살로 막아놓은 창문 앞에는 목재로 된 흰색 작은 탁자가 있었다. 마르첼로는 혐오감에 몸을 떨며 문을 등지고 탁자에 앉아 글쓰기에 열중한 아버지를 보았다. 빳빳한 줄무늬 재킷의 넓은 칼라에 덮인 가느다란 목 위로 백발이 마구 헝클어져 있었다. 그는 약간 구부정하게 앉아 있었는데, 발에는 큰 펠트 슬리퍼가 신겨져 있었고, 팔꿈치와 무릎을 드러내놓고 있었으며, 고개를 한쪽으로 기울이고 있었다. 마르첼로는 아버지를 보고 줄이 끊어진 꼭두각시 인형 같다고 생각했다. 그는 세 사람이 들어와도 고개를 돌리지 않고 오히려 글쓰기에 더욱 집중하는 것 같았다. 교수가 창문과 탁자 사이로 가서 쾌활한 척하며 말했다.

"소령님, 오늘은 좀 어떠십니까? 예, 어떠신지요?"

광인은 대답하지 않고 마치 "잠시만 기다려주시오. 나 지금 바쁜 거 안 보이시오?"라고 말하는 것처럼 손을 들어 올릴 뿐이었다. 교수는 마르첼로의 어머니에게 공모의 시선을 던지며 말했다.

"여전히 비망록입니까, 소령님? 하지만 너무 길지 않겠어요? 너무 길어서 읽을 시간이 없습니다. 그는 항상 짧고 정확한 걸 좋아해요. 간결하고 정확하게요, 소령님."

광인은 알았다는 동작을 반복하며 뼈가 다 드러나는 손을 들어 올려 휘젓다가 특유의 괴상한 격분에 휩싸여 종이를 머리

위로 던졌다. 종이가 방 한가운데에 떨어졌다. 마르첼로는 몸을 구부려 그것을 집어 들었다. 거기에는 이해할 수 없는 몇 마디 말이 장식체와 밑줄이 가득한 필체로 적혀 있었다. 말도 안 되는 내용일 것이다. 그가 종이를 살펴보는 동안 광인은 똑같이 매우 분주한 동작으로 다른 종이도 내던지기 시작했다. 종이들이 백발 위를 날아 방바닥에 흩어졌다. 계속해서 종이를 내던지면서 광인의 동작은 훨씬 더 광폭해져서 마침내 방 전체가 그래프용지로 가득 찼다. 마르첼로의 어머니가 말했다.

"불쌍한 사람. 항상 글 쓰는 걸 좋아했지."

교수는 광인을 향해 몸을 약간 구부렸다.

"소령님, 여기 사모님과 아드님이 오셨습니다. 만나보고 싶지 않으십니까?"

광인은 중요한 일을 하다가 방해받은 사람처럼 더듬거리면서 낮고 성급하고 적대적인 목소리로 말했다.

"내일 다시 오라고 해. 그러니까 구체적인 제안 사항이 없다면 말이야. 날 기다리는 사람들이 대기실에 가득하지만 만날 시간이 없다는 걸 모르겠는가?"

"본인이 장관이라고 생각하네요."

마르첼로의 어머니가 귓속말로 말했다.

"외무 장관이죠."

교수가 말했다.

광인이 글쓰기를 계속하면서 갑자기 고심하는 듯한 낮은 목소리로 재빨리 말했다.

"헝가리 문제 말이다, 헝가리 문제가. 프라하 주재 정부 대표

말이다. 그들은 런던에서 뭐 하고 있는 거지? 그리고 프랑스인은 왜 이해를 못 하는 거야? 왜 이해를 못 하느냐고. 왜? 왜?"

광인은 '왜'라는 단어를 점차 큰 목소리로 말했다. 거의 소리지르다시피 하며 마지막 '왜'라는 단어를 내뱉을 때에는 의자에서 벌떡 일어나 돌아서서 방문객들을 마주보았다. 마르첼로는 눈을 들어 그를 바라보았다. 덥수룩한 백발 아래로 세로 주름이 깊게 팬 야위고 상한 얼굴이 진지한 표정을 띠고 있는 것 같았다. 그것은 자신이 처했다고 믿는 상황에 적응하느라 괴로운 표정이었다. 그는 종이 한 장을 눈높이로 들어 올리고 더 이상 말없이 숨이 가쁠 정도로 괴상하게 서두르며 그것을 읽기 시작했다.

"두체,* 영웅들의 수장, 지상과 바다와 하늘의 왕, 왕자, 교황, 황제, 사령관, 군인."

여기서 광인은 초조한 동작을 했지만 마치 "기타 등등 기타 등등"을 의미하는 것처럼 약간의 형식성에 의해 누그러졌다. 광인은 마치 "이 부분은 건너뛰겠어. 이런 건 불필요해"라고 말하는 것처럼 새로운 동작을 하고 나서 계속했다.

"이곳에서 비망록을 작성했습니다. 처음부터 읽어주시기 바랍니다."

광인은 잠시 멈추고 방문객들을 바라보았다.

"마지막 문장까지. 여기 비망록이 있습니다."

---

* 대장 또는 수령이라는 뜻으로 여기에서는 파시스트 당수인 무솔리니(Benito Mussolini, 1883~1945)의 칭호. 일 두체라고도 한다.

이것을 시작으로 광인은 종이를 공중에 집어던지고, 책상으로 돌아와 또 다른 종이를 꺼내 비망록을 읽기 시작했다. 하지만 마르첼로는 한마디도 알아들을 수 없었다. 광인은 사실 명료하고 매우 큰 목소리로 읽었지만, 너무 서두르는 바람에 말이 미끄러지며 겹쳐서 마치 전체 내용이 어마어마한 길이의 한 단어 같았다. 마르첼로는 단어가 발음되어 나오기 전에 혀에서 녹아버리는 것 같다고 생각했다. 그것은 마치 격렬한 광기의 불길이 왁스처럼 형체를 녹여서 파악하기 어렵고 불명료한 미사여구의 연설 자료로 융합시키는 것 같았다. 그가 읽는 동안 단어들은 서로 더 깊이 관통해 짧아지고 수축되는 것도 같았다. 광인 자신도 쇄도하는 단어들에 압도되기 시작했다. 긴박함이 더해지자 그는 처음 몇 줄만 읽고 종이를 던지다가 갑자기 읽기를 완전히 멈추었다. 그 뒤 놀랄 만큼 민첩하게 침대에 뛰어올라 구석으로 가서 벽에 기대어 똑바로 서더니 연설을 하기 시작했다. 적어도 그렇게 보였다.

마르첼로는 그의 일관성이 없고 무의미한 말보다는 동작을 보고 군중에게 연설하고 있다고 추측했다. 광인은 흡사 가상의 발코니에 서 있는 웅변가처럼 천장을 향해 두 팔을 들었다가 친밀함을 표현하듯 몸을 숙여 손을 내밀더니, 꽉 쥔 주먹으로 그들을 위협하며 양손을 펼쳐 얼굴 높이로 들어 올렸다. 광인은 자신의 연설을 듣고 있던 가상의 군중이 박수갈채를 보낸다고 생각한 모양이었다. 그가 특유의 손바닥 동작으로 조용히 하라고 요구하는 것 같았기 때문이다. 그런데도 박수는 멈추지 않고 더욱 커지는 모양이었다. 광인이 한 번 더 요청하는 동작으로 정숙을 요구하고 나서 침대에서 뛰어내려와 교수에게로 달려가서는 그의 소매를 잡고 눈물 어린 목소리로 이렇게 말했기 때문이다.

"저들이 입 좀 다물게 해주시오. 박수가 내게 무슨 소용이오. 박수 때문에 내가 말을 할 수 없는데 어떻게 선전 포고를 할 수 있겠소?"

"선전 포고는 내일 할 겁니다. 소령님."

키 큰 교수가 광인을 내려다보며 말했다.

"내일, 내일, 내일!"

광인이 즉시 격분해 소리 질렀다. 분노와 절망이 온통 뒤섞여 있는 것 같았다.

"늘 내일이지. 선전 포고는 지금 당장 해야 하오."

"이유가 뭡니까. 소령님! 그게 저희에게 무슨 소용입니까? 이렇게 더운데요? 불쌍한 군인들을, 이 더위에 그들을 전쟁으로 내모시겠습니까?"

교수가 음흉하게 어깨를 으쓱했다. 광인은 난처한 표정으로 그를 쳐다봤다. 교수의 반대 의견에 당혹스러워하는 눈치였다. 잠시 후 그가 소리쳤다.

"군인들은 아이스크림을 먹을 거요. 우리는 여름에 아이스크림을 먹소. 그렇지 않소?"

"예. 우리는 여름에 아이스크림을 먹죠."

광인이 의기양양한 태도로 말했다.

"좋소, 그럼 아이스크림을 많이 가져오시오. 모두가 먹게."

그는 혼자 중얼거리면서 탁자로 가서 선 채로 연필을 잡더니 마지막 남은 종이에 급히 몇 마디를 적은 다음 돌아와 그것을 의사에게 건넸다.

"여기 선전 포고문이오. 더 이상 어떻게 할 수가 없소. 누구한테든 가져가시오. 이 종소리. 오! 종소리!"

그는 종이를 의사에게 주고 겁에 질린 짐승처럼 침대 근처 구석 바닥에 웅크리고 앉아 양손으로 머리를 감싸 쥐고 괴로워하며 같은 말을 반복했다.

"이 종소리. 이 종소리. 좀 잠시만 멈춰줄 수 없겠소?"

의사는 종이를 힐끗 보고 나서 마르첼로에게 건네주었다. 종이 위쪽에는 '살육과 우울'이라고 적혀 있었고, 아래에는 '전쟁을 선포한다'라고 적혀 있었는데 일반적인 장식체 글씨였다. 의사가 말했다.

"살육과 우울은 이분의 좌우명입니다. 모든 종이에 적혀 있을 겁니다. 그 단어에 집착하고 있습니다."

"종소리."

광인이 신음하듯 말했다.

"그런데 정말 들리는 걸까요?"

마르첼로의 어머니가 난처해하면서 물었다.

"아마도 그럴 겁니다. 이전의 박수 소리 같은 환청이죠. 정신 이상자는 다양한 소리를 들을 수 있습니다. 있지도 않은 상대의 말소리까지 듣죠. 아니면 동물 울음소리나 엔진 소음, 모터사이클 소리 등요."

"종소리 좀!"

광인이 무시무시한 목소리로 소리쳤다. 마르첼로의 어머니는 중얼거리며 문 쪽으로 물러섰다.

"하지만 너무 끔찍해요. 불쌍한 사람. 얼마나 고통스러운지 누가 알겠어요. 종이 울릴 때 종탑 아래에 있다면 나도 미쳐버릴 거 같겠죠?"

"고통스러울까요?"

마르첼로가 물었다.

"바로 귓가에서 울리는 거대한 청동 종소리를 몇 시간 동안 듣는다면 고통스럽지 않겠습니까?"

교수가 환자를 향해 돌아서서 덧붙여 말했다.

"이제 종을 그만 칠 겁니다. 종지기가 잠자러 갈 거니까요. 마실 것 좀 드리겠습니다. 종소리는 더 이상 들리지 않을 겁니다."

그가 간호사를 보고 고개를 끄덕이자 간호사는 즉시 나갔다. 그러고 나서 교수는 마르첼로를 보고 말했다.

"이것은 매우 심각한 고통입니다. 환자는 정신없이 행복감에 도취해 있다가 심한 우울감에 빠집니다. 조금 전에 뭔가 읽을 때에는 기고만장했지만 지금은 의기소침한 상태입니다. 아버지께 말을 좀 걸어보시죠?"

마르첼로는 계속해서 양손으로 머리를 감싼 채 애처롭게 신음하는 아버지를 쳐다보고 차가운 목소리로 말했다.

"아니요, 할 말 없습니다. 또 무슨 소용이 있겠습니까? 어쨌든 제 말을 못 알아들으실 텐데요."

"가끔씩은 알아듣습니다. 생각보다 더 많이 알아듣죠. 사람을 알아보고 우리 의사들을 속이기까지 합니다. 에, 에, 그렇게 간단하지 않습니다."

마르첼로의 어머니가 남편에게 다가가 상냥하게 말했다.

"안토니오, 날 알아보겠어요? 여기 마르첼로예요. 당신 아들, 모레 결혼한대요. 알아듣겠어요? 결혼한다고요."

광인은 희망에 찬 표정으로 아내를 바라보았다. 마치 다친 개가 자기를 굽어보면서 무슨 일이냐고 묻는 주인을 바라보는 것 같았다. 의사는 마르첼로 쪽으로 돌아서서 소리쳤다.

"결혼, 결혼이라. 박사님, 전혀 몰랐습니다. 정말 축하드립니다. 행복하십시오."

"감사합니다."

마르첼로가 무미건조하게 말했다. 그의 어머니가 의사에게 다가서며 진지하게 말했다.

"가여운 사람. 못 알아듣는군요. 알아듣는다면 불행하겠죠. 내가 불행한 것처럼 말이죠."

"제발, 어머니."

"상관없잖니. 네 안사람은 널 기쁘게 해줘야 하지만 다른 사람은 아무도 그럴 필요가 없지."

어머니가 회유하듯 대답했다. 그런 다음 광인을 향해 돌아서서 말했다.

"잘 있어요. 안토니오."

"종소리 좀."

광인이 흐느껴 울었다.

그들은 복도로 나와 진정제 잔을 들고 오던 프란츠와 마주쳤다. 교수는 문을 닫고 말했다.

"이상하죠, 박사님. 정신병자가 어떻게 계속해서 최신 정보를 얻고, 집단주의 사회에 영향을 주는 모든 것에 민감한지 말이죠. 지금 파시즘과 일 두체 때문에 많은 이가 아버님처럼 파시즘과 일 두체에 집착합니다. 전쟁 중에는 자신이 장성이라고 생각하고, 카도르나*나 디아츠**를 대신해서 업무를 보려는 정신 이상자가 셀 수 없을 정도죠. 최근에는 노빌레***가 북극에 갔을 때, 그 유명한 붉은 천막이 어디에 있는지 확실히 알고 있는 환자가 적어도 세 명은 있었습니다. 그 환자들은 생존자를 구조할 특수 장치를 발명했죠. 미친 사람은 항상 최신 정보를 알고 있습니다. 실제로 그들은 정신 이상에도 불구하고 공적 생활에 참여하는 것을 멈추지 않습니다. 바로 광기를 이용해 그렇게 참여하는 거죠. 훌륭하고 강직한 미친 국민이죠."

의사는 자신의 유머에 매우 만족해 싸늘하게 웃었다. 그러고 나서 마르첼로의 어머니에게 돌아서서 말했다.

"하지만 사실상 우리 모두 부군만큼 미쳐 있지 않나요? 그렇지 않나요. 부인? 우리 모두 찬물로 샤워하고 환자복을 입어야 합니다. 이탈리아 전체가 커다란 정신 병원입니다. 에, 에, 에."

"그 점에서, 제 아들은 확실히 미쳤습니다."

마르첼로의 어머니가 천진난만하게 의사의 아첨에 동조하며 말했다.

---

* Luigi Cadorna(1850~1928): 이탈리아의 육군 원수였던 인물로, 제1차 세계대전 동안 이탈리아군의 참모총장으로 활약했다.

** Armando Diaz(1861~1928): 이탈리아의 군인으로 대장이자 육군 원수였던 인물.

*** Umberto Nobile(1885~1975): 이탈리아의 탐험가.

"사실 이곳으로 오는 동안 저는 마르첼로에게 아버지와 비슷한 점이 있다고 말했어요."

마르첼로는 그들의 말을 듣지 않으려고 걷는 속도를 늦췄다. 그는 그들이 여전히 수다를 떨며 복도 끝을 향해 걸어가 모퉁이를 돌아 보이지 않게 될 때까지 지켜보았다. 그는 걸음을 멈추었다. 여전히 아버지가 작성한 선전 포고문 종잇조각을 들고 있었다. 그는 망설이다가 주머니에서 지갑을 꺼내 그 종이를 넣었다. 그런 다음 서둘러 걸어가 1층에서 의사와 어머니를 만났다.

"그럼 안녕히 계세요, 교수님. 하지만 그 가여운 사람은 정말 치료 방법이 없나요?"

"현재의 과학으로는 아무것도 할 수 없습니다."

의사가 마치 지루하고 기계적으로 신문을 반복해 읽는 것처럼 대답했다.

"안녕히 계십시오, 교수님."

"안녕히 가세요, 박사님. 또 뵙겠습니다. 그리고 진심으로 축하드립니다."

그들은 자갈길을 걸어 거리로 나와 차가 있는 곳으로 갔다. 알베리는 모자를 손에 든 채 문을 열어두고 차 옆에 서 있었다. 그들이 아무 말도 하지 않고 차에 타자 차가 달리기 시작했다. 어머니는 잠시 동안 말이 없다가 마침내 입을 열었다.

"내가 처음 바람을 피웠을 때 넌 벌써 두 살이었다. 정말 이상한 건 네가 다른 사람의 아들이라고 생각해서 네 아버지의 광기가 시작되었다는 거야. 그 사람은 네가 자기 아들이 아니라는 생각에 사로잡혔어. 그리고 어느 날 그 사람이 무슨 짓을 했는지 아니? 내 사진과 네 아기 때 사진을 가져와서……"

"우리 눈에 모두 구멍을 내버렸죠."

마르첼로가 말을 끝냈다.

"오, 이미 알고 있었구나."

어머니가 약간 놀라서 말했다.

"그래. 그때부터 광기가 시작된 거였어. 그 사람은 네가 내가 당시 가끔 만나던 누군가의 아들이라는 상상에 사로잡혀 있었지…… 말해도 소용없었어. 그 사람의 상상일 뿐이었으니까. 넌 그 사람 아들이야. 봐, 생긴 것만 봐도 충분하지 않아?"

"사실 전 아버지보다 어머니를 더 많이 닮았어요."

마르첼로는 이렇게 말하지 않을 수 없었다.

"둘 다 닮았지."

어머니가 말했다. 그녀는 콤팩트를 도로 지갑에 넣고 덧붙여 말했다.

"이미 얘기했지. 최소한 네 아버지와 너는 모두 정치에 집착한다고 말이야. 그는 미쳤지만 넌 다행히 제정신이지……"

마르첼로는 아무 말도 하지 않고 차창으로 고개를 돌렸다. 아버지를 닮았다는 생각에 강한 혐오감이 일었다. 그는 늘 피와 살을 토대로 한 가족 관계가 싫었다. 하지만 어머니가 언급한 닮았다는 사실은 그에게 혐오감뿐 아니라 두려움도 생기게 했다. 아버지의 광기와 그의 매우 비밀스러운 존재 간에는 어떤 연계가 있을까? 그는 아버지가 종잇조각에 쓴 '살육과 우울'이라는 구절이 떠올라 고통스럽게 몸을 떨었다. 우울이라면,

그는 제2의 피부처럼 지니고 있었고, 실제 피부보다 더 민감했다. 그리고 살육은……

이제 차는 해 질 녘 도심 거리를 통과하고 있었다. 마르첼로는 어머니에게 "전 여기서 내릴게요"라고 말하고 몸을 숙여 창을 두드려서 알베리에게 알렸다. 그의 어머니가 말했다.

"그럼 돌아오면 보자꾸나."

결혼식에 가지 않겠다는 의미였다. 그는 어머니의 과묵함이 고마웠다. 가벼움과 냉소가 적어도 이런 점에서는 도움이 되었다. 그는 차에서 내려 문을 세게 닫고 군중 속으로 걸어 들어갔다.

2부

1

열차가 움직이기 시작하자마자 마르첼로는 장모와 이야기를 나누기 위해, 또는 이야기를 듣기 위해 서 있던 창가를 떠나 다시 객실 안으로 들어갔다. 하지만 줄리아는 창가를 떠나지 않았다. 객실에서 그는 그녀가 복도 창밖으로 몸을 내밀고 있는 걸 볼 수 있었다. 그녀가 손수건을 너무 열렬히 흔들어서 그녀의 지극히 평범한 몸짓이 비애감으로 가득 차 보였다. 분명 그녀는 플랫폼에 있는 어머니 모습이 더 이상 보이지 않을 때까지 거기서 계속 손수건을 흔들 거라고 그는 생각했다. 줄리아에게 어머니의 모습을 놓치는 것은 처녀로서의 삶에 영원히 작별을 고하는 가장 명확한 신호일 것이다. 그녀가 이렇게 작별하는 것을 두려워하는 동시에 원한다는 것을 그는 알고 있었다. 열차를 타고 어머니로부터 떠남으로써 자립심을 형성하는 것이다. 마르첼로는 몸의 풍성한 굴곡 위로 주름 잡힌 얇은 옷을 입고 창밖으로 몸을 내밀고 있는 아내를 잠시 바라보다가 다시 쿠션에 몸을 기대고 눈을 감았다.

잠시 후 눈을 떴을 때 아내는 더 이상 복도에 있지 않았다. 열차는 이미 탁 트인 시골을 달리고 있었다. 나무 한 그루 없는 불모의 평온이 초록빛 하늘 아래 황혼빛에 싸여 있었다. 이따금 메마른 구릉 지대가 나왔다. 놀랍게도 구릉들 사이에 있는 깊은 골짜기는 집이나 인적이 없이 황폐했다. 구릉의 꼭대기에 가끔씩 나오는 벽돌의 잔해는 이러한 고독감을 한층 더해주었다. 생각하고 상상하는 데 도움이 되는 평온한 풍경이라고 마르첼로는 생각했다. 한편 평원의 지평선 위로 달이 솟아올랐다. 피처럼 붉은 보름달이었고, 그 오른쪽에는 하얀 별 하나가 빛나고 있었다.

아내가 사라졌다. 마르첼로는 아내가 한동안 돌아오지 않기를 바랐다. 그는 마지막으로 혼자 생각할 시간을 누리고 싶었다. 그는 기억을 더듬어 지난 며칠 동안 일어난 일을 곰곰 생각하면서 진정 깊은 만족감을 느꼈다. 결혼은 자신과 자신의 삶을 변화시키는 유일한 길이라고 그는 생각했다. 결혼을 통해 이상적인 삶을 살아가는 것이다. 평소처럼 그가 가장 좋아하는 것은 자신이 정상적이고 예측 가능한 세계와 연결되어 있음을 확인하는 것이었다.

결혼식 아침, 줄리아는 웨딩드레스를 입고 바스락거리며 이 방 저 방을 행복하게 뛰어다녔다. 장갑을 낀 한 손에 은방울꽃 부케를 들고 엘리베이터에 올랐다. 그가 문을 열고 들어서자마자 장모는 흐느끼며 그의 팔에 안겼다. 줄리아는 틈나는 대로 작은 방 문 뒤로 그를 데려가서 키스했다. 의사와 변호사인 줄리아의 지인들과 그녀의 직장 동료 두 명으로 이루어진 증인들이 도착했고, 사람들이 창문과 보도에서 지켜보는 가운데 집을 나서서 차 세 대에 나누어 타고 성당으로 향했다. 그와 줄리아가 첫번째 차에 탔고, 증인들이 두번째 차에 탔으며, 장모와 그녀의 친구들이 세번째 차를 탔다.

성당으로 가는 길에 이상한 일이 있었다. 차가 신호를 받아 정지했을 때, 갑자기 누군가 차창에 나타났다. 수염을 기른 붉은 얼굴에 이마가 벗어지고 코가 툭 불거진 거지였다. 하지만 돈을 요구하는 대신 그 남자는 쉰 목소리로 "새신랑 새신부, 콘페티 좀 주시겠소?"라고 요구하며 차 안으로 손을 집어넣었다. 그가 갑자기 차창에 나타나 무례하게 줄리아에게 손을 뻗자 마르첼로는 짜증이 나서 대답했다.

"어이, 어서 꺼져. 당신한테 줄 거 없어."

이 말에 취한 것 같은 그 남자는 쉰 목소리로 "저주나 받아라!"라고 소리치고는 사라졌다. 놀라서 마르첼로에게 몸을 꼭 붙인 줄리아가 작은 소리로 말했다.

"저 사람이 불운을 가져올 거 같아요."

그러자 마르첼로는 어깨를 으쓱하며 대답했다.

"아무것도 아니야. 취한 사람이야."

그러고는 차가 다시 움직이자, 그는 곧 잊어버렸다.

성당에서는 모든 것이 정상이었다. 즉 평화롭고, 엄숙하고, 의례적이고 의식적이었다. 소수의 친지들이 제단 바로 앞 신도석에 모여 있었다. 남자들은 검은색 정장을 입었고, 여자들은 화사한 파스텔색 계열 옷을 입었다. 성당은 반종교 개혁을 한 성인들에게 봉헌하기 위해 매우 화려하게 장식되었다. 제단 뒤 금으로 된 차양 아래에 회색 대리석으로 실물보다 크게 만든 성인상이 있었는데, 무릎을 꿇고 하늘을 올려다보며 두 손을 모으고 있었다. 줄리아와 마르첼로는 대리석 난간 앞에서 붉은색 벨벳 쿠션 위에 무릎을 꿇었다. 그들 뒤에 증인이 두 명씩 서 있었다. 예식은 길었다. 줄리아의 가족에게는 최대한 엄숙하게 하는 것이 중요했다. 처음부터 입구 위쪽 발코니에 있는 오르간이 계속해서 연주되었다. 때로는 낮은 소리로, 때로는 크고 힘찬 소리로 높은 천장 아래에서 울려 퍼졌다. 사제는 매우 느렸다. 그래서 예식의 모든 부분을 만족스럽게 지켜보면서 수백만 명의 신랑들이 지난 수백 년 동안 해온 바로 그 일을 자신이 하고 있다고 확신한 마르첼로는 결혼식에 집중하지 않고 성당을 관찰하기 시작했다. 아름다운 성당은 아니지만 모든 예수회 성당과 마찬가지로 극적인 엄숙함이 깃든 건물이었다. 마치 무아지경에 빠진 것처럼 차양 아래에서 무릎을 꿇고 있는 거대한 성인상은 대리석과 비슷하게 채색되어, 나뭇잎 모양의 은촛대, 꽃이 가득한 꽃병, 작은 장식용 조각상, 청동 램프가 가득한 제단 위에 우뚝 서 있었다. 차양 뒤에는 당대의 화가가 그린 프레스코화가 있었다. 숨어 있는 태양에서 뿜어져 나오는 광선이 줄무늬를 이룬, 오페라 극장 커튼에 그렸을 법한 솜털 같은 구름이 푸른 하늘에 떠다녔다. 구름 위에는 신보다 더 장식적으로 대담하게 그린 다양한 성인들이 앉아 있었다. 다른 이들보다 우뚝 솟아 있는 인물은 '전능하신 하느님'이었다. 갑자기 마르첼로는 삼각 후광으로 장식된 수염 난 머리에서 의도치 않게 방금 전에 차창 안으로 고개를 들이밀고 콘페티를 요구하고는 자신에게 저주를 퍼붓던 거지의 얼굴을 보았다. 바로 그때 오르간 소리가 더 크게 울려 퍼지기 시작했다. 거의 위협적인 수준이어서 감미로울 여지가 없는 것 같았다. 다른 상황에서는 미소 짓게 만들었을 닮은꼴에서 그는 왜 그런지 모르겠지만 카인에 관한 성서 구절이 떠올랐다. 리노가 죽은 지 몇 년이 지났을 때, 그는 우연히 성서를 펼쳤다가 그 구절을 접했다.

> 네가 어찌 이 일을 저질렀느냐? 네 아우의 피가 땅에서 나에게 울부짖고 있다. 땅이 입을 벌려 네 아우의 피를 네 손에서 받았다. 너는 저주를 받은 몸이니 이 땅에서 물러나야 한다. 네가 아무리 애써 땅을 갈아도 이 땅은 더 이상 소출을 내주지 않을 것이다. 너는 세상을 떠돌아다니는 신세가 될 것이다. 그러자 카인이 야훼께 하소연했다. "벌이 너무 무거워서, 저로서는 견디지 못하겠습니다. 오늘 이 땅에서 저를 아주 쫓아내시니, 저는 이제 하느님을 뵙지 못하고 세상을 떠돌아다니게 되었습니다. 저를 만나는 사람마다 저를 죽이려고 할 것입니다." "그렇게 못하도록 하여주마. 카인을 죽이는 사람에게는 내가 일곱 배로 벌을 내리리라." 이렇게 말씀하시고 야훼께서는 누가 카인을 만나더라도 그를 죽이지 못하도록 그에게 표를 찍어주셨다.

그날 그 구절은 바로 자신을 위한 구절인 것 같았다. 원치 않게 저지른 죄를 저주하는 동시에 저주 자체를 신성하고 손댈 수 없게 했다. 그리고 그날 아침 성당에서 프레스코화를 보고 있는 동안 그 구절이 다시 떠올랐고, 그 상황에 완벽하게 들어맞는 것 같았다. 비유와 의미가 풍부한 토양에 반성이라는 도구를 밀어 넣었다는 음흉한 확신을 가진 채 그는 예식이 계속되는 동안 냉정하게 이 점에 대해 곰곰 생각했다. 정말 저주가 있었다면 왜 자신에게 퍼부었을까? 이 질문에 끈질긴 우울감이 또다시 그를 엄습했다. 그는 길을 잃었고 길을 잃는 것 외에는 어떤 것도 할 수 없다는 것을 아는 사람 같았다. 하지만 그것은 리노를 죽였기 때문이 아니라 종교와 그 의식 밖에서 오래전에 저지른 죄의 비정상성과 타락의 부담에서 벗어나고자 했고 여전히 벗어나려 하기 때문이었다. 그는 자신이 무엇을 할 수 있을지 생각했다. 그런데 그 답을 알려면 자신이 어떤 사람인지를 알아야 하는 데다, 자신을 바꾸는 것은 자기 권한 밖의 일이었다. 그가 의도적으로 사악하게 굴었던 것도 아니었고, 다만 타고난 조건과 자신이 살고 있는 세계를 정직하게 받아들였을 뿐이었다. 그 조건이란 종교와 매우 거리가 먼 조건이었고, 그 세계는 종교를 다른 것으로 대체해놓은 것 같은 세계였다. 분명 그는 애정이 넘치는 고대의 기독교인들에게 자신의 인생을 맡기고 싶었을 것이다. 매우 정의로우신 하느님, 자애로우신 성모님, 자비로우신 예수님. 하지만 이런 열망을 느낀 바로 그때, 그는 이 삶이 자신의 것이 아니고 누구에게도 의탁할 수 없으며 자신은 종교 밖에 있어서, 스스로 정화해 정상이 되더라도 종교 안으로 다시 들어갈 수 없음을 깨달았다. 정상성은 이제 다른 곳에 있다고 그는 생각했다.

그는 마치 이런 생각을 확인하려는 것처럼 몇 분 후면 자신의 아내가 될, 옆에 앉은 여인을 바라보았다. 줄리아는 두 손을 합장한 채 무릎을 꿇은 자세로 제단 쪽을 쳐다보고 있었다. 그녀는 행복하고 희망에 찬 자신만의 황홀경에 빠져 거의 꿈을 꾸는 듯했다. 그런데도 마치 손이 닿아서 몸으로 느낀 것처럼 그의 눈길을 느낀 그녀가 즉시 그를 돌아보고는 두 눈과 입가에 미소를 띠었다. 거의 동물적인 순수함을 지닌 다정하고 겸허한 감사의 미소였다. 그는 살짝 미소를 지어 답하면서 아마도 그녀를 알게 된 후 처음으로 사랑은 아니더라도 적어도 깊은 애정을 느꼈다. 연민과 다정함이 뒤섞인 감정이었다. 그러자 이상하게도 그는 눈길로 그녀의 옷을 벗기기 시작했다. 웨딩드레스와 속옷까지 벗기고 나서 그는 그녀가 자기 옆에서 완전히 벌거벗은 채로 풍만한 가슴과 동그스름한 배를 드러내고는 젊고 건강한 모습으로 붉은색 벨벳 쿠션에 무릎을 꿇고 있는 모습을 보는 것 같았다. 자신도 그녀와 마찬가지로 벌거벗고 둘이 하나가 되기 위해 마치 짐승이 짝짓기를 하는 것 같은 의식을 취하고자 했다. 그가 지금 하고 있는 결혼식과는 관계없이 이런 결합은 실제로 이뤄질 것이며, 그리고 아이들이 태어날 것이다. 이런 생각이 들자 그는 처음으로 견고한 땅에 발을 내딛는 것 같았다.

'잠시 후 그녀는 내 아내가 될 거야. 그녀를 갖게 될 거야. 그녀를 가지면 아이가 생기겠지. 그리고 지금은 더 좋은 게 없으니 이것이 정상이 되는 출발점이야.'

하지만 바로 그때 마르첼로는 줄리아가 입술을 움직여 기도하는 것을 보았다. 그처럼 입을 열심히 움직이는 것을 보자 마치 마법처럼 벗은 몸에 금세 다시 웨딩드레스가 입혀졌다. 줄리아는 자신과 달리 그들이 하나 되는 의식을 확신하고 있음을 알게 되었다. 그는 이 사실을 깨닫자 불쾌하지 않고 오히려 안심이 되었다. 줄리아에게 정상성이란 자신처럼 찾거나 복원해야 하는 것이 아니라 그저 존재하는 것이었다. 그녀는 거기에 잠겨 있었으며, 무슨 일이 일어나도 결코 나오지 않을 것이었다. 그래서 그는 충만한 감정과 애정에 싸여 결혼식을 마쳤다. 그런 감정은 전에는 항상 자신에게서는 솟아나올 수 없는 감정이라고 여겼고 설사 가능하다 해도 장소나 의식에 의해서가 아니라 자신만의 심오한 근거에서 우러나오는 감정과 애정이었다. 예식은 전통적인 규범에 따라 진행되었다. 그 규범을 믿는 사람들뿐 아니라 믿지는 않지만 믿는 것처럼 행동하고자 하는 그도 만족시키는 방식으로 이루어졌다.

아내와 팔짱을 끼고 성당을 나온 마르첼로는 성당 계단 위 정문 아래에서 잠시 멈추어 줄리아의 어머니가 뒤에서 친구에게 말하는 소리를 들었다.

"정말, 정말 좋은 사람이야. 얼마나 감동했는지 봤지, 그 애를 아주 많이 사랑해. 줄리아는 정말 이보다 더 좋은 신랑감을 찾지 못했을 거야."

그는 장모가 그런 착각을 하게끔 했다는 게 기분이 좋았다. 이런저런 생각을 하는 중에 결혼식이 끝나자 남편 역할을 하고 싶다는 열망이 느껴졌다. 그는 저녁이 되면서 검고 희미하게 반짝이는 어둠으로 가득한 창에서 복도로 눈을 돌려 줄리아를 찾았다. 그는 그녀가 보이지 않자 약간 초조해졌다. 그는 이런 느낌이 지금 자신이 맡은 역할을 얼마나 자연스럽게 수행하는지를 나타내는 것 같아 기뻤다. 이때 그는 침대차의 불편한 이층 침대에서 줄리아를 안을지 아니면 여정의 첫 단계 이후 머무를 곳에 도착할 때까지 기다려야 할지 궁금했다. 그런 생각이 들자 그는 강한 열망에 휩싸여 열차에서 그녀를 안기로 마음먹었다. 신혼여행이니까 그래야 한다고 생각했다. 성적 욕망뿐 아니라 신랑으로서의 역할에도 충실하고자 했던 것이다. 그러나 줄리아는 처녀였으며 그럴 거라고 알기는 어렵지 않았다. 그는 그녀의 순결을 헛되게 잃게 하고 싶지 않아서 기차에서의 첫날밤을 그냥 보내고, 머물 도시의 호텔에서 제공할 편안한 더블침대를 기다리는 것도 좋을 거라고 생각했다. 이런 일은 신혼부부에게는 당연하고 정상적인 일이었다. 그리고 그는 무력해 보일지도 모르는 위험을 무릅쓰더라도 다른 정상인이 하는 것처럼 행동하고 싶었다.

그가 복도 쪽을 내다보려고 할 때 문이 열리고 줄리아가 들어왔다. 그녀는 블라우스에 치마만 입고 재킷은 벗어 팔에 걸쳐 들고 있었다. 그녀의 풍만한 가슴이 흰색 리넨 블라우스를 힘껏 밀어내면서 연한 장밋빛 살색을 비쳐 보였고, 그녀의 얼굴은 행복한 만족감으로 빛나고 있었다. 오직 그녀의 눈만이 평소보다 더 크고 힘없이 애처롭게 당황스러움과 열망을 동시에 드러내고 있었는데, 두려움에 휩싸인 흥분처럼 보였다. 마르첼로는 이 모든 것을 만족스럽게 바라보았다. 줄리아는 진정 처음으로 자신을 내어주려고 하는 신부였다. 그녀는 약간 어색하게(그는 그녀가 항상 어색하게 행동한다고 생각했는데, 그것은 마치 건강하고 순수한 동물처럼 사랑스럽고 서툰 행동이었다) 몸을 돌려 문을 닫고 커튼을 친 다음, 그 앞에 서서 재킷을 옷걸이에 걸기 시작했다. 하지만 그 순간 열차가 너무 빨리 달리면서 갑자기 선로를 바꾸는 바람에 객차 전체가 기울고 말았다. 줄리아는 그의 몸 위에 주저앉았다. 그녀가 장난스럽게 그의 무릎에 앉아 그의 목에 팔을 감고 중심을 잡았다. 마르첼로는 자신의 무릎 위의 그녀의 체중을 느끼고 기계적으로 그녀의 허리를 안았다. 그녀가 "나 사랑해요?"라고 부드럽게 말하고는 몸을 굽혀 입술로 그의 입술을 찾았다. 열차가 계속해서 달리는 동안 그들은 오랫동안 키스를 나누었다. 열차가 덜컹거릴 때마다 이가 서로 부딪쳤다. 줄리아의 코가 그의 얼굴을 뚫고 싶어 하는 것 같았다. 마침내 그들이 몸을 떼자 줄리아가 그의 무릎에서 내려오지 않은 채 조심스럽게 핸드백에서 손수건을 꺼내 그의 입을 닦아주며 말했다.

"당신 입술에 립스틱이 엄청 많이 묻었어요."

무릎이 저려오던 마르첼로는 열차가 다시 덜컹거리는 틈을 타서 그녀의 묵직한 몸을 밀어내어 자리에 앉혔다.

"너무해요. 나를 원하지 않아요?"

"아직 잠자리를 준비하지 않았잖아."

그가 약간 당황하며 말했다.

"생각해봐요. 난 침대차를 처음 타는 거라고요."

마르첼로는 그녀의 목소리에 담긴 순수함에 어쩔 수 없이 미소를 지으며 물었다.

"좋아?"

"네. 정말 좋아요."

그녀가 다시 주변을 둘러보았다.

"잠자리 준비할 때는 언제 올까요?"

"금방 올 거야."

그들은 입을 다물었다. 마르첼로는 아내를 바라보며 그녀가 새로운 표정으로 자신을 바라보고 있음을 깨달았다. 조금 전의 행복한 빛은 덮었지만 애써 지우지는 않은 수줍은 듯 불안한 표정이었다. 그가 자신을 바라보고 있음을 안 그녀는 변명하듯이 미소를 짓고는 아무 말 없이 그의 손 하나를 두 손으로 꼭 감싸 쥐었다. 그러자 그녀의 다정하고 촉촉한 눈에서 두 줄기 눈물이 솟아 나와 뺨을 타고 흘러내렸다. 줄리아는 그를 바라보고 울면서 눈물 사이로 가엾게 미소 지으려 애썼다. 그러다 마침내 그녀가 갑작스러운 충동으로 몸을 굽히고 그의 손에 격렬하게 키스하기 시작했다. 마르첼로는 이런 눈물이 혼란스러웠다. 줄리아는 대체로 명랑하고 감상적이지 않아서 우는 모습을 본 적이 없었다. 하지만 그녀는 그에게 추측할 시간을 주지 않고 일어서서 급하게 말했다.

"울어서 미안해요. 당신이 나보다 얼마나 더 좋은 사람인지. 내가 당신에게 얼마나 무가치한지 생각하고 있었어요."

"당신 어머님처럼 말하고 있군."

마르첼로가 미소 지으며 말했다. 그녀는 코를 풀고 조용히 대답했다.

"아니에요. 엄마는 이유도 모른 채 말씀하시죠. 하지만 난 진짜 이유가 있어요."

"무슨 이유?"

그녀는 그를 한동안 바라보고 나서 설명했다.

"얘기할 게 있는데, 다 듣고 나면 당신은 더 이상 날 사랑하지 않을 거예요. 하지만 말해야 돼요."

"뭐지?"

그녀는 마치 경멸의 표정이 처음 나타나는 순간을 찾고 싶어 하는 것처럼 그를 주의 깊게 바라보며 천천히 대답했다.

"난 당신이 생각하는 그런 여자가 아니에요."

"무슨 뜻이지?"

"난 말이죠. 그러니까 난 처녀가 아니에요."

마르첼로는 그녀를 쳐다보고는 갑자기 지금까지 자신의 아내에게 부여했던 정상적인 성격이 실제로는 존재하지 않음을 알게 되었다. 그는 최초의 고백 뒤에 무엇이 숨어 있는지 몰랐지만, 이제 줄리아가 직접 얘기한 것처럼 자신이 생각했던 여자가 아님을 확실히 알았다. 그는 무슨 말을 듣게 될 것인지를 생각하자 버거움을 느꼈고 그 확신을 거부하고 싶은 열망이 생길 정도였다. 하지만 무엇보다도 그녀를 안심시켜야 했다. 사실 그는 그녀가 처녀인지 아닌지는 전혀 신경 쓰지 않았으므로 이것은 쉬울 것이었다. 그는 애정 어린 어조로 대답했다.

"그런 건 걱정 마. 당신하고 결혼한 건 당신을 사랑해서지 당신이 처녀여서가 아니야."

줄리아는 고개를 저으며 말했다.

"알아요. 당신의 사고방식은 진보적이죠. 그건 당신에게 그렇게 중요하지 않을 거예요. 하지만 그래도 얘기해야 해요."

"진보적 사고방식이라."

마르첼로는 거의 유쾌할 지경이었다. 그는 정말로 처녀성 따위는 중요하지 않았는데 이를 진보적이라 여기는 그 말이 매우 줄리아다웠다. 그것은 순진한 표현이었지만, 그가 생각한 것과는 다른 순진함이었다. 그가 그녀의 손을 잡으며 말했다.

"자, 더 이상 그건 생각하지 말자고."

그러고는 그녀를 보고 미소 지었다. 줄리아도 미소를 지었다. 하지만 미소 짓는 눈에 눈물이 차오르더니 뺨을 타고 흘러내렸다. 마르첼로가 물었다.

"왜 그래? 상관없다고 했잖아."

그러자 줄리아가 전에는 하지 않던 동작을 취했다. 그녀는 마르첼로의 목에 팔을 감았지만 그의 가슴에 얼굴을 묻고 그가 보지 못하도록 고개를 숙였다.

"모두 얘기해야 돼요."

"모두 뭘?"

"나한테 일어난 일 전부요."

"하지만 괜찮다니까."

"부탁이에요. 내 약점이긴 하지만 얘기하지 않으면 뭔가 숨긴다는 느낌이 들 거예요."

"그게 왜?"

마르첼로가 그녀의 머리칼을 쓰다듬으며 물었다.

"물론 애인이 있었겠지. 당신이 사랑한다고 생각한 사람. 아니면 정말 사랑한 사람. 내가 그에 대해 왜 알아야 하지?"

"아뇨. 난 그 사람을 사랑하지 않았어요."

그녀가 거의 악에 받쳐 바로 대답했다.

"그리고 사랑한다고 생각한 적도 없어요. 당신이 내게 청혼할 때까지 우린 애인 관계였다고 할 수 있겠죠. 하지만 그 사람은 당신처럼 젊지 않아요. 예순 살짜리 역겹고, 고약하고, 가혹하고, 못된 늙은이였어요. 가족과 친한 사람인데, 당신도 아는 사람이에요."

"누구지?"

"페니지오 변호사예요."

그녀가 짧게 말했다. 마르첼로는 놀랐다.

"하지만 그 사람은 증인을 섰잖아."

"맞아요. 그가 고집했죠. 난 그 사람이 거기에 있는 게 싫었지만 거부할 수 없었어요. 그 사람이 내 결혼을 허락하게 만드는 데에도 힘이 많이 들었거든요."

마르첼로는 줄리아의 집에서 종종 마주쳤던 페니지오 변호사를 좋아한 적이 없었다는 사실이 생각났다. 금테 안경을 쓰고 웃을 때 주름지는 뾰족한 코에 입술이 얇고 작은 체구에 금발기가 있는 대머리 남자였다. 매우 침착하고 냉정한 사람으로 기억했지만 그러면서도 그만의 불쾌한 방식으로 공격적인 사람이었다. 그리고 말랐지만 힘이 셌다. 어느 더운 날 그는 재킷을 벗고 셔츠 소매를 걷어 올려 근육이 불거진 굵은 흰 팔을 드러냈다. 마르첼로는 소리치지 않을 수 없었다.

"하지만 그 사람한테서 뭘 본 거지?"

"그 사람이 나한테서 본 거죠. 너무 일찍. 그 사람과의 관계가 한 달이나 1년간만 지속된 게 아니에요. 6년이에요."

마르첼로는 머릿속으로 재빨리 계산했다. 줄리아는 지금 스물한 살이거나 혹은 조금 더 많았다. 그는 놀라 말을 받았다.

"6년이라고?"

"그래요, 6년이에요. 난 그때 열다섯 살이었어요. 무슨 말인지 알겠어요?"

줄리아는 어느 모로 보나 아직도 슬픈 일에 대해 이야기하면서도 가장 무관한 소문을 전달하듯이 평소의 미적지근하고 부드러운 어조로 말한다고 그는 생각했다.

"불쌍한 아빠가 돌아가신 바로 그날 그 사람이 날 범하기 시작했다고 생각하겠죠. 그날이 아니라면 적어도 그 주였을 거예요. 그러니까 사실은 정확한 날짜를 말해줄 수 있어요. 아빠 장례를 치른 지 여드레 만이었어요. 아빠와 뭐랄까, 아주 친하고 신뢰가 두터운 친구였어요."

그녀는 마치 침묵으로 그 사람의 비행을 강조하려는 듯이 잠시 침묵했다가 다시 말을 이었다.

"엄마는 아무 일도 안 하고 울기만 하셨어요. 당연히 성당에 많이 가 계셨죠. 어느 날 저녁 집에 혼자 있을 때 그가 왔어요. 엄마는 외출하고 없었고 하녀는 주방에 있었어요. 난 내 방에서 학교 숙제를 하고 있었죠. 그때 저는 5학년이었고, 졸업하기 직전이었지요. 그가 들어와 내 뒤로 다가와서는 내가 하는 과제를 보고 뭐 하고 있느냐고 물었어요. 난 돌아보지도 않고 대답했죠. 전혀 의심하지 않았으니까요. 무엇보다도, 당신도 알다시피 난 두 살 먹은 아이처럼 순진했고 그 사람은 나한테 친척이나 다름없었으니까요. 난 그 사람을 삼촌이라 불렀어요.

생각해보세요. 그래서 내가 라틴어 숙제를 하고 있다고 말하자 그 사람이 어떻게 했는지 아세요? 한손으로 내 머리채를 낚아챘어요. 그 사람은 내 긴 곱슬머리가 멋지다고 장난으로 종종 그러면서 내 머리칼이 자기 손가락을 유혹한다고 말하곤 했어요. 난 그가 머리채를 잡아당기자 이번에도 장난이라고 생각하고 '하지 마세요. 아프단 말이에요'라고 말했지만 그 사람은 놓아주는 대신 일으켜 세우고는 날 끌고 침대 쪽으로 갔어요. 침대는 문 쪽 구석에 있었어요. 생각해봐요. 난 너무 순진해서 전혀 알아채지 못했어요. '봐주세요, 숙제해야 된단 말이에요'라고 말했던 게 기억나요. 바로 그때 그가 내 머리채를 놓고는, …… 안 돼요. 말할 수 없어요."

마르첼로는 그녀가 수치스러워한다고 생각하고 계속 얘기하라고 말하려 했다. 그저 이야기의 효과를 높이기 위해 말을 끊었던 줄리아가 말을 이었다.

"나는 열다섯 살이었지만 이미 성숙한 여인 같았어요. 있죠, 말하는 것만으로도 여전히 힘들어서 이야기하고 싶지 않았어요. 그 사람은 머리채를 놓고 내 가슴을 움켜쥐었는데 너무 세게 쥐어서 난 소리도 지르지 못하고 거의 기절했어요. 정말 기절했을 거예요. 그다음에는 무슨 일이 일어났는지 모르겠어요. 난 침대 위에 뻗어 있었고 그 사람은 내 위에 있었어요. 난 모든 걸 알아챘지만 힘이 다 빠져나가서 그의 손아귀에서 아무런 의지 없이 저항도 못 하고 죽은 물건 같았어요. 그래서 그날 그는 자기 맘대로 했어요. 나중에 내가 울자 그 사람은 날 위로하려고 사랑한다고, 나에게 홀딱 빠졌다고 뭐 그런 말을 했어요. 하지만 자신을 망치고 싶지 않다면 엄마한테 말해선 안 된다는 말도 했어요. 아빠가 사업에 실패해서 그때 우리는 생계를 전적으로 그 남자에게 의존했던 것 같아요. 그 사람은 그날 이후로 계속 찾아왔지만 일관성이 없었고 항상 예상치 못한 시간에 왔어요. 발끝으로 내 방에 들어와 내게 몸을 기울이고 무서운 목소리로 '숙제 다 했니? 안 했어? 그럼 내가 도와줄까?'라고 말하고는 내 머리채를 잡고 침대로 끌고 갔어요. 정말이지 내 머리채를 잡는 덴 일가견이 있었어요."

그녀는 다소 독특하고 사랑스러운 성격을 생각하며 웃음 짓듯이 전 애인의 습관을 기억하며 거의 애정을 담아 웃었다.

"그런 식으로 관계가 1년 정도 지속되었어요. 그는 연신 나를 사랑한다고 자기한테 처자식이 없다면 나랑 결혼할 거라고 맹세했어요. 그 사람이 본심을 말했다는 얘기가 아니에요. 하지만 그 사람이 자기 말대로 나를 정말 사랑했다면 그걸 보여줄 방법은 하나밖에 없었어요. 나를 놓아주는 거요. 1년 후 난 지쳤어요. 자포자기 상태였고요. 그 사람에게서 벗어나려 했죠. 그 사람한테 난 당신을 사랑하지 않는다고, 사랑하지 않을 거라고, 이런 식으로 계속할 순 없다고, 더 이상 아무것도 해나갈 수 없다고, 힘들다고, 졸업장도 못 땄다고, 날 놓아주지 않는다면 공부를 포기해야 할 거라고 말했어요. 그러자 그 사람이 어떻게 한지 알아요? 엄마에게 가서 공부가 내 적성에 맞지 않다고, 이제 열여섯 살이니 직장을 구하는 게 나을 거라고 말했어요. 그 사람은 즉시 나한테 자기 비서가 될 것을 제안했어요. 말이 돼요? 당연히 난 강하게 반발했지만 불쌍한 어머니는 내게 배은망덕하다고, 그 사람은 우리를 정말 많이 도와줬고 계속해서 도와주고 있다고, 그런 기회를 놓쳐서는 안 된다고 말했어요. 결국 난 수락할 수밖에 없었어요. 그 사람과 종일 한 방에 있게 되자 알다시피 그만둘 방법이 없었어요. 그래서 다시 시작되었고, 결국 습관이 되어버렸고, 나는 저항을 그만뒀어요. 그렇게 된 거예요. 나한텐 더 이상 희망이 없다고 생각했고 난 운명론자가 되었어요. 하지만 작년에 당신이 내게 사랑한다고 말하자 난 곧장 그 사람에게 가서 이번에는 영원히 끝이라고 말했어요. 하지만 야비하고 비겁한 그 사람은 당신한테 가서 다 폭로하겠다고 협박했어요. 그래서 내가 어떻게 했는지 알아요? 그 사람의 책상 위에 있던 날카로운 종이칼을 집어 들고 그의 목에 겨누며 말했어요. '그러면 죽여버릴 거야.' 그런 다음 이렇게 말했어요. '그 사람은 우리 관계를 알게 되겠지. 그럴 거야. 하지만 내가 얘기할 거야. 당신이 아니라. 오늘부터 나한테 당신은 아예 없는 사람이야. 그리고 그 사람과 나 사이에 끼어들려고만 해도 죽여버릴 거야. 감옥에 가겠지만 죽여버릴 거야.' 내가 분명한 어조로 그렇게 말하자 그 사람은 알아들었어요. 그리고 그때부터 아무 말도 하지 않았죠. 당신 아버지에 관한 그 익명의 편지를 써서 보복한 것만 빼고요."

"아, 그 사람이 그랬군."

마르첼로는 소리치지 않을 수 없었다.

"그럼요, 그 종이와 타자기를 금방 알아봤어요."

그녀는 잠시 말이 없다가 금세 불안한 듯 마르첼로의 손을 잡고 말했다.

"이제 당신한테 모든 걸 얘기하고 나니 기분이 나아진 것 같아요. 하지만 말하지 않아야 했어요. 이제 당신은 날 참을 수 없을 거예요. 날 증오할 거예요."

마르첼로는 그 말에 대답하지 않고 오랫동안 말이 없었다. 줄리아의 이야기는 그에게 그녀를 범한 남자에 대한 증오도, 그 남자가 범한 그녀에 대한 동정도 불러일으키지 않았다. 혐오와 경멸을 표현했어도 그녀가 이야기한 냉담하고 이성적인 방식에는 분노와 동정과 같은 명백한 감정이 배제되어 있었다. 마치 전염이라도 된 듯이 그는 그녀와 흡사하게 관용과 체념이 뒤섞인 입장으로 마음이 기울었다. 그는 마치 예상치 못한 함정에 빠진 것처럼 어떤 판단과도 단절된 채 몹시 놀랐을 뿐이었다. 그리고 그 와중에 줄리아가 예외를 입증해주기 바랐던 타락의 기준이 이처럼 예기치 않게 확인되면서 습관적인 우울감이 깊어졌다. 하지만 이상하게도 줄리아의 철저히 정상적인 성격에 대한 확신은 여전히 흔들리지 않았다. 정상성은 어떤 경험과 떨어져 있는 것이 아니라 이러한 경험을 평가하는 방식에 있다는 생각이 문득 들었다. 운명은 그와 줄리아에게 모두 뭔가를 숨기게 했고 그로 인해 살면서 고백하게 만들었다. 자신은 결코 리노에 대해 이야기할 수 없다고 생각했지만 줄리아는 주저 없이 변호사와의 관계를 털어놓았다. 그녀는 그렇게 하기에 가장 적합하다고 생각되는 순간을 골랐다. 바로 과거를 없애고 완전히 새로운 삶의 방식이 시작되는 결혼식 날이었다. 이런 생각이 들자 그는 기뻤다. 어쨌든 분명 종교와 사랑이라는 관습적이고 오래된 방법을 통해 구원을 얻을 수 있는 능력에서 줄리아의 정상성이 확인되었기 때문이다. 그는 이런 생각에 빠져 자신의 침묵에 아내가 두려워한다는 사실을 깨닫지 못한 채 창으로 눈을 돌렸다. 그 순간 그녀가 그를 껴안으려 하면서 말했다.

"할 말 없어요? 그러니까 정말 그렇군요. 나한테 정나미가 떨어지죠. 사실대로 얘기해요. 더 이상 날 참을 수 없고 정나미가 떨어진 거죠?"

마르첼로는 그녀를 안심시키려는 마음에 몸을 돌려 그녀를 안으려고 몸을 움직였다. 그러나 기차가 덜컹거리는 바람에 본의 아니게 팔꿈치로 그녀의 얼굴을 치고 말았다. 줄리아는 이것을 거절의 몸짓으로 받아들이고 벌떡 일어섰다. 그 순간 길고 우울한 경적을 울리며 기차가 터널로 들어가서 작은 차창 유리에 어둠이 짙게 드리웠다. 터널 속에서 덜컹거리는 소리가 심해지는 가운데 그는 줄리아가 앞으로 팔을 뻗고는 흔들리고 휘청거리며 객실 문 쪽으로 가면서 흐느끼는 소리를 들었다. 그는 놀라서 일어서지도 못한 채 그녀를 불렀다.

"줄리아."

대답 대신 그는 그녀가 여전히 슬픔에 잠겨 휘청거리면서 문을 열고 복도로 사라지는 것을 보았다.

그는 잠시 그대로 앉아 있다가 갑자기 놀라서 일어나 나갔다. 그들이 앉아 있던 객실은 객차 중앙에 있었다. 금세 그는 아내가 황급히 텅 빈 복도를 지나 출구가 있는 끝 쪽으로 가는 것을 보았다. 그녀가 적갈색 벽 사이의 넓고 부드러운 카펫 위를 달려가는 것을 보자 그는 그녀가 전 애인에게 "말하면 죽여버릴 거야"라고 위협한 사실이 생각났다. 그리고 그때까지 그녀 성격의 한 측면을 간과하고, 느긋하고 착한 천성을 수동적인 소심함으로 착각한 것 같다는 생각이 들었다. 바로 그 순간 그는 그녀가 몸을 굽혀 문손잡이를 당기는 것을 보았다. 그는 한걸음에 그녀에게 달려가 팔을 낚아채고 벽에 기대어 세웠다.

"무슨 짓이야, 줄리아?"

기차가 덜컹거리는 가운데 그가 낮은 목소리로 물었다.

"어쩔 생각이었어? 기차 때문이었어. 몸을 돌리려고 했는데 당신을 친 거라고."

그녀는 마치 싸움을 준비하는 것처럼 그의 팔 안에서 꼼짝도 하지 않았다. 하지만 아주 차분하고 몹시 놀란 그의 음성을 듣고는 금세 진정이 되는 것 같았다. 잠시 후 그녀가 고개를 숙이며 말했다.

"용서해줘요. 내가 오해한 것 같아요. 하지만 당신이 날 증오하는 것 같아서 다 끝내버리고 싶었어요. 연기하는 게 아니었어요. 당신이 오지 않았다면 정말 뛰어내렸을 거예요."

"왜? 무슨 생각이었던 거야?"

그녀는 어깨를 으쓱했다.

"그냥 너무 힘들어서요. 나한테 결혼은 당신이 생각하는 것보다 훨씬 더 중요했어요. 당신이…… 당신이 날 더 이상 받아주지 않을 것 같아서 더 이상 어쩔 수 없다고 생각했어요."

그녀가 다시 한번 어깨를 으쓱했다. 그러고는 마침내 고개를 들어 그를 바라보고 미소 지으며 말했다.

"결혼식 당일에 당신을 홀아비로 만들 뻔했네요."

마르첼로는 잠시 말없이 그녀를 바라보았다. 분명 줄리아는 진심이라는 생각이 들었다. 그녀는 진정 자신이 상상할 수 있는 것보다 훨씬 더 결혼을 중요시했다. 그러자 그는 이 겸허한 말이 줄리아가 자신과는 달리 정말로 복잡한 심경으로 결혼식을 치렀음을 설명한다는 것을 깨닫고 놀랐다. 따라서 그처럼 열렬히 심취한 상태에서 무참히 실망하게 되자 자살을 생각한 점은 별로 놀랍지 않았다. 그는 줄리아의 입장에서 이것은 일종의 협박이라고 생각했다. 자신을 용서해주지 않으면 자살하겠다는 것이다. 그녀가 자신이 원했던 그대로임을 알게 되자 그는 다시 한번 안도했다. 줄리아는 몸을 돌려 이번에는 작은 창을 찾는 것 같았다. 그는 그녀의 허리에 팔을 감고 귀에 대고 속삭였다.

"내가 사랑하는 거 알잖아."

그녀는 즉시 돌아서서 그에게 열렬히 키스했다. 너무도 격렬한 키스에 마르첼로는 겁을 먹을 지경이었다. 열렬히 사랑하는 연인이 성당의 성유물함, 십자가, 조각상 발치에서 이런 식으로 키스한다고 그는 생각했다. 그러는 동안 터널의 소음이 사라지고 바깥 공기 속을 달리는 빠른 바퀴 소리가 들리면서 그들은 몸을 뗐다. 하지만 그들은 여전히 차창 앞에서 손을 잡고 서로에게 몸을 기대어 서서 밤의 어둠을 응시하고 있었다.

"봐요. 저기 좀 봐요. 저게 뭐죠? 불인가요?"

줄리아가 마침내 평소 어조로 말했다. 실제로 그때 붉은 꽃처럼 검은 유리창 중앙에 불꽃이 비치고 있었다. 마르첼로가 말했다.

"누가 알겠어?"

그러고는 창을 내렸다. 거울 같은 밤의 유리창 빛이 사라지고 차가운 바람이 그들의 얼굴에 불어왔다. 그러나 붉은 꽃은 불가사의하게도 가까운지 먼지, 높은지 낮은지 파악하기 어려운 채로 어둠 속에 그대로 남아 있었다. 움직이며 떨리는 것 같은 그 네댓 장의 불꽃 잎을 오랫동안 바라본 후, 그는 자신과 줄리아의 그림자와 열차의 희미한 빛이 미끄러지듯 움직이는 철로의 급경사면으로 시선을 돌리고는 심한 당혹감에 사로잡혔다. 자신은 왜 기차를 타고 있는가? 자기 옆에 서 있는 여인은 누구인가? 그리고 자신은 어디로 가고 있는가? 그리고 정확히 누구인가? 그리고 자신은 어디서 왔는가? 이러한 당혹감은 그에게 고통을 주기는커녕 거꾸로 만족감을 주었다. 그것은 그에게 친숙하고 가장 친밀한 것의 근간을 이루는 감정이었다. 그는 냉정하게 생각했다.

'그래. 난 저기 밤의 저 불 같지. 타오르다가 꺼질 거야. 원인도 결과도 없이 말이지. 어둠 속에 보류된 파괴.'

마르첼로는 줄리아가 "저기, 잠자리가 벌써 준비됐을 거예요"라고 말하는 목소리에 정신을 차렸다. 자신이 멀리 있는 불을 응시하며 상념에 잠겨 있는 동안 그녀는 내내 사랑을 나누는 일, 정확히 말하면 첫날밤을 치르는 일에 대해 생각하고 있었음을 알아챘다. 그녀는 오늘 그 생각만 했던 것이다. 그녀는 조바심을 억누르며 벌써 객실 쪽으로 가고 있었다. 마르첼로는 약간 거리를 두고 뒤따라갔다. 그는 입구에서 차장이 복도로 나오도록 비켜섰다가 들어갔다. 줄리아는 거울 앞에 서 있었고, 문이 여전히 열려 있는 것에 개의치 않는 것 같았다. 그녀는 밑에서부터 단추를 풀어 블라우스를 벗고 있었다. 그녀가 돌아보지 않고 말했다.

"당신이 위층을 써요. 난 아래층을 쓸게요."

마르첼로는 문을 닫고 위층 침대로 올라가서 즉시 옷을 벗어 옷걸이에 걸었다. 그러고는 벌거벗은 채 시트 위에 앉아 양팔로 무릎을 감싸 안고 기다렸다. 줄리아가 돌아다니는 소리, 유리잔이 금속 선반에 부딪히는 소리, 신발이 바닥 깔개에 떨어지는 소리, 그 밖에 자잘한 소리가 들렸다. 그런 다음 삭막한 찰깍 소리와 함께 가장 밝은 불이 꺼지면서 보라색 야간 등 불빛이 남더니 줄리아의 목소리가 들렸다.

"이리로 올래요?"

마르첼로는 몸을 돌리고 다리를 뻗어 한 발을 아래층 침대 위로 내딛고 한쪽으로 몸을 구부려 들어왔다. 그러는 동안 그는 줄리아가 벌거벗은 채 한 손을 눈 위로 올리고 다리를 쭉 뻗어 활짝 벌리고 반듯이 누워 있는 모습을 보았다. 희미한 빛 속에서 그녀의 몸은 사타구니와 겨드랑이에 검은색, 양쪽 젖꼭지에 짙은 분홍색 얼룩이 있는 차가운 흰색 자개였다. 이 죽음 같은 창백함뿐 아니라 버려진 듯한 완벽한 부동자세로 인해 그녀는 살아 있는 것 같지 않았다. 하지만 마르첼로가 그녀의 몸 위로 올라가자, 그녀는 갑자기 살아나서 격렬하게 그를 잡아끌어 그의 목에 팔을 감고 다리를 벌리고 두 발로 그의 등을 감쌌다. 잠시 후 그녀는 그를 거칠게 밀어내고 벽에 기대어 움츠리고 앉아 무릎에 이마를 갖다 대었다. 마르첼로는 옆에 누워 그녀가 그처럼 격렬하게 그에게서 가져가 꼭꼭 가둔 다음 조심스럽게 자기 자궁 속에 품은 것이 더 이상 자신의 것이 아님을 알았다. 그것은 그녀 안에서 자랄 것이다. 그는 이것을 해냈고 적어도 한 번은 이렇게 말할 수 있다고 생각했다.

'난 다른 모든 남자와 같은 남자야. 난 사랑을 했고, 여자와도 관계를 가졌고, 또 한 사람을 만들었어.'

2

줄리아가 잠들었다고 생각하자마자 마르첼로는 침대에서 일어나 바닥에 내려가서 옷을 입기 시작했다. 방은 시원하고 투명한 어스름에 잠겨 있어 하늘과 바다에 아름다운 유월의 태양이 가득 차 있음을 암시했다. 천장이 높고 흰 리베라 호텔 객실은 푸른 회반죽 꽃과 줄기와 잎으로 장식되었다. 가벼운 목재로 된 가구는 객실과 같은 회반죽 꽃으로 장식되었다. 한쪽 구석에는 커다란 초록색 야자나무가 서 있었다. 옷을 입은 그는 발끝으로 걸어가 덧문을 밀치고 밖을 내다보았다. 반짝이는 광활한 바다가 바로 보였고, 선명한 수평선으로 인해 훨씬 더 드넓어 보였다. 바다는 맑고 대체로 강렬한 푸른빛이었다. 반짝이는 작은 꽃잎 같은 햇살 속에서 물결 하나하나가 부드러운 산들바람을 맞으며 불타고 있는 것 같았다. 마르첼로는 시야를 낮추어 산책로를 내려다보았다. 산책로에는 인적이 없었다. 야자나무 그늘 아래 벤치에 앉아 바다를 바라보는 사람도 없었고, 깨끗한 회색빛 아스팔트 위를 걷는 사람도 없었다.

그는 이러한 경치를 오랫동안 내려다보고 나서 다시 덧문을 닫고는 몸을 돌려 침대에 누워 있는 줄리아를 바라보았다. 그녀는 벌거벗은 채 자고 있었다. 한쪽으로 누운 자세로 인해 둥그스름하고, 희고, 풍만한 엉덩이가 위로 올라가 있었다. 상체는 꽃병의 시든 꽃줄기처럼 죽은 듯이 늘어져 있는 것 같았다. 마르첼로가 아는 바로는 등과 엉덩이는 유일하게 팽팽하고 탄력 있는 부위였다. 반면에 보이지는 않지만, 부드럽게 접혀 침대에 닿아 있는 배와 무게를 못 이기고 서로 포개어 처진 가슴은 부드러웠다. 머리카락은 어깨에 감춰져 보이지 않았다. 불과 몇 분 전에 그녀를 어떻게 안았는지 기억나자, 그는 갑자기 사람이 아니라 사랑스럽고 매력적이지만 잔인한 살로 만들어진 기계, 정사만을 위해 만들어진 기계를 바라보는 듯한 느낌이 들었다. 그의 애정 없는 눈길에 깬 듯이 그녀가 갑자기 몸을 움직이며 깊은 숨을 내쉰 다음, 맑은 목소리로 말했다.

"마르첼로."

그는 재빨리 그녀에게로 가서 애정을 담아 말했다.

"여기 있어."

그는 그녀가 돌아누우면서 여성스러운 육체의 무게가 한쪽에서 다른 쪽으로 힘겹게 이동하는 것을 보았다. 그녀는 팔을 들어 더듬더듬 그의 엉덩이를 감쌌다. 그런 다음 머리칼을 얼굴 위로 흐트러뜨린 채 천천히, 그러나 집요하게 코와 입을 비비며 그의 성기를 찾았다. 그녀는 열정적인 페티시즘으로 거기에 입을 맞추었다. 그리고 여전히 그에게 팔을 두른 채 잠시 움직이지 않고 있다가, 잠에 취해 머리칼에 뒤덮인 얼굴로 다시 침대에 몸을 눕혔다. 위치를 바꾸어 이제는 왼쪽 대신 오른쪽으로 누운 점을 제외하고는 전과 같은 자세로 다시 잠이 들었다. 마르첼로는 옷걸이에서 재킷을 살짝 꺼내 들고 발끝으로 걸어 문으로 가서 복도로 나갔다.

마르첼로는 울림이 있는 넓은 계단을 내려가 호텔 입구를 가로질러 산책로로 나갔다. 반짝이는 햇살이 바다에 반사되어 눈이 부셨다. 잠시 눈을 감자 마치 어둠에 소환된 듯이 역한 말 오줌 냄새가 코를 찔렀다. 그는 호텔 뒤편 그늘에 마차 서너 대가 줄지어 늘어서 있는 것을 보았다. 그는 마부들이 마부석에 앉아 있는 것을 보고 마차로 다가가 올라타고는 "비아 데이 글리치니로 가주세요"라고 행선지를 불러주었다. 그는 마부가 자신에게 잠시 의미심장한 눈길을 보내고는 아무 말 없이 채찍을 내리쳐 말을 모는 것을 보았다. 마차는 한동안 해변을 달린 후 별장과 정원이 가득한 좁은 거리로 들어섰다. 그 거리 끝에는 포도원으로 뒤덮인 리구리아 동산이 솟아 있었고 은빛 올리브 나무들과 초록색 창이 달린 높은 붉은색 집이 동산 비탈에 점점이 서 있었다. 그들이 있는 거리는 동산 기슭을 향해 뻗어 있었다. 어느 지점부터 보도와 아스팔트가 사라지고 풀이 덮인 길이 시작되었다. 마차가 멈춰 서자 마르첼로는 눈을 들었다. 정원 끝에 검은색 슬레이트 타일 망사르드 지붕*과 창이 있는 회색 3층집이 눈에 들어왔다.

마부가 "다 왔습니다"라고 무뚝뚝하게 말한 뒤 돈을 받고는 황급히 말을 돌렸다. 마르첼로는 마부가 자신을 이곳으로 데려

---

* 프랑스 건축가 망사르(François Mansart, 1598~1666)가 고안한 지붕으로, 경사가 완만하게 이어지다가 급하게 꺾인 지붕을 말한다.

와야 해서 기분이 상했을 거라고 생각했지만, 출입문을 밀며 사실 자신이 느끼는 반감을 그저 마부 탓으로 돌리고 있음을 알았다. 그는 반들반들한 잎사귀와 작은 흰색 꽃이 먼지에 덮여 있는 울타리 사이를 걸어갔다. 청소년기에 두세 번 와봤을 뿐인데, 그는 항상 이런 집을 싫어했고, 매번 자신에게 맞지 않고 하지 말았어야 했던 어떤 일에 대한 반감과 후회를 불러일으켰다. 그는 상심하여 계단 세 개를 올라가서 시끄러운 소리를 내는 유리문을 밀고 목재 난간이 있는 계단 앞의 폼페이 같은 현관에 들어섰다. 야릇한 분 냄새, 땀내, 정액 냄새가 났고, 집은 침묵과 여름 오후의 무기력 상태에 잠겨 있었다. 그가 주위를 둘러보는 동안 검은 옷에 흰색 앞치마를 허리에 두른 작은 흰 담비 같은 날렵한 얼굴을 가진 여자가 그의 앞에 나타나 날카로우면서도 활기찬 음성으로 "안녕하세요"라고 인사했다.

"안주인에게 할 말이 있소."

마르첼로는 과도하게 세련된 태도로 모자를 벗으며 말했다.

"알겠어요. 잘생긴 분, 불러드리죠."

그녀가 사투리를 써가며 대답했다.

"하지만 잠시 객실로 들어가시죠. 안주인 마님이 거기로 가실 거예요."

마르첼로는 그녀의 친근함과 오해에 기분이 상했지만 반쯤 열린 문을 향해 걸음을 옮겼다. 흐릿한 빛 속에서 붉은색 소재로 덮인 작은 소파가 사방 벽에 늘어서 있는 긴 직사각형의 객실이 보였다. 바닥은 기차역 대합실만큼 먼지가 많았다. 더럽고 올이 다 드러난 소파 천이 이 집의 불결한 상태를 확인해주었다. 마르첼로는 딱히 무엇을 해야 할지 몰라 소파에 앉았다. 그와 동시에 오랫동안 움직임이 없던 창자가 갑자기 배설물을 배출하는 것처럼, 집 안 곳곳이 소란스러워지면서 웃고 떠드는 소리와 나무 계단을 쿵쾅거리며 내려오는 발소리가 들려왔다. 그러고 나서 그가 두려워했던 일이 일어났다. 문이 열리고 하녀의 성마른 음성이 들렸다.

"아가씨들이 왔습니다. 모두 손님 차지예요."

들어온 여자들은 무기력해 보이고 표정이 없었다. 그중 몇 명은 몸의 일부를 드러내고 있었고, 몇 명은 옷을 좀더 걸치고 있었다. 두 명은 머리칼이 검은색이었고, 세 명은 금발이었으며, 세 명은 중간 체격이었고, 한 명은 매우 작았으며, 나머지 한 명은 몸집이 비대했다. 이 비대한 여자가 마르첼로 옆에 와서 앉아 나른하게 만족스러운 한숨을 내쉬며 소파에 몸을 쭉 뻗고 누웠다. 처음에 그는 얼굴을 돌렸으나 잠시 뒤 매료되어 고개를 약간 돌리고 그녀를 바라보았다. 정말 비대한 그녀는 엉덩이가 허리보다 굵었고, 허리가 어깨와 머리보다 더 굵어 피라미드형으로 보였다. 작고 밋밋한 얼굴에 들창코였으며, 검은 머리를 땋아 이마에 두르고 있었다. 노란색 실크 브래지어가 풍만하게 처진 가슴을 받치고 있었고, 배꼽 밑에는 붉은색 치마가 극장 커튼처럼 활짝 벌어져 있어서 검은 치골과 희고 거대한 허벅지가 훤히 보였다. 자신을 보고 있음을 안 그녀는 앞 벽에 기대어 앉은 동료에게 공모하는 듯한 미소를 지어 보이고, 한숨을 내쉬고는 마치 다리를 벌려 식히기라도 하듯이 다리 사이에 한 손을 밀어 넣었다. 이 소극적인 뻔뻔함에 화가 난 마르첼로는 그녀가 배 밑을 쓰다듬고 있는 손을 치우고 싶었지만 움직일 힘이 없었다. 그가 이 암컷에게서 받은 가장 강한 인상은 돌이킬 수 없는 타락이었다. 이것은 그가 질서, 고요, 정돈, 침착함을 거의 병적으로 사랑하게 만든 근원으로, 그의 어머니의 나신과 아버지의 광기 앞에서 공포에 질려 떨게 만든 것과 같은 성질의 것이었다.

마침내 그 여자가 그를 향해 몸을 돌리며 호의적이면서도 장난스러운 어조로 "하렘 안 좋아하세요? 결정하시겠어요?"라고 말했다. 마르첼로는 혐오감에 휩싸여 자리에서 일어나 객실을 나갔다. 웃음소리와 다소 불쾌한 사투리 소리가 따라오는 것 같았다. 그는 화가 나서 위층으로 올라가 안주인을 찾을 요량으로 계단 쪽으로 갔다. 그 순간 뒤에서 다시 초인종이 울렸다. 그가 돌아보자 그 상황에서 거의 아버지 같아 보이는 오를란도 요원이 깜짝 놀란 모습으로 서 있었다.

"박사님, 안녕하십니까? 그런데 어딜 가십니까? 당신이 가야 할 곳은 위층이 아닙니다."

"그렇죠."

마르첼로는 갑자기 멈춰 서서 흥분을 가라앉히며 말했다.

"나를 손님으로 생각한 것 같아요."

요원이 머리를 흔들며 말했다.

"같이 갑시다, 박사님! 직접 데려다드리겠습니다. 당신을 기다리고 있었어요. 멍청한 것들!"

그는 마르첼로를 앞서서 유리창이 달린 문을 지나 정원으로 들어섰다. 그들은 앞뒤로 서서 울타리 옆으로 난 진입로를 따라 저택 뒤편으로 갔다. 태양이 정원을 달구고 있었고 건조한 열기에 먼지가 더해졌고 초목은 제멋대로 자라 있었다. 마르첼로는 마치 사람이 살지 않는 것처럼 저택의 덧문이 모두 닫혀 있는 것을 보았다. 정원 역시 잡초가 무성했고 방치된 듯 보였다. 요원은 이제 정원 끝을 전부 차지하고 있는 낮은 흰색 건물 쪽으로 가고 있었다. 마르첼로는 해변 도시의 공원지구 끝에 있는 비슷한 저택들 뒤편에서 이와 같은 집을 보았던 게 기억났다. 여름에 집 주인은 돈을 벌기 위해 별장을 세놓고 자신들은 방 두어 개만 사용했다. 요원은 노크도 하지 않고 문을 열어 안을 들여다보며 말했다.

"클레리치 박사님이 오셨어요."

마르첼로는 최소한의 사무실 설비를 갖춘 작은 방으로 들어갔다. 방 안은 담배 연기가 자욱했다. 탁자에서 한 남자가 두 손을 모으고 있다가 마르첼로를 향해 고개를 돌렸다. 남자는 백색증*을 앓고 있어 석고처럼 반짝이는 투명한 장밋빛 얼굴에 누런 주근깨가 흩뿌려져 있었다. 눈은 붉은빛을 띠어 이글거리는 푸른색이었다. 북극의 눈 속에 사는 맹수의 것과 같은 흰색 속눈썹이 나 있었다. 첩보 기관 동료들이 보여주는 잔혹한 임무와 칙칙한 관료적 양식 간의 당혹스러운 대비에 익숙한 마르첼로는 이 남자가 적어도 완벽한 자기 자리에 앉아 있음을 인정하지 않을 수 없었다. 그 유령 같은 얼굴에는 잔인함 이상

---

* 유전성 멜라닌 색소 결손으로 피부와 털이 하얗게 되며, 눈의 맥락막이나 홍채도 색소가 감소하는 병.

의 것이 있었다. 일종의 무자비한 광포함이 군인 같은 태도의 상투적인 엄격함 안에 들어 있었다. 남자는 잠시 당황스러울 정도로 움직이지 않다가 무뚝뚝하게 일어나서 작은 키를 드러내며 말했다.

"가브리오입니다."

그런 다음 다시 앉아서 얄궂은 어조로 말을 계속했다.

"음, 드디어 왔군요, 클레리치 박사님."

그의 목소리는 듣기 싫은 금속성이었다. 그가 앉으라고 권하기도 전에 마르첼로는 자리를 찾아 앉으며 말했다.

"오늘 아침에 도착했습니다."

"사실 오늘 아침에 기다리고 있었습니다."

마르첼로는 신혼여행 중이라고 말할지 망설였다. 그는 밝히지 않기로 하고 좋게 둘러댔다.

"더 빨리 올 수가 없었습니다."

"그래요."

남자가 말했다. 그는 "담배 피웁니까?"라는 사교적인 인사도 없이 마르첼로에게 담뱃갑을 내밀고는 탁자에 놓인 종이 위로 고개를 숙이고 읽으면서 말했다.

"그들은 나를 이곳에 둡니다. 친절히 대해주지만 전혀 비밀스럽지는 않은 이 집에 말입니다. 정보도 없이 지령도 없이 돈도 거의 없이…… 여기에 말입니다."

그는 잠시 더 읽고 나서 고개를 들며 말했다.

"로마에서 나를 찾아가라는 지시를 받았죠?"

"네, 날 데려다준 요원이 여행 중에 당신을 만나야 할 거라고 알려주었습니다."

"그래요?"

가브리오는 입에서 담배를 떼어내 재떨이 가장자리에 조심스럽게 올려놓았다.

"막판에 그들이 생각을 바꾼 것 같습니다. 계획이 바뀌었습니다."

마르첼로는 눈도 깜빡이지 않았지만 근원을 알 수 없는 안도감과 희망에 가슴이 부풀었다. 어쩌면 이번 여행을 파리 신혼여행이라는 명백한 동기로 축소할 수 있을지 모른다. 하지만 그는 명확한 목소리로 물었다.

"무슨 뜻이죠?"

"무슨 뜻이냐 하면, 계획이 바뀌었고 결과적으로 당신의 임무가 바뀌었다는 것입니다."

가브리오가 계속해서 말했다.

"전에는 콰드리를 감시하기로 되어 있었고, 당신은 그와 관계를 맺고 그의 신뢰를 얻어서 당신에게 이런저런 일을 주게 만들기로 했었죠. 그런데 로마에서 온 이 마지막 메시지에는 콰드리가 요주의 인물이므로 제거되어야 한다고 되어 있습니다."

가브리오는 다시 담배를 집어 들고, 한 모금 빨아들인 다음 다시 재떨이 위에 놓았다. 그가 좀더 상투적인 어조로 말했다.

"사실상 당신의 임무는 거의 없는 거나 마찬가지가 되었습니다. 콰드리를 만나 당신이 이미 그를 알고 있다는 사실을 이용해, 그가 오를란도 요원 쪽을 보게 만들기만 하면 됩니다. 오를란도 요원도 파리로 갈 겁니다. 당신이 그를 카페나 식당 같은 공공장소로 불러내면 거기서 오를란도가 기다리고 있을 겁니다. 오를란도가 그를 보고 신원을 확인할 수 있도록 말입니다. 당신이 해야 할 일은 이게 전부입니다. 그다음은 원하는 대로 신혼여행을 즐기시면 됩니다."

가브리오가 자신의 신혼여행에 대해 알고 있다는 걸 알고 마르첼로는 놀랍게 생각했다. 하지만 이 생각은 자신의 마음이 혼란스럽다는 걸 숨기려는 억지 가면에 불과함을 그는 곧 알게 되었다. 실제로 가브리오는 자신이 마르첼로의 신혼여행에 대해 알고 있다는 사실보다 더 중요한 것을 알려주었다. 바로 콰드리를 제거하기로 결정한 일이었다. 그는 애써 이 심상치 않은 소식을 객관적으로 검토했다. 그리고 곧바로 결정을 내렸다. 파리에서 자신의 존재와 관여는 콰드리를 제거하는 데 전혀 필요하지 않으며, 오를란도 요원이 혼자서 표적물을 매우 잘 찾아 확인할 수 있다는 것이다. 사실 그들은 실제로는 필요치 않은데도 자신을 연루시켜 전적으로 영원히 말려들게 하려는 것뿐이라고 그는 생각했다. 계획 변경에 관한 한 그는 그것이 명백하다는 점을 의심하지 않았다. 분명 장관을 만났을 때 지금 막 가브리오가 밝힌 계획이 이미 결정되고 세부 사항이 모두 정해졌을 것이며, 표면적인 계획 변경은 그들이 책임을 분산시키고 불확실하게 만드는 특징적인 방법의 하나일 뿐이었다. 그는 명령서를 받지 못했고, 아마 가브리오도 그랬을 것이며, 이렇게 해서 일이 잘못되더라도 장관은 무죄를 주장할 수 있을 것이다. 그러니까 암살에 대한 책임은 자신과 가브리오, 오를란도 및 실제로 명령을 실행하는 다른 이들에게로 전가될 것이다.

마르첼로는 망설이다가 시간을 벌기 위해 반대 의견을 냈다.

"오를란도가 콰드리를 찾는 데 제가 필요할지 모르겠습니다. 전화번호부에도 나와 있다고 생각됩니다만."

"그게 명령입니다."

가브리오는 마르첼로의 저항을 예견했는지 너무 신속하다 싶을 정도로 빨리 대답했다. 마르첼로는 고개를 숙였다. 그는 자신이 일종의 덫에 걸려들었고, 손가락을 내밀었는데 이제는 팔 전체를 내민 것으로 조작되고 있음을 알게 되었다. 하지만 이상하게도 처음 놀란 마음을 극복하자 계획 변경에 저항하고 싶은 생각이 들지 않았다. 마치 생색은 나지 않지만 그렇다고 바꿀 수도 피할 수도 없는 임무에 직면한 것처럼 둔감하고 우울한 체념이 들 뿐이었다. 오를란도 요원은 이번 임무의 숨은 역할을 모르는 반면, 마르첼로 자신은 알고 있다는 바로 이 점에서만 그들은 달랐다. 그도 오를란도도 가브리오가 말하는 '명령'에 불복할 수 없었지만, 실제로 그것은 이제야 정해진 개인적인 상황일 뿐이었다. 그 밖에서는 두 사람 모두에게 혼란과 무법만 있을 뿐이었다. 마침내 마르첼로가 고개를 들며 말했다.

"좋습니다. 파리에서 오를란도는 어디에 있을 겁니까?"

가브리오는 탁자에 놓인 동일한 종이를 흘끗 보며 대답했다.

"그곳에서 머물 당신 주소를 알려주면…… 오를란도가 당신을 찾을 겁니다."

그러니까 마르첼로는 그들이 자신을 전적으로 믿지 않는다고 생각할 수밖에 없었다. 어쨌든 그들은 자신에게 요원의 파리 주소를 알려주지 않기로 했다. 그는 자신이 묵을 호텔 이름을 알려주었고, 가브리오는 종이 한 귀퉁이에 그것을 받아 적었다. 그런 다음 마치 방문의 공적 부분이 끝났음을 알리듯 보다 부드러운 어조로 말했다.

"파리에 가본 적이 있습니까?"

"아니, 처음입니다."

"저는 이 일을 시작하기 전에 2년 동안 그곳에 있었죠."

가브리오가 일종의 관료적인 씁쓸함을 담아 말했다.

"파리에 가보면 로마도 초라해 보이죠. 그리고 이런 곳은, 음 아시겠죠."

그는 마지막 담배에 불을 붙이고 무뚝뚝하게 자랑하며 말했다.

"파리에선 많은 걸 가졌죠…… 아파트, 자동차, 친구들, 많은 여인과의 정사…… 그러니까 그런 것만 놓고 보면, 파리는 이상적인 곳입니다."

마르첼로는 지겨웠지만 가브리오의 말에 반응해야 한다는 생각이 들어 말했다.

"하지만 바로 이곳에서 매춘부들에게 둘러싸여 있으니 그렇게 지루하진 않겠습니다."

가브리오는 고개를 저었다.

"흥, 겨우 1파운드에 몸을 파는 것들과 무슨 재미를 보겠습니까? 아닙니다. 여기서 유일하게 진정한 자원은 카지노지요.

도박 합니까?"

"아니요, 안 합니다."

"재미있습니다."

가브리오는 마치 대화가 끝났음을 암시하듯 의자에 기대어 앉으며 말했다.

"행운의 여신은 당신이나 나, 누구에게든 미소를 보낼 수 있습니다. 괜히 여신이라고 하는 게 아닙니다. 제때 행운을 잡는 것이 관건입니다."

가브리오는 일어나 문가로 가서 문을 활짝 열었다. 정말 작은 사람이라고 마르첼로는 생각했다. 다리가 짧았고 군복 스타일의 초록색 재킷 안의 가슴은 단단했다. 그는 깨끗하고 분홍빛이 도는 피부를 더욱 투명해 보이게 만드는 것 같은 햇살 속에 잠시 가만히 서 있다가 마르첼로를 쳐다보며 말했다.

"우리가 다시 만날 것 같진 않군요. 파리에서 로마로 곧장 돌아가시겠죠?"

"예, 그럴 겁니다."

가브리오가 주저하며 갑작스럽게 물었다.

"필요한 게 있습니까? 자금은 충분히 제공되던가요? 내게 많진 않지만…… 필요한 게 있다면……"

"됐습니다. 아무것도 필요 없습니다."

"음, 그럼, 행운을 빌겠습니다."

악수를 나눈 후 가브리오는 급히 문을 닫았다. 마르첼로는 출입문 쪽으로 걸어갔다. 하지만 먼지 낀 울타리 사이로 난 길에 다시 들어섰을 때, 그는 급하게 나오느라 객실에 모자를 두고 왔음을 알게 되었다. 그는 망설였다. 오래된 신발, 분내, 땀 냄새가 역겨운 커다란 방에 다시 들어갈 걸 생각하자 욕지기가 치밀었다. 여자들의 알랑거림과 음탕한 재담도 두려웠다. 그러다가 마음을 다지고 돌아서서 문을 밀어 열고 초인종을 다시 눌렀다. 이번에는 흰 담비 얼굴의 하녀도, 여자들 중 그 누구도 나오지 않았다. 대신 오를란도 요원의 시끄럽고 유쾌한, 귀에 익은 목소리가 열린 문을 통해 객실에서 들려와 그는 용기를 내 문가에서 안을 들여다보았다.

방에는 아무도 없었다. 요원은 구석에서 마르첼로가 처음 들어갔을 때는 보이지 않던 여자 옆에 앉아 있었다. 그는 서툴면서도 친밀한 동작으로 그녀의 허리에 팔을 두르고 있었고, 마르첼로를 보고서도 팔을 치우려 하지 않았다. 당황하고 다소 짜증이 난 마르첼로는 오를란도에게서 눈을 돌려 그 여자를 바라보았다. 그녀는 거의 마치 어떻게 해서든 상대를 떼어내거나 적어도 상대와 거리를 두고 싶어 하는 것처럼 꼿꼿한 자세로 앉아 있었다. 그녀는 흑갈색 머리에 이마가 높고 희었고, 눈은 맑았으며, 얼굴은 길고 날렵했다. 부르튼 입술에 바른 짙은 색 립스틱과 경멸하는 듯한 표정으로 인해 얼굴에 생기가 돌았다. 옷차림은 평범해서 목이 깊게 파인 소매 없는 흰색 드레스를 입고 있었다. 유일하게 창녀 같은 점은, 치마가 허리 바로 밑 부분부터 갈라져서 배와 사타구니, 그리고 무용수의 다리처럼 우아하게 꼰 길고 말라빠진 다리가 드러난다는 점이었다.

그녀는 두 손가락 사이에 불을 붙인 담배를 들고 있었지만 피우지는 않았다. 손은 소파 팔걸이에 올려놓았는데, 담배 연기가 공중으로 피어올랐다. 다른 손은 마르첼로가 보기에 마치 큰 개의 충성스러운 머리에 올려놓듯 요원의 무릎에 거리낌 없이 올려놓았다. 가장 인상적인 점은 그녀의 강렬한 눈빛과 신비스러울 정도로 빛나는 이마였다. 그 순수한 빛은 오래전 무도회에서 여인들이 착용하던 다이아몬드 티아라를 연상시켰다. 마르첼로는 놀라서 오랫동안 그녀를 쳐다보았다. 그러는 동안 고통스러운 회한과 초조감이 느껴졌다. 그동안 마르첼로의 집요한 시선이 신경 쓰인 오를란도가 자리에서 일어났다.

"모자를 두고 갔습니다."

마르첼로가 말했다. 여자는 그대로 앉은 채 호기심 없는 눈으로 그를 보았다. 요원은 재빨리 방을 가로지른 뒤 소파에서 모자를 가져왔다. 그러자 갑자기 마르첼로는 그 여자의 모습이 왜 고통스러운 회한을 불러일으켰는지 알게 되었다. 사실 그는 그녀가 오를란도의 제안에 응하지 않길 원했고, 그녀가 오를란도의 포옹을 받아들이는 것을 보자 마르첼로는 마치 참을 수 없는 신성 모독에 직면한 것처럼 고통스러웠던 것이다. 분명 그녀는 자신의 이마에서 나오는 빛에 대해 알지 못했는데, 무릇 아름다움이 아름다운 사람의 것이 아니듯 그 빛도 그녀의 것이 아니었다. 그럼에도 불구하고 그는 그녀가 오를란도의 음탕한 기분을 맞춰주기 위해 빛나는 이마를 숙이지 않도록 해주는 것이 거의 자신의 임무라고 생각될 정도였다.

그는 잠시 이야기를 나누다 그 요원이 다른 여자를 골랐다는 확신이 들면 갈 생각이었다. 그는 그녀를 매음굴에서 구출해 다른 삶을 시작하게 돕는 것에 대해 미친 듯이 생각했다. 하지만 이런 생각을 하면서도 그것이 환상이라는 것을 알고 있었다. 그녀는 자신의 동료들과 닮을 수밖에 없을 것이다. 그들과 마찬가지로 돌이킬 수 없이 거의 완전히 타락할 것이다. 그때 누군가 그의 팔을 치는 게 느껴졌다. 오를란도가 모자를 내밀었다. 그는 기계적으로 모자를 받아 들었다. 오를란도는 마르첼로의 길고 이상한 시선을 고려할 여유가 있었다. 요원은 한 발짝 다가와서 귀한 손님에게 마실 거나 먹을 것을 권하듯이 그 여인을 가리키며 제안했다.

"박사님, 원하신다면, 이쪽이 맘에 드신다면 말이죠…… 전 항상 그렇듯이 기다릴 수 있습니다."

처음에 마르첼로는 이해하지 못했다. 그러다가 정중하고 심술기 있어 보이는 오를란도의 미소를 보고는 귀밑까지 붉어지는 것을 느꼈다. 그러니까 오를란도는 그녀를 포기하는 것이 아니라 그저 호의와 관료의 규율에 따라 상황에 맞추어 마치 술집 카운터나 뷔페 식탁에 있는 것처럼 마르첼로에게 먼저 기회를 주는 것이었다. 마르첼로는 재빨리 말했다.

"아닙니다. 제정신이 아니군요. 오를란도, 원하는 대로 하십시오. 이만 가보겠습니다."

"그러시다면, 박사님."

그가 미소를 지으며 말했다. 마르첼로는 오를란도가 고갯짓으로 그 여자를 다시 부르는 것을 보았다. 안타깝게도 키가 크고 꼿꼿한 그녀가 이마에 빛의 왕관을 쓴 채 고갯짓에 순순히 일어나, 주저하거나 저항하지 않고 직업적인 태도로 거리낌 없이 그에게 다가가는 것을 보았다. 오를란도는 "곧 다시 봅시다"라고 말하고는 여자가 지나가도록 한쪽으로 비켜섰다. 마르첼로는 자신도 모르게 뒤로 물러섰다. 그녀는 손가락 사이에 담배를 든 채 두 사람 사이를 느긋하게 걸어갔다. 하지만 마르첼로 앞에 오자 그녀는 잠시 걸음을 멈추고 말했다.

"절 원하신다면, 루이자라고 해요."

그녀의 목소리는 염려했던 대로 크고, 거칠고, 상스러웠다. 자신의 말에 다소 유혹적인 몸짓을 더해야 한다고 생각한 그녀는 혀를 내밀어 윗입술을 핥았다. 그녀의 말과 더불어 이 동작으로 인해 마르첼로는 그녀가 오를란도와 함께 가는 것을 막지 못해 느끼고 있던 회한에서 어느 정도 벗어났다. 그러는 동안 오를란도를 앞서가던 루이자는 계단에 이르렀다. 그녀는 불이 붙은 담배를 바닥에 버린 뒤 발로 밟아 끄고는 두 손으로 치마를 들어 올리고 서둘러 계단을 오르기 시작했다. 한 걸음 뒤로 오를란도가 따라갔다. 마침내 그들은 층계참 모퉁이 뒤로 사라졌다. 이어서 여기 여자들 중 한 명일 다른 누군가와 그녀의 손님이 이야기를 나누며 아래층으로 내려갔다. 마르첼로는 황급히 그 집을 나왔다.

3

호텔 보이에게 콰드리에게 전화 연결을 해달라고 부탁한 뒤, 마르첼로는 로비 한쪽 구석으로 가서 앉았다. 큰 호텔이어서 로비가 컸다. 대들보가 아치형 천장을 받치고 있고, 안락의자, 책상, 탁자 그리고 호화로운 물품이 진열된 유리 진열장이 있었다. 출입구에서 엘리베이터로, 직원 카운터에서 관리자 카운터로, 식당에서 대들보 너머로 펼쳐진 라운지로 사람들이 많이 오가고 있었다. 기다리는 동안 활기차게 붐비는 로비 풍경을 넋을 놓고 지켜보는 걸 좋아할 법도 한데, 마르첼로는 현재의 고뇌로 인해 기억의 깊숙한 곳으로 빨려 들어가듯이 자신도 모르게 오래전 콰드리를 처음이자 유일하게 방문한 일을 떠올렸다.

당시 마르첼로는 학생이었고, 콰드리는 그의 지도 교수였다. 그는 논문에 대해 상의하기 위해 역 근처 오래된 붉은색 건물에 있는 콰드리의 집으로 찾아갔다. 그는 들어서자마자 아파트 구석마다 쌓여 있는 어마어마한 책 더미에 놀랐다. 현관홀에도 낡은 커튼이 드리워져 있었는데 그것을 걷어내자 벽마다 책이 쌓여 있는 게 보였다. 그는 하녀를 뒤따라 건물의 안뜰을 전부

에워싸고 있는 것 같은 매우 길고 구불구불한 복도를 지나갔다. 그곳도 양쪽으로 책과 종이가 가득한 책장이 있었다.

콰드리의 서재에 이르자 마르첼로는 바닥에서 천장까지 책으로 꽉 차 있는 네 개의 벽 사이에 들어서게 되었다. 책상 위에는 책이 더 있었는데, 두 권씩 질서 있게 쌓여 포개져 있었다. 그 틈 사이로 교수의 수염 난 얼굴이 보였다. 마르첼로는 곧바로 콰드리의 얼굴이, 눈언저리가 벌겋게 된 눈과 삼각형 코 밑에 난 턱수염이 가짜 콧수염을 아무렇게나 붙인 종이 반죽처럼 기묘하게 납작하고 비대칭임을 알아챘다. 이마에 수북이 내려온 검고 젖은 머리칼은 대충 씌워놓은 가발 같았다. 하나같이 수상쩍게 검은 칫솔 같은 콧수염과 턱수염 사이로 양고기같이 매우 붉은 입과 볼품없는 입술이 보였다. 마르첼로는 아무렇게나 난 털이 너무 좁은 턱이나 끔찍한 흉터 같은 일종의 기형을 감추고 있는 건 아닌지 궁금할 수밖에 없었다. 전체적으로 진실하거나 안정된 모습은 보이지 않고, 흡사 가면같이 모든 것이 거짓인 얼굴이었다.

교수가 일어서서 마르첼로를 맞이했다. 이 동작으로 작은 키와 혹이 드러났다. 그것은 왼쪽 어깨의 기형 때문이었는데, 과장되고 애정 어린 그의 태도에 서글픈 분위기를 더했다. 콰드리가 책 더미를 뒤로하고 악수를 하면서 두꺼운 안경 너머 근시가 있는 눈으로 쳐다보는 바람에 잠시 마르첼로는 두 개가 아니라 네 개의 눈으로 조사를 받는 듯한 느낌이 들었다. 그는 콰드리의 구식 옷차림에도 주목했다. 금융업자가 입을 법한 실크 깃이 달린 검은색 재킷에 검은색 줄무늬 바지, 소맷부리와 칼라에 풀을 먹인 흰색 셔츠를 입었고 조끼 위로 금색 체인이 드리워져 있었다.

마르첼로는 콰드리를 특별히 좋아하지 않았다. 그는 콰드리가 반파시스트임을 알고 있었다. 그의 정치적 입장, 소심하고 호전적이지 않은 성격, 병약함과 추한 외모, 학식과 책들, 즉 사실 그의 모든 것이 부정적이고 무능한 지식인의 전형적인 이미지를 완벽하게 재현하는 것 같다는 생각이 들었다. 그것은 당이 계속해서 경멸하는 사항이었다. 또한 마르첼로는 콰드리가 과도하게 다정한 점도 지겨웠다. 그것은 겉치레임이 분명했다. 사람이 기만과 숨은 의도 없이 그렇게 자상하고 친절할 수는 없을 것 같았다. 콰드리는 평소처럼 거의 달콤한 애정을 표현하며 마르첼로를 맞이했다. 그는 여러 가지 질문을 하면서 자주 '이보게' '자네' '이 친구' 같은 말을 끼워 넣었고, 책들 위로 작고 흰 손을 흔들었다. 먼저 그는 가족에 대해 물은 다음, 개인적인 질문을 했다. 마르첼로의 아버지가 정신병으로 오랫동안 병원에 있다는 이야기를 들은 그는 말했다.

"오, 저런. 몰랐네. 안됐군. 정말 안됐어…… 의학적으로 회복할 길이 없는가?"

하지만 그는 마르첼로의 대답을 듣는 것 같지 않았고, 즉시 다른 주제로 넘어갔다. 그의 쉰 목소리는 억양이 있고, 유쾌하고, 지극히 다정하고, 염려하는 듯한 배려가 가득했다. 하지만 기묘하게도 단정적이면서도 감상적인 배려 안에서 마르첼로는 종이 위에 물이 만든 얼룩처럼 가장 완전한 무관심을 엿본 것 같았다. 콰드리는 실제로 그에게 관심이 없을 뿐 아니라 심지어 보지 않고 있을지도 모른다. 마르첼로는 또한 콰드리의 음성에 뉘앙스와 억양이 전혀 없다는 점도 알아챘다. 그는 주제에 관계없이 항상 일정하게 따뜻하고 감상적이며 동일한 방식으로 이야기했다. 수많은 질문을 쏟아부은 콰드리는 마지막으로 마르첼로에게 파시스트인지 물었다. 그렇다는 대답을 들은 그는 어조를 바꾸거나 어떠한 반응도 보이지 않은 채 반파시스트 정서로 잘 알려진 자신이 파시스트 체제에서 계속해서 철학과 역사 같은 과목을 가르치는 일이 얼마나 힘든지를 거의 무심하게 설명했다. 이에 마르첼로는 당황하여 방문 목적으로 대화를 돌리려 했다. 그러나 콰드리는 즉시 그의 말을 잘랐다.

"아마도 자넨 도대체 내가 왜 이런 이야기를 하는지 궁금하겠지. 괜히 자네에게 털어놓는 게 아니라네. 학업에 매진해야 할 자네의 시간을 낭비하게 만들 생각은 없네. 내가 이런 이야기를 하는 건, 자네에게 논문 지도를 해줄 수 없을 거라는 사실을 말해주기 위해서라네. 난 강단을 떠난다네."

"강단을 떠나신다고요?"

마르첼로는 놀라서 그의 말을 따라 했다.

"그렇다네."

콰드리가 습관적인 동작으로 한 손으로 입과 콧수염을 쓰다듬으며 말했다.

"슬프지만, 정말 슬프지만 그렇다네. 지금까지 난 평생을 학생들에게 헌신했다네. 하지만 정말 학교를 떠나야 한다는 생각이 들어."

잠시 후 교수는 한숨을 내쉬며 강약 없이 덧붙였다.

"어, 그래. 생각을 행동으로 옮기기로 했네. 자네에게도 생소한 말은 아니겠지만, 내 상황을 충실히 반영해주는 말일세."

바로 그때 마르첼로는 거의 미소를 머금었다. 사실 꼽추이며 근시에 턱수염이 난 이 은행가 같은 차림을 한 자그마한 교수가 책 무더기 속에서 안락의자에 앉아 생각을 행동으로 옮기기로 결심했다고 선언하는 것은 우스워 보였다. 그 말이 의미하는 바는 전적으로 명백했다. 오랫동안 사상과 직업에 파묻혀 체제에 수동적으로 반대해온 콰드리가 정치적으로 활동하기로 심지어 음모에 가담하기로 결심한 것이다. 순간 적대감을 느낀 마르첼로는 차갑고 위협적인 어조로 교수에게 경고하지 않을 수 없었다.

"저한테 이런 이야기를 하시다니 자해를 하시는군요. 저는 파시스트이고 교수님을 고발할 수 있습니다."

하지만 콰드리는 보다 딱딱한 존칭을 써오다가 격식을 차리지 않은 호칭으로 바꾸며 지극히 자상하게 대답했다.

"이 친구야, 난 자네가 좋은 사람이라는 걸 안다네. 정직하고 곧은 생각을 가진 청년이지. 그리고 절대 그런 일은 하지 않을 거라는 것도 알지."

짜증이 난 마르첼로는 '지옥에나 가라지'라고 생각했다. 그러고는 진지하게 대답했다.

"하지만 저는 고발할 수 있습니다. 저희 파시스트에게 정직은 바로 교수님 같은 사람을 고발하고 해를 끼칠 수 있는 직책에서 제거하는 데 있습니다."

교수가 고개를 저었다.

"말은 그렇게 해도 자넨 자신이 하는 말이 진실이 아님을 알고 있지. 자넨 알고 있어. 아니면 자네 마음이 알겠지…… 그리고 사실 자네는 정직한 청년이라 나에게 경고하고 싶었겠지. 진정한 고발자라면 어떻게 했을지 아나? 나를 지지하는 척한 다음, 내가 정말 경솔한 진술로 위험에 빠지면 날 고발했겠지. 하지만 자넨 내게 경고했어."

마르첼로는 거칠게 대답했다.

"제가 경고한 이유는 교수님이 행동이라고 말하는 것을 할 수 있다고 생각하지 않기 때문입니다. 왜 그저 교수직에 만족하지 못하십니까? 어떤 행동에 대해 말씀하시는 겁니까?"

"행동이라…… 그게 무엇인지 말하는 건 중요하지 않다네."

콰드리가 그를 똑바로 바라보며 대답했다. 이 말에 마르첼로는 벽과 책으로 가득한 책장을 향해 눈을 들지 않을 수 없었다. 콰드리가 그의 시선을 붙잡고 여전히 지극히 다정하게 말했다.

"내가 행동에 대해 이야기하는 게 이상하게 들리겠지? 이렇게 온통 책들로 둘러싸인 채 말일세. 바로 지금 자넨 '이 꼽추에, 기형에, 근시에, 수염 난 인간이 무슨 행동에 대해 지껄이고 있는 거야?'라고 생각하고 있네. 말해보게. 자네는 그렇게 생각하고 있지? 자네 당의 팸플릿은 행동하지 못하고 행동하는 방법도 모르는 사람, 즉 지식인에 대해 너무 여러 번 설명해서 이제 자넨 날 그 이미지로 인식하고 연민의 미소를 짓는 거지. 그렇지 않은가?"

콰드리의 통찰력에 놀란 마르첼로가 큰 소리로 말했다.

"그걸 어떻게 아셨습니까?"

"이보게, 친구."

콰드리는 일어서며 대답했다.

"나는 바로 알았네…… 취하기 위해서는 베레모에 금독수리가 있거나 소매에 몰*이 있어야 한다는 법은 어디에도 없어. 어쨌든 잘 가게, 어서 가게나. 행운을 비네. 잘 가게."

그렇게 말하며 콰드리는 부드럽지만 단호하게 마르첼로를 문밖으로 밀어냈다. 이제 마르첼로는 그때의 만남을 돌이켜보며 젊은 날의 조바심과 경험 부족으로 인해 꼽추에 수염이 난 현학적인 콰드리를 성급하게 멸시했음을 알게 되었다. 콰드리는 그 후 행동을 통해 마르첼로가 잘못 생각했음을 일깨워준 사람이었다. 그들이 대화를 나눈 직후 그는 파리로 도피해 금세 가장 유능하고, 적극적이며, 준비된 인물로서 반파시즘 지도자 대열에 합류했다. 그의 특기는 사람을 모으는 일 같았다. 교육자로서의 경험과 젊은 사람의 생각을 간파하는 능력에 힘입어 그는 종종 무관심하거나 심지어 자신의 입장에 반대하던 이도 전향시켜 대담하고, 위험하고, 거의 파멸적인 작전에 투입하는 데 성공했다. 그의 성격을 감안해볼 때, 그는 제자들을 투쟁에 밀어 넣으면서 자신의 탓으로 생각할 수도 있는 인간적인 걱정을 하지 않는 것 같았다. 그는 인간적인 생활에 무심해야 하는 극히 장기적인 계획에 의해서만 정당화될 수 있는 필사적인 행동으로, 오직 필요에 의해 태연하게 제자들을 희생시

* 몰mogol 또는 모르moor: 금실, 은실 따위로 돋을무늬를 짜 넣은 직물.

켰다.

다시 말해서 콰드리에게는 진정한 정치인으로서, 또는 적어도 그에 상응하는 인물로서 뛰어난 자질이 몇 가지 있었다. 그는 통찰력이 있는 동시에 열정적이었고, 지적이면서 적극적이었으며, 개방적이면서 냉소적이었고, 신중하면서도 대담했다. 마르첼로는 학생 시절에 경찰이 '매우 위험한 인물'이라고 규정한 콰드리를 살펴볼 기회가 자주 있었다. 해박하지만 모호한 성격에 그처럼 다양한 자질을 수용하는 능력이 늘 인상적이었다. 이렇게 해서 항상 정확하지는 않지만 정보를 통해 멀리서 파악한 내용으로 인해 마르첼로가 느끼던 경멸은 느리지만 분명하게 초조한 존경으로 바뀌었다. 하지만 콰드리의 여러 자질 안에 용기는 포함되지 않는다고 확신했으므로 원래의 반감은 확고히 유지되었다. 이러한 생각은 그 교수가 추종자들을 치명적인 위험으로 몰아넣지만 자신은 결코 직접 나서지 않는다는 사실을 근거로 했다.

마르첼로는 자신을 호명하며 빠르게 로비를 가로질러 오는 호텔 직원의 목소리 때문에 이러한 생각에서 벗어났다. 잠시 그는 그게 다른 사람의 이름이라고 생각할 뻔했는데, 그것은 직원의 프랑스식 발음 때문이었다. 하지만 이 '무슈 클라리시'는 자신이었으므로, 그는 다소 불쾌해서 정말 다른 사람이라고 생각하는 척하면서 자신의 얼굴, 체격, 옷차림 등 자신이 어떤 모습일지 상상해보았다. 한편 호텔 직원은 여전히 자신을 부르며 프런트 쪽으로 걸어갔다. 마르첼로는 일어서서 곧장 전화 부스로 갔다. 그는 선반 위에 놓여 있던 수화기를 집어 들고 귀에 가져다 댔다. 명쾌하고 다소 들뜬 여자 목소리가 프랑스어로 누구냐고 물었다. 마르첼로는 똑같이 프랑스어로 대답했다.

"저는 이탈리아인입니다. 클레리치. 마르첼로 클레리치라고 합니다. 콰드리 교수님과 통화하고 싶습니다."

"교수님은 무척 바쁘십니다. 전화를 받을 수 있을지 모르겠습니다. 성함이 클레리치라고 하셨나요?"

"예, 클레리치입니다."

"잠시 기다리세요."

수화기를 탁자 위에 놓는 소리가 들린 다음, 멀어지는 발걸음 소리가 들리더니 마침내 침묵이 흘렀다. 그는 그 여자가 돌아오거나 교수가 도착했음을 알리는 발걸음 소리를 기대하며 오랜 시간을 기다렸다. 그러나 그 대신에 갑자기 콰드리의 음성이 귓가에 울려 퍼지면서 경고 없이 깊은 침묵을 깼다.

"여보세요. 전화 바꿨습니다. 누구십니까?"

마르첼로는 다급하게 설명했다.

"제 이름은 마르첼로 클레리치입니다. 교수님께서 로마에서 강단에 계실 때 제자였습니다. 뵙고 싶습니다."

"클레리치라."

콰드리가 미심쩍게 대답했다. 그러더니 잠시 후 단호하게 말했다.

"클레리치라면 모르는 사람입니다."

"알고 계십니다, 교수님. 교수님께서 강단을 떠나시기 며칠 전에 찾아뵈었습니다. 제 논문 작업을 봐달라고 부탁드리려고요."
"잠시만. 클레리치라. 이름이 전혀 기억나지 않는군요. 하지만 그렇다고 해서 당신이 잘못 알고 있는 건 아니겠죠. 나를 만나고 싶다고요?"
"예."
"왜죠?"
"특별한 이유는 없습니다. 교수님 제자였고, 근래 교수님에 관한 이야기를 많이 들었습니다. 그냥 만나뵙고 싶었습니다."
콰드리가 순순한 어조로 말했다.
"좋소. 우리 집으로 찾아오시오."
"언제가 좋으십니까?"
"괜찮다면 오늘 오시오. 오후가 좋겠소. 점심 식사 후에 와서 커피 한잔 하지요. 세 시경으로 합시다."
"그런데 제가 지금 신혼여행 중입니다. 아내와 함께 가도 되겠습니까?"
"그럼요, 당연하지요. 이따 봅시다."
마르첼로는 전화를 끊는 소리를 듣고 잠시 생각한 후 자신도 수화기를 내려놓았다. 그가 부스를 떠나기 전에 로비에서 마르첼로의 이름을 부르던 남자가 머리를 들이밀며 말했다.
"전화가 왔습니다."
"방금 통화했습니다."
마르첼로는 이렇게 말하며 지나가려 했다.
"아니요, 다른 분입니다."
그는 기계적으로 부스로 들어가서 다시 수화기를 집어 들었다. 즉시 쾌활하고 크고 친근한 목소리가 귓속에 울려 퍼졌다.
"클레리치 박사님입니까?"
마르첼로는 오를란도 요원의 목소리를 알아채고 침착하게 대답했다.
"예, 접니다."
"여행은 잘했습니까. 박사님?"
"예, 좋았어요."
"아내분도 잘 계시죠?"
"아주 잘 있습니다."
"파리는 어떤가요?"
"아직 호텔 밖으로 나서본 적이 없습니다."
마르첼로가 이러한 친근함에 다소 짜증이 나서 대답했다.
"그러니까, 파리는 그저 파리일 뿐이다…… 그럼, 박사님. 우리 만날까요?"
"그래야죠, 오를란도 씨. 어디세요?"
"박사님은 파리를 모르시니까 찾기 쉬운 곳으로 제가 약속을 잡겠습니다. 광장 구석에 있는 델라 막달레나라는 카페입니다. 길을 잃어버리실 수도 있을 텐데, 더 알려드리면 팔레 루아얄에서 나오셔서 왼쪽에 있습니다. 밖에 작은 테이블이 많습니다. 하지만 안에서 기다리고 있겠습니다. 거기에 다른 사람은 없을 겁니다."
"좋습니다. 몇 시로 할까요?"
"벌써 카페에 와 있습니다. 하지만 원하시는 만큼 기다리겠습니다."

"그럼, 30분 후에 뵙겠습니다."

마르첼로는 부스에서 나와 엘리베이터 쪽으로 향했다. 막 올라타려고 할 때 아까 그 직원이 세번째로 자신의 이름을 부르는 소리가 들렸는데, 이번에는 정말 놀랐다. 그는 그것이 전화 수화기를 이용해 자신의 인생에 대해 결정적인 조언을 하는 신탁이기를 바랄 지경이었다. 일종의 정지 상태에서 그는 온 길을 되돌아가서 세번째로 부스에 들어갔다.

"당신이에요, 마르첼로?"

아내의 애무하는 듯한 나른한 음성이 들렸다.

"오, 당신이군요?"

그는 실망해서인지 안도감 때문인지는 몰라도 소리칠 수밖에 없었다.

"나지, 그럼 누구일 거라 생각했어?"

"아니요. 그저 전화를 기다리고 있었어요. 뭐 하고 있어요?"

그녀가 간절하고 부드러운 어조로 물었다.

"아무것도. 올라가서 당신한테 외출했다가 한 시간 후 돌아올 거라 이야기하려던 참이었어."

"아니요, 올라오지 말아요. 욕실에 들어가려던 참이에요. 한 시간 후 호텔 로비에서 기다리고 있을게요."

"한 시간 반이 될 수도 있어."

"좋아요, 한 시간 반이에요. 하지만 늦지 말아요."

"당신이 기다리지 않아도 되도록 그렇게 말한 거야. 사실 한 시간이면 될 거야."

그녀는 마치 마르첼로가 가는 걸 두려워하는 것처럼 서둘러 말했다.

"나 사랑해요?"

"음, 물론이지. 왜 묻는 거야?"

"그러니까 그냥, 바로 지금 여기에 나와 함께 있다면 키스해 줄 거예요?"

"물론이지. 올라갈까?"

"아니, 아니에요. 올라오지 말아요. 하지만 말해줘요."

"뭘?"

"밤에요. 즐거웠어요?"

"그런 걸 왜 물어, 줄리아."

그가 약간 당황하여 소리쳤다. 그녀가 곧바로 말했다.

"미안해요. 무슨 말을 하고 있는 건지 나도 모르겠어요. 그러니까 나 사랑해요?"

"아까 그렇다고 말했잖아."

"용서해요. 좋아요. 알았어요. 한 시간 반 후에 기다리고 있을게요. 안녕, 내 사랑."

이번에는 수화기를 내려놓으면서 또 전화가 오지는 않을 거라고 생각했다. 마르첼로는 문으로 가서 크리스털 유리와 마호가니로 된 패널을 밀고 거리로 나갔다.

호텔에서는 센강변이 내려다보였다. 그는 입구를 나가다가 도시의 번화한 모습과 맑은 날씨에 놀라 잠시 멈추어 섰다. 강을 따라 크고 잎이 무성한 나무들이 나란히 늘어서 있었는데, 나무들은 모두 빛나는 봄의 잎으로 뒤덮여 있었다. 이름은 모르지만 침엽수 같았다. 찬란한 태양이 모든 잎사귀를 비추면서 밝고 맑은, 빛나는 초록색으로 바뀌었다. 흉벽을 따라 늘어선 중고 서점의 진열대에는 온갖 서적과 인쇄물이 쌓여 있었다. 사람들이 빛과 그늘이 번갈아 이어지는 나무 아래 진열대 옆을 천천히 거닐었다. 모두 평온한 일요일 외출의 편안한 분위기였다. 마르첼로는 길 건너 진열대 사이에 있는 흉벽을 바라보았다. 맞은편 강가에는 망사르드 지붕이 있는 회색 저택들이 있었다. 그 너머로 노트르담의 탑 두 개가 보였다. 저 멀리 다른 성당들의 첨탑, 거대한 공동 주택 건물들의 윤곽, 지붕, 굴뚝이 보였다. 하늘은 이탈리아보다 더 창백하고 광대했고, 마치 그 둥근 천장 아래 놓인 거대한 도시의 보이지 않는 들끓는 존재와 공명하는 것 같았다.

그는 시선을 낮추어 강을 바라보았다. 옆으로 깨끗한 오솔길이 난 구부러진 거대한 돌담 사이를 흐르는 강은 여기에서는 운하처럼 보일 뿐이었다. 기름기가 있고 탁하고 흐린 초록빛 물이 보석처럼 반짝이는 소용돌이 속에서 가장 가까운 다리의 흰색 교각 주위를 휘돌고 있었다. 검은색과 노란색의 바지선이 강 하류로 빠르게 지나가면서 물 위에 아무런 자국도 남기지 않았다. 굴뚝에서는 간간이 연기가 뿜어져 나왔다. 뱃머리에서 남자 두 명이 이야기를 나누고 있었는데, 한 사람은 연한 청색 셔츠 차림이었고, 다른 사람은 흰색 내의 차림이었다. 살찐 제비 한 마리가 날아와 흉벽 위 마르첼로의 팔 옆에 허물없이 내려앉아 마치 그에게 무슨 말을 하는 것처럼 활기차게 지저귀더니, 다리 쪽으로 다시 날아가 그의 시선을 끌었다. 그는 노트르담 쪽으로 천천히 걷다가 가끔 멈춰 서서 책과 인쇄물 들을 보았다. 마르첼로는 거리의 청년을 지켜보면서 자신을 압박하는 온갖 임무에도 불구하고 자유로운 기분이 들었다. 자신이 저 청년이라면 센 강, 하늘, 나무, 파리의 모든 것이 완전히 다른 의미를 가질 것이다. 그와 동시에 그는 택시 한 대가 아스팔트 위로 천천히 다가오는 것을 보고 자신도 놀랄 뻔한 동작으로 불러 세웠다. 잠시 전만 해도 생각지 못한 일이었다. 택시에 올라탄 그는 오를란도가 기다리고 있는 카페 주소를 댔다.

그는 쿠션에 등을 기댄 채 택시가 지나가고 있는 파리 거리를 내다보았다. 회색빛의 오래된 도시지만 멋지고 활기찼다. 일종의 지적인 달콤함이 가득히 바람을 따라 창을 통해 밀려들어오는 것 같았다. 그는 교차로에 똑바로 서 있는 교통경찰이 좋았는데, 이유는 확실히 알 수 없었다. 그들의 딱딱하고 둥근 케피 모자, 짧은 케이프,* 가느다란 다리가 매우 우아해 보였다. 그들 중 한 명이 창 안을 들여다보고 운전사에게 무슨 말을 했다. 보잘것없어 보이지만 정력적이고, 금발머리를 짧게 자른 교통경찰은 이 사이에 호루라기를 물고 있었으며, 팔에는 차량을 정지시키기 위해 몸 뒤쪽으로 흰색 막대기를 들고 있었다. 마르첼로는 오래된 회색빛 건물 정면의 빛나는 창을 향해 가지를 들어 올리고 있는 커다란 침엽수가 좋았다. 갈색이나 와인색 바탕에 장식이 가득한 흰색 글씨로 상점 문에 걸려 있는 구식 간판도 좋았다. 그는 택시와 버스의 미학적이지 않은

* 케피kepi는 햇볕을 가리기 위해 뒤쪽에 천을 대고 앞에는 챙이 달린 모자이고, 케이프cape는 소매가 없는 망토식 겉옷을 말한다.

형태도 좋았는데, 후드가 마치 땅바닥에 대고 킁킁거리는 개의 코끝처럼 보였다.

택시는 잠시 멈춰 섰다가 국민의회의 신고전주의 전당 앞을 지나 다리로 들어서서 콩코르드 광장 오벨리스크를 향해 속도를 냈다. 행군하는 연대같이 늘어선 가로수로 끝이 막힌 거대한 군사 광장을 바라보며 그는 이곳이 파괴됐어야 하는 프랑스의 수도라고 생각했다. 이제 그는 눈앞에 펼쳐진 이 도시를 훨씬 이전부터 오랫동안 사랑해온 것 같았다. 하지만 그 도시의 장엄하고, 세련되고, 활기찬 아름다움에 대한 감탄은 자신이 수행할 임무가 야기할 불행을 강조할 뿐이었다. 그는 아마도 파리가 덜 아름다웠더라면 임무를 회피하고 도망쳐서 자신의 운명으로부터 벗어날 수 있었을 거라고 생각했다. 하지만 이 도시의 아름다움은 자신이 지지하는 대의의 여러 역겨운 측면과 마찬가지로 자신이 수행해야 하는 적대적이고 부정적인 역할을 재확인해주었다. 그는 이런 생각을 하면서 자신이 처한 입장의 부조리함을 스스로에게 설명하려 한다는 것을 알게 되었다. 그리고 그것을 의식적으로 자유롭게 받아들일 다른 방법이 없기 때문에 이런 식으로 설명하고 있다는 것도 깨달았다.

택시가 멈춰 서자 마르첼로는 오를란도가 말한 카페 앞에서 내렸다. 그가 말한 대로 보도에 내놓은 테이블은 사람들로 가득했다. 하지만 카페로 들어가자 안은 텅 비어 있었다. 오를란도는 창가의 후미진 곳에 놓인 테이블에 앉아 있었다. 그는 마르첼로를 보자마자 일어서서 그쪽으로 오라고 손짓했다. 마르첼로는 서두르지 않고 요원에게 다가가서 맞은편에 앉았다. 유리창을 통해 바깥의 나무 그늘에 앉아 있는 사람들의 뒷모습이 보였다. 멀리 마들렌 성당의 기둥과 삼각형 페디먼트*가 일부 보였다. 마르첼로는 커피를 주문했다. 웨이터가 자리를 뜨기를 기다렸다가 오를란도가 말했다.

"박사님도 이탈리아에서 마시는 에스프레소를 기대하겠지만 실망할 겁니다. 파리에는 우리 커피 같은 훌륭한 커피가 없어요. 어떤 개숫물을 가져올지 곧 알게 될 겁니다."

그는 평소의 정중하고 차분하고 성격 좋은 어조로 말했다. 마르첼로는 오를란도가 한숨지으며 문제의 커피를 조금 따르는 동안 그를 곁눈질하며 생각했다.

'정직한 얼굴이군. 농부, 물납 소작인, 소규모 시골 지주의 얼굴이야.'

그는 오를란도가 커피를 마시기를 기다렸다가 물었다.

"고향이 어딥니까, 오를란도?"

"저 말입니까? 팔레르모 지방 출신입니다, 박사님."

마르첼로는 특별한 이유 없이 항상 오를란도가 움브리아나 마르케 같은 중부 이탈리아 토박이라고 생각했다. 이제 그를 좀더 자세히 바라보면서 시골 사람 같은 그의 온건한 측면으로 인해 이러한 오류를 범했음을 알게 되었다. 하지만 그의 얼굴에는 움브리아 지방의 온화함이나 마르케 지방의 차분함의 기미가 없었다. 말하자면 친근하고 정직한 얼굴이었지만 검고 다

* pediment: 그리스 신전 건축의 가장 두드러지는 특색으로, 조각을 하고 세 꼭지에는 장식적인 벽돌을 붙인 것으로, 기둥이 이를 지탱한다.

소 피곤한 눈에는 중부 이탈리아에서는 볼 수 없는 여성적이고 거의 동양적인 위엄이 서려 있었다. 작고 볼품없는 모양의 코 밑에 자리한 입술이 보이지 않는 큰 입에 머금은 미소도 온화하거나 차분해 보이지 않았다. 마르첼로가 작은 소리로 말했다.

"그건 전혀 생각지 못했는데……"

"제가 어디 출신이라고 생각했습니까?"

오를란도가 다소 활기를 띠며 물었다.

"중부 이탈리아라고 생각했습니다."

오를란도는 잠시 생각하는 것 같더니 정중하지만 솔직하게 말했다.

"박사님도 그렇군요! 박사님도 일반적인 편견을 갖고 계시군요."

"무슨 편견 말입니까?"

"이탈리아 북부가 남부, 특히 시칠리아에 대해 갖는 편견 말입니다. 인정하고 싶지 않겠지만, 박사님. 정말입니다."

오를란도는 유감이라는 듯 고개를 저었다. 마르첼로가 말했다.

"정말, 난 전혀 그런 생각이 아니었습니다. 당신 외모 때문에 중부 이탈리아 출신이라고 생각한 겁니다."

하지만 오를란도는 더 이상 그의 말을 듣고 있지 않았다.

"그건 말이죠, 끊임없는 학대, 즉 낙숫물입니다."

그는 분명 자신이 사용한 특별한 단어에 만족하여 단호히 대답했다.

"거리에서, 집에서, 모든 곳에서, 심지어 첩보 기관에서도…… 어떤 북부 출신 동료는 스파게티를 갖고서도 우리를 비난하죠. 그래서 전 그들에게 말하죠. 무엇보다도 이젠 당신들도 스파게티를 먹지 않느냐고, 우리보다 훨씬 더 많이 먹지 않느냐고 말입니다. 그러고는 당신네의 폴렌타가 정말 달콤하다고 말해줍니다."

마르첼로는 아무 말도 하지 않았다. 실제로 그는 오를란도가 임무와 아무런 관계도 없는 사항에 대해 이야기하고 있는 것이 유감스럽지 않았다. 그것은 그가 견딜 수 없는 끔찍한 주제에 익숙해지는 것을 피하는 방책이었다. 갑자기 오를란도가 힘을 주어 말했다.

"시칠리아, 명예를 훼손당한 위대한 시칠리아, 마피아를 예로 들어봅시다. 사람들이 마피아에 대해 안다고 할 수 없다는 걸 박사님이 안다면…… 그런 사람들에 따르면 시칠리아인 중에서 마피아가 아닌 사람이 없습니다. 사실 그들은 자신들이 마피아에 대해 아무것도 모른다는 것만 말할 수 있을 뿐입니다."

"더 이상 마피아는 없습니다."

"물론, 그렇죠. 더 이상 존재하지 않죠."

오를란도가 여전히 납득하지 못한 태도로 말했다.

"하지만 박사님, 여전히 존재하더라도 북부의 유사한 현상보다 훨씬 나을 겁니다. 밀라노의 공공 기물 파손과 빈민가, 토리노의 범죄자, 건달, 양아치, 불량배, 가정 폭력범, 좀도둑보다 말이죠. 마피아는 무엇보다도 용기를 배우는 학교입니다."

"저기, 오를란도, 마피아의 용기를 배우는 학교가 무엇으로 이루어져 있는지 설명해주시겠습니까?"

오를란도는 마르첼로의 어조에 담긴 거의 관료적인 냉기보다는 즉각적인 응답으로 대처할 수 없는 주제의 복잡성 때문에 당황하는 것 같았다. 그가 한숨지으며 말했다.

"어, 박사님, 대답하기 어려운 질문을 하시는군요. 시칠리아에서 용기는 영예로운 사람의 가장 중요한 자질이고, 마피아는 스스로를 '영예로운 조직'이라고 생각하지요. 무슨 얘기를 듣고 싶습니까? 직접 보지 않은 사람은 이해하기가 어렵습니다. 이런 곳을 상상해보십시오, 박사님. 술집, 카페, 여관, 식당같이 무장한 사람들이 모여서 마피아 단원에게 적대적으로 행동하는 곳을요. 그렇다면 그 마피아 단원은 어떻게 했을까요? 경찰에게 달려가 신고하지 않았고, 마을을 떠나지도 않았습니다. 대신 그는 매일 깨끗하게 면도하고 잘 차려입고 집을 나와 혼자 무기도 없이 그곳으로 갔습니다. 그리고 예의를 차려 말 두세 마디를 하는 게 전부였습니다. 이제 믿어집니까? 거기서는 모든 사람이, 즉 그의 적, 친구, 마을 전체가 그를 주시했습니다. 그는 그걸 알고 있었고, 어떤 식으로든 두려워한다는 기미를 보이거나 시선이 흔들리거나 목소리가 충분히 침착하지 않거나, 얼굴에 활기가 없으면 끝장이라는 것도 알고 있었습니다. 그는 이 시험을 통과하는 데 전적으로 몰두해야 했습니다. 확고한 시선, 침착한 음성, 신중한 동작, 정상적인 안색 면에서요. 말하는 건 쉬워 보이죠. 하지만 그 상황에 처해야 그게 얼마나 힘든지 이해할 수 있습니다, 박사님. 일례로 이게 마피아의 용기를 배우는 학교였습니다."

이야기를 하면서 흥분했던 오를란도는 이제 마치 "하지만 내가 잘못 알고 있는 게 아니라면 우리 두 사람은 마피아에 대해 이야기하러 여기 온 게 아니었죠"라고 말하는 것처럼, 마르첼로의 얼굴에 차갑고 호기심 어린 시선을 보냈다. 마르첼로는 그 시선을 알아채고 일부러 손목에 차고 있던 시계를 보았다. 그가 권위적으로 말했다.

"이제 본론으로 들어갑시다, 오를란도. 오늘 콰드리 교수를 만납니다. 지령에 따르면 나는 당신이 교수의 정체를 확인할 수 있도록 알려줘야 합니다. 그게 제 역할이죠?"

"그렇습니다. 박사님."

"좋습니다. 오늘 저녁에 콰드리 교수를 식당이나 카페로 초대하겠습니다. 어딘지는 아직 확실치 않지만, 저녁 일곱 시쯤에 호텔로 전화 주세요. 그때까지 장소를 정하겠습니다. 콰드리 교수에 대해 당신에게 어떻게 알려줄지 지금 정합시다. 예를 들어 콰드리 교수는 내가 카페나 식당에 들어가서 처음으로 악수하는 사람으로 합시다. 괜찮겠습니까?"

"아주 좋습니다. 박사님."

"이제 가봐야겠습니다."

마르첼로가 다시 시계를 보며 말했다. 그는 테이블에 커피값을 올려놓고 일어나 밖으로 나갔다. 오를란도가 거리를 두고 뒤따라 나왔다. 보도에서 오를란도는 두 줄의 차들이 서로 반대 방향으로 거북이 운행을 하는 혼잡한 교통 상황을 보고는 단호한 어조로 말했다.

"파리라."

"여기에 처음 온 게 아니지요, 오를란도?"

마르첼로가 빈 택시를 찾아 차들을 두리번거리며 물었다. 오를란도가 일종의 무심한 자만심을 보이며 말했다.

"처음이오? 물론 아니지요. 몇 번째인지 한번 맞혀보세요."

"오, 모르겠는데요."

"열두 번입니다."

"이번이 열세번째군요."

택시 운전사 한 명이 마르첼로의 시선을 잡고 그 앞에 멈춰 섰다.

"잘 가시오, 오를란도."

마르첼로가 택시에 올라타며 말했다. 오를란도가 손짓으로 응수했다.

"저녁에 전화 기다리겠습니다."

택시에 올라탄 마르첼로는 운전사에게 호텔 주소를 댔다. 하지만 택시가 도로를 달리기 시작하자 열둘과 열셋이라는, 오를란도가 파리에 열두 번 왔었고, 이번이 열세번째라는 마지막 말이 계속해서 귓가에 맴돌면서 기억 속의 오래된 반향을 일깨웠다. 동굴 안을 들여다보고 소리치자 자신의 목소리가 예상치 못한 깊이로 울려 퍼지는 것 같았다. 그러다 갑자기 그 수를 생각하자 자신이 악수로 오를란도에게 콰드리가 누구인지 알려주기로 한 사실이 생각났다. 그저 그에게 곱사등으로 콰드리를 알아볼 수 있다고 알려주는 대신 왜 이런 인사 방식을 제안했는지 알게 되었다. 어린 시절에 배운 성서 이야기가 확실한 인식 수단으로 남아 악수보다 훨씬 더 편리한 교수의 기형을 망각하게 만들었던 것이다. 사도는 열두 명이었고, 그는 그리스도와 포옹하여 정원에 모여 있던 호위병들에게 그의 존재를 알려 붙잡히게 만든 열세번째 제자였다. 이제 여러 성당에서 수차례 보아온 그리스도 수난의 등장인물이, 호화롭게 차려진 테이블과 식사를 위해 손님들이 앉아 있는 현대 프랑스 식당 장면에 등장한다. 거기서 자신이 일어나 콰드리에게 걸어가서 손을 내밀면 한쪽에 앉아 있던 오를란도 요원이 두 사람을 관찰한다. 그렇게 마르첼로는 열세번째 제자 유다가 되는 것이다. 그는 이런 생각이 들자 유쾌할 지경이었다.

'아마도 유다는 나와 같은 이유로 그렇게 했을 거야. 하고 싶지 않았지만 그렇게 해야 했겠지. 필요했으니까. 결국 누군가 할 일이니까. 하지만 그게 왜 두려운 거지? 이제 내가 유다의 역할을 택했음을 인정하자. 그래서 어쩔 건데?'

그는 사실 자신이 전혀 두려워하지 않는다는 것을 깨달았다. 기껏해야 평소의 침울함이 엄습해왔다고 생각했는데, 그건 개의치 않았다. 그러자 그는 자신을 정당화하기 위해서가 아니라 적극적으로 비교하고 그 한계를 인정하기 위해 유다가 특정 부분까지만 자신과 같다고 생각했다. 매우 포괄적인 의미에서 악수까지. 더 나아가서 자신은 콰드리의 제자가 아니었지만 배신까지 같았다. 그러자 모든 것이 달라졌다. 배신을 제안하고 대가를 지불한 사람들이 이후 그의 행동을 지지하고 정당화할 용기가 없었으므로 유다는 목을 매었고, 또는 적어도 자살밖에는 다른 방도가 없다고 생각했다. 하지만 마르첼로는 자살도 절망도 하지 않을 것이다. 그 뒤에는…… 광장에 군중이 모여 명령을 내리는 남자에게 환호를 보내고 그 명령에 복종하는 마르첼로를 암묵적으로 정당화하기 때문이다. 그리고 마지막으로 그는 자신이 하는 일에 말 그대로 아무 대가도 받지 않는다고 생각했다. 대가는 전혀 없었다. 오를란도 요원의 말처럼 '임무'일 뿐이었다. 그 비유는 희미하게 사라지고 자부심 어린 아이러니의 흔적만 남겨두었다. 그는 중요한 것은 그러한 비교가 머릿속에 떠올라서 살펴본 결과 옳다고 판단했다는 점이라고 결론지었다.

4

아침 식사 후 줄리아는 콰드리 집에 가기 전에 옷을 갈아입으러 호텔로 돌아오고 싶었다. 하지만 엘리베이터에서 내리자 그녀는 마르첼로의 허리에 팔을 감고 소곤거렸다.

"사실 옷 갈아입고 싶지 않았어요. 그냥 잠시 당신과 단둘이 있고 싶었어요."

애정 어린 팔에 허리를 감긴 채 닫힌 문들이 두 줄로 늘어선 사이로 길게 난 인적 없는 복도로 걸어가며, 마르첼로는 자신에게는 이 파리 여행이 중대한 임무이기도 하지만 줄리아에게는 그저 신혼여행일 뿐임을 다시 깨달았다. 그것은 그녀와 함께 기차에 올라탈 때 연기하기로 합의했던 새신랑의 역할에서 벗어나서는 안 된다는 것을 의미한다고 그는 생각했다. 바로 지금처럼 때때로 사랑의 흥분과 동떨어진 고뇌에 싸여 있을 때에도 그러했다. 하지만 자신의 허리를 감고 있는 이 팔, 이 표정, 이 애무는 자신이 그토록 갈망한 정상성이었다. 오를란도와 함께하려는 일은 그에 대해 지불해야 하는 대가였다. 객실에 도착하자 줄리아는 그의 허리에서 팔을 풀지 않은 채 다른 손으로 문을 닫고 그와 함께 걸어 들어왔다. 안에 들어서자 그녀는 팔을 떼고 열쇠를 잠그고 말했다.

"창문 좀 닫아줄래요?"

마르첼로는 창으로 가서 블라인드를 내렸다. 그가 돌아보았을 때 줄리아는 이미 침대 옆에 서서 머리 위로 원피스를 벗고 있었다. 그는 그녀가 "그냥 잠시 당신과 단둘이 있고 싶었어요"라고 말할 때 의도한 바를 이해했다고 생각했다. 그는 말없이 이제 슬립과 스타킹 차림인 줄리아와 가장 멀리 떨어진 쪽 침대 모서리로 가서 앉았다. 그녀는 매우 신중하게 원피스를 침대 머리 근처 의자 위에 걸쳐놓고, 신발을 벗고, 마침내 어색하게 침대로 올라가 그의 뒤편에 등을 대고 누웠다. 그녀가 잠시 말이 없다가 말했다.

"마르첼로."

"왜 그래?"

"여기 내 옆에 눕지 않을래요?"

마르첼로는 순순히 신발을 벗고 아내 옆에 누웠다. 줄리아는 그를 꼭 껴안고 자신의 몸으로 그의 몸을 누르며 걱정스럽게 물었다.

"무슨 일이에요?"

"나? 아무 일도 없어. 왜?"

"모르겠어요. 무척 걱정스러워 보여요."

"그게 당신이 많이 받는 인상일 거야. 당신도 알다시피 내 평소 분위기는 좀처럼 낙천적이지 않잖아. 하지만 그렇다고 걱정이 있다는 뜻은 아니야."

그녀는 여전히 그를 껴안은 채 말했다.

"내가 준비를 할 수 있도록 여기로 오자고 한 건 사실이 아니었어요. 하지만 당신과 단둘이 있고 싶었다는 것도 사실이 아니었어요. 사실은 다른 거예요."

이 말에 마르첼로는 놀라서 그녀를 단순한 욕정으로 의심한 것을 참회하고 싶을 지경이었다. 눈길을 내리자 눈물이 가득한 채 자신을 올려다보고 있는 그녀의 눈이 보였다. 그는 다소 짜증이 났지만 애정을 담아 말했다.

"이제 내가 무슨 일인지 물을 차례군."

"당신 말이 맞아요."

그녀는 대답하고 곧 울기 시작했다. 그녀가 소리 없이 흐느끼는 동안 그는 자신의 몸에서 그녀의 몸이 흔들리는 것을 느낄 수 있었다. 마르첼로는 잠시 그녀의 이해할 수 없는 울음이 그치기를 기다렸다. 하지만 오히려 울음이 더 심해지는 것 같았다. 마침내 그가 천장을 쳐다보며 말했다.

"왜 우는지 말해주겠어?"

줄리아는 잠시 더 흐느끼다가 대답했다.

"그냥, 내가 어리석어서요."

하지만 그녀의 슬픔에 찬 음성에는 이미 위안의 기미가 있었다. 마르첼로는 그녀를 쳐다보며 말했다.

"여보, 왜 우는 거야?"

그는 그녀가 이미 희미한 희망의 빛으로 반짝이는 눈물 가득한 눈으로 자신의 눈을 바라보는 것을 보았다. 그녀는 희미한 미소를 보내고는 손수건을 찾았다. 그러더니 눈물을 닦고, 코를 풀고, 손수건을 내려놓고, 그를 다시 끌어안으며 소곤거렸다.

"내가 왜 울었는지 말하면 내가 미쳤다고 생각할 거예요."

그가 그녀를 쓰다듬으며 말했다.

"여보, 왜 울었는지 말해봐, 자."

"점심 식사 중에 당신이 딴 데 정신을 팔고 있고 무슨 걱정이 있는 것처럼 보여서 난 당신이 벌써 내게 싫증이 나서 나와 결혼한 걸 후회하고 있다고 생각했어요. 기차 안에서 변호사에 대해 얘기한 것 때문에요. 당신은 어리석은 일을 했다는 걸 이미 알았을 것이고, 지성과 인격으로 앞날이 창창한데 나 같은 사람과 결혼을 했으니 말이에요. 그래서 이런 생각이 들자 난 먼저, 그러니까…… 당신이 애써 작별 인사를 할 필요가 없도록 당신에게 아무 말 안 하고 가야겠다고 생각했어요. 호텔로 돌아오자마자 짐을 싸서 떠나기로 결심했죠. 당신을 파리에 남겨두고 이탈리아로 돌아가기로요."

"말도 안 돼!"

마르첼로가 놀라서 소리쳤다.

"하지만 정말이었어요."

그가 놀라자 기분이 풀린 그녀가 미소 지으며 말했다.

"우리가 호텔 로비에 있고 당신이 잠시 담배를 사러 나간 사이에 나는 보이에게 가서 로마행 침대차 좌석을 예약해달라고 말했어요. 오늘 밤에요. 오, 난 진심이었어요."

"미쳤군."

마르첼로가 자신도 모르게 언성을 높이며 말했다.

"말했잖아요. 내가 미쳤다고 생각할 거라고요. 하지만 그 순간엔 당신을 떠나가버리는 게 당신에게 좋을 거라고 정말 확신했어요. 그래요. 정말 확신했어요."

그녀가 그에게 입을 맞추며 말을 이었다.

"지금 이렇게 키스하는 것만큼요."

"왜 그렇게 확신했지?"

걱정이 된 마르첼로가 물었다.

"모르겠어요. 그저, 당신도 그렇겠지만, 이유 없이 그랬어요."

그는 낙담의 기미를 감추고자 큰 소리로 말할 수밖에 없었다.

"그럼 왜 생각을 바꾸었지?"

"왜냐고요? 모르겠어요. 아마도 엘리베이터 안에서 당신이 날 어떤 식으로 쳐다봤거나 적어도 내가 그런 인상을 받았겠죠. 그때, 떠나기로 결정했고 침대칸을 예약한 게 기억났는데, 돌아갈 수 없다는 생각을 하자 울음이 나온 거예요."

마르첼로는 아무 말도 하지 않았다. 줄리아는 이 침묵을 자기 마음대로 해석하고 물었다.

"화났어요? 말해봐요. 침대칸 때문에 화났어요?"

하지만 그녀는 여전히 두려움의 흔적으로 떨리고 의심하는 듯한 울음을 억누르며 말했다.

"내가 정말로 가지 않아서 화난 거예요?"

"말도 안 돼."

그가 대답했다. 하지만 이번에는 완전히 진심은 아니라는 생각이 들었다. 그리고 마치 그러한 망설임이나 후회를 억누르듯 말을 이었다.

"당신이 가버렸다면, 내 인생 전부가 무너졌을 거야."

그러자 그는 이번에는 애매모호한 진실을 말하고 있다는 생각이 들었다. 얼빠진 성 주인이 테라스와 작은 탑을 계속 위태롭게 쌓는 것처럼, 리노라는 존재 이후의 인생은 다른 부담과 임무로 과중되는 대신 완전히 무너지는 게 더 나을지도 몰랐다. 그는 줄리아의 팔이 자신을 감싸고 그녀의 목소리가 속삭이는 것을 느꼈다.

"정말이에요?"

"그래. 정말이야."

만족한 그녀가 쓸데없는 호기심으로 물었다.

"하지만 말이에요. 내가 정말 당신을 떠나가버렸다면 당신은 어떻게 했을까요? 날 뒤쫓아왔을까요?"

그는 대답하기에 앞서 망설였다. 다시 한번 후회가 자신의 목소리에 울려 퍼지는 것 같았다.

"아니, 안 그랬을 거야. 내 인생이 통째로 무너질 거라고 했잖아."

"프랑스에 남아 있었을까요?"

"아마도 그랬겠지."

"일은요? 일도 내팽개쳤을까요?"

"당신이 없다면 더 이상 아무런 의미도 없었을 거야. 당신이 여기에 있어서 내가 일하는 거야."

"그러면 당신은 어떻게 했을까요?"

그녀는 그가 자신 없이 홀로 있는 것을 상상하며 거의 잔인한 기쁨을 느끼는 것 같았다.

"음, 이런 이유로 조국과 직업을 버린 사람이 하는 식으로 했겠지. 식당 종업원, 선원, 운전사 같은 직업을 구했겠지. 아니면 외인부대에 입대했을 거야. 하지만 그게 당신에게 왜 그렇게 중요하지?"

"그냥, 그냥 말해봐요. 외인부대요? 다른 이름으로요?"

"아마도."

"외인부대 기지는 어디에 있어요?"

"모로코에 있을 거야. 다른 곳에도 있고."

"모로코라. 대신에 내가 여기에 남았어요."

그녀가 일종의 갈망과 질투에 싸여 그를 껴안으며 낮게 말했다.

침묵이 이어졌다. 줄리아가 움직이지 않자 마르첼로는 그녀를 바라보았다. 그녀는 눈을 감고 있었고 잠든 것 같았다. 그러자 마르첼로는 자신도 졸음이 오기를 바라며 눈을 감았다. 엄청난 피로와 무기력으로 지쳤지만 잠은 오지 않았다. 그는 마치 자신의 존재에 전적으로 반항하는 것처럼 깊은 슬픔을 느꼈고, 이상한 유추가 떠올랐다. 자신은 다름 아닌 끔찍한 전류가 계속해서 흐르고 있는 인간 전선이라는 것이었다. 전류를 거부하거나 받아들이는 것은 자신의 소관이 아니었다. '사망 위험'이라고 적힌 전신주에 붙은 고전압 전선 같은 전선이었다. 자신은 그러한 도체 전선 중 하나에 불과했다. 전류는 몸속에서 윙윙거리면서 성가시게 구는 대신 더 많은 에너지를 주입해주었다. 하지만 때로는 지금처럼 너무 강렬하다는 느낌에 팽팽하게 진동하는 전선이기보다 바닥으로 끌어내려져 어느 사무실 안마당 쓰레기 더미에 버려지고 싶었다. 왜 많은 사람은 아무런 상관없이 잘 지내는데, 자신은 하필 전선이 되어 전류 전송을 견뎌야 하는가? 그리고 전류는 왜 자신을 통과해 흐르는 일을 단 한 순간도 멈추지 않는 걸까? 그러한 비교는 대답 없는 질문으로 이어졌다. 의도된 우울감은 점점 심해져 안개처럼 그의 마음속에서 소용돌이치면서 의식의 거울을 흐리게 만들었다. 마침내 졸음이 오자 잠이 어떤 면에서 전류를 차단해주는 것 같았다. 이번에는 자신이 정말 나머지 쓰레기와 함께 구석에 던져진 녹슨 전선인 것 같았다. 하지만 그와 동시에 어떤 손이 자신의 팔을 만지는 게 느껴졌다. 놀라 잠에서 깨어 일어나 앉은 그는 옷을 다 차려입은 줄리아가 모자를 손에 들고 침대 가에 서 있는 것을 보았다. 그녀가 낮은 목소리로 말했다.

"자는 거예요? 콰드리 씨를 만나러 가야 하지 않나요?"

마르첼로는 애써 정신을 차리고 잠시 어스름한 방 안을 쳐다보면서 마음속으로 '콰드리를 살해하러 가야 하지 않나요'라고 바꾸어 생각했다. 그러고는 마치 농담처럼 물었다.

"안 가면 안 될까? 대신 낮잠을 푹 자면 좋겠는데."

그는 줄리아를 올려다보며 중요한 질문을 했다고 생각했다. 모든 것을 날려버리기에 아직 늦지 않았을 것이다. 그녀는 이제 막 외출 준비를 끝냈는데 그가 계속 호텔에 있자고 요구한다고 여기고 낙심하는 것 같았다. 그녀가 말했다.

"하지만 벌써 한 시간을 잤잖아요. 그리고 콰드리 씨를 만나는 게 당신 일에 중요하다고 말하지 않았나요?"

마르첼로는 잠시 말이 없다가 대답했다.

"그래, 맞아. 매우 중요하지."

그녀가 몸을 굽혀 그의 이마에 입을 맞추며 명랑하게 말했다.

"자, 그렇게 생각한다면 어떻게 해야 하죠? 어서 일어나 옷을 입어요. 게으름 피우지 말고요."

마르첼로가 하품하는 척하며 말했다.

"하지만 가고 싶지 않아. 그냥 자고 싶어."

그는 이렇게 말하면서 이번에는 정말이라고 생각했다.

"자고, 자고 또 자고 싶어."

"오늘 밤에 자면 돼요."

줄리아가 거울 쪽으로 가서 자신의 모습을 유심히 들여다보며 가볍게 대답했다.

"당신은 책임이 있고 이제 계획을 바꾸기엔 너무 늦었어요."

그녀는 평소처럼 부드럽고 현명하게 말했다. 마르첼로는 그녀가 알지도 못한 채 항상 옳은 말을 하는 게 놀라운 동시에 다소 의미심장하다고 생각했다. 바로 그때 탁자 옆에 있는 전화가 울렸다. 마르첼로는 팔꿈치로 몸을 일으켜 수화기를 들고 귀에 갖다 대었다. 보이가 오늘 밤 로마행 침대차를 예약했다고 알려주었다. 마르첼로가 주저하지 않고 말했다.

"취소해요. 아내가 마음을 바꾸었습니다."

거울을 들여다보던 줄리아가 몸을 돌려 고마움의 눈길을 보냈다. 마르첼로는 전화를 끊고 말했다.

"됐어 그럼. 취소될 거고 이제 당신은 떠나지 않는 거야."

"나한테 화났어요?"

"왜 그런 생각을 하는 거야?"

그는 침대에서 일어나 신발을 신고 욕실로 들어갔다. 그는 씻고 머리를 빗는 동안 자신의 직업과 신혼여행에 관한 진실을 밝힌다면 줄리아가 뭐라고 말할지 궁금했다. 그녀는 자신을 비난하지 않을 뿐 아니라 두려워하면서도 결국 자신을 지지해주거나 그 일이 정말로 필요한지 물을 거라고 그는 생각했다. 줄리아는 물론 좋은 여자지만 애정이라는 성역 밖에서는 아니었다. 그녀에게는 이 성역을 넘어서면 수염 난 꼽추 교수가 정치적 목적으로 살해당하는 일이 벌어질 수도 있는 모호하고 혼란스러운 세계가 기다리고 있었다. 그는 욕실에서 나오며 오를란도 요원의 아내도 같은 식으로 느끼고 생각할 거라고 마음속으로 결론을 내렸다.

침대에 앉아 그를 기다리고 있던 줄리아가 일어서며 말했다.

"잠 못 자게 해서 화났어요? 콰드리 씨에게 가지 않았으면 좋겠어요?"

"아니야. 당신 말이 옳아."

마르첼로가 그녀보다 앞서 복도를 걸어가며 대답했다. 그는 이제 상쾌한 기분이 들었고, 자신의 운명에 더 이상 반항심이 들지 않았다. 지금도 자신의 몸속에 전류가 흐르고 있지만, 마치 자신이 천연 회로라도 된 것처럼 고통이나 어려움은 없었다. 호텔 밖 센강 옆에서 그는 구름 한 점 없는 광활한 하늘 아래, 흉벽 너머로 거대한 도시의 회색빛 윤곽을 바라보았다. 중고 서적 진열대가 그 앞에 늘어서 있었고, 산책하는 사람들이 멈춰 서서 책을 훑어보았다. 팔에 책을 끼고 노트르담 쪽으로 걸어가던 볼품없는 차림의 청년이 보이는 것 같기도 했다. 아니면 옷차림, 태도, 심지어 운명이 비슷한 다른 사람일 수도 있었다. 하지만 그는 자신이 얼음처럼 차가운 무기력감 속에서도 부러움 없이 그 청년을 바라보고 있다는 생각이 들었다. 자신은 자신이었고 청년은 청년이었다. 그 사실은 어떻게도 바꿀 수 없는 것이었다. 택시가 지나가자 그는 손을 흔들어 세우고는 줄리아를 먼저 태우고 자신도 올라타면서 콰드리의 집 주소를 댔다.

5

콰드리의 집에 들어가자마자 마르첼로는 로마에서 처음이자 마지막으로 그를 찾아갔던 아파트와 얼마나 다른지 보고 놀랐다. 구불구불한 거리 끝의 현대적인 주거 지역에 위치한 데다 부드러운 느낌의 정면에 직사각형 발코니들이 무수히 돌출해 있어 마치 서랍이 모두 열려 있는 커다란 책상처럼 보이는 이 아파트는 은퇴 후 평범한 일상으로 위장한 생활 방식이라는 인상을 주었다. 마치 콰드리가 파리에 정착하면서 부유한 프랑스 중산층과 한데 섞이고 싶어 한 것 같았다.

건물 안으로 들어가자 그 차이는 훨씬 더 확연해졌다. 로마에 있던 콰드리의 거처는 오래되고, 어둡고, 가구와 책과 종이가 어지럽게 방치된 먼지투성이 공간이었다. 반면 이곳은 밝고, 깨끗하고, 가구가 거의 없으며, 학자다운 삶의 흔적이 없는 새 공간이었다. 그들은 유리 상판이 덮인 낮은 탁자 주위로 안락의자 세트가 놓인, 휑하게 넓은 거실에서 잠시 기다렸다. 평범함을 넘어서는 취향을 드러내는 유일한 표지는 한쪽 벽에 걸려 있는 커다란 그림이었다. 그림은 입체파 화가의 작품으로 다양한 색상의 구체, 정육면체, 원통형, 평행선이 차갑게 장식적으로 혼합되어 있었다. 로마에서 마르첼로가 강한 인상을 받았던 그 많은 책은 단 한 권도 없었다. 왁스칠이 잘된 목재 바닥, 밝은색의 긴 커튼, 아무것도 걸려 있지 않은 벽을 바라보며, 그는 소수의 인물과 단일 상황을 위해 설계된 세트에서 짧고 우아한 작품이 상연되는 현대 극장 무대에 있는 듯한 느낌이 들었다. 어떤 연극일까? 의심할 바 없이 자신과 콰드리의 연극이었다. 자신은 이미 상황을 알고 있지만 모든 인물이 아직 다 모습을 드러내지는 않았다는 생각이 들었다. 누군가는 여전히 보이지 않았는데, 누가 알겠는가? 그 사람이 등장하면 상황 자체가 완전히 바뀔 것 같았다.

마치 이 희미한 예감을 확인해주듯 거실 끝에 있는 문이 열리고, 콰드리 대신 젊은 여인이 들어왔다. 마르첼로는 프랑스어로 통화했던 여인일 거라고 생각했다. 그녀는 거울 같은 바닥을 가로질러 그들에게 걸어왔다. 키가 크고 걸음걸이가 대단히 경쾌하고 우아했으며, 넓게 퍼지는 흰색 여름 원피스를 입고 있었다. 마르첼로는 은밀한 기쁨을 느끼며 투명한 드레스 안으로 윤곽이 희미하게 비치는 몸매에서 한동안 눈을 뗄 수 없었다. 그림자는 불투명했지만 윤곽은 마치 체조 선수나 무용수처럼 분명하고 우아했다. 눈을 들어 그녀의 얼굴을 본 그는 언제 어디서인지는 몰라도 전에 이미 본 적이 있다는 확신이 들었다. 그녀는 줄리아에게 다가와 거의 애정에 가까운 친밀함을 보이며 두 손을 꽉 잡고, 강한 프랑스어 억양이 깃든 정확한 이탈리아어로 교수가 바빠서 좀더 이따 나올 거라고 설명했다. 그러고는 마르첼로에게 거리를 두고 인사를 건넸는데, 다정함이 한층 결여됐다고 그는 생각했다. 그녀는 두 사람에게 앉으라고 권했다.

그녀가 줄리아와 이야기를 나누는 동안 마르첼로는 그녀를 유심히 관찰하면서 전에 만났다는 생각이 들게 하는 희미한 기억의 근원을 찾으려 애썼다. 그녀는 키가 컸고 손발도 컸으며, 어깨가 넓고, 허리가 무척 가늘어서 풍만한 가슴과 엉덩이가 강조되어 보였다. 길고 가느다란 목이 립스틱을 바르지 않은 창백한 얼굴을 지탱하고 있었고, 씩씩하고, 불안하고, 초조하고, 지적인 표정의 얼굴은 젊지만 마치 걱정에 싸인 듯이 피곤해 보였다. 어디서 봤을까? 마치 자신이 관찰당하는 느낌을 받은 것처럼 그녀가 갑자기 마르첼로 쪽으로 몸을 돌렸을 때 강렬하고 불안한 듯한 시선과 높고 흰 이마의 빛나는 평온함 간의 대조를 본 마르첼로는 그녀를 전에 어디서 만났는지, 또는 그녀와 같은 사람을 어디서 만났는지 알게 되었다. 바로 모자를 찾으러 다시 들어갔다가 오를란도가 매춘부 루이자와 함께 있는 것을 본 매음굴에서였다. 사실대로 말하자면, 유사성은 전적으로 왕관과 비슷한 특수한 모양의 희고 빛나는 이마에 있었다. 그 밖에는 모든 측면에서 두 사람은 확연히 달랐다. 매춘부는 입이 크고 입술이 얇은 반면, 이 여인의 입은 작았고 도톰한 입술을 꼭 다물고 있었다. 꽃잎이 두껍고 약간 시들시들한, 자그마한 장미 같다고 마르첼로는 생각했다. 다른 차이점을 들자면 매춘부의 손은 여성적이고, 부드럽고, 살집이 있었던 반면, 이 여인의 손은 거의 남자 손처럼 거칠고 붉고, 초조해 보였다. 마지막으로 루이자는 그 직업을 가진 여인에게 흔히 들리는 끔찍하고 거친 목소리를 가졌던 반면, 이 여인의 목소리는 무미건조하고, 명료하고, 추상적이면서도, 우아하고 논리적인 음악처럼 기분 좋은 목소리, 즉 세련된 음성이었다.

이러한 유사점과 차이점을 알아챈 마르첼로는 그 여인이 아내와 이야기를 나누는 동안 자신을 대하는 태도가 극도로 차갑다는 것도 알아챘다. 아마도 콰드리가 마르첼로라는 사람의 과거 정치적 입장에 대해 알려줘서 자신을 받아들이지 않기로 한 모양이라고 그는 생각했다. 마르첼로는 그녀가 누구일지 궁금했다. 그가 기억하기로 콰드리는 결혼을 하지 않은 데다, 격식 없는 태도로 볼 때 그녀는 비서거나 그저 비서를 가장한 추종자일 것이다. 그는 매음굴에서 매춘부 루이자가 오를란도를 따라 위층으로 올라가는 모습을 볼 때 들었던 느낌을 다시 떠올렸다. 그것은 무력한 반항과 괴로운 동정의 감정이었다. 갑자기 그는 그 감정이 사실은 정신적 질시라는 가면을 쓴 성적 갈망이었고, 지금 자신 앞에 앉아 있는 여인에게 그것을 느끼고 있다는 것이 완전히 드러났음을 알게 되었다. 그녀는 불안하고 압도적이기까지 한 생소한 방식으로 그를 만족시켰다. 그도 그녀를 만족시키고 싶었다. 그녀의 모든 몸짓이 드러내는 적의에 그는 마치 아직 사춘기 소년인 것처럼 고통스러웠다. 마침내 그는 콰드리가 아니라 그녀를 생각하며 거의 무심결에 말했다.

"저희가 오는 걸 교수님께서 좋아하시지 않는 것 같군요. 무척 바쁘신가 봅니다."

여인은 그를 쳐다보지 않은 채 즉각 대답했다.

"그럴 리가요. 남편은 당신을 만나게 되어 무척 기쁘다고 말했는걸요. 당신을 아주 똑똑히 기억하고 있어요. 여기서는 이탈리아에서 오는 사람을 모두 환영해요. 그 사람은 무척 바쁘죠. 맞아요. 하지만 특히 당신이 찾아오는 걸 고맙게 생각한답니다. 잠시만 기다리세요. 준비가 됐는지 가서 알아볼게요."

예상외의 배려가 담긴 말에 마르첼로는 마음이 누그러졌다. 그녀가 나가자 줄리아는 사실은 궁금하지 않은데도 물었다.

"왜 콰드리 교수가 우릴 만나고 싶어 하지 않는다고 생각해요?"

마르첼로는 냉정하게 대답했다.

"저 부인의 적대적인 태도 때문에 그런 생각이 든 거야."

"이상하군요. 난 부인한테서 정반대의 인상을 받았는걸요. 우릴 만나서 무척 기쁜 것 같았어요. 마치 우리가 서로 아는 사이인 것처럼 말이죠. 전에 저 부인을 만났었나요?"

"아니."

그는 대답하면서 마치 거짓말을 한다는 느낌이 들었다.

"오늘 처음 만나는 거야. 누군지도 모르는걸."

"교수님 사모님 아니세요?"

"모르겠어. 내가 아는 한 콰드리는 결혼을 안 했어. 아마 비서겠지."

"하지만 남편이라고 말했잖아요."

줄리아가 놀라서 소리쳤다.

"본인 입으로 분명히 남편이라고 말했는데요. 무슨 생각하고 있었던 거예요?"

그래서 마르첼로는 주위를 흩뜨려서 귀를 먹게 할 정도로 그 부인이 신경 쓰였다고 생각할 수밖에 없었다. 이러한 생각에 그는 기쁜 나머지, 줄리아가 지금 이 상황과 전혀 관계가 없는, 말하자면 비밀을 맘껏 털어놓을 수 있는 무관한 사람이어서 그녀에게 그 사실에 대해 말하고 싶은 이상한 열망을 느꼈다.

"딴 생각 중이었어. 부인이라고? 그럼 오랫동안 결혼을 하지 않았을 거야."

"왜요?"

"나와 알고 지냈을 땐 혼자였거든."

"하지만 당신과 콰드리 교수는 서로 편지를 주고받지 않았나요?"

"아니, 내 지도 교수였다가 프랑스로 와서 살게 되었고, 그 후 오늘 처음 만나는 거야."

"이상하군요. 난 두 사람이 친하다고 생각했어요."

긴 침묵이 이어졌다. 그때 마르첼로가 뚫어져라 쳐다보고 있던 문이 열리고 입구에 누군가 나타났다. 그 사람이 콰드리라는 것을 마르첼로는 즉각 알아채지 못했다. 남자의 얼굴에서 어깨로 시선을 옮기자 거의 귀까지 올라온 혹이 눈에 들어왔고, 콰드리가 수염을 깎았을 뿐이라는 것을 알게 되었다. 이제 그는 거의 육각형 모양의 기괴한 얼굴과 그 일차원적 특징을 다시 찾아냈는데, 마치 평평한 채색 가면에 검은색 가발을 씌운 것 같았다. 그는 언저리가 붉고 단호한 눈빛의 눈과 손잡이 모양의 삼각형 코와 일종의 살아 있는 붉은 원형 살덩이 같은 볼품없는 입을 알아보았다. 유일하게 새로운 점은 전에는 수염 아래 숨어 있던 턱이었다. 작고 구부러진 아랫입술 밑으로 쑥

들어간 턱은 매우 추해서 그 사람의 성격의 한 측면을 나타내는 것 같았다.

처음이자 마지막으로 만났을 때 입고 있던 은행가 복장 대신 콰드리는 이제 보랏빛을 띤 회색의 말쑥한 재킷 차림이었다. 재킷 안에는 아메리카 카우보이 같은 적색과 녹색의 체크무늬 셔츠에 화려한 넥타이를 맸다. 그는 마르첼로에게 다가오며 다정한 동시에 전적으로 무심한 어조로 말했다.

"클레리치 맞지? 물론 자넬 잘 기억하고 있다네. 특히 내가 이탈리아를 떠나기 전에 날 만나러 온 마지막 학생이어서 말이야. 다시 만나서 좋군, 클레리치."

목소리도 똑같다고 마르첼로는 생각했다. 매우 다정한 동시에 격의 없고 애정이 넘치면서도 무심한 어투였다. 한편 그가 줄리아를 소개하자 콰드리는 과장되게 정중한 태도로 몸을 굽혀 그녀가 내민 손에 입을 맞췄다. 그들이 다시 자리에 앉자 마르첼로는 당황하며 말했다.

"저를 반기지 않으실 줄 알았습니다."

"그 반대일세, 무척 기쁘다네. 날 기억해주니 정말 좋군. 이탈리아에서 오는 사람은 누구든 아름다운 이탈리아어로 이야기를 나눌 수 있으니 언제나 환영이라네."

그는 탁자에서 담뱃갑을 집어 안을 들여다보고, 한 개비밖에 남지 않은 걸 보고는 한숨지으며 줄리아에게 권했다.

"피우시죠, 부인. 난 담배를 안 피우고 아내도 안 피워서 다른 사람이 담배를 좋아한다는 사실을 항상 잊죠. 그래, 파리가 좋습니까? 이번에 처음 온 거는 아니시겠고요."

마르첼로는 콰드리가 관습적인 대화를 하고 싶어 한다고 생각했다. 그가 줄리아 대신 대답했다.

"아니요. 저희 모두 처음입니다."

콰드리가 재빨리 말했다.

"그렇다면 부럽군. 이 아름다운 도시에 처음 온 사람은 누구든 늘 부러워. 게다가 신혼여행이라면. 파리가 가장 아름다운 이 계절에 말이지."

콰드리는 다시 한숨지으며 줄리아에게 정중하게 물었다.

"그래, 파리에 대한 인상은 어떤가요? 부인."

"저요?"

줄리아는 콰드리가 아니라 남편을 쳐다보며 말했다.

"사실 아직 파리를 볼 시간이 없었어요. 이제야 도착했는 걸요."

"아시겠지만, 부인, 무척 아름다운 도시랍니다. 정말 아름답죠."

콰드리가 마치 다른 생각을 하고 있는 것처럼 일반적인 어조로 말했다.

"그리고 이곳에 오래 살수록 그 아름다움에 더 압도되지요. 하지만 부인, 유적만 보지 마세요. 물론 멋지지만 이탈리아 도시에 있는 것보다는 훌륭하지 않죠. 산책을 해보세요. 남편과 함께 파리의 이곳저곳을 둘러보세요. 이 도시의 삶은 실로 놀랄 만큼 다양합니다."

"아직 많이 못 봤어요."

콰드리의 대화가 지닌 관습적이고 거의 반어적인 성격을 인식하지 못한 것 같은 줄리아가 남편을 돌아보고 그의 손을 잠깐 쓰다듬고는 말했다.

"하지만 전부 다녀볼 거예요. 그렇죠, 마르첼로?"

"그럼."

"무엇보다도 프랑스 사람들을 알아야 해요."

콰드리가 동일한 어조로 계속해서 말했다.

"매우 매력적인 사람들이죠. 지적이고 자유롭고. 프랑스인의 일반적인 이미지와 부분적으로 모순되지만 말이죠. 그래도 뭐 그것도 좋습니다. 그들의 지성은 매우 민감하고 미묘해서 선량하게 느껴지지요. 파리에 아는 사람은 있나?"

"아니요, 한 명도 없습니다. 게다가 누굴 사귈 수 있을 것 같지도 않군요. 이곳엔 일주일도 안 있을 겁니다."

"안됐군. 정말 안됐어. 한 나라의 진정한 가치를 알려면 그 나라 사람을 알아야 한다네."

"파리는 밤의 도시가 아닌가요?"

관광 안내서에 나올 법한 대화에 마음이 완전히 편안해진 줄리아가 물었다.

"아직 하나도 못 봤지만 가보고 싶어요. 댄스홀과 나이트클럽이 많지 않나요?"

"오 그렇죠. 타바랭. 카바레. 여기선 '박스'라고 부르죠."

다른 생각을 하는 듯한 표정으로 교수가 말했다.

"몽마르트르, 몽파르나스…… 사실 우린 그곳에 자주 가지 않았죠. 이탈리아인 친구가 이곳에 오면 그 친구가 이런 걸 모른다는 점을 이용해서 우리도 접해본답니다. 하지만 늘 똑같이 오래된 것들이죠. 이 도시의 고유한 품위와 우아함을 갖추고 있지만요. 아시겠지만 부인, 프랑스인은 진지한 사람들입니다. 매우 진지하죠. 가족에 대한 애착도 강하고요. 대다수 파리 사람들이 카바레에 발을 디뎌본 적이 없다는 사실을 알면 놀랄 겁니다. 이곳에선 가족이 중요합니다. 이탈리아보다 훨씬 더 그렇죠. 그리고 종종 이탈리아보다 더 훌륭한 가톨릭 신자들이고, 형식 면에서는 부족하지만 더 실질적인 신앙을 갖고 있습니다. 그래서 카바레가 우리 외국인들 차지인 건 당연한 겁니다. 하지만 그것은 그들에게 훌륭한 수입원이죠. 파리의 번영은 상당 부분이 카바레 덕분이고 전반적으로 밤 문화가 한몫한답니다.”

“재미있군요. 전 늘 프랑스 사람들이 밤에 파티를 많이 연다고 생각했어요.”

줄리아가 얼굴을 붉히며 말을 이었다.

“타바랭은 밤새도록 문을 열고 항상 사람들로 북적인다고 들었어요. 우리가 사육제 기간 동안 그런 것처럼 말이죠.”

“그래요.”

교수가 멍하니 말했다.

“그런데 그곳에 가는 사람들 대부분은 외국인입니다.”

“상관없어요.” 줄리아가 대답했다.

“그래도 정말이지 적어도 한 곳은 가보고 싶어요. 거기에 가봤다고 말할 수 있으려면 말이죠.”

문이 열리고 콰드리의 아내가 커피포트와 컵이 놓인 쟁반을 두 손으로 들고 들어왔다.

"실례할게요."

그녀가 한쪽 발로 문을 닫으며 명랑하게 말했다.

"프랑스 하녀는 이탈리아 같지 않아요. 오늘은 저희 집 하녀가 쉬는 날이라 아침 식사 후에 퇴근했어요. 모든 걸 우리가 직접 해야 하죠."

그녀가 전혀 예기치 않게 정말 행복해 보인다고 마르첼로는 생각했다. 그리고 그녀의 쾌활함과 가볍지만 크고 확신 있어 보이는 몸동작은 매우 기품이 있었다.

"리나." 교수가 당황해서 대답했다

"클레리치 부인이 카바레에 가고 싶어 하는데…… 어디 추천할 만한 곳 있소?"

"아, 갈 만한 곳은 많죠, 어디를 가도 후회하지 않을 거여요."

그녀는 재미있다는 듯 대답하고 커피를 잔에 따르면서, 한쪽 다리를 다른 다리 쪽으로 뻗는다. 굽 없는 신발의 큰 다리를 일부러 보여주려는 것처럼.

"어떤 사람이든 취향이 있지요, 다들 핸드백이 다르듯이." 그는 줄리아에게 잔을 건네며 생각 없이 덧붙여 말했다.

"부인을 카바레에 모시고 가도 돼요. 에드몬도, 당신에게 좋은 기회일 거예요. 잠시 기분 전환을 할 수 있잖아요."

교수가 마치 턱수염을 쓰다듬으려는 듯한 손으로 턱을 만지며 대답했다.

"물론이지, 좋아. 그러지 뭐."

"우리가 무얼 할지 알아요?"

그녀가 마르첼로에게 커피를 대접하며 계속해서 말했다.

"어쨌든 외식을 해야 할 테니 작은 식당에서 저녁을 먹어요. 르 코코뱅*이라는 곳이에요. 저렴하지만 음식은 괜찮아요. 그런 다음 식사 후에는 정말 기묘한 나이트클럽에 갈 거예요. 클레리치 부인이 아연실색하면 안 될 텐데요."

리나의 명랑함에 기분이 고조된 줄리아가 웃음을 터뜨렸다.

"전 그렇게 쉽게 충격 받지 않아요."

"라 크라바트 누아르라는 카바레예요. 검은 넥타이라는 뜻이죠."

리나가 줄리아 옆의 소파에 앉으며 줄리아를 보고 미소 지으면서 설명했다.

"단골이 약간 특이한 곳이에요."

"무슨 뜻이에요?"

"특별한 취향을 가진 여자들이 와요. 알게 될 거예요. 사장과 종업원들이 모두 검은 넥타이에 턱시도를 입는답니다. 보시겠지만, 정말 재미있어요."

"오, 이제 알겠어요."

줄리아가 약간 혼란스러운 듯 말했다.

"그런데 남자도 가도 되나요?"

이 질문에 여인이 웃었다.

"물론이죠. 공공장소인데요. 작은 댄스홀이죠. 취향이 독특하고 실제로 매우 지적인 여인이 운영하는 곳인데, 원하는 사람

---

* coq au vin: 닭고기에 잘게 썬 당근, 양파, 버섯 따위와 와인을 넣어 뭉근하게 익혀 만든 프랑스식 요리.

은 누구든 갈 수 있어요. 수녀원이 아니라고요."

리나가 줄리아를 보며 살짝 웃음을 터뜨리고는 쾌활하게 말을 이었다.

"하지만 그곳이 싫다면 다른 곳도 있어요. 덜 독창적인 곳이지만요."

"아니에요. 거기로 가요. 저도 궁금한걸요."

"여자들이란."

교수가 총평하듯 말하며 일어섰다.

"이보게 클레리치, 자넬 만나 얼마나 기쁜지. 그리고 오늘 저녁에 자네 내외와 식사하는 게 기대되네. 우리가 나눌 대화도 그렇고. 여전히 자네는 사고방식이 예전과 똑같은가?"

마르첼로는 태연하게 대답했다.

"정치는 잘 모릅니다."

"훨씬 낫군. 훨씬 나아."

교수가 마르첼로의 손을 두 손으로 꼭 쥐며 무신론자와 이야기하는 사제처럼 다정하고, 열렬하고, 진정 어린 어조로 말을 이었다.

"그럼 아마도 자넬 포섭할 수 있겠어!"

콰드리는 마르첼로의 손을 끌어다가 심장 바로 위에 가져다 댔다. 마르첼로는 크고, 둥글고, 돌출된 그의 눈이 간청하듯이 눈물로 반짝이는 것을 보고 놀랐다. 그러고는 마치 자신의 감정을 숨기기라도 하듯 콰드리는 서둘러 줄리아에게 작별 인사를 건네고는 "아내가 오늘 밤 계획을 자세히 세울 겁니다"라고 말하며 거실을 나갔다. 문이 닫히자 다소 당황한 마르첼로는 두 여인이 앉아 있는 소파와 마주한 안락의자에 앉았다. 콰드리가 나가자 그의 아내의 적의는 매우 확실해 보였다. 그녀는 그의 존재를 무시하는 척하며 줄리아와만 이야기를 나누었다.

"패션 잡화점, 양장점, 모자 상점은 가봤나요?…… 뤼드라페, 생토노레, 마티뇽 거리?"

줄리아가 그런 명칭을 처음 듣는다는 듯이 말했다.

"못 가봤어요."

"그 거리에 가고 싶지 않아요? 요즘 유행하는 패션도 보고 싶지 않아요? 재미있을 거예요."

콰드리 부인이 계속해서 진심 어린 태도로 끈질기게 말했다.

"아, 예, 그래요."

줄리아가 남편을 본 다음 말을 이었다.

"저도 뭘 좀 사고 싶어요. 모자 같은 거요."

여인이 모든 질문을 종결짓듯이 제안했다.

"제가 데려다드릴까요? 부티크 몇 곳을 잘 알고 있어요. 제가 동행해드릴 수 있어요."

"그거 좋겠네요."

줄리아가 고마워하면서도 자신 없는 태도로 말했다.

"한 시간 후에 갈까요? 한 시간 정도 부인과 함께 시간을 보내도 괜찮겠어요?"

마지막 말은 마르첼로에게 한 말이었지만, 줄리아에게 쓰던 어조와는 확연히 다르게 쌀쌀맞고 거의 경멸조였다. 마르첼로가 놀라서 말했다.

"물론입니다. 줄리아가 원한다면요."

그는 콰드리 부인이 자신에게 보내는 추궁하는 듯한 시선으로 인해 줄리아가 그 호의를 거절할 것으로 직감했고, 자신이 수락하라고 권하는 표정으로 응답하고 있음을 인식했다. 하지만 곧바로 그는 자신이 그 여인을 좋아해서 다시 만나고 싶어 이렇게 하고 있는 건지, 임무를 수행하는 중이고 그녀의 심기를 거스르면 일이 복잡해지므로 이렇게 하고 있는 건지 궁금해졌다. 갑자기 그렇게 하고 있는 게 자신이 원해서인지, 아니면 계획에 들어맞기 때문인지를 모른다는 게 괴로웠다. 줄리아는 사양했다.

"사실 전 잠시 후 호텔로 돌아갈 생각이었어요."

하지만 여인은 줄리아가 말을 끝맺기도 전에 물었다.

"가기 전에 매무새를 좀 가다듬고 싶지 않아요? 화장도 좀 고치고요. 호텔로 돌아갈 필요도 없어요. 원한다면 내 침대에 누워 낮잠을 좀 자도 돼요. 우리 여자들은 여행할 때 잠깐 쉬지도 못하고 종일 걸어 다니느라 얼마나 피곤한지 알잖아요. 자 이리 와요."

숨 쉴 새조차 없이 그녀는 줄리아를 소파에서 잡아 일으켰다. 이제는 부드럽지만 단호하게 문 쪽으로 밀고 있었다. 입구에 이르자 그녀는 거의 줄리아를 안심시키듯 씁쓸하면서도 달콤한 어조로 말했다.

"남편분은 여기서 기다리실 거예요. 걱정 말아요. 잃어버리지 않을 거예요."

그러고는 줄리아의 허리에 팔을 두르고 복도로 데리고 나가 문을 닫았다. 홀로 남겨진 마르첼로는 재빨리 일어서서 방 안을 몇 걸음 걸어 다녔다. 그 여인은 자신에 대해 확고부동한 반감이 생긴 게 분명했다. 그는 그 이유를 알고 싶었다. 이 시점에서 그는 감정이 혼란스러워졌다. 한편으로는 자신을 사랑해주기를 바라는 사람이 이처럼 적의를 보여 괴로웠다. 다른 한편으로는 자신이 누구인지 진실을 알 거라는 생각에 걱정스러웠다. 그 경우에는 임무가 힘들 뿐 아니라 위험할 것이기 때문이었다. 하지만 그가 가장 괴로운 것은 아마도 서로 다른 두 불안이 마음속에서 뒤섞여, 더 이상 거절당하는 연인의 불안과 발각될까 걱정되는 비밀 요원의 불안을 구별할 수 없다는 느낌 때문이었을 것이다. 그리고 물론 오랜 우울감이 되살아나면서 알게 되었듯이 그 여인의 적의를 없애더라도 또다시 이어지는 관계를 임무에 이용해야 할 것이었다. 장관에게 신혼여행과 정치적 임무를 동시에 수행하겠다고 제안했을 때처럼 말이다. 항상 그렇듯이.

그의 뒤에서 문이 열리고 콰드리 부인이 다시 들어왔다. 그녀가 탁자 쪽으로 다가오면서 말했다.

"부인이 무척 피곤했나 보군요. 제 침대에서 잠이 든 것 같아요. 나중에 함께 나갈게요."

마르첼로가 침착하게 말했다.

"그러니까 저더러 가라는 말씀이시군요."

"오, 세상에, 아니에요."

그녀가 차갑고 염세적인 목소리로 대답했다.

"하지만 전 할 일이 많아요. 교수님도 그렇고요. 여기 거실에 혼자 계셔야 할 거예요. 파리에선 더 좋은 걸 하실 수 있죠."

마르첼로가 두 손을 안락의자 등받이에 대고 그녀를 쳐다보며 말했다.

"죄송합니다만 제게 적대적이라는 느낌이 드는데요. 그렇지 않습니까?"

그녀가 개의치 않고 곧바로 대답했다.

"그게 놀랄 만한 일인가요?"

"예, 그렇죠. 우린 전혀 모르는 사이고, 오늘 처음 만났잖아요."

그녀가 말을 가로막았다.

"난 당신을 무척 잘 알아요. 당신은 날 모르겠지만요."

'그렇군' 하고 마르첼로는 생각했다. 이젠 의심할 여지 없이 확인된 여인의 적의에 그는 마음이 너무 아파서 거의 울부짖을 지경이었다. 그는 고통스럽게 한숨을 내쉬며 부드럽게 말했다.

"아, 절 아신다고요?"

"예."

그녀가 눈을 공격적으로 빛내며 대답했다.

"당신이 경찰 요원이고, 정부가 고용한 스파이라는 걸 알아요. 이래도 제가 적대적인 게 놀라운가요? 다른 사람이라면 몰라도 스파이는 참을 수 없어요."

그녀가 모욕하듯이 프랑스어로 말하고는 예의를 차려 통역해주었다. 마르첼로는 잠시 말없이 눈을 내리깔았다. 그는 고통스러웠고, 여인의 경멸은 아물지 않은 상처를 무자비하게 찌르는 날카로운 칼날 같았다. 마침내 그가 말했다.

"남편분도 아십니까?"

"물론 알죠."

그녀가 모욕을 주듯이 놀라며 대답했다.

"어떻게 그 사람이 모를 거라고 생각할 수 있죠? 저한테 말해준 게 그 사람인데요?"

'아, 잘 알고 있군.' 마르첼로는 이렇게 생각할 수밖에 없었다. 하지만 그는 이성적인 어조로 말했다.

"그러면 왜 저희를 받아들인 겁니까? 만나지 않는 게 더 간단하지 않았을까요?"

"사실 난 당신들이 오는 걸 원치 않았어요. 하지만 남편은 달라요. 남편은 성자나 마찬가지예요. 아직도 친절이 최상의 방식이라고 믿고 있죠."

"매우 교활한 성자군요." 마르첼로는 이렇게 대답하고 싶었다. 하지만 모든 성자는 교활할 거라는 생각이 들었다. 그래서 그는 침묵했다. 그러고 나서 그는 입을 열었다.

"절 그렇게 싫어하신다니 유감입니다. 왜냐하면 전 당신을 무척 좋아하니까요."

"고마워요. 당신의 마음이 끔찍하군요."

훗날 마르첼로는 그 순간 자신을 엄습한 것이 무엇이었는지 궁금했을 것이다. 그것은 바로 여인의 빛나는 이마에서 나오는 눈부신 빛과 동시에 흥분과 필사적인 애정이 뒤섞인 깊고, 강렬하고, 강력한 충동이었다. 갑자기 그는 자신이 콰드리 부인과 무척 가까이 있고, 그녀의 허리를 팔로 감싸 안아 자기 쪽으로 끌어당기며 낮은 음성으로 이야기하고 있음을 깨달았다.

"그리고 당신은 무척 매력적이니까요."

마르첼로가 그녀의 부푼 가슴이 자신의 가슴에 닿아 고동치는 것을 느낄 수 있을 정도로 밀착시킨 상태에서, 그녀는 잠시 말을 잊은 채 그를 쳐다보고는 날카롭고 의기양양한 음성으로 소리 질렀다.

"끝내주는군. 끝내줘! 신혼여행 중에 벌써 부인을 배신하려 들다니. 끝내주네요."

그녀는 마르첼로의 팔에서 벗어나려고 버둥거리며 말했다.

"놔요. 안 그러면 남편을 부르겠어요!"

마르첼로는 곧바로 그녀를 놓아주었지만 적의에 찬 충동에 휩싸인 여인은 마치 그가 여전히 자신을 붙들고 있는 것처럼 그에게서 물러서더니 그의 따귀를 때렸다. 하지만 금세 자신의 행동을 후회하는 것 같았다. 그녀는 창가로 가서 잠시 밖을 내다보고는 돌아서며 말했다.

"용서하세요."

그러나 마르첼로가 보기에 그녀는 후회하기보다는 그러한 행동이 가져올 결과를 걱정하는 것 같았다. 주저하면서도 여전히 악의를 띤 어조에는 자책보다는 의지와 계산이 서려 있다는 생각이 들었다. 그는 단호하게 말했다.

"이제 제게는 정말 갈 일밖에 남지 않았군요. 아내에게 나오라고 전해주십시오. 남편분께는 오늘 밤 함께하지 못한다고 양해를 구해주시겠죠. 제가 다른 약속이 있는 걸 잊었다고 말씀드려주십시오."

그는 이번에는 정말 끝이라고 생각했다. 여인에 대한 사랑뿐 아니라 임무도 가망 없이 훼손되었다. 그는 그녀가 자기 앞을 지나 문 쪽으로 가도록 뒤로 물러섰다. 하지만 그녀는 잠시 그를 뚫어지게 쳐다보고는 다소 불만스러운 표정으로 입을 비틀더니 그에게로 다가왔다. 마르첼로는 그녀의 눈에서 어둡고 단호한 불꽃이 솟아오르는 것을 보았다. 그에게서 겨우 한 발짝 떨어진 채 그녀는 천천히 팔을 들어 올리더니, 여전히 거리를 두고 마르첼로의 뺨에 손을 가져다 대고는 말했다.

"아니, 가지 마세요. 나도 당신을 많이 좋아해요. 내가 그렇게 난폭하게 행동한 건 바로 그 때문이에요. 당신에게 끌려서요. 가지 말아요. 방금 일어난 일은 잊어요."

그러는 동안 그녀는 마치 자신에게 맞아 화끈거리는 느낌을 식혀주기라도 하듯, 매우 도도하고 대담하지만 서툰 몸짓으로 그의 뺨을 어루만졌다. 마르첼로는 그녀를 바라보고 그녀의 이마를 쳐다보았다. 그녀의 시선 아래에서 남자 같은 그녀의 손이 주는 다소 거친 느낌에 그는 넘치는 애정과 희망에서 비롯된 동요와 흥분으로 가슴이 부풀어 오르고 숨이 막히는 느낌이 들었다. 난생처음 느끼는 감정에 그는 놀랐다. 그녀는 그 앞에 선 채 팔을 뻗어 그를 애무하고 있었다. 단 한 번의 눈길에서 그는 마치 전 생애의 소명인 것처럼 자신에게 영원히 운명지어진 그녀의 아름다움을 경험했다. 그리고 그는 그 여인을 통해 이전에도, 그녀가 자신에게 다가오는 것을 느끼기 전에도 그녀를 늘 사랑해왔음을 깨달았다. 그렇다. 그가 줄리아를 사랑했다면 줄리아에게 가졌어야 할 사랑의 감정이었지만, 안타깝게도 그의 사랑은 그가 몰랐던 여인에게로 향했다. 그는 그녀를 향해 몸을 움직이면서 팔을 뻗어 그녀를 안으려 했다. 하지만 여인은 애정과 공모를 암시하는 것 같은 태도로 몸을 빼고 그의 입술에 손가락을 갖다 대며 낮은 소리로 말했다.

"이제 가세요. 오늘 밤에 만나요."

마르첼로가 무슨 일인지 파악하기도 전에 그녀는 그를 거실 밖으로 밀어내 복도로 내보내고 문을 열었다. 그러고는 문이 닫혔고, 마르첼로는 다시 한번 층계참에 홀로 남았다.

6

리나와 줄리아는 쉬고 나서 패션 잡화점에 갈 계획이었다. 그런 다음 줄리아는 호텔로 돌아가고, 이후 콰드리 부부가 그들을 데리러 오면 다 함께 저녁을 먹으러 나갈 예정이었다. 4시경이었고 저녁 식사 때까지 네 시간이 남았지만, 오를란도가 식당 주소를 알아내기 위해 호텔로 전화하기까지는 세 시간밖에 남지 않았다. 그래서 마르첼로는 혼자 있을 시간이 세 시간 있었다. 콰드리의 집에서 있었던 일로 인해 그는 혼자 있고 싶었는데, 자신을 보다 잘 이해하고자 하는 것 외에 다른 이유는 없었다. 계단을 내려가면서 자기보다 나이가 훨씬 많고 정치에 푹 빠진 남편을 둔 리나의 행동은 놀랍지 않지만, 대신 결혼한 지 며칠밖에 되지 않았고 신혼여행 중인 자신의 행동은 막연한 기쁨과 함께 놀라움과 두려움을 가져다주었다는 생각이 들었기 때문이다. 지금까지 그는 자신을 매우 잘 알고 원한다면 어떤 상황이든 자신을 제어할 수 있다고 생각해왔다. 하지만 지금은 자신이 잘못 생각했을지 모른다는 자각이 들었다. 이러한 자각이 만족스러운지 아니면 두려운지 확신할 수 없었다.

그는 잠시 골목길을 걷다가 이윽고 약간 오르막길인 대로로 나왔다. 어느 집 귀퉁이에 적힌 바에 따르면, 그랑드 아르메라는 거리였다. 그리고 눈을 들자 거리 끝에 측면으로 우뚝 솟은 직사각형의 개선문이 나타났다. 거대하고 신비로운 모습의 개선문은 대기를 푸른색으로 물들이는 여름날 아지랑이로 인해 창백한 하늘에 걸려 있는 것 같았다. 마르첼로는 거대한 승리를 축하하는 건축물에 시선을 고정하고 걷다가 갑자기 마치 등을 짓누르던 어떤 거대한 짐이 예고도 없이 거둬진 것처럼, 전혀 낯선 자유와 완전한 해방감을 느끼면서 기분이 들떴다. 발걸음도 가벼워졌고, 거의 나는 듯한 느낌이 들었다. 잠시 그는 이 엄청난 안도감이 친숙하고 좁은 거리를 떠나 파리의 장대한 유적 앞에 있다는 단순한 사실 때문인지 궁금해졌다. 때로는 덧없는 육체적 행복감을 깊은 정신적 반응으로 오해할 수 있다. 다시 생각해본 그는 그 느낌이 리나와의 포옹에서 비롯되었음을 깨달았다. 그녀의 손길이 떠오르자 혼란스럽고 불안한 생각들이 마음속으로 밀려드는 것이었다. 그녀의 손이 닿았던 뺨에 기계적으로 손을 갖다 댄 그는 달콤함에 눈을 감지 않을 수 없었다. 마치 애정을 담아 윤곽을 파악하듯 자신의 얼굴을 쓰다듬던 대담한 손길을 다시 경험하는 것 같았다.

그는 개선문 쪽으로 눈길을 돌리고 넓은 보도를 걸어 올라가면서 사랑이 무엇인지 자문해보았다. 사랑이 무엇이기에 이제 자신의 전 생애를 망치고, 막 아내가 된 여자를 버리고, 정치적 신념을 배반하고, 돌이킬 수 없는 불륜에 모든 것을 걸려고 하는가? 그는 오래전에 자신의 구애를 고집스럽게 거부하던 여대생에게 이런 질문을 받고 자신이 생각하기에 사랑은 봄에 초원 한가운데에 가만히 서 있는 암소와 그 위에 올라타기 위해 뒷발로 서는 황소라고 비통하게 대답했던 일이 생각났다. 마르첼로는 이제 그 초원은 콰드리의 거실에 깔린 중산층풍 카펫이고, 리나는 암소이며, 자신은 황소라는 생각이 들었다. 장소가 다르고 짐승의 사지가 없다는 사실에도 불구하고 알몸이라면 모든 면에서 그 두 마리 같을 것이었다. 서투르고 다급한 폭력으로 표현된 열망의 격렬함도 같을 것이다. 하지만 여기서 매우 명백한 동시에 몹시 하찮은 유사점은 끝이 났다. 불가사의한 정신적 연금술에 의해 그 격렬함이 욕망에 필요한 인장을 받았지만 결코 욕망 탓으로만 돌릴 수 없는 전혀 다른 종류의 생각과 감정으로 금세 바뀌었기 때문이다. 실제로 열망은 그 이전에 존재한 것으로, 다급하고 강력한 자연의 도움에 불과했다. 그것은 미래의 자궁에서 미래의 모든 인간, 언젠가는 죽을 운명인 아기를 꺼내는 자연의 손이었다.

'직설적으로 말해서.'

그는 자신의 마음을 사로잡은 기이한 흥분을 누그러뜨리려 생각했다.

'솔직한 심정으로는 리나의 연인이 되어 파리에서 함께 살기 위해 신혼여행 중에 아내를 버리고 임무 수행 중에 직위를 버리고 싶다. 직설적으로 말해서.'

그는 계속해서 생각했다.

'내가 리나를 사랑하는 것처럼 같은 이유와 같은 강도로 그녀도 날 사랑한다면 분명 그렇게 할 거야.'

그가 결심의 진지함에 잠시 의심을 품었다가, 그랑드 아르메

거리 끝에 이르러 눈을 들어 개선문을 바라보자 의심은 완전히 사라졌다. 그 결심이 사실상 영광스러운 압제의 승리를 축하하기 위해 세워진 이 유적과 유사하다는 생각이 들자, 이 시점까지 받들어왔지만 배신할 예정인 정상성을 향해 압박을 가졌던 것이 후회되기 시작했다. 이러한 배신을 예상하자 마음이 가볍고 순수해져서 오늘 아침까지 맡았던 역할을 충분히 받아들이고 이해할 수 있을 것 같았다. 그 역할은 더 이상 정상성과 구원의 결실이 아니라, 이제는 오랜 소명이었거나 어느 정도 자연스러운 섭리였다. 한편 그에게서 멀어져 이미 옛일이 된 후회는 그의 결심을 돌이킬 수 없다는 것을 확실하게 나타냈다. 그는 유적 주위를 달리는 차들의 행렬에 틈이 생기기를 오랫동안 기다렸다. 그런 다음 광장을 가로질러 개선문으로 직접 걸어가서 모자를 벗고 둥근 천장 아래로 들어가 무명전사의 묘비로 갔다. 개선문 벽에 있는 승전 목록은 각각 수많은 사람들에게 충성과 헌신을 의미했는데, 그것은 조금 전까지 자신과 정부를 연결해주던 종류의 것이었다. 여기에 다른 희생을 상징하며 연중 계속해서 타오르는 불꽃이 내려다보고 있는 그 묘비가 있었다. 그는 나폴레옹 전투들의 명칭을 읽으면서 오를란도가 한 말이 떠오를 수밖에 없었다.

"가족과 조국을 위해서라면 무슨 일이든 했습니다."

그는 갑자기 매우 확신에 차 있지만 확신을 합리적으로 정당화하기에는 너무 무력한 그 요원과 자신을 구별해주는 것이 단순히 선택 능력이라는 사실을 알게 되었고, 오랫동안 그를 괴롭혀온 슬픔이 사라졌다. 그렇다고 그는 생각했다. 과거에 자신은 선택을 했고 다시 선택하기 시작할 것이다. 그리고 그의 우울감은 선택을 위해 전부 버려야 한다는 생각이 빚어내는 후회와 그러한 슬픔이 뒤섞인 것이었다.

그는 개선문에서 나와 지나가는 차들의 행렬에 틈이 생기기를 다시 한번 기다렸다가 샹젤리제 거리의 보도에 이르렀다. 개선문은 유쾌하고 흥겨운 거리에 드리워진 보이지 않는 그림자처럼 솟아 있어, 보도를 따라 움직이는 인파의 행복하고 평화로운 번영과 그 호전적인 유적이 확실하게 연결되어 있는 것 같았다. 그는 이것도 자신이 버릴 것의 한 측면이라는 생각이 들었다. 그것은 차후 근원을 모르는 기쁨과 부로 변하는 중대하고 잔악한 부당 행위, 즉 시간이 지나면서 다음 세대에 권력과 자유와 부가 되는 잔인한 희생이었다. 유다를 지지하는 또 다른 주장이라고 그는 즐겁게 생각했다. 하지만 이제 결정은 내렸고, 그에게는 한 가지 소망만 있었다. 그는 리나에 대해 생각하고 싶었고, 자신이 그녀를 왜, 얼마나 사랑하는지 생각하고 싶었다.

이런 열망으로 가득한 마음을 안고 그는 샹젤리제 거리를 따라 아주 천천히 걷다가 때때로 멈춰 서서 상점, 가판대에 진열된 신문, 앉아서 커피를 마시는 사람들, 영화 포스터, 극장 간판을 바라보았다. 보도에 빽빽한 인파가 사방에서 그를 에워싸고 있었는데, 떼 지어 움직이는 것이 삶 자체의 움직임 같았다. 오른편에는 차들이 4차선 대로를 오르내리며 달리는 것이 보였고, 왼편에는 고급 상점이 밝은색 간판과 사람들이 꽉 들어찬 카페와 함께 늘어서 있었다. 그는 계속 걸어가면서 개선문을 뒤로하고 싶은 마음에 점차 걸음 속도를 높였다. 그리고 사실 어느 시점에서 돌아보았을 때 개선문은 멀리 있었다. 저 멀리 여름날의 아지랑이에 싸인 개선문은 완전히 하찮아 보였다. 거리 끝에 이른 그는 공원 나무 그늘에 있는 벤치를 찾아내고 마음 편히 리나에 대해 생각할 수 있어 행복한 마음으로 안도하며 앉았다.

그는 그녀의 존재를 처음으로 인지한 시간으로 돌아가고 싶었다. 바로 매음굴에 갔을 때였다. 객실에서 오를란도 요원 옆에 있는 모습을 흘끗 봤을 뿐인데 왜 그 여인이 자신에게 그처럼 새롭고 격렬한 감정을 불러일으켰을까? 그는 그녀의 이마가 발하는 광휘에 강한 인상을 받았던 것이 생각났다. 처음에는 그 여인에게, 그다음에는 리나에게 완전히 매료된 것은 순수함 때문임을 깨달았다. 그 매춘부에게서는 훼손되고 굴욕적으로 변했지만, 리나에게서는 의기양양하게 살아 있는 듯한 그 순수함. 그는 이제 리나의 이마를 둘러싼 찬란한 빛만이 퇴폐에 대한 혐오감과 한평생 자신을 괴롭혔고 줄리아와 결혼했어도 전혀 완화되지 않은 불순함을 씻어줄 수 있음을 깨달았다. 처음으로 그러한 혐오감을 불러일으켰던 리노와 그것으로부터 자신을 해방시켜줄 리나의 이름이 비슷하다는 점이 좋은 징조 같았다. 그러니 그는 사랑의 힘만으로 리나를 통해 그토록 오랫동안 꿈꿔온 정상성을 되찾을 수 있을 것이다. 이는 그동안 내내 추구해온 관료적인 정상성이 아니라, 거의 천사 같은 또 다른 종류의 정상성이었다. 그리고 이 빛나는 천상의 정상성 앞에서 정치적 임무라는 무거운 상황, 줄리아와의 결혼, 지루하고 합리적이며 정연한 삶은, 더 가치 있는 운명을 기다리는 동안 채택한 거추장스러운 이미지에 불과한 것으로 드러났다. 이제 그는 모든 것으로부터 해방되었고 스스로를 재발견할 수 있었다.

이런 생각에 잠겨 벤치에 앉아 있다가 갑자기 콩코르드 광장 방향으로 내려오는 큰 차에 시선이 닿았다. 그 차는 점차 속도를 낮추는 것 같았고, 실제로 그에게서 멀지 않은 보도에 멈춰 섰다. 고급스러운 차였지만 낡고 검은색이었으며, 구식이어서 차체의 니켈 도금과 놋쇠의 과도한 우아함과 광택이 어울리지 않는 것 같았다. 그는 그 차가 롤스로이스라고 생각했고, 이유는 확실히 알 수 없지만 갑자기 두렵고 익숙한 느낌과 뒤섞인 불안한 공포에 사로잡혔다. 전에 저 차를 언제, 어디서 봤더라? 차가 멈춰 서자 진청색 제복을 입고 머리가 희끗하고 마른 체격의 운전사가 재빨리 차에서 내려 승객 쪽 차문을 열었다. 그의 행동에서 마르첼로는 기억 속의 어떤 이미지를 떠올렸다. 그것은 자신의 질문에 대한 답이었다. 바로 학교 근처 대로변 모퉁이에 주차되었던 같은 색깔과 동일한 종류의 차와 그가 타서 자기 옆에 앉도록 몸을 기울여 조수석 문을 열어주던 리노였다.

한편 운전사가 베레모를 손에 들고 문 옆에 서 있는 동안 회색 플란넬 바지에 차의 놋쇠만큼 빛나는 광을 낸 노란색 신발을 신은 남자의 다리가 조심스럽게 차에서 나왔다. 그러자 운전사가 손을 내밀었고, 마르첼로는 그 사람이 힘들게 보도에 나와 서는 것을 보았다. 그는 노인인 것 같았고 마르고 키가 무척 컸으며, 혈색 좋은 얼굴에 머리칼은 금발인 듯했다. 그는 끝이 고무로 된 지팡이에 의지해 불안정하게 걸었지만, 이상하게도 젊어 보였다. 마르첼로는 노인이 어떻게 저토록 젊은 분위기를 풍기는지 궁금해하며 천천히 벤치로 다가오는 그를 유심히 관찰했다. 그러다가 바로 한쪽으로 가르마를 탄 헤어스타일과 분홍색과 흰색 줄무늬의 산뜻한 셔츠 칼라에다 초록색 넥타이 때문임을 알게 되었다. 그 노인은 땅을 보며 걸었지만 벤치에 다다르자 눈을 들었다. 마르첼로는 그 맑고 파란 눈에서 젊고 매우 날카로운 표정을 보았다. 마침내 노인이 힘겹게 마르첼로 옆에 앉았고 보조를 맞춰 따라온 운전사가 그에게 작고 흰 종이 꾸러미를 건네주었다. 그런 다음 살짝 머리 숙여 인사하고, 돌아가 차에 타서는 운전석에 꼼짝 않고 앉아 있었다.

노인이 오는 것을 지켜보던 마르첼로는 이제 생각에 잠겨 눈을 내리깔았다. 그는 자신이 리노의 차와 같은 차를 보고 그처럼 두려움을 느낀 것이 아니기를 진심으로 바랐다. 이런 생각만 해도 그를 불안하게 만들기에 충분했다. 하지만 그를 가장 두렵게 만든 것은 혐오감에 수반되는 생생하고, 비통하고, 불길한 복종, 무력감, 예속감이었다. 마치 세월이 전혀 흐르지 않았거나 헛되이 흐른 것 같았다. 그는 여전히 그 어린 소년이었고, 리노는 차 안에서 그를 기다리고 있었으며, 마르첼로는 그 남자의 유혹에 응해 차에 타려 했다. 그는 다시 한번 그 오래된 협박에 굴복할 것 같았지만, 이번에 그것은 종이라는 미끼로 자신을 낚는 리노가 아니라 자신의 심란한 육체였다. 오랫동안 꺼졌다고 생각해왔던 불이 이처럼 갑작스럽고 불안하게 타오르자 두려워진 그는 한숨을 내쉬고는 기계적으로 담배를 찾아 호주머니를 뒤졌다. 곧 어떤 목소리가 프랑스어로 그에게 말했다.

"담배 찾소? 여기 있소."

그는 몸을 돌려 노인이 붉고 다소 떨리는 손으로 뜯지 않은 미제 담뱃갑을 자신에게 내미는 것을 보았다. 그러는 동안 그는 오만한 동시에 호의적인 매우 이상한 표정으로 마르첼로를 바라보았다. 몹시 당황한 마르첼로는 고맙다는 인사 없이 담뱃갑을 받아 성급히 열고 한 개비를 꺼내고는 노인에게 돌려주었다. 그러나 담뱃갑을 받아 든 노인은 권위적인 손길로 그것을 마르첼로의 재킷 호주머니에 쑤셔 넣고 은근한 어조로 말했다.

"가지시오. 가져도 좋소."

마르첼로는 설명할 수 없는 분노와 수치심이 뒤섞여 얼굴이 붉어졌다가 창백해지는 느낌이 들었다. 다행히 그는 자신의 신발을 향해 눈을 내리깔고 있었다. 신발은 먼지가 앉아 하얬으며 많이 걸어서 닳아 있었다. 그는 노인이 자신을 가난하거나 실직한 사람으로 생각했다는 것을 알게 되자 분노가 가라앉았다. 그는 허식 없이 그저 호주머니에서 담뱃갑을 꺼내어 두 사람 사이의 벤치에 올려놓았다. 하지만 노인은 더 이상 그에게 신경 쓰지 않아서 담뱃갑을 돌려준 것을 몰랐다.

마르첼로는 그가 운전사가 준 꾸러미를 열고 롤빵을 꺼내는 것을 보았다. 그는 떨리는 손으로 그것을 천천히 힘겹게 잘라서 부스러기 두세 개를 땅에 던졌다. 금세 벤치에 그늘을 만든 잎이 무성한 나무들 중 한 곳에서 크고, 살찐 참새가 친숙한 듯 날아와 땅에 내려앉았다. 참새는 부스러기가 있는 곳으로 뛰어와서 머리를 두세 번 움직여 둘러보더니 부리로 빵을 쪼아 먹기 시작했다. 노인은 롤빵 몇 조각을 더 던져주었고, 나뭇가지에서 참새가 더 날아와 보도에 내려앉았다. 마르첼로는 불붙인 담배를 입에 물고 눈을 반쯤 감은 채 그 장면을 지켜보았다. 노인은 등이 굽은 듯했고 손이 떨리는 것 같았지만, 여전히 청년의 모습을 간직하고 있거나 아니면 적어도 그를 청년으로 상상하기가 별로 힘들지 않은 모습이었다. 옆모습을 보면 부루퉁한 붉은 입, 단호하고 곧은 코, 소년처럼 이마에 드리운 금발 머리가 사실 매우 아름다운 청년이었을 거라고 생각하게 만들었다. 소녀 같은 우아함과 남성적인 힘을 동시에 가진 북유럽 운동선수 같았다. 그는 생각에 잠겨 가슴에 머리를 대고 잔뜩 구부린 채 남은 롤빵을 부수어 참새들에게 던져주었다. 그러고 나서 움직이거나 돌아보지 않은 채 여전히 프랑스어로 물었다.

"어느 나라에서 왔소?"

"이탈리아입니다."

마르첼로가 짧게 대답했다.

"왜 그걸 생각 못했지?"

노인이 일종의 쾌활하고 성마른 기질을 보이며 자신의 이마를 세게 치면서 소리쳤다.

"당신 같은 아주 완벽한 얼굴을 어디서 봤을지 궁금해하고 있었소. 제길, 멍청하군, 이탈리아군! 이름이 뭐요?"

"마르첼로 클레리치입니다."

마르첼로가 잠시 주저하다가 대답했다.

"마르첼로라."

노인이 얼굴을 들고 자기 앞의 허공을 응시하며 따라했다. 긴 침묵이 이어졌다. 노인은 생각에 잠겨 있는 것 같았다. 아니면 무언가를 기억하려 애쓰고 있는 것 같다고 마르첼로는 생각했다. 마침내 그는 마르첼로 쪽으로 몸을 돌리고 득의만면한 표정으로 암송했다.

"Heu miserande puer, si qua fata aspera rumpas, tu Marcellus eris(오, 불쌍한 것, 당신이 마르첼루스라면 참 가혹한 운명이로군)."

마르첼로는 그 시를 잘 알고 있었다. 학교 다닐 적에 그는 그 시를 번역해야 했는데, 당시 그 시로 인해 다른 남자아이들의 조롱거리가 된 적이 있었다. 하지만 그 순간 담배를 건넨 직후에 흘러나온 그 유명한 구절은 어색하고 불쾌한 느낌을 주었다. 노인이 그를 머리부터 발끝까지 훑어보기 시작하더니 일깨워주듯이 "베르길리우스요"라고 말하자, 그 느낌은 짜증으로 바뀌었다. 마르첼로가 무뚝뚝하게 대답했다.

"예, 베르길리우스죠. 노인장께서는 어느 나라에서 오셨습니까?"

"난 영국인이오."

노인이 돌연 기이하게도 세련되고 반어적인 이탈리아어로 대답했다. 그러더니 한층 더 기이하게도 나폴리 방언을 섞어 쓰기 시작했다.

"오랫동안 나폴리에서 살았소…… 그대도 나폴리 출신인가?"

"아닙니다."

노인이 갑자기 친근하게 호칭을 바꾸자 깜짝 놀란 마르첼로가 말했다. 이제 참새들은 부스러기를 모두 먹어치우고 다시 날아가버렸다. 몇 발짝 떨어진 곳에 롤스로이스가 길가에 주차된 채 기다리고 있었다. 노인이 지팡이를 붙잡고 힘겹게 일어섰다. 이번에는 프랑스어로 명령하듯이 마르첼로에게 말했다.

"날 차로 데려다주겠는가? 팔 좀 빌려주시게."

마르첼로는 기계적으로 일어나 팔을 내밀었다. 담뱃갑은 그가 놓아둔 벤치 위에 그대로 있었다.

"담배를 놓고 가는구려."

노인이 지팡이 끝으로 담뱃갑을 가리키며 말했다. 마르첼로는 그의 말을 못 들은 체하고 차 쪽으로 발걸음을 내디뎠다. 노인은 말없이 그와 함께 걸어갔다. 그는 한 손으로 마르첼로의 팔을 붙잡고 천천히 걸었는데, 좀 전에 혼자 걸었을 때보다 훨씬 느렸다. 하지만 그의 손은 한곳에 가만히 있지 않고 이미 소유욕을 보이며 애무하듯이 마르첼로의 팔을 훑었다. 갑자기 마르첼로는 심장이 멎는 느낌이었다. 눈을 들자 그 이유를 알아챘다. 차가 거기에서 두 사람을 기다리고 있었고, 오래전에도 그랬듯이 타라는 말을 듣게 될 것임을 알았다. 하지만 그에게 가장 두려운 것은 요청을 거부하지 않을 것임을 알고 있다는 것이었다. 리노에게는 총에 대한 열망 이외에 일종의 무의식적인 추파를 느꼈다면 이 노인에게서는 놀랍게도 정복감이 느껴졌다. 그것은 과거에 이미 사악한 유혹에 빠졌다가 오랜 세월이 흐른 후 놀랍게도 같은 덫에 빠져 저항할 근거를 찾지 못하는 사람 같았다. 리노가 자신에게서 쾌락을 추구했으며,

실제로 자신은 리노를 뿌리치지 않았고 죽이지 않은 것 같다는 생각이 들었다.

이런 생각이 극히 순식간에 머릿속을 스쳐 지나가자 그것은 생각이라기보다는 거의 계시 같았다. 그는 눈을 들어 차에 다 왔음을 알았다. 다시 나온 운전사가 베레모를 손에 들고 열린 문 옆에서 기다리고 있었다. 노인이 마르첼로의 팔을 놓지 않은 채 말했다.

"그래…… 타겠소?"

마르첼로는 스스로의 결의에 흡족해하며 즉각 대답했다.

"감사합니다만, 호텔로 돌아가야 합니다. 아내가 기다리고 있습니다."

"저런."

노인이 장난기 어린 친밀감을 보이며 말했다.

"잠시 기다리게 두시오. 그게 부인에게 좋을 것이오."

그래서 마르첼로는 자신을 해명해야 한다고 생각하여 이렇게 말했다.

"오해하시는 것 같군요."

그는 주저하다가 곁눈으로 그들이 담뱃갑을 두고 온 벤치 옆에 멈춰 선 젊은 노숙자를 흘끗 보고 말을 이었다.

"저는 노인장이 생각하시는 그런 사람이 아닙니다. 저 사람이 더 취향일 것 같군요."

그는 바로 그때 재빠른 동작으로 담배를 몰래 호주머니에 넣고 있는 부랑자를 가리켰다. 노인도 그를 바라보고는 미소를 머금고 장난치듯이 뻔뻔하게 대답했다.

"저런 사람들은 차고 넘친다오."

"죄송합니다."

완전히 마음이 놓인 마르첼로가 냉정하게 말하고 발걸음을 옮기려 했다. 하지만 노인이 그를 저지했다.

"그러면 데려다주기만 하겠소."

마르첼로는 망설이다가 손목시계를 흘끗 보았다.

"좋습니다. 태워주세요. 괜찮으시다면요."

"내겐 큰 기쁨이지."

먼저 마르첼로가 차에 타고 노인이 뒤따라 탔다. 운전사는 문을 닫고 재빨리 운전석에 앉았다.

"어디로 가오?"

노인이 물었다. 마르첼로가 호텔 이름을 대자 노인은 운전사에게 영어로 무슨 말을 했다. 차가 달리기 시작했다.

차가 콩코르드 광장 방향으로 튈르리 공원 나무들 아래를 빠른 속도로 조용히 달리는 동안 마르첼로는 조용하고 승차감이 좋은 차라고 생각했다. 내부는 회색 펠트를 씌웠고, 문 옆에 붙인 구식 디자인의 크리스털 꽃병에는 치자꽃 몇 송이가 꽂혀 있었다. 잠시 침묵이 흐른 후 노인이 마르첼로 쪽으로 몸을 돌리고 말했다.

"담배 일은 미안하오. 가난한 사람으로 생각했다오."

"괜찮습니다."

마르첼로가 말했다. 노인은 잠시 입을 다물었다가 계속해서 말했다.

"난 좀처럼 틀리지 않는다오. 당신을 보고 단언할 수 있었소.

너무 확신해서 담배를 핑곗거리로 이용하는 게 창피할 지경이었소. 보는 것으로 충분할 거라고 확신했다오."

그는 가볍고, 냉소적이고, 정중하게 태연한 태도로 말했다. 그는 여전히 마르첼로를 동성애자로 생각하는 것이 분명했다. 사실 공모하는 듯한 그의 어조는 너무 권위적이어서 마르첼로는 "예, 그 말씀이 맞는 것 같군요. 그러니까 전…… 저는 몰랐지만 무의식중에 말이죠. 제가 차에 탔다는 게 그 증거죠"라고 대답해 그를 만족시키고 싶을 지경이었다. 대신에 그는 무뚝뚝하게 말했다.

"아무튼 틀렸습니다."

"그렇소."

차는 이제 콩코르드 광장의 오벨리스크를 돌았다. 그러더니 갑자기 다리 앞에 멈춰 섰다. 노인이 말했다.

"내가 왜 그렇게 생각했는지 아오?"

"아니요, 왜입니까?"

노인은 아무 말도 하지 않았다. 잠시 멈춘 후 차가 다시 움직이기 시작했다. 하지만 다리를 건너더니 센강 옆 도로 대신 하원 건물 뒤편 도로로 들어갔다. 마르첼로는 놀라서 노인 쪽으로 몸을 돌렸다.

"제 호텔은 센강변에 있는데요."

"우리 집으로 가고 있소. 뭐 좀 마시지 않겠소? 우리 집에 잠시만 들렀다 부인에게 가시오."

갑자기 마르첼로는 오래전 친구들이 자신에게 치마를 입히고 '마르첼리나'라고 소리치며 놀렸을 때 느꼈던 것과 동일한 굴욕감과 무력한 분노가 치미는 것을 느꼈다. 노인은 그 아이들 못지않게 그의 남성성을 믿지 않았다. 그들과 마찬가지로 집요하게 그를 여자처럼 생각했다. 마르첼로는 이를 악문 채 말했다.

"전 그저 늦었고, 노인장이 절 태워다주는 게 좋다고 생각해서 탄 겁니다. 그러니 이제 호텔로 데려다주십시오."

"오, 이보시오, 뭐가 문제요? 잠깐만요."

"저한테 그런 어조를 사용하시다니, 분명 잘못 보셨습니다. 저는 노인장이 생각하시는 그런 사람이 절대 아닙니다. 이미 말씀드렸고 지금 다시 말씀드리고 있습니다."

"의심이 많군. 난 아무 생각이 없소. 자, 날 그런 식으로 보지 마시오."

"당신은 원하는 게 있습니다."

마르첼로가 재킷 안주머니에 손을 집어넣으며 말했다. 그는 로마를 떠날 때 작은 권총을 갖고 왔고, 줄리아가 보게 될 수 있으므로 여행 가방에 두지 않고 항상 지니고 다녔다. 그는 주머니에서 권총을 꺼내어 다정하게 빈정거리며 자신을 대했던 노인에게 운전사가 보지 못하도록 조심스럽게 겨누었다. 그러자 노인은 눈을 내리깔았다. 마르첼로는 그가 어리둥절하고 거의 이해하지 못한 표정으로 갑자기 심각해지는 것을 보았다. 마르첼로가 말했다.

"아셨습니까? 이제 운전사에게 날 호텔로 데려다주라고 말하시죠."

노인이 즉각 큰 소리로 마르첼로의 호텔 이름을 댔다. 차가 속도를 줄이고 교차로로 들어왔다. 마르첼로는 총을 다시 주머니에 넣고 말했다.

"이제 됐습니다."

노인은 아무 말도 하지 않았다. 그는 이제 놀란 마음을 진정시킨 것 같았다. 그리고 마르첼로의 얼굴을 유심히 바라보았다. 차는 강변도로로 나와 흉벽 옆을 달리기 시작했다. 갑자기 마르첼로는 지붕 아래에 회전문이 달린 호텔 입구를 알아보았다. 차가 멈춰 섰다.

"이 꽃을 받아요."

노인이 꽃병에서 치자꽃 한 송이를 꺼내 그에게 내밀며 말했다. 마르첼로가 망설이자 노인이 말했다.

"부인에게 갖다줘요."

마르첼로는 꽃을 받은 뒤 고맙다고 말하고는 차에서 내렸다. 열린 문 옆에 운전사가 모자를 벗고 기다리고 있었다. 이탈리아어로 "잘 가요, 마르첼로!"라고 말하는 노인의 음성이 들린 것 같았는데, 아마도 환청일 것이었다. 하지만 그는 돌아보지 않고 두 손가락 사이에 치자꽃을 꼭 쥐고 재빨리 호텔로 들어갔다.

7

그는 프런트로 가서 객실 열쇠를 달라고 했다. 직원이 열쇠 캐비닛을 살펴본 후 말했다.

"아내분이 가져가셨습니다. 어떤 숙녀분과 같이 위층으로 가셨습니다."

"숙녀요?"

"예."

노인을 만나고 나서 감정이 가라앉지 않은 동시에, 리나가 줄리아와 함께 객실에 있다는 소식에 몹시 기뻐 흥분한 마르첼로는 엘리베이터로 향했다. 엘리베이터에 타 시계를 보고서야 그는 아직 여섯 시가 안 되었다는 것을 알았다. 무슨 일이 있어도, 무슨 핑계를 대서라도 리나를 데리고 나와 호텔 라운지 어두운 구석에 함께 앉아 앞으로 어떻게 해야 할지 결정해야 했다. 결정을 내린 후에는 일곱 시에 전화하기로 한 오를란도 요원과 확실하게 결별할 것이다. 이런 생각이 일치되는 건 좋은 징조인 것 같았다. 엘리베이터가 올라가는 동안 그는 여전히 손가락 사이에 꼭 쥐고 있던 치자꽃을 흘끗 보았다. 그리고 갑자기 노인이 자신에게 그걸 준 건 줄리아를 위해서가 아니라 진정한 아내인 리나를 위해서라고 확신했다. 그녀에게 사랑의 징표를 주는 건 이제 그에게 달려 있었다. 그는 복도를 달려가서 노크도 하지 않고 방으로 들어갔다. 더블 침대와 화장실로 이어지는 작은 현관홀이 있는 큰 방이었다. 마르첼로는 소리 내지 않고 문으로 다가가 현관의 어둠 속에서 잠시 망설였다. 그러다가 조금 열려 있는 침실 문 사이로 빛이 새어나오고 있음을 알았다. 그는 그녀에게 들키지 않고 몰래 훔쳐보고 싶은 열망에 사로잡혔다. 리나가 정말 그를 사랑하는지 확인할 기회였다. 그는 문틈으로 안을 들여다보았다.

침대 옆 탁자 위에는 스탠드가 켜져 있었고, 나머지 부분은 어둠에 싸여 있었다. 그는 줄리아가 흰 천으로 몸을 감은 채 베개에 등을 기대고 앉아 있는 것을 보았다. 흰 천은 이불이 아니라 화장실에서 가져온 두툼하고 부드러운 타월이었다. 그녀는 가슴 쪽에 두 손으로 타월을 잡고 있었지만, 밑부분이 넓게 벌어져 배와 다리가 드러나는 것은 막지 못했거나 그럴 생각이 없는 것 같았다. 넓은 흰색 치마가 원형으로 펼쳐진 채 줄리아의 발치에 웅크리고 앉아 있는 사람은 리나였다. 줄리아의 무릎에 이마를 대고 가슴을 줄리아의 정강이에 댄 채 두 팔로 다리를 감싸 안은 모습이었다. 줄리아는 리나를 비난하기는커녕 재미있어 하며 관대한 호기심을 품고, 다소 반듯이 누운 자세로 잘 보이지 않는 그 여인을 관찰하기 위해 목을 길게 빼고 있었다. 마침내 리나가 움직이지 않은 채 낮은 목소리로 말했다.

"잠시 여기에 이대로 있어도 괜찮겠어요?"

"괜찮아요. 하지만 곧 옷을 입을 거예요."

리나는 잠시 말이 없다가 마치 이전 대화를 재개하듯이 계속해서 말했다.

"하지만 당신은 너무 바보 같군요. 뭐가 문제죠? 결혼을 하지 않았다면 아무 문제도 없을 거라고 당신 입으로 말했잖아요."

줄리아가 애교를 부리며 대답했다.

"아마 그렇게 말했겠죠. 사모님 기분이 상하지 않도록 말이에요. 어쨌든 전 결혼했어요."

리나가 손동작을 멈추지 않은 채 격렬하게 비꼬며 말했다.

"하지만 누구와 결혼했는지 봐요."

"그 사람은 나한테 잘해줘요."

이제 리나의 손은 줄리아의 엉덩이에서 훤히 드러나 있는 사타구니로 이동했다. 간사하게도 뱀의 머리처럼 망설이면서 조금씩 움직여갔다. 하지만 줄리아는 그 손을 잡아 도로 내려놓고는 버릇없는 아이를 나무라는 유모처럼 너그러운 어조로 말했다.

"사모님을 안 보고 있다고 생각하진 마세요."

리나는 줄리아의 손을 잡고 생각에 잠겨 천천히 손에 입을 맞추기 시작했다. 때로 개처럼 격렬하게 줄리아의 손바닥에 얼굴 전체를 비볐다. 그러고는 숨소리를 섞어 극히 다정하게 말했다.

"바보 같은 사람."

긴 침묵이 이어졌다. 리나의 모든 동작에서 발산하는 진한 열정은 줄리아의 무신경한 상태나 무관심과 기묘한 대조를 이루었다. 그녀는 더 이상 호기심이 없는 것 같았다. 리나가 자기 손에 키스하고 애무하도록 내버려두는 동안 핑곗거리를 찾는 사람처럼 주위를 둘러보았다. 마침내 리나가 손을 거두고 일어나며 말했다.

"움직이지 말아요! 옷이 어디에 있는지만 말해요. 내가 직접 입혀줄게요!"

문을 등지고 선 그녀는 줄리아를 완전히 가렸다. 마르첼로는 아내가 웃으며 "그러니까 하녀 노릇까지 하고 싶으시군요"라고 말하는 것을 들었다.

"그게 뭐가 어때서요? 당신에겐 아무 의미도 없지만. 내겐 무척 큰 기쁨이에요."

"됐어요. 혼자 입겠어요."

마치 옷을 입고 있는 리나에게서 분할되어 나오듯, 줄리아가 알몸으로 나타나서 발끝으로 마르첼로의 눈앞을 지나 방 안쪽으로 사라졌다. 그러더니 그녀의 음성이 들렸다.

"보지 마세요. 완전히 뒤돌아 계세요. 창피하단 말이에요."

"같은 여자끼리 뭐가 창피해요?"

"말씀하시는 걸 보면 여자죠. 하지만 저를 쳐다보실 땐 남자 같다고요."

"그러면 내가 갔으면 좋겠다고 똑바로 말해요."

"아니요. 여기 계세요. 절 보지만 마세요."

"안 보고 있어요. 바보 같긴. 당신을 보는 게 나한테 중요할 거라고 생각해요?"

"화내지 말고 이해해주세요. 처음에 저한테 그런 식으로 말씀하시지 않았다면 지금 전 창피하지 않았을 거고, 사모님도 원하는 만큼 절 보실 수 있었을 거예요."

머리 위로 원피스를 뒤집어쓰며 말하는 것처럼 숨 막히는 듯한 목소리였다.

"내가 도와주면 안 될까요?"

"오, 세상에. 정말 그렇게 원하신다면 그러세요."

리나는 주저하는 동시에 몸이 달아 흥분되면서 굴욕을 느끼는 듯, 단호하지만 자신 없는 동작으로 몸을 움직였다. 그녀는 잠시 옆모습을 보이며 마르첼로 앞을 지나 줄리아의 목소리가 나오고 있는 방 안쪽으로 사라졌다. 잠시 침묵이 흐른 후, 줄리아가 성급하게 소리 질렀지만 화난 건 아니었다.

"어머, 정말 성가시게 구는군요!"

리나는 아무 말도 하지 않았다.

이제 램프 불빛이 빈 침대 위 줄리아의 엉덩이가 젖은 타월에 남긴 자국을 비추었다. 마르첼로는 문틈에서 물러나 복도를 따라 온 길을 되돌아갔다. 문에서 몇 걸음 멀어지자 그는 놀라고 고통스러워서 미처 인식하지 못한 채 의미심장한 일을 했음을 알게 되었다. 노인이 주었고 리나에게 주려 했던 치자꽃을 손가락 사이에서 무의식적으로 뭉개버린 것이다.

그는 꽃을 카펫 위에 떨어뜨리고 계단으로 향했다. 그는 1층으로 내려가 해 질 녘의 흐릿한 인공적인 불빛에 싸인 센강변으로 나갔다. 멀리 다리에 모여 있는 백색 등, 쌍을 이룬 차들의 노란색 전조등, 창의 오렌지색 직사각형 조명 등 불빛이 벌써 켜져 있었다. 밤은 맞은편 강가에 있는 뾰족탑과 지붕들의 검은색 윤곽 뒤편의 맑은 초록빛 하늘로 짙은 연기처럼 솟아오르고 있었다. 마르첼로는 흉벽으로 걸어가서 거기에 팔꿈치를 올려놓고, 이제는 검은색 물결 뒷면에 보석과 다이아몬드를 품고 있는 것 같은 센강의 캄캄해진 물을 내려다보았다. 그가 느끼는 감정은 이미 재앙 자체의 혼란보다는 재앙에 뒤따르는 치명적인 고요와 더 흡사했다. 그는 그날 오후 몇 시간 동안 사랑을 믿었음을 알게 되었다. 그러나 이제는 진정한 사랑이라는 선물이 존재하지 않고, 가장 당연하고 일반적인 것에서 가장 비정상적이고 기이한 것에 이르기까지 성적인 관계만 존재할 뿐이어서 자신이 완전히 흔들리고, 바싹 마르고, 부패된 세계를 방황하고 있음을 깨달았다. 리나가 그에게 느낀 것은 분명 사랑이 아니었고, 리나가 줄리아에게 느낀 것도 사랑이 아니었다. 자신과 아내의 관계는 사랑이라 부를 수 없었고, 리나의 구애에 넘어간 그토록 너그러운 줄리아도 진정한 의미에서는 그를 사랑하지 않았을 것이다. 폭풍우 치는 황혼처럼 이 어둡고 번쩍이는 세계에서 무작위로 길을 건너는 남자와 여자, 여자와 남자라는 모호한 인물들이 불확실성을 높이면서 운명에서 도망칠 수 없는 상황에 처했음을 애매하게 암시하는 것 같았다. 사랑이 없다는 이유만으로 그는 자신의 임무를 수행하고 동물적이고 예측할 수 없는 일, 즉 줄리아와 가족을 이루겠다는 의도를 관철시킬 것이다. 이것이 정상성이었다. 즉 이 임시변통의 해결책과 공허한 형태가 정상성이었다. 그 밖에는 모든 것이 혼란이자 무법 상태였다.

그는 또한 리나의 분명한 행동을 통해 낮에 만났을 때처럼 그녀를 대하기가 어렵다는 생각이 들었다. 그녀는 솔직하게 선언한 대로 그를 경멸하고 증오했다. 하지만 마르첼로와의 관계를 서둘러 끝내서 그토록 원하는 줄리아를 만날 가능성이 없어지지 않도록 그에게 끌리는 척했던 것이다. 하지만 이제 마르첼로는 그녀에게서 이해도 동정도 기대할 수 없음을 알게 되었다. 돌이킬 수 없이 확고한 적의에 직면한 채 성적 비정상성, 정치적 반감, 도덕적 경멸로 뒤덮인 그는 통렬하고 무기력한 고통을 느꼈다. 그를 그토록 매혹시킨 그녀의 눈과 이마에서 흘러나오는 순수하고 지적인 빛은 결코 그를 비추면서 애정을 기울여 그를 진정시키고 밝혀주지 않을 것이었다. 리나는 성적인 아첨, 애원, 가증스러운 포옹으로 그것을 손상시키고 모욕하는 쪽을 택했다. 이 시점에서 그는 그녀가 줄리아의 무릎에 얼굴을 대고 있는 모습을 보았을 때, 그 매음굴에서 매춘부 루이자가 오를란도에게 안기는 걸 보며 느꼈던 것과 같은 모독을 느꼈다. 줄리아는 오를란도가 아니라고 그는 생각했지만 그 이마가 누구 앞에서든 품위를 잃는 것은 원치 않았으므로 실망했다.

그가 생각하는 동안 밤이 되었다. 마르첼로는 마음을 추스르고 호텔 쪽으로 몸을 돌렸다. 때마침 흰색 옷을 입은 리나가 호텔에서 나와 보도 옆에 바짝 대놓은 자동차 쪽으로 급히 걸어가는 모습이 보였다. 그는 그녀의 행복하고 은밀한 분위기에 놀랐는데, 마치 먹이를 입에 물고 닭장을 빠져나오는 담비나 족제비 같았다. 그것은 거절당한 사람의 태도는커녕 외려 정반대였다. 아마도 리나는 억지로 줄리아에게서 어떤 약속을 받아냈을 것이다. 아니면 성적으로 수동적인 줄리아가 지쳐서 자신에게는 아무런 의미도 없지만 리나에게는 소중한 애무를 받아들였을 것이다. 리나는 차문을 열고 올라타더니 옆으로 앉아 다리를 끌어당겼다. 마르첼로는 그녀가 차를 몰고 가는 것을 보았는데, 아름다운 옆얼굴은 우아한 동시에 자신 있어 보였고, 손은 핸들에 올려놓았다. 차가 멀리 사라지자 마르첼로는 다시 호텔로 들어갔다.

그는 위층으로 걸어 올라가서 노크를 하지 않고 객실로 들어갔다. 모든 것이 정리되어 있었다. 줄리아는 옷을 다 입고 옷장 거울 앞에 앉아 머리를 빗고 있었다. 그녀가 돌아보지 않은 채 태연하게 물었다.

"당신이에요?"

"그래, 나야."

마르첼로가 침대 위에 앉으며 대답했다. 그는 잠시 기다렸다가 물었다.

"재미있었어?"

즉시 아내가 자리에 앉은 채 몸을 반쯤 돌리고 쾌활하게 말했다.

"예, 무척요. 예쁜 것을 많이 봤어요! 마음을 뺏긴 상점이 적어도 열 곳은 돼요."

마르첼로는 아무 말도 하지 않았다. 줄리아는 말없이 머리를 다 빗은 다음, 일어서서 다가와 그 옆에 나란히 앉았다. 그녀는 목선이 깊고 넓은 검은색 원피스를 입었다. 목선에서부터 달아

오른 두 개의 단단한 가슴이 솟아 있었다. 마치 바구니에 담긴 두 개의 아름다운 과일 같았다. 천으로 만든 진홍색 장미가 어깨 근처에 핀으로 꽂혀 있었다. 크고 빛나는 눈과 도톰한 입술이 자리한 젊고 상냥한 얼굴은 평소의 나른한 관능을 표정에 담고 있었다. 그녀가 무의식적으로 웃자, 선명한 색상의 립스틱을 바른 입술 사이로 매우 희고 고른 치아가 보였다. 그녀는 애정을 담아 그의 손을 잡으며 말했다.

"나한테 무슨 일이 있었는지 맞혀봐요."

"뭔데?"

"그분 말이에요, 콰드리 교수 사모님, 정상이 아니야."

"무슨 뜻이야?"

"여자를 좋아하는 여자라고요. 그리고 상상이 가는지 모르겠지만 나와 사랑에 빠졌어요. 그러니까 첫눈에 반한 거죠. 당신이 가고 나서 그렇게 말했어요. 그래서 자기 집에 머물면서 쉬라고 그토록 고집을 부린 거였어요. 내게 진심으로 사랑한다고 말했어요. 누가 그걸 상상이나 했겠어요?"

"당신은 어때?"

"난 정말 생각지도 못한 거예요. 너무 피곤해서 자려고 했죠. 처음에는 사모님을 이해하지 못했어요. 마침내 알게 되자 어떻게 해야 할지 몰랐어요. 남자들처럼 격렬하고 진정한 열정이었어요. 말도 안 돼요. 사모님처럼 그렇게 조심스럽고 냉정해 보이던 여자에게서 그런 걸 상상이나 했겠어요?"

마르첼로가 부드럽게 대답했다.

"아니, 예상하지 못했을 거야. 당신이 그런 감정 표현을 주고

받을 거라고 기대하지 않은 것처럼 말이야."

"뭐예요? 혹시 질투하는 거예요?"

그녀가 칭찬이라도 들은 듯 즐겁게 웃음을 터뜨리며 소리쳤다.

"여자를 질투해요? 그러니까 내가 사모님에게 관심을 보였더라도 당신은 질투할 필요가 없어요. 여자는 남자가 아니에요. 걱정 말아요. 우리 사이엔 거의 아무 일도 없었어요."

"거의라니?"

"거의란 건."

그녀가 신중한 어조로 대답했다.

"사모님이 무척 필사적인 걸 보고 날 호텔로 태워다주는 동안 손을 잡게 했거든요."

"손만 잡았어?"

"음, 당신 질투하는군요."

그녀가 기뻐하며 다시 소리쳤다.

"분명 질투네요. 당신에게 이런 면이 있는 줄 몰랐는데. 좋아요. 정말 알고 싶다면 말이죠."

그녀가 잠시 후 계속해서 말했다.

"키스도 허락했어요. 하지만 자매끼리 하는 입맞춤 같은 거였어요. 그러고는 사모님이 요구하는 게 많고 귀찮아서 보내버렸어요. 그게 다예요. 이제 말해봐요. 아직도 질투해요?"

그가 부드럽게 물었다.

"당신은 예전에 이런 적이 있었어?"

"아뇨, 없었어요."

그녀가 단호하게 대답했다. 이 쌀쌀맞은 어조는 그녀에게서 접하지 못했던 것이어서 마르첼로는 그녀가 거짓말을 하고 있음을 바로 알아챘다. 그가 집요하게 말했다.

"왜 거짓말해? 그런 걸 몰랐던 사람이라면 콰드리 부인에게 그렇게 응하지 않았을 거야. 사실대로 말해봐!"

"그런데 그게 당신에게 왜 중요하죠?"

"알고 싶어서 그래."

줄리아는 눈을 내리깔고 잠시 입을 다물고 있다가 천천히 말했다.

"그 남자, 그 변호사 얘기 했죠? 당신을 만날 때까지 난 그 사람 때문에 남자가 정말 무서웠어요. 그래서 내 또래 여자 친구를 사귀었지만 오래가지도 못했어요. 그 애는 날 정말 사랑했고, 내게 애정이 가장 필요한 순간에 무엇보다도 그 애의 애정이 내게 확신을 주었어요. 그러다가 그 애가 날 독점하려 들었어요. 요구가 많아지고 질투를 해서 난 그 관계를 끝냈어요. 가끔 마주치는데 불쌍하게도 그 애는 날 아직도 사랑해요."

잠시 말없이 어색한 태도를 보인 후, 이제 그녀의 얼굴은 평소의 차분한 표정을 되찾았다. 그녀는 그의 손을 잡으며 말했다.

"걱정 말아요. 질투하지 말아요. 난 당신만 사랑하는 거 알잖아요."

"알지."

이제 그는 기차에서 줄리아가 눈물을 흘린 일과 자살을 시도하던 일이 생각났고, 그녀가 진심임을 알게 되었다. 그녀는 틀에 박힌 방식으로 처녀성을 잃은 것을 배신으로 여긴 반면, 이런 과거의 실수는 전혀 중시하지 않았다. 줄리아가 다시 말했다.

"있잖아요. 사모님은 정말 미친 것 같아요. 그녀가 원하는 게 뭔지 알아요? 우리 모두 며칠 후에 사부아로 갔으면 한대요. 그곳에 별장이 있다는데, 벌써 일정도 짰더라고요."

"무슨 일정?"

"교수님이 내일 떠나신대요. 하지만 사모님은 며칠 더 파리에 있을 거고요. 할 일이 있다고 하는데, 아마 나 때문인 것 같아요. 우리 모두 함께 산속에서 일주일 동안 지내기를 원하더군요. 우리가 신혼여행 중이라는 건 생각도 안 하나 봐요. 당신은 안중에도 없는 것 같아요. 사부아 별장 주소를 적어주고 당신을 설득해서 그곳으로 오도록 시켰어요."

"주소가 어떻게 되는데?"

줄리아가 침대 옆 대리석 탁자 위에 놓인 종이를 가리키며 말했다.

"저기 있어요. 그런데 왜요? 받아들일 생각인 건 아니죠?"

"아니. 당신은 원하겠군."

"세상에, 당신은 정말 내가 사모님에게 관심이 있다고 생각해요? 이상한 걸 요구해서 보내버렸다고 말했잖아요!"

그러는 동안 그녀는 침대에서 일어나 방을 나갔다. 그녀가 욕실에서 소리쳤다.

"그런데 반 시간 전에 어떤 사람이 전화해서 당신을 찾았어요. 남자였고요. 이탈리아 사람이었어요. 자기가 누군지 말하고 싫어 하지 않았어요. 전화번호를 남겼는데 가능한 한 빨리 전화해달라고 했어요. 거기 종이에 번호를 적어놨어요."

마르첼로는 종이를 집어 들고 호주머니에서 수첩을 꺼냈다. 종이에는 오를란도의 전화번호뿐 아니라 콰드리의 사부아 주소도 적혀 있었다. 그는 이제 그날 오후의 덧없는 행복에서 제정신으로 돌아왔다는 생각이 들었다. 수첩에 종이를 끼워 넣는 행동에 뒤따르는 우울감에서 이를 알 수 있었다. 그는 수첩을 호주머니에 다시 집어넣으며 다 끝났다고 생각했다. 그리고 자신의 인생에서 사랑이라는 덧없는 망령은 결국 인생이 확실하게 자리 잡는 과정에서 받는 충격에 지나지 않았다.

그는 잠시 동안 다시 리나를 생각했다. 줄리아에 대한 그녀의 갑작스러운 열정에서 운명의 명백한 신호를 엿본 것 같았다. 자신에게 사부아 집 주소를 주었을 뿐 아니라 오를란도와 부하들이 나타날 때 그녀는 거기에 없을 것이기 때문이었다. 콰드리가 혼자 출발하고 리나가 파리에 남기로 결정한 것은 작전 계획에 완벽하게 들어맞았다. 다르게 흘러간다면 오를란도와 자신의 작전을 어떻게 수행할 수 있을지 알 수 없었다. 그는 일어나 아내에게 로비에서 기다리겠다고 큰 소리로 말하고 방을 나갔다. 복도 끝에 전화 부스가 있어서 그는 그곳을 향해 거의 자동으로 천천히 걸어갔다. 수화기에서 오를란도 요원이 "그래요, 박사님. 우리 간단하게 식사라도 하실까요?"라고 익살스럽게 묻는 목소리가 들렸을 때에야 안개 속을 헤매는 생각에서 빠져나왔다. 그는 차분히, 조용하지만 확실하게 콰드리의 여행에 대해 오를란도에게 말하기 시작했다.

8

그들이 라틴 지구의 좁은 옆길에 정차한 택시에서 내렸을 때 마르첼로는 간판을 올려다보았다. 오래된 회색 집 2층 높이에 갈색 바탕에 흰색 글씨로 '르 코코뱅'이라고 쓰여 있었다. 그들은 식당 안으로 들어갔다. 붉은색 벨벳 소파가 사방에 늘어섰고 소파 앞에 테이블이 줄지어 놓여 있었다. 테두리가 도금된 오래된 직사각형 거울이 고요한 조명 속에서 중앙의 샹들리에와 몇몇 손님의 머리를 비추고 있었다. 마르첼로는 한쪽 구석에 앉아 있는 콰드리를 곧바로 알아보았다. 그 옆에는 그의 아내가 앉아 있었다. 그는 아내보다 머리 하나는 더 작고 검은색 옷차림이었으며, 안경 너머로 와인 목록을 살펴보고 있었다. 한편 리나는 하얀 팔과 가슴, 그리고 창백한 얼굴이 강조되는 검은색 벨벳 원피스를 입고 미동도 하지 않은 채 똑바로 앉아서 걱정스럽게 문을 지켜보고 있는 듯했다. 줄리아를 보자 그녀는 바로 일어섰다. 그 뒤로 그녀에게 거의 가려진 채 교수도 일어섰다. 두 여자는 악수를 했다. 무심코 눈을 치켜뜬 마르첼로는 거울에 비친 믿기지 않는 유령을 보았다. 자신을 지켜보고 있는 오를란도의 머리였다. 그와 동시에 식당의 대형 괘종

시계가 깨어나 금속 내부가 뒤틀리는 소리를 내며 마침내 시간을 알리기 시작했다.

"여덟 시네요. 정말 정확하시군요."

리나가 만족한 듯 외쳤다. 마르첼로는 몸이 떨렸다. 시계추가 계속해서 그의 울적함과 엄숙한 떨림으로 가득한 마음을 진자를 그리며 치는 동안 손을 내밀어 콰드리가 내미는 손을 잡고 악수했다. 시계가 마지막 한 번을 크게 치자 그는 콰드리의 손을 꽉 쥐고 이 악수를 통해 오를란도에게 표적물을 알리기로 협의한 게 기억났다. 갑자기 그는 그날 오후에 장난으로 자신과 비교했던 유다가 그랬던 것처럼, 몸을 숙여 콰드리의 왼쪽 빰에 입을 맞추고 싶을 지경이었다. 실제로 입술 아래로 턱의 거친 감촉이 느껴지는 것 같았고 그 같은 연상의 힘에 놀랐다. 그는 다시 눈을 들어 거울을 보았다. 오를란도의 머리가 허공에 떠 있는 것처럼 여전히 거울 안에서 그들에게 눈을 고정하고 있었다. 마침내 네 사람 모두 자리에 앉았다. 그와 콰드리는 의자에, 두 여자는 맞은편 소파에 앉았다.

소믈리에가 와인 목록을 가져오자 콰드리는 세심히 따져서 와인을 주문하기 시작했다. 그는 그 일에 완전히 몰입한 것 같았고, 분명 매우 잘 알고 있을 와인의 품질에 대해 소믈리에와 오래 의논했다. 마침내 그는 생선 요리를 위해 단맛이 없는 백포도주, 육류에 어울리는 레드와인 그리고 얼음 넣은 샴페인을 주문했다. 소믈리에가 가자 이번에는 웨이터가 왔고, 같은 장면이 반복되었다. 음식에 관한 설명, 망설임, 고민, 질문, 대답이 이어졌다. 드디어 전채, 생선, 육류를 골라 주문했다. 그러는 동안 리나와 줄리아는 낮은 목소리로 이야기를 나누었다. 마르첼로는 리나에게 시선을 고정한 채 일종의 최면 상태에 빠져 있었다. 콰드리와 악수할 때 등 뒤에서 들렸던 시계추의 광적인 울림이 귓가에 아른거렸다. 거울 속에서 자신을 바라보던 오를란도의 몸체 없는 머리가 여전히 보이는 것 같았다. 그러자 그 순간 마치 교차로 한가운데에 놓여 차가 달려오기를 기다리는 돌처럼, 그렇게 운명과 철저하게 맞닥뜨린 적이 이전에는 전혀 없었음을 깨달았다. 그는 콰드리가 평소의 그 무심한 어조로 묻는 걸 듣고 정신이 돌아왔다.

"파리는 돌아봤나?"

"예, 조금요."

"맘에 드나?"

"무척 좋습니다."

"그래, 아름다운 도시지."

콰드리가 마치 혼잣말을 하면서 거의 마르첼로에게 양보하듯이 말했다.

"하지만 어제 얘기했던 점에 주목했으면 하네. 이탈리아 신문이 떠드는 것처럼 부패로 가득하고 악에 찌든 도시가 아니야. 분명 이 생각에 동의할 걸세. 실제로 현실과 전혀 관계가 없어."

"전 파리를 그렇게 생각하지 않습니다."

마르첼로는 다소 놀랐다. 교수가 그를 보지 않고 말했다.

"그렇게 생각하지 않는다니 놀랍군. 자네 세대의 젊은이들은 모두 이렇게 생각하지. 강해지려면 금욕적이어야 한다고 생각하고, 금욕적인 느낌을 갖고자 실제로 존재하지 않는 희생양을 조작하지.”

“전 특별히 금욕적이라고 생각하지 않습니다.”

마르첼로가 무뚝뚝하게 말했다.

“자넨 분명 그렇지. 지금 증명해주겠네.”

교수가 말했다. 그는 웨이터가 테이블에 애피타이저 접시를 놓고 갈 때까지 기다렸다.

“어디 보자. 분명 내가 와인을 주문하는 동안 자네는 내가 그런 걸 음미할 수 있다는 사실에 속으로 놀랐을 거야. 그렇지 않은가?”

그걸 어떻게 알았을까? 마르첼로는 마지못해 시인했다.

“교수님 말씀이 맞을 수도 있겠지만, 교수님을 평가한 것은 아닙니다. 그저 이상해 보였을 뿐입니다. 교수님 말씀을 빌리자면, 교수님은 무척 금욕적으로 보이시니까요.”

“자네와는 다르게 말이지.”

교수가 흡족한 듯 반복해서 말했다.

“그러면 계속해보자고. 사실대로 말해보게, 자넨 와인을 좋아하지 않고 이해도 못 하지.”

“예, 사실 전 술을 거의 마시지 않습니다. 그런데 그게 중요합니까?”

“매우 중요하지. 무척 중요해. 또 다른 걸 맞혀보겠네. 자넨 좋은 음식을 즐길 줄 모르지.”

“제가 먹는 건,”

마르첼로가 말을 시작했다.

"살기 위해서지."

교수가 의기양양하게 말을 받았다.

"그게 내가 하려는 말이야. 마지막으로, 분명 자넨 사랑에 대해 편견을 가지고 있어. 이를테면 공원에서 키스하는 남녀를 본다면 자네의 첫 느낌은 비난과 혐오일 테고, 이 동네 사람들은 창피한 줄 모른다고 추론할 가능성이 매우 높지. 그렇지 않은가?"

이제 마르첼로는 콰드리가 의도하는 바를 알아챘다. 그는 힘을 주어 말했다.

"전 아무것도 추론하지 않습니다. 사실 전 태생적으로 이런 것에 취향이 없는 것 같습니다."

"그뿐만 아니라 그런 취향을 갖고 있는 사람도 자네에겐 죄인처럼 비천해 보이지…… 사실대로 말해보게."

"아니요, 틀리셨어요. 그저 저와 다를 뿐입니다. 그것뿐입니다."

"우리에게 동조하지 않는 사람은 적이야."

교수가 갑자기 정치로 화제를 돌리며 말했다.

"근래에 이탈리아뿐 아니라 다른 곳에서도 활발하게 반복되는 모토 중 하나가 아닌가?"

그사이 교수는 무척 즐겁게 먹기 시작하는 바람에 안경이 코에 걸렸다. 마르첼로가 무뚝뚝하게 말했다.

"사실 전 정치가 이런 것에 해당된다고 생각하지 않습니다."

"에드몬도."

리나가 끼어들었다.

"응."

"정치 얘기는 하지 않겠다고 약속했잖아요."

"정치 얘길 하는 게 아니야. 파리에 대해 얘기하고 있었어. 그리고 결론은 파리는 사람들이 먹고, 마시고, 춤추고, 공원에서 서로 키스하는 것, 다시 말해서 즐기는 걸 좋아하는 도시라서 이 친구가 파리에 대해 좋지 않게 평가할 수밖에 없다는 거지."

이번에 마르첼로는 아무 말도 하지 않았다. 줄리아가 미소 지으며 남편 대신 대답했다.

"음, 전 파리 사람이 무척 좋아요. 정말 매력적인 사람들이에요!"

"맞아요."

교수가 인정하며 대답했다.

"부인께서 남편을 고쳐주셔야 해요."

"하지만 아프지 않은걸요."

"아니요, 아파요. 금욕으로 아프답니다."

교수가 접시 위로 고개를 숙인 채 말했다. 그리고 이 사이로 거의 억지로 말을 내보내듯 말을 이었다.

"아니, 금욕은 증상일 뿐이죠."

이제 마르첼로는 리나의 말에 따르면 자신에 대해 전부 알고 있는 교수가 쥐를 가지고 노는 고양이처럼 자신을 조롱하면서 즐기고 있음을 확실하게 눈치챘다. 그런데도 그는 그날 오후 콰드리의 집에서 시작되어 사부아 별장에서 피를 보며 끝날 예정인 매우 음흉한 작전에 비하면 이것은 매우 순수한 게임이라고 생각하지 않을 수 없었다. 그는 일종의 우울한 추파를 던지며 리나에게 물었다.

"사모님이 보시기에도 제가 그렇게 금욕적입니까?"

그는 그녀가 내키지 않는 차가운 시선으로 자신을 바라보는 것을 보았다. 그 시선에서 서글프게도 그녀가 자신에게 느끼는 깊은 반감을 읽어낼 수 있었다. 그런 와중에 분명 리나는 사랑에 빠진 여인 역할의 연기를 다시 하려고 결심한 것 같았다. 그녀가 억지로 미소를 지으며 대답했다.

"당신은 잘 모르지만, 분명 매우 진지하다는 인상이에요."

"오, 그래요."

줄리아가 애정을 담아 남편을 바라보며 말했다.

"있죠, 이 사람을 만난 이후 웃는 걸 본 게 열 번도 안 될 거예요. 너무 진지해요."

리나는 이제 그를 똑바로 쳐다보며 악의적인 시선을 보냈다. 그녀가 천천히 말했다.

"아니, 아니에요. 내가 잘못 봤어요. 진지하다는 건 정답이 아니에요. 걱정스러워 보인다고 하는 게 낫겠어요."

"뭘 걱정하는 거죠?"

마르첼로는 그녀가 무관심하다는 듯 어깨를 으쓱하는 것을 보았다.

"사실 그건 모르겠어요."

그녀가 말했다. 하지만 그와 동시에 그는 너무 놀랍게도 테이블 아래에서 그녀의 발이 천천히 의도적으로 그의 발에 닿더니 누르는 것을 느꼈다. 콰드리가 온화하게 말했다.

"클레리치, 걱정스러워 보이는 것에 대해 너무 걱정하지 말게나! 그저 시간을 보내기 위한 잡담일 뿐이야. 자넨 신혼여행 중이니 그것만 생각하게. 그렇지 않습니까, 부인?"

그는 줄리아를 보고 미소를 지었다. 어딘가 손상된 듯 찡그린 것처럼 보이는 특이한 미소였다. 줄리아도 그를 보고 미소 지으며 즐겁게 말했다.

"분명, 그것만 생각하고 있을 거예요. 그렇죠, 마르첼로?"

리나의 발이 계속해서 그의 발을 눌렀다. 이러한 신체 접촉에 그는 마치 애정 관계의 모호함이 생애 전체를 침범했는데 시나리오가 하나가 아니라 둘인 것처럼 쪼개지는 느낌이었다. 첫번째 시나리오는 자신이 오를란도에게 콰드리의 존재를 알려주고 줄리아와 함께 이탈리아로 돌아가는 것이었다. 두번째 시나리오는 콰드리를 구하는 대신 줄리아를 버리고, 리나와 함께 파리에 남는 것이었다. 두 시나리오가 교차하여 이중 인화한 두 장의 사진처럼 합쳐졌다. 회한과 공포, 희망과 슬픔, 체념과 반항 같은 그의 감정으로 두 장의 사진은 다양하게 채색되었다. 마르첼로는 리나가 오직 그를 속이고 사랑에 빠진 여자 역할에 충실하기 위해 연기하고 있음을 확실하게 알고 있었다. 그런데도 터무니없지만 그녀가 정말 자신을 사랑하기를 바랐다. 한편 그는 도대체 그녀가 감정을 공유하는 많은 몸짓 중에서 왜 그토록 전통적이고 상스러운 움직임을 선택했는지 궁금했다. 마치 자신을 속이는 데는 섬세함과 창의성이 그리 많이 필요치 않다고 말하는 것 같아 그 선택이 다시 한번 자신에 대한 경멸을 확인해주는 것만 같았다.

리나는 여전히 그의 발을 누르고 의도적으로 그를 뚫어지게 쳐다보며 말했다.

"그리고 두 분 신혼여행 말인데요, 줄리아에게는 벌써 얘기했는데 당신에게 말할 용기가 없었나 봐요. 제가 직접 말씀드릴게요. 남은 시간을 사부아에 와서 지내는 게 어떠세요? 우리 집에서요. 여름 내내 그곳에 있을 거예요. 손님방이 멋져요. 일주일이든 열흘이든, 원하는 만큼 머물러도 돼요. 그곳에서 지낸 후 바로 이탈리아로 돌아가시면 되겠네요."

그녀가 발 장난을 한 이유가 바로 이 말을 하기 위해서였다고 생각하니 마르첼로는 실망스러웠다. 그는 그녀의 초청이 오를란도의 계획과 잘 맞는다고 생각되었다. 초대를 받아들인다면 리나는 파리에 남을 거고, 그동안 오를란도는 산속에서 콰드리를 처리할 시간을 확보할 것이다. 그는 천천히 말했다.

"저로서는 사부아에 가는 것에 반대할 이유가 없습니다. 하지만 일주일 내로는 안 됩니다. 일주일 동안은 파리에 있어야 합니다."

마르첼로는 그녀가 더 이상 자신의 발을 누르지 않는 것을 느꼈다. 필요성이 없어지자 이런 작은 애무도 그만둔 것이다. 리나는 고맙다는 눈짓조차 보내지 않았다. 리나에게서 아내로 시선을 옮기자 아내는 불만스러운 표정이었다. 그때 줄리아가 말했다.

"죄송하지만 전 남편과 생각이 달라요. 또한 사모님께 불손한 것 같아서 죄송하지만, 저희는 사부아로 갈 수 없어요."

"왜지?"

마르첼로는 저도 모르게 큰 소리를 내버렸다.

"파리를 다 보고 나면, 당신도 알다시피 친구들을 만나러 코트다쥐르로 가야 하잖아요."

그것은 거짓말이었다. 그들에겐 그런 친구가 없었다. 마르첼로는 줄리아가 리나를 멀리하려는 동시에 여자에게 관심이 없다는 것을 자신에게 보여주기 위해 거짓말을 하고 있음을 알아챘다. 하지만 리나가 줄리아의 거절에 정이 떨어져서 콰드리와 함께 갈까 봐 걱정되었다. 그래서 그는 상황을 수습하고 저항하는 아내가 초대에 확실히 응하게 만들어야 했다. 그가 급히 말했다.

"오, 그 친구들은 안 만나도 돼. 나중에 시간이 있을 거야."

"코트다쥐르라고요? 끔찍한 곳이에요."

마르첼로의 도움에 신이 난 리나가 소리치며 고조된 목소리로 명랑하고 성급하게 말했다.

"누가 코트다쥐르에 가죠? 라스타파리 신자, 남아프리카인, 매춘부나 가겠죠."

"예, 하지만 저희는 약속했어요."

줄리아가 고집스럽게 말했다. 마르첼로는 리나의 발이 다시 자신의 발을 누르는 것을 느꼈다. 그는 애써 다시 물었다.

"줄리아, 그만 가는 걸로 하는 게 어때?"

"당신이 정말 원한다면."

줄리아가 고개를 숙이며 말했다. 마르첼로는 리나가 불안하고 슬프고, 초조하고, 놀란 얼굴로 줄리아에게 시선을 돌리는 것을 보았다. 리나가 실망감이 담긴 목소리로 소리쳤다.

"그런데 왜 그 끔찍한 코트다쥐르를 보려고 하는 거죠? 거긴 시골이고, 촌스러운 사람만 그곳에 가고 싶어 하는데. 당신 같은 경우라면 망설일 필요가 없어요."

그녀가 갑자기 필사적으로 쾌활하게 말을 이었다.

"우리에게 말하지 않는 이유가 있을 거예요. 남편과 내가 맘에 들지 않는 거죠?"

마르첼로는 이 정열적인 왜곡을 존경하지 않을 수 없었다. 리나는 그와 콰드리 앞에서 줄리아와 사랑싸움까지 하게 되었다. 놀란 줄리아가 반박했다.

"세상에…… 무슨 말씀이세요."

대화를 따라가는 것보다 식사를 훨씬 더 즐기는 듯 말없이 먹고 있던 콰드리가 평소의 무관심한 태도로 말했다.

"리나, 숙녀분이 당황하시잖아. 당신 말대로 우릴 좋아하지 않는 게 사실이더라도 우리한테 절대 얘기하지 않겠지."

"그래요. 당신은 우릴 싫어해요."

그녀가 남편에게는 관심도 보이지 않고 계속 말했다.

"아니면 사실 나만 싫어하는 거죠. 그렇지 않나요? 날 싫어하죠? 생각해봐요."

그녀가 마르첼로를 돌아보며 여전히 필사적이면서 쾌활하게, 속되고 암시적인 말을 이었다.

"아니면 때때로 당신을 좋아해주었으면 하는 바로 그 사람이 당신을 참을 수 없어 한다고 생각해보라고요. 사실대로 말해봐요. 날 참을 수가 없는 거죠? 내가 얘기하면서 어리석게도 사부아로 우릴 찾아오라고 권하는 동안, 당신은 '이 미친 여자가 나한테 뭘 원하는 거지? 내가 자기 얼굴, 목소리, 태도, 다시 말해서 전부를 참을 수 없어 한다는 걸 왜 모르는 거야?' 하고 생각하겠죠. 사실대로 말해줘요. 바로 이 순간에 그런 생각을 하고 있다고요!"

이제 마르첼로는 그녀가 전혀 경계하지 않는다고 생각했다. 남편이 그녀의 비통한 암시를 중시하지 않더라도 모든 강요의 대상인 마르첼로는 그것이 사실 누구를 향한 건지 알아챌 수밖에 없었다. 줄리아가 놀라서 조심스럽게 반박했다.

"하지만…… 무슨 생각을 하는 거예요? 왜 이런 말씀을 하시는 건지 정말 알고 싶어요."

"그러니까 사실이군요! 날 싫어하는군요!"

리나가 비판적인 태도로 소리쳤다. 그런 다음 비통과 흥분이 가미된 만족감을 보이면서 남편을 보며 말했다.

"봤죠? 에드몬도. 당신은 부인이 우리한테 얘기 안 할 거라고 말했잖아요. 그런데 얘기했어요. 날 좋아하지 않는다고요."

줄리아가 미소 지으며 말했다.

"그렇게 말하지 않았어요. 꿈에서도 생각해본 적 없어요."

"말은 안 했지만 알려줬죠."

콰드리가 접시에서 눈을 들지 않은 채 말했다.

"리나, 당신이 이렇게 우기는 걸 이해할 수 없군. 클레리치 부인이 당신을 왜 싫어하시겠어? 서로 안 지도 얼마 되지 않았고, 별 감정도 없으실 거야."

마르첼로는 자신이 다시 개입해야 함을 간파했다. 경멸과 분노로 가득 차서 도도하고 무례하다시피 한 리나의 눈이 그를 재촉하고 있었다. 이제 그녀는 더 이상 그의 발을 누르지 않았지만, 그가 잠시 테이블 위에 손을 올려놓자 그녀는 소금을 짚는 척하다가 환각을 일으킬 정도로 무모한 동작으로 그의 손가락을 꽉 쥐었다. 그가 단호하고 회유적인 어조로 말했다.

"줄리아와 저는 정말 사모님을 좋아합니다. 그리고 사모님의 초대에 기꺼이 응하겠습니다. 꼭 가겠습니다. 그렇죠, 줄리아?"

"물론이죠."

줄리아가 갑자기 순순히 대답했다.

"먼저 한 약속 때문이었어요. 하지만 응하고 싶었어요."

"좋아요! 그럼 다 결정된 거예요. 우린 일주일 후 함께 떠날 거예요."

리나는 기뻐하며 사부아에서 걸을 산책길, 그곳의 아름다움, 그들이 머물게 될 집에 대해 이야기하기 시작했다. 하지만 마르첼로는 그녀의 말이 두서없음을 알아챘다. 그것은 특정한 말을 하거나 특정 정보를 전달하기 위한 실질적인 필요성보다는 갑자기 햇살에 기분이 고양된 새장의 새같이 노래하고 싶은 충동에서 비롯된 것 같았다. 그리고 새가 자신의 노래에 더욱 생기가 넘치게 되듯이, 리나도 행복감과 부주의하고 억제되지 않은 기쁨으로 떨리는 자신의 목소리에 취한 듯했다.

여자들의 대화에서 배제된다고 생각한 마르첼로는 거의 기계적으로 눈을 들어 콰드리의 등 뒤에 걸려 있는 거울을 보았다. 오를란도의 정직하고 성격 좋아 보이는 얼굴이 아직 거기에 있었는데, 머리가 잘렸지만 살아 있는 모습으로 허공에 매달려 있었다. 하지만 더 이상 혼자가 아니었고, 오를란도와 이야기하는 또 다른 머리의 옆모습이 보였다. 그것은 다소 슬픈 하위 맹금류의 머리였다. 독수리 같은 면모는 전혀 없는 맹금으로 낮은 이마에 작고 흐릿한 눈은 푹 꺼져 있었고, 크고 굽은 코는 우울해 보였으며, 움푹 팬 뺨엔 금욕적인 그늘이 가득했다. 또한 입은 작고 턱은 뻣뻣했다. 마르첼로는 전에 본 적이 있는지 궁금해하며 이 사람을 자세히 관찰했다. 그러다 그는 자신에게 질문하는 콰드리의 목소리에 깜짝 놀랐다.

"그런데 클레리치, 내가 자네에게 부탁을 하면 들어줄 건가?"

예기치 않은 질문이었다. 마르첼로는 콰드리가 그걸 묻기 위해 아내가 입을 다물 때까지 기다렸음을 알아챘다.

"그럼요, 할 수 있다면요."

마르첼로가 대답했다. 콰드리는 마치 이미 논의되고 확정된 합의 사항을 확인하듯이 말하기 전에 리나를 흘끗 보았다. 콰드리가 냉소적이면서도 다정한 어조로 말했다.

"그러니까 말이지, 내가 이곳 파리에서 하는 활동과 이탈리아로 돌아가지 않은 이유를 자네는 분명 모르지 않겠지. 음, 우린 이탈리아에 어떤 방법으로든 교신하는 동지들이 있어. 한 가지 방법은 정치에 연루되지 않아서 정치 활동가로 의심 받지 않는 사람들에게 편지를 맡기는 거라네. 난 자네가 이 편지들 중 한 통을 이탈리아로 가져가서 지나가게 되는 첫번째 기차역에서 우편으로 부쳐줄 수 있을 거라고 생각했네. 토리노 같은 곳에서 말일세."

침묵이 흘렀다. 마르첼로는 이제 콰드리가 하는 요청의 유일한 목적이 자신을 시험하거나 적어도 당황하게 만드는 것임을 알게 되었다. 또한 이 요청이 리나의 승인 아래 이루어졌다는 것도 깨달았다. 아마도 자신의 설득 방법에 충실한 콰드리는 이것이 적절한 책략일 거라고 아내를 납득시켰겠지만, 마르첼로에 대한 그녀의 적의를 줄이기에는 충분치 않았을 것이다. 그녀의 긴장되고, 차갑고, 초조해 보이기까지 한 얼굴에서 적의가 읽히는 것 같았기 때문이다. 그러나 지금 그는 콰드리가 정말 의도하고 있는 것을 짐작할 수 없었다. 시간을 벌기 위해 그가 말했다.

"하지만 발각되면 감옥에 가게 될 겁니다."

콰드리가 미소 지으며 장난스럽게 말했다.

"그리 나쁜 일은 아닐 걸세. 실제로 우리에겐 좋을 수도 있지. 정치 운동에는 순교자와 희생자가 필요하다는 걸 모르는가?"

리나는 눈살을 찌푸렸지만 아무 말도 하지 않았다. 줄리아는 걱정스럽게 마르첼로를 바라보면서, 분명 남편이 거절하기를 바라고 있었다. 마르첼로가 천천히 말했다.

"그렇다면 실제로 편지가 발각되기를 원하시는군요."

"아니지."

교수가 갑자기 이해할 수 없이 마르첼로에게 동정에 가까운 감정을 불러일으킬 정도로 우호적으로 태연하게 자기 잔에 포도주를 채우며 말했다.

"우리가 원하는 건 아주 많은 사람이 일선에 참여해 우리와 함께 투쟁하는 거라네. 우리의 대의를 위해 투옥되는 것은 싸우는 여러 방식 중 하나일 뿐이지. 분명 유일한 방식은 아니야."

그는 와인을 천천히 마시고 나서 예기치 않게 진지한 말을 이어갔다.

"하지만 자네에겐 형식적으로 요청한 것뿐이라네. 그러니까 자네가 거절할 걸 알고 있어."

"그렇습니다."

그동안 그 제안의 장단점을 생각해오던 마르첼로가 말했다.

"죄송합니다만 그 부탁을 들어드릴 수 없겠어요."

"이 사람은 정치에 관여하지 않아요. 공무원이거든요."

줄리아가 겁먹은 어조로 재빨리 설명했다.

"물론 그렇죠. 알죠. 공무원이죠."

콰드리가 너그럽고 거의 애정 어린 태도로 말했다. 마르첼로가 보기에 콰드리는 자신의 대답에 이상하게 만족하는 것 같았다. 그러나 그의 아내는 짜증이 난 것 같았다. 그녀가 공격적인 어조로 줄리아에게 물었다.

"남편분이 정치에 뛰어드는 걸 왜 그렇게 두려워하죠?"

"이 사람한테 뭐 좋을 게 있겠어요. 정치가 아니라 자신의 미래에 대해 생각해야죠."

줄리아가 무심하게 말했다.

"이탈리아 여성이 얼마나 이성적인지 보셨죠?"

리나가 남편 쪽으로 몸을 돌리며 물었다. 줄리아는 짜증이 났다.

"이탈리아 사람인 게 무슨 상관이죠? 그런 상황에서는 어느 나라 여자든 똑같이 생각할 거예요. 사모님도 이탈리아에 사신다면 저처럼 생각하실 거예요."

"자, 화내지 말아요."

리나가 어둡고, 슬프고, 애정 어린 웃음을 보이면서 손을 뻗어 줄리아의 찌푸린 얼굴을 재빨리 매만지며 말했다.

"농담이었어요. 당신 말이 맞을 수도 있어요. 그리고 어쨌든 화를 내며 남편을 옹호하다니 정말 다정하군요. 그렇지 않나요, 에드몬도? 정말 다정하지 않나요?"

콰드리는 마치 "여자들 수다지"라고 말하는 것처럼 마음이 산란한 듯 약간 안달이 나서 고개를 끄덕이며 동의하고는 진지하게 말했다.

"부인 말씀이 옳습니다. 남자가 진실과 빵 중에서 선택해야 하는 입장에 처하게 해서는 안 됩니다."

그 주제는 바닥났다고 마르첼로는 생각했다. 하지만 여전히 콰드리가 제안한 진짜 이유를 알고 싶었다. 웨이터가 접시를 깔고 과일이 가득 담긴 바구니를 테이블 위에 올려놓았다. 소믈리에가 와서 샴페인 병을 따도 되는지 물었다.

"그래요. 어서 따시오."

소믈리에가 통에서 병을 꺼내 냅킨으로 병목을 싸고 코르크 마개를 빼낸 다음, 거품이 이는 술을 성배 같은 잔에 재빨리 따랐다. 콰드리가 잔을 들고 일어섰다.

"대의를 위해 건배합시다."

그는 이렇게 말하고는 마르첼로에게 몸을 돌리고 물었다.

"편지를 가져가고 싶진 않겠지만, 적어도 건배는 하고 싶지 않은가?"

그는 감동받은 것 같았고 눈이 눈물로 반짝였다. 그러나 마르첼로가 관찰한 바에 따르면 건배 동작과 얼굴 표정 모두에 계산에 가까운 어떤 교활함이 있었다.

마르첼로는 건배에 응하기에 앞서 아내와 리나를 흘끗 보았다. 벌써 일어선 줄리아는 마치 "그렇게 건배해도 괜찮아요?"라고 묻는 것처럼 그를 바라보았다. 잔을 손에 들고 눈을 내리깐 리나에게선 짜증과 함께 냉랭하고, 거의 지루해하는 분위기가 감돌았다. 마르첼로가 일어서서 "그럼 대의를 위하여"라고 말하고는 콰드리와 잔을 부딪쳤다. 더 이상 지킬 대의도 없이 다만 이해할 수 없는 고통스러운 임무를 수행해야만 했지만, 유치한 양심의 가책으로 인해 그는 속으로 "나의 대의를 위해"라고 이어 말하고 싶었다. 그는 리나가 자신과 잔을 부딪치지 않으려는 것을 알아채자 불쾌해졌다. 한편 줄리아는 성의를 과장하며 확인하듯, "사모님, 콰드리 교수님"이라고 감상적으로 이름까지 불러가며 모두와 잔을 부딪쳤다. 전에 대형 괘종시계가 쳤을 때 그랬던 것처럼, 크리스털이 날카롭지만 희미하게 쨍 하고 울리는 소리에 그는 다시 몸을 떨었다. 거울을 쳐다본 그는 공중에 뜬 오를란도의 머리를 보았다. 목이 잘린 머리인 양 눈이 무표정하게 반짝였다. 콰드리가 소믈리에에게 잔을 내밀자 그가 한 번 더 잔을 채워주었다. 그러고 나서 그는 다소 감상적이고 강조된 동작으로 마르첼로를 향해 몸을 돌리고 잔을 들며 말했다.

"이젠 자네 자신의 건강을 위해 건배하세, 클레리치. 그리고 고맙네.”

그는 암시하는 어조로 “고맙네”를 강조하고 잔을 단숨에 비우고 나서 자리에 앉았다. 한동안 그들은 말없이 마셨다. 두 잔을 마신 줄리아는 이제 취기가 도는 듯 다정스럽고 고마워하는 눈길로 남편을 응시했다. 그러더니 갑자기 소리쳤다.

“샴페인 좋지 않아요?”

“그래 무척 좋은 술이야.”

“당신은 충분히 음미하지 않잖아요. 맛이 정말 좋아요. 그리고 난 벌써 취했어요.”

그녀가 고개를 흔들며 웃고는 잔을 들면서 갑자기 말했다.

“자, 마르첼로. 우리 사랑을 위해 건배해요.”

그녀가 취해 웃으며 잔을 내밀었다. 교수는 눈길을 돌렸고, 리나는 냉정하고 역겨워하는 표정이었으며 자신의 마음을 숨기려 애쓰지 않았다. 금세 줄리아는 마음을 바꾸었다.

“아니에요. 당신은 너무 금욕적이에요. 맞아요. 당신은 우리 사랑을 위해 건배하는 걸 부끄러워해요. 그래서 난 인생을 위해 혼자 건배하겠어요. 내가 무척 사랑한, 아주 아름다운 인생을 위해서요!”

그녀가 즐겁고, 어색하고, 충동적인 동작으로 샴페인을 들이켜는 바람에 테이블에 술을 조금 엎질렀다. 그러자 그녀는 “다행이군요”라고 소리치곤, 손가락에 술을 적셔 마르첼로의 관자놀이에 묻히려 했다. 그는 저지하는 듯한 동작을 취할 수밖에 없었다. 줄리아는 자리에서 일어서며 소리쳤다.

“음, 난 창피하지 않아요!”

그러고는 테이블로 돌아와 마르첼로를 끌어안고 그 위에 쓰러질 정도로 입에 키스를 퍼부었다.

"우린 여기에 신혼여행을 온 거지 정치를 하고 이탈리아로 가져갈 편지를 받으러 온 게 아니라고요."

이 말의 표적인 것 같은 콰드리가 차분하게 말했다.

"맞습니다, 부인."

콰드리의 의식적인 암시와 아내의 무의식적이고 순수한 암시 사이에서 마르첼로는 눈을 내리깔고 아무 말도 하지 않는 편이 나을 것 같았다. 리나는 침묵이 지나가길 잠시 기다렸다가 마치 가벼운 질문을 하듯 물었다.

"내일 뭐 하실 거예요?"

"베르사유에 갈 겁니다."

손수건으로 입에서 줄리아의 립스틱을 닦아내며 마르첼로가 대답했다. 리나가 재빨리 말했다.

"저도 갈게요. 아침에 가면 거기서 아침 식사를 할 수 있어요. 남편 가방 꾸리는 걸 도와주고 나서 두 분을 데리러 갈게요."

"좋습니다."

마르첼로가 대답했다. 리나가 진지하게 말을 이었다.

"차로 모셔다드리면 좋겠지만, 남편이 차를 가져가서요. 우린 기차로 가야 할 거예요. 어쨌든 더 재미있죠."

콰드리는 그녀의 말을 듣지 못한 것 같았다. 그는 계산을 하느라 꼽추 특유의 몸짓으로 줄무늬 바지 호주머니에서 접힌 은행권을 꺼냈다. 마르첼로는 그에게 돈을 주려 했지만 콰드리는 뿌리치며 말했다.

"다음에 내게. 이탈리아에서 말이야."

줄리아가 갑자기 매우 크고 술 취한 목소리로 말했다.

"사부아에서는 함께해도 되지만, 베르사유는 남편과 단둘이 가고 싶어요."

"고맙군요. 충분히 확실하게 알아들었어요."

리나가 테이블에서 일어서며 비꼬듯 말했다.

"화내지 마세요. 샴페인 탓이에요."

마르첼로가 당황하며 말했다.

"아니, 당신을 사랑해서죠. 바보 같긴!"

줄리아가 그에게 소리쳤다. 그녀는 웃으며 교수와 함께 문 쪽으로 향했다. 마르첼로는 그녀가 콰드리에게 묻는 소리를 들었다.

"신혼여행 중에 남편과 단둘이 있고 싶어 하는 게 부당하다고 생각하세요?"

"아닙니다. 전적으로 타당합니다."

콰드리가 부드럽게 대답했다. 그동안 리나는 비통한 어조로 얘기하고 있었다.

"난 정말 바보군요. 그걸 생각 못 했어요. 물론 베르사유에 가는 건 신혼부부의 의식이죠."

문에서 마르첼로는 콰드리가 먼저 나가도록 뒤로 물러섰다. 그는 나가면서 시계가 다시 치는 소리를 들었다. 열 시였다.

9

그들이 밖으로 나오자 콰드리가 운전석에 앉아서 차 문을 열어놓고 있었다.

"남편분이 제 남편이랑 앞에 타도록 하죠. 당신은 나랑 여기 뒤에 앉고요."

리나가 줄리아에게 말했다. 하지만 줄리아는 취해서 지분거리는 목소리로 대답했다.

"왜요? 내가 앉고 싶은데요."

그러더니 차에 타서 콰드리 옆에 꼿꼿하게 앉았다. 그래서 마르첼로와 리나는 뒷좌석에 나란히 앉게 되었다. 이제 마르첼로는 그 여자의 말을 곧이들으면서 마치 그녀가 자신을 사랑한다는 것을 정말 믿는다는 듯 행동하고 싶었다. 이러한 열망에는 앙심을 품은 충동뿐 아니라, 결국 다소 모순되고 본의 아닌 방식으로 자신에 대한 리나의 감정을 여전히 착각하는 것 같은, 마지막 한 조각 희망에 가까운 것이 있었다.

차가 가다가 어두워지기 시작하는 지점에서 교차로로 들어서기 위해 속도를 줄였다. 어둠을 틈타 마르첼로는 리나가 무릎 위에 올려놓은 손을 잡고 두 사람 사이의 좌석으로 끌어왔다. 그는 그녀가 그 접촉에 깜짝 놀라 화가 나서 몸을 돌렸다가, 재빨리 달래고 훈계하는 거짓 공모 동작으로 바꾸는 것을 보았다. 차가 계속 달려 라틴 지구의 좁은 도로를 연달아 돌아 내려가는 동안 마르첼로는 리나의 손을 꽉 쥐었다. 그는 그녀의 손이 자기 손 안에서 긴장하는 걸 느꼈다. 마치 근육뿐 아니라 심지어 피부로도 그의 애무를 거부하는 것 같다는 생각이 들었다. 손가락이 힘없이 실룩거리는 가운데 혐오, 의문, 분노가 뒤섞여 있는 것 같았다.

차가 미끄러지듯 회전하자 두 사람의 몸이 포개졌다. 마르첼로는 몸을 뒤틀어 자신을 할퀼 수도 있는 고양이를 잡듯이 리나의 목을 잡아 얼굴을 자기 쪽으로 돌리고 입에 키스했다. 처음에 그녀는 몸을 빼려 했지만 마르첼로가 낮고 고통스럽게 신음하며 깨끗하고, 가냘프고, 소년 같은 그녀의 목을 한층 더 꽉 붙잡았다. 그녀는 저항을 완전히 멈추고 키스에 응했다. 하지만 마르첼로는 그녀의 입술이 혐오감에 일그러지는 동시에 여전히 그의 손을 잡고 있는 그녀의 날카로운 손톱이 그의 손바닥을 찌르는 것을 확실히 느꼈다. 마르첼로가 알고 있는 명백히 관능적인 동작이 실제로는 혐오와 반감으로 불타고 있었다. 그는 이제 증오와 조바심에 찬 그녀의 눈을 들여다보고, 앞에 앉은 콰드리와 줄리아의 움직임 없는 두 개의 검은 머리를 바라보며 가능한 한 키스를 오래 지속했다. 그러던 중 다가오는 차의 전조등이 앞 유리에 밝은 빛을 비추었다. 마르첼로는 리나를 놓아주고 도로 자리에 앉았다.

그는 곁눈으로 그녀가 몸을 빼고 나서 천천히 손수건을 입으로 가져가 혐오감 가득한 동작으로 입술을 닦는 것을 보았다. 가식에 따라 키스에 대한 두근거림과 열망을 표현해야 했음에도, 그녀가 혐오감을 갖고 입술을 세심하게 닦는 것을 보면서 그는 필사적이고, 모호하며, 참혹한 슬픔과 고통을 느꼈다. “날 사랑해줘요! 사랑해달라고요. 제발!” 그는 그렇게 소리칠 수 있기를 바랐다.

갑자기 이제 자신의 인생뿐 아니라 리나의 인생도 그녀가 자신을 사랑하는 데 달려 있는 것 같았지만, 그것은 자신이 그토록 원하는데도 불구하고 불가능했다. 이제 실제로 마치 리나의 줄어들지 않는 반감이 전염된 것처럼 그 역시 피비린내 나는 살인적인 증오가 사랑과 뒤섞여 분리될 수 없음을 느꼈다. 그는 그녀가 살아 있는 자신의 적이라는 사실을 참을 수 없었으므로 그 순간 그녀를 기꺼이 죽일 수 있을 거라는 느낌이 들었다. 그녀가 죽는 걸 보는 게 그녀에게 사랑받는 것보다 더 큰 기쁨을 불러일으킬 거라는 생각이 들자 두려워졌다. 그러자 마음이 즉시 관대하게 움직이면서 그는 ‘오를란도와 부하들이 사부아에 가는 동안 그녀는 가지 않을 거야. 다행이야’라고 생각하며 스스로를 책망했다. 그리고 잠시 그녀가 같은 날 같은 방식으로 남편과 함께 죽게 만들기를 진정으로 원했음을 알게 되었다.

차가 멈춰 섰고, 그들은 내렸다. 마르첼로는 비뚤게 늘어서 있는 작은 집들과 정원 담장 사이로 난 어두운 교외 거리를 흘끗 보았다. 리나가 줄리아의 팔을 잡으며 말했다.

“알게 되겠지만 여학생이 갈 만한 장소는 아니에요. 하지만 재미있어요."

그들은 불 밝힌 문을 향해 걸어갔다. 문 위쪽으로 작은 직사각형의 적색 유리에 파란 글자로 '라 크라바트 누아르'라고 쓰여 있었다. 리나가 줄리아에게 설명해주었다.

"검은 넥타이라는 뜻이에요. 남자가 턱시도에 매는 넥타이를 말하는데, 웨이트리스부터 사장까지 이곳 여자들은 모두 매고 있죠."

그들이 현관으로 들어가자, 곧바로 이목구비가 또렷하고 머리가 짧지만 수염은 없는 여자 형상에 안색이 창백한 얼굴이 코트룸 카운터 뒤에서 나와 무미건조한 목소리로 "코트를 맡겨주시죠"라고 말했다. 유쾌해진 줄리아는 카운터로 가더니 돌아서서 드러난 어깨 위로 흘러내리듯 케이프를 벗어, 검은색 재킷과 풀 먹인 셔츠를 입고 나비넥타이를 맨 휴대품 보관소 직원에게 건넸다. 그런 다음 담배 연기가 자욱하고 음악과 고함소리에 귀가 멀 지경인 분위기 속에서 그들은 댄스홀로 들어갔다.

유니폼으로 맨 검은색 나비넥타이에 턱 밑으로 창백하고 부드러운 살찐 얼굴이 눌리고, 나이를 알 수 없지만 젊은 시절은 분명 지난 것 같은 풍만한 여인이 다가와 가득 찬 테이블 사이에서 그들을 맞이했다. 그녀는 애정 어린 친밀함을 보이며 콰드리의 아내에게 인사한 다음, 남성용 재킷의 접은 깃에 비단줄로 매어놓은 단안경을 들어 도도한 눈에 갖다 대며 말했다.

"네 분이군요. 콰드리 부인이 원하는 게 있죠. 절 따라오세요."

이곳에 와서 기분이 좋아진 듯한 리나가 단안경을 쓴 여인에게 몸을 기울이고 뭔가 재미있고 심술궂은 말을 했다. 그 여인은 흡사 남자처럼 찡그린 얼굴로 어깨를 으쓱하며 답했다. 그녀를 따라 그들은 실내의 반대편 끝에 이르렀다. 거기에는 빈 테이블이 있었다.

"이쪽으로 오세요."

매니저가 말했다. 그녀 역시 자리에 앉는 리나에게 몸을 구부려 장난스럽고 짓궂기까지 한 분위기로 귓속에 무슨 말을 속삭인 다음, 작고 반짝이는 머리를 꼿꼿하게 들고 테이블 사이를 위풍당당하게 걸어갔다. 이어서 키가 작고 다부진 체격에 피부가 검은 웨이트리스가 같은 차림으로 다가왔다. 마침내 자신에게 맞는 곳에 있게 된 사람 특유의 경솔하고 행복한 안도감을 느낀 리나가 술을 주문했다. 그런 다음 줄리아에게 몸을 돌리며 즐겁게 말했다.

"옷차림이 어떤지 보이죠? 진정한 수녀원이죠. 호기심이 생기지 않나요?"

마르첼로가 보기에 줄리아가 이번에는 당황한 듯했는데, 전적으로 관습적인 틀에 박힌 미소를 짓고 있었기 때문이다. 테이블 사이에 난 작은 원형 공간에서는 가짜 네온 불빛에 흔들리는 뒤집힌 시멘트 버섯 형상 아래에서 많은 커플이 꼭 껴안고 있었다. 그들 중 일부는 여성 커플이었다. 역시 남성 복장의 여자들로 이루어진 오케스트라는 발코니로 이어지는 계단 아래에 있었다. 다소 심란해진 교수가 말했다.

"난 이곳이 맘에 들지 않아. 이 여자들은 호기심보다는 동정을 받아야 할 것 같군."

리나는 남편이 하는 말을 들은 것 같지 않았다. 줄리아를 보는 그녀의 눈은 탐욕스러운 빛으로 가득 차 있었다. 마침내 그녀가 마치 저항할 수 없는 열망에 굴복하는 것처럼 긴장한 듯 웃으며 줄리아에게 말했다.

"같이 춤출래요? 그러면 우릴 자기들과 같다고 생각할 거예요. 재밌잖아요. 그들과 같은 척해보자고요. 어서, 어서요."

흥분하며 웃는 그녀는 벌써 일어서서 한 손을 줄리아의 어깨에 대고 일으켜 세우려 했다. 줄리아는 그녀를 바라본 다음 망설이며 남편을 바라보았다. 마르첼로는 무뚝뚝하게 말했다.

"왜 날 보는 거야? 잘못된 거 없잖아."

그는 이번에도 리나를 도와줘야 함을 알아챘다. 줄리아는 한숨을 내쉬고 마지못해 천천히 일어섰다. 그동안 극도로 흥분한 리나는 마르첼로의 말을 반복했다.

"남편도 잘못된 거 없다고 말하잖아요. 자, 어서요."

줄리아는 포기한 듯 나가면서 말했다.

"사실 난 그들과 같다고 생각되는 건 신경 쓰지 않아요."

하지만 그녀는 계속해서 리나보다 앞서 걸어갔고, 춤을 추기 위한 공간에 이르자 팔을 뻗으며 그녀 쪽으로 몸을 돌리고 안기기를 기다렸다. 마르첼로는 리나가 다가가서 남자 같은 확신과 권위를 갖고 줄리아의 허리에 팔을 두른 다음, 춤을 추며 다른 커플들 사이에서 플로어로 들어가는 것을 보았다. 잠시 그는 껴안고 춤을 추는 두 여자를 고통스러운 심정으로 지켜보았다. 줄리아는 리나보다 키가 작았고, 두 사람은 뺨을 맞댄 채 춤을 추었다. 스텝을 밟을 때마다 리나의 팔이 줄리아의 허리를 더욱 꽉 죄는 것 같았다. 그것은 슬프고 믿기지 않는 광경이었다. 그는 이것이 다른 세계에서 다른 삶으로 자신에게 예정되었을 사랑, 자신을 구해주었을 사랑, 자신이 누렸을 사랑이라고 생각하지 않을 수 없었다. 그런데 어떤 손이 그의 팔을 건드렸다. 돌아보자 콰드리의 볼품없는 붉은 얼굴이 자신을 내려다보고 있었다. 콰드리가 감정적인 어조로 말했다.

"클레리치, 내가 알아채지 못했다고 생각하지 말게."

마르첼로는 그를 빤히 쳐다보며 천천히 말했다.

"실례지만, 무슨 말씀이신지 모르겠습니다."

"클레리치."

교수가 재빨리 대답했다.

"내가 누군지 알겠지. 하지만 나도 자네가 누군지 안다네."

그는 두 손으로 마르첼로의 재킷 깃을 잡고 그를 뚫어져라 바라보았다. 불안과 공포로 얼어붙은 마르첼로도 상대의 얼굴을 쳐다보았지만 콰드리의 눈에는 증오가 없었고, 여전히 철저하게 계산적이고 악의적이라고 생각되는 감상적이고 눈물 어린 간절한 감정만 있었다. 콰드리가 계속해서 말했다.

"난 자네가 누군지 알고 있고, 이런 식으로 말하면 내가 착각에 빠져 사는 순진하고 멍청한 인간일 뿐이라는 인상을 줄 수 있다는 것도 알지만 상관없어, 클레리치. 그래서 난 진심으로 이야기하고 싶네. 고맙다고 말이야."

마르첼로는 그를 바라보고 아무 말도 하지 않았다. 마르첼로의 재킷 깃은 여전히 콰드리의 손 안에 있었고, 누군가 자신을 내던지기 위해 손을 움켜질 때처럼 마르첼로는 재킷이 목둘레로 팽팽하게 당겨지는 걸 느꼈다.

"정말이지 고맙네."

콰드리가 감동받은 목소리로 계속해서 말했다.

"내가 자넬 이해하지 못했다고 생각하지 말게. 자네가 임무를 수행했다면 편지를 가져가서 상관에게 보여줬겠지. 해독하고, 거기에 언급된 사람들을 체포하기 위해서 말이야. 자넨 그렇게 하지 않았어. 클레리치, 그렇게 하길 원치 않았지. 충성심에서인지, 자신이 틀렸다는 갑작스러운 자각 때문인지, 순간적인 의구심 때문인지, 정직해서인지는 모르겠지만, 자네가 그렇게 하지 않은 것만은 알고 있네. 다시 한번 말하지만 고맙네."

마르첼로는 대답하려는 것처럼 움직였지만, 콰드리가 마침내 재킷을 놓아주며 손으로 그의 입을 막았다.

"아니, 자네가 그 편지를 받고 싶어 하지 않아야 내가 의심하지 않을 것이고, 자네도 신혼여행 온 신랑의 역할에 충실할 수 있기 때문이었다고 말하지는 말게. 사실이 아니라는 걸 알고 있으니 말하지 말라고. 실제로 자넨 구원을 향해 첫발을 내디뎠고, 난 자네가 그렇게 하도록 도와줄 기회를 주어 고맙게 생각하네. 계속하게, 클레리치. 그러면 진정 새로 태어날 수 있어."

콰드리는 다시 의자에 앉아 술을 쭉 들이켜며 목을 축이는 척했다.

"그런데 숙녀분들이 오는구먼."

그가 다시 일어서며 말했다. 말을 잃은 마르첼로가 함께 일어섰다.

그가 보기에 리나는 기분이 언짢은 것 같았다. 그녀는 자리에 앉자 불쾌한 듯이 성급하게 콤팩트를 열고 화난 태도로 재빨리 코와 얼굴에 분을 몇 번 발랐다. 반대로 줄리아는 차분하고 무심해 보였다. 그녀는 남편 옆에 앉아 마치 리나에 대한 혐오감을 확인하듯이 애정 어린 동작으로 테이블 아래에서 그의 손을 잡았다. 단안경의 매니저가 다시 와서 부드럽고 창백한 얼굴에 달콤한 미소를 머금으며 꾸민 목소리로 불편한 건 없는지 물었다. 리나는 다 괜찮다고 무뚝뚝하게 대답했다. 매니저는 줄리아에게 몸을 숙이고 말을 건넸다.

"여기 처음 오셨죠? 꽃 한 송이 드릴까요?"

"네, 고마워요."

줄리아가 놀라서 말했다.

"크리스티나."

매니저가 누군가를 부르자 일반적으로 댄스홀에서 볼 수 있는 약간 살찌고 예쁜 꽃 파는 소녀와 달리 남자 조끼를 입은 정반대 느낌의 소녀가 테이블로 다가왔다. 소녀는 화장을 하지 않았고, 창백하고 초췌했으며, 동양적인 얼굴에 코와 입술이 컸다. 마치 병 때문에 살이 빠진 것처럼 매우 짧고 볼품없이 자른 머리 아래로 보이는 이마는 넓었고 뼈가 앙상했다. 소녀는 치자꽃이 가득 담긴 바구니를 내밀었다. 매니저는 하나를 골라 줄리아의 가슴에 꽂아주며 말했다.

"대표님께서 보내는 찬사입니다."

"별말씀을."

"제가 보기에 부인은 스페인에서 오신 것 같은데요. 맞습니까?"

"이탈리아예요."

"아, 이탈리아군요. 알아봤어야 했는데. 검은 눈동자를 보고 말이죠."

매니저와 마르고 우울한 크리스티나가 함께 자리를 피하면서 그 말은 인파의 소란 속에 묻혔다. 오케스트라가 다시 연주를 시작했다. 리나가 마르첼로에게 몸을 돌리고 거의 비꼬는 투로 말을 건넸다.

"왜 저한테 춤을 청하지 않죠? 난 그러고 싶은데."

그는 한 마디도 하지 않고 일어서서 그녀를 따라 댄스 플로어로 나갔다. 그들은 춤을 추기 시작했다. 리나가 그에게 거리를 두어서 마르첼로는 서글프게도 잠시 전에 그녀가 줄리아를 껴안았던 소유욕에 가까운 애정을 떠올리지 않을 수 없었다. 그들이 잠시 말없이 춤을 추던 중, 리나가 갑자기 자신이 꾸며낸 애정 공모에 반감과 분노가 기묘하게 가미된 듯이 화를 내며 말했다.

"남편이 볼 위험이 있는 차 안에서 내게 키스하는 대신, 당신 부인한테 내가 함께 베르사유에 가도록 권할 수 있었잖아요."

마르첼로는 그녀가 남편을 배신하는 데 양심의 가책을 느끼지 않는 여자처럼, 갑자기 친밀한 호칭으로 거리낌 없이 그를 부를 뿐 아니라, 실제 분노를 거짓 애정 관계에 자연스럽게 접합시키는 방식에 놀라 잠시 아무 말도 하지 않았다. 이런 침묵을 자기 멋대로 해석한 리나가 집요하게 말했다.

"왜 말을 안 해요…… 이것이 당신의 사랑인가요? 당신은 당신의 그 어리석은 아내를 당신에게 복종시킬 능력도 없군요."
"내 아내는 바보가 아닙니다."
그는 기분이 상하기보다는 이 이상한 분노에 더 흥미를 느끼며 부드럽게 대답했다.
그녀는 즉시 그 대답에 달려들었다.
"이런, 바보가 아니라고요."
그녀가 거의 놀라서 초조하게 소리쳤다.
"이봐요, 장님도 그건 알 수 있어요…… 물론 아름다워요, 하지만 정말 멍청해요. 아름다운 짐승이죠…… 어떻게 그걸 모를 수 있죠?"
"그녀를 있는 그대로 좋아합니다."
그는 나오는 대로 말했다
"바보, 천치, 코트다쥐르라뇨. 생각이라곤 없는 어린 촌닭이에요. 코트다쥐르라뇨, 정말. 몬테카를로나 도빌은 어때요? 그냥 에펠탑은 어떻고요?"
그녀는 낙담해 제정신이 아닌 것 같았다. 그것은 줄리아와 춤추는 동안 두 사람 사이에 다소 불쾌한 대화가 오갔다는 신호라고 마르첼로는 생각했다. 그는 부드럽게 말했다.
"내 아내 걱정은 하지 마시죠. 내일 아침에 호텔로 와요. 줄리아는 당신이 거기에 가는 걸 받아들여야 할 겁니다. 그런 다음 우리 세 사람은 함께 베르사유로 갈 거고요."
그는 그녀가 한 가닥 희망을 품고 자신을 바라보는 것을 보았다. 그러다 다시 화를 내며 말했다.
"말도 안 돼요! 내가 거기 가는 걸 원치 않는다고 당신 부인이 벌써 아주 확실하게 말했다고요. 날 원치 않는 곳에는 가지 않아요."

마르첼로가 간단하게 대답했다.

"음, 난 당신이 오길 원해요."

"그렇지만 당신 부인은 원하지 않아요."

"내 아내가 당신과 무슨 상관이죠? 우리가 서로 사랑하면 충분한 것 아닌가요?"

불안하고 조심스러운 태도로 그녀가 부드럽고 풍만한 가슴을 그에게 밀착시킨 채 고개를 뒤로 젖히고 그를 살펴보았다.

"솔직히 당신은 마치 우리가 오랫동안 연인인 것처럼 '우리의 사랑'에 대해 이야기하는군요. 정말 우리가 서로 사랑한다고 생각해요?"

마르첼로는 "왜 날 사랑하지 않는 거죠? 난 당신을 무척 사랑해요"라고 말하고 싶었을 것이다. 그러나 좁혀질 것 같지 않은 거리에 의해 잦아드는 메아리같이, 그 말은 입술에서 맴돌다 사라졌다. 그는 그녀가 자신을 사랑하는 게 확실한지 우스워 보일 정도로 가식적인 태도를 유지하는 지금도 그녀를 많이 사랑하고 있었다. 마침내 그는 슬프게 말했다.

"알다시피 우리가 서로 사랑하길 바라고 있어요."

"저도 그래요."

그녀가 심드렁하게 대답했는데, 줄리아를 생각하는 게 확실했다. 그러고 나서 그녀는 마치 갑자기 분노가 다시 치밀어 올라 정신을 차린 듯 말을 이었다.

"어쨌든 다시는 차 안이나 그런 곳 어디서든 키스하지 말아요. 그런 식으로 사람들 앞에 노출되는 건 결코 참을 수 없어요. 그건 존중과 예의까지 결여된 행동이라고 생각해요."

"하지만 당신은 베르사유에 갈지 안 갈지 아직 말하지 않았습니다."

그가 이를 악문 채 말했다. 그녀는 주저하다가 불안한 듯 물었다.

"정말 내가 가는 걸 알게 돼도 당신 부인이 짜증내지 않을 거라 생각해요? 오늘 식당에서처럼 날 모욕하지 않을까요?"

"분명 안 그럴 겁니다. 다소 놀라겠지만 아마도 그게 전부일 거예요. 하지만 당신이 오기 전에 설득하겠습니다."

"그래주겠어요?"

"예."

"당신 부인이 날 참지 못할 거라는 느낌이 드는데요."

마치 그가 안심시켜주기를 기대하듯, 그녀가 추궁하는 어조로 말했다.

"그렇지 않습니다."

이제 그녀의 뻔뻔스러운 열망을 접한 마르첼로가 대답했다.

"사실 당신을 무척 좋아합니다."

"정말이에요?"

"예, 정말입니다. 바로 오늘 그렇게 말했습니다."

"뭐라고 말했죠?"

"오, 특별한 말은 없었습니다. 당신이 예쁘고 똑똑한 것 같다고. 사실이죠, 그러니까."

"그럼 갈게요. 남편이 떠나고 나서 곧 갈게요. 아홉 시경에요. 그러면 열 시 정각 기차를 탈 수 있어요. 호텔로 갈게요."

마르첼로는 그녀가 서두르고 안도하는 것이 자신의 사랑을 한층 더 모욕한다는 생각이 들어 화가 났다. 하지만 실체를 알 수 없는 사랑에 대한 열망으로 불타 그가 말했다.

"가기로 결정해서 정말 기쁩니다."

"그래요."

"당신이 나를 사랑하지 않는다면 그런 결정을 하지 않을 거라고 생각하니까요."

"난 늘 다른 이유로 그렇게 할 수 있었을 거예요."

그녀가 심술궂게 대답했다.

"어떤 이유죠?"

"여자가 한을 품으면 오뉴월에도 서리가 내려요. 그저 당신 부인을 괴롭히기 위해 그렇게 할 수도 있어요."

그러니까 리나는 오직 줄리아만 생각하고 있었다. 마르첼로는 아무 말도 하지 않고 계속 춤을 추면서 그녀를 문 쪽으로 유도했다. 두 번 더 돌자 그들은 문에서 한 걸음 떨어진 코트룸 앞에 서 있게 되었다.

"날 어디로 데려가는 거죠?"

"봐요."

애원하는 마르첼로의 음성이 너무 낮아서 카운터 뒤에 서 있는 코트룸 직원에게는 들리지 않았다.

"잠시 거리로 나갑시다."

"왜요?"

"거긴 아무도 없어요. 내게 키스해주면 좋겠어요. 자발적으로. 날 정말 사랑한다는 걸 보여줘요."

"그건 꿈도 꾸지 마세요."

그녀가 다시 화를 내며 말했다.

"하지만 왜죠? 거리는 어둡고, 사람도 없어요."

"이렇게 사람들 앞에서 애정 행각을 벌이는 건 참을 수 없다고 이미 말했잖아요."

"제발 부탁이에요."

"놔요."

그녀가 단호하고 높은 음성으로 말한 뒤, 몸을 비틀어 빠져나와 곧바로 댄스홀 쪽으로 걸어갔다. 마르첼로는 마치 그녀의 격노한 동작에 밀린 것처럼 비틀거리며 문턱을 넘어 거리로 나오게 되었다. 리나에게 말한 대로 거리는 어둡고 인적이 없었으며, 보도에서 그 곁을 지나가는 사람은 아무도 없었다. 오직 드문드문 가로등만 희미하게 비추었다. 도로 맞은편 정원 담장 아래에는 차 몇 대가 일렬로 주차되어 있었다. 마르첼로는 손수건을 꺼내 이마의 땀을 닦으며 담장에 늘어져 있는 잎이 무성한 나무들을 바라보았다. 그는 마치 날카롭고 둔탁한 것이 머리를 때린 것처럼 놀랐다. 여자에게 그토록 열심히 애원한 적이 있었는지 전혀 기억나지 않았고, 그렇게 한 게 부끄러울 지경이었다. 그와 동시에 그는 리나가 자신을 사랑하거나 심지어 자신을 이해하게 만들 희망이 완전히 사라졌음을 알게 되었다.

그때 뒤에서 자동차 엔진 소리가 들리더니 차가 그 옆에 와서 멈춰 섰다. 내부에 불이 켜져 있었고, 마르첼로는 운전석에서 가족 소풍을 가는 남자 같은 오를란도 요원의 모습을 보았다. 동행이 한쪽에 앉아 있었는데, 얼굴이 맹금류처럼 길고 마른 그 남자였다.

"박사님."

오를란도가 낮은 목소리로 말했다. 마르첼로가 기계적으로 다가갔다.

"박사님, 우린 떠날 겁니다. 그자는 자기 차로 내일 아침에 떠날 거고, 우린 뒤쫓을 겁니다. 아마도 사부아에 도착할 때까지 기다리지 않을 겁니다."

"왜죠?"

사실 자신이 무슨 말을 하고 있는지도 모른 채 마르첼로가 물었다.

"사부아는 멉니다. 더 나은 상황에서 빨리 처리할 수 있다면 사부아까지 왜 기다립니까? 이만 가보겠습니다, 박사님. 이탈리아에서 봅시다."

오를란도는 마치 경례하는 듯한 동작을 취했고, 동행은 머리를 끄덕였다. 차가 미끄러지듯 떠나 도로 끝에서 모퉁이를 돌아 사라졌다. 마르첼로는 다시 보도로 올라섰다. 그리고 문을 지나 다시 댄스홀로 향했다. 그가 나간 동안 음악이 다시 시작되었고, 테이블에는 콰드리밖에 없었다. 리나와 줄리아는 다시 함께 춤추고 있었고, 댄스 플로어에 가득한 사람들 속에 반쯤 파묻혀 있었다. 그는 자리에 앉아 얼음 넣은 레모네이드가 여전히 가득 담긴 잔을 들어 천천히 마시면서 바닥에 있는 얼음 조각을 쳐다보았다. 갑자기 콰드리가 말했다.

"클레리치, 자네가 매우 유용할 수 있다는 걸 알고 있나?"

"무슨 말씀인지 모르겠습니다."

마르첼로가 테이블에 잔을 내려놓으며 말했다. 콰드리는 전혀 당황하지 않고 설명했다.

"난 그저 누군가에게 이곳 파리에 있으라고 제안할 수 있지. 분명 여기선 모두가 할 일이 충분하지. 그리고 자네 같은 젊은이가 절실히 필요해. 하지만 자네가 그 직책을 유지하면 우리에게 훨씬 더 유용할 수 있지."

"정보를 제공함으로써 말이죠."

마르첼로가 그의 눈을 바라보며 말했다.

"바로 그거야."

이 말에 마르첼로는 조금 전 자신의 재킷 깃을 잡고 있을 때 보았던 콰드리의 눈이 기억났다. 감정으로 빛나고 거의 울 듯하며, 진실한 애정이 담긴 눈이었다. 그 감정은 정치적 계산의 차가운 발톱을 숨기고 있는 감성의 벨벳이라고 마르첼로는 생각했다. 종류는 다르지만 몇몇 상관들의 눈에서 본 것과 같은 감정으로서, 인도주의보다는 애국심이라고 생각되었다. 하지만 모든 경우 인간으로서의 본질이 고려되지 않는다면, 즉 자신이 특정 목적을 달성하기 위한 여러 수단 중 하나에 불과하다고 무심히 생각된다면 이를 정당화하는 감정이 뭐가 중요하겠는가? 그는 관료처럼 거의 냉담하게 콰드리가 그런 요청을 함으로써 죽임을 당할 근거를 확인시켰다고 생각했다. 그가 눈을 들고 말했다.

"마치 교수님과 생각이 같다는 듯이…… 아니면 제가 곧 그럴 거라는 듯이 말씀하시는군요. 그렇다면 제가 직접 기꺼이 따랐겠죠. 하지만 그렇지 않기 때문에, 즉 교수님과 생각을 같이하지 않고 그러고 싶지도 않기 때문에 교수님이 제게 요구하시는 건 그저 배신입니다."

"배신이라. 절대 아니지."

콰드리가 곧바로 말을 받았다.

"우리에게 배신자는 존재하지 않네. 자기 길의 오류를 깨닫고 고치는 사람들만 있지. 난 자네가 그런 사람들에 해당한다고 확신했고, 지금도 여전히 확신한다네."

"잘못 보셨습니다."

"아무 얘기도 하지 않은 걸로 해두세. 아무 얘기도 하지 않은 것으로 말이야. 여기!"

아마도 실망감을 숨기기 위해서인 듯 콰드리는 급히 종업원을 불러 계산을 했다. 그러고 나서 말이 없었는데, 콰드리는 조용한 구경꾼의 표정으로 실내를 둘러보았다. 마르첼로는 의자에 등을 기대고 앉아 눈을 내리깔고 있었다. 마침내 어깨에 어떤 손이 닿는 것이 느껴졌고, 줄리아의 느리고 차분한 목소리가 들렸다.

"자, 이제 갈까요? 무척 피곤해요."

마르첼로가 즉시 일어서며 말했다.

"우리 모두 졸린 것 같군."

그가 보기에 리나의 얼굴이 초췌하고 극히 창백해 보였지만, 초췌한 것은 저녁의 피로 탓으로, 창백한 것은 검푸른 네온 불빛 탓으로 돌렸다. 그들은 밖으로 나와서 거리 끝에 주차된 차

쪽으로 걸어갔다. 마르첼로는 아내가 "전에 앉은 대로 앉을래"라고 속삭이는 말을 못 들은 척하고 재빨리 올라타서 콰드리 옆에 앉았다. 차가 달리는 내내 네 사람 모두 한 마디도 하지 않았다. 절반쯤 달렸을 때, 마르첼로만이 가볍게 물었다.

"사부아까지는 얼마나 걸릴까요?"

그러자 콰드리가 돌아보지 않은 채 대답했다.

"차가 속도가 빠르고, 나 혼자인 데다가 중간에 정차할 필요가 없을 테니 해 질 녘이면 안시에 도착하겠군. 그러곤 다음 날 새벽에 출발해야 해."

그들은 호텔 앞에서 내려 작별 인사를 나누었다. 콰드리는 급하게 마르첼로와 줄리아와 악수를 한 뒤 다시 차에 탔다. 리나가 잠시 꾸물거리며 줄리아에게 무슨 말을 하자, 줄리아는 인사를 건네고 호텔로 들어갔다. 잠시 리나와 마르첼로 단둘만 보도 위에 남았다. 마르첼로가 당황해하며 말했다.

"그럼 내일 뵙죠."

"내일 봐요."

그녀가 속물적인 미소를 띠고 고개를 갸웃하며 말했다. 그런 다음 그녀는 그에게서 돌아섰고, 그는 로비에서 줄리아를 따라잡았다.

10

마르첼로가 잠에서 깨 열린 블라인드 사이로 들어오는 불안정하고 흐릿한 빛 속에서 눈을 들어 천장을 보았을 때, 그 시각 콰드리가 프랑스 도로를 운전해 달리고 있고 약간 거리를 두고 오를란도 일행이 뒤쫓고 있다는 게 즉시 떠올랐으며, 이로써 파리 여행이 끝났다는 걸 알게 되었다. 시작도 안 했는데 여행이 끝났다고 그는 되뇌었다. 여행이 끝난 건, 이미 기정사실로 받아들인 콰드리의 죽음으로 리노의 죽음이 자신에게 남긴 외로움과 비정상이라는 짐에서 어떻게든 벗어나려 했던 그 시절이 끝났기 때문이었다.

그는 범죄를 대가로, 혹은 정당화하고 이해하는 방법을 몰랐다면 범죄였을 것을 대가로 치르면서 가까스로 그렇게 했다. 그 자신에 관한 한 그는 그러한 정당화가 부족하지 않으리라고 확신했다. 그는 또한 과거로 되돌아가는 것을 확실하게 막아주는 콰드리의 죽음 덕분에 좋은 남편, 좋은 아버지, 좋은 시민이 될 것이며, 자신의 인생은 지금까지와는 달리 느리지만 확실히 분명하고 견고해질 거라 생각했다. 이렇게 해서 옛날에 속죄를 위해 무고한 인간을 희생시켜 그 전에 범한 죄악의 불경을 해소하고 무효화했던 것처럼, 그의 모호한 비극의 주요 원인이었던 리노의 죽음이 콰드리의 죽음으로 해소되고 무효화될 것이다. 하지만 이 문제에서 그는 혼자가 아니었고, 자신의 인생과 콰드리 살해를 정당화하는 것은 자신에게만 달려 있지 않았다. 그는 명쾌하게 생각했다.

'이제 다른 자들로 임무를 수행해야 해. 안 그러면 죽은 그를 팔에 안은 채 나 홀로 남겨질 테고, 결국 아무것도 얻지 못할 거야, 아무것도.'

다른 자들이란, 그가 알기로는 그렇게 살해를 범함으로써 복종했다고 생각한 정부, 정부가 구현하는 사회, 그리고 사회의 지침을 수용하는 국가였다. "나는 임무를 수행했다. 명령에 따라 이렇게 한 것이다"라고 말하는 것만으로는 결코 충분치 않을 것이다. 그러한 정당화가 오를란도 요원에게는 충분할지 몰라도 그는 아니었다. 그가 원하는 것은 정부, 사회, 국가의 완전한 성공이었다. 외적인 성공뿐 아니라 개인적이고 결정적인 성공이었다. 그렇게 해야만 일반적으로 공통 범죄라고 생각되는 것이 필요한 방향으로 가는 긍정적인 조치가 될 수 있었다. 다시 말해 그를 좌우하는 세력 덕분에 가치의 완전한 변화가 이루어지는 것이다. 즉 부정이 정의가 되고, 배신이 영웅주의가 되고, 죽음이 삶이 된다. 그는 이 시점에서 거칠고 신랄한 말로 스스로에게 자신이 처한 상황을 표현할 필요성을 느꼈고, 냉정하게 생각했다.

'다시 말해서 파시즘이 완전히 실패하고 로마에 있는 온갖 후레자식들, 무능한 놈들, 얼간이들이 나라를 파멸로 이끈다면,

난 비참한 암살자에 불과하지.'

그러나 곧 그는 마음속으로 정정했다.

'하지만 상황이 아이러니한 만큼 난 이렇게밖에는 달리 행동할 수 없었을 거야.'

옆에서 아직 자고 있는 줄리아가 움직이기 시작했다. 점차 천천히 정력적으로 움직이면서 먼저 그에게 팔을 휘감은 다음 다리를 휘감고는 그의 가슴에 얼굴을 파묻었다. 마르첼로는 그녀가 하는 대로 놔두고, 한쪽 팔을 뻗어 침대 옆 탁자에서 작은 야광 자명종을 집어 들어 시간을 확인했다. 아홉 시 십오 분이었다. 그는 오를란도의 계획대로 일이 진행되었다면 지금쯤 콰드리의 시체는 운전석에 시선을 둔 채 프랑스 어딘가의 도랑에 버려져 있을 거라고 생각했다. 줄리아가 낮은 목소리로 물었다.

"몇 시예요?"

"아홉 시 십오 분이야."

"어, 늦잠 잤네요."

그녀가 움직이지 않고 말했다.

"거의 아홉 시간을 잤어요."

"정말 피곤했어."

"그럼 베르사유엔 안 갈 거예요?"

그가 한숨을 내쉬며 말했다.

"꼭 가야지. 사실은, 지금 옷을 입어야 해. 콰드리 부인이 곧 여기로 올 거야."

"안 왔으면 좋겠어요. 사랑 때문에 날 가만두지 않는단 말예요."

마르첼로는 아무 말도 하지 않았다. 잠시 후 줄리아가 계속해서 말했다.

"이후 계획이 어떻게 돼요?"

자신도 모르게 마르첼로가 대답했다.

"그만 떠날 거야."

거의 우울하게 들린다고 생각되는 음성이었다. 그가 느끼는 슬픔의 강도도 그러했다. 이 말에 줄리아는 잠이 깼다. 놀란 그녀는 그에게서 몸을 떼지 않은 채 머리와 어깨만 약간 뒤로 젖히고는 벌써부터 불안해진 목소리로 말했다.

"떠난다고요? 이렇게 빨리요? 온 지 얼마 되지도 않았는데 벌써 떠나야 돼요?"

"지난밤에 얘기를 안 했어. 저녁을 망치지 않으려고 말이야. 사실 어제 오후에 로마로 돌아오라는 전보를 받았어."

"너무하네요. 정말 너무해요."

그가 거짓말을 했다. 그녀가 이미 체념한 듯 착한 어조로 말했다.

"파리에서 막 즐거운 시간을 보내기 시작했는데. 아직 아무것도 못 봤잖아요."

"많이 실망했어?"

그가 그녀의 머리를 쓰다듬으며 부드럽게 물었다.

"아니에요. 하지만 하루 이틀 정도는 더 있으면 좋겠어요. 파리를 좀 알고 싶어서요."

"또 올 거야."

침묵이 흘렀다. 그러더니 줄리아가 팔로 그를 감싸고 온몸을 밀착시키며 말했다.

"그럼 적어도 미래에 우리가 뭘 할 건지는 말해줘요. 우리 삶이 어떤 모습일지 말해봐요."

"왜 알고 싶은 거야?"

"그냥."

그녀가 그를 끌어안으며 대답했다.

"난 미래에 대해 이야기하는 게 좋으니까요. 침대에서, 어둠 속에서요."

"좋아."

마르첼로가 침착하고 무미건조한 목소리로 말을 잇기 시작했다.

"먼저 로마로 돌아가서 집을 구할 거야."

"얼마나 큰 집요?"

"방 네댓 개에 주방과 욕실이 있는 집. 일단 구하고 나면, 집안을 채우는 데 필요한 모든 걸 살 거야."

"난 1층에 있는 아파트가 좋아요."

그녀가 꿈꾸는 듯한 목소리로 말했다.

"정원이 딸려 있는, 클 필요는 없겠지만 꽃과 나무가 있어서 날씨가 좋을 땐 나가 앉을 수 있도록 말이죠."

"간단하네. 그다음엔 집을 꾸미겠지. 집을 완벽하게 꾸미기 위한 돈은 충분할 거야. 물론 비싼 가구가 아니라면 말이지."

"당신을 위한 멋진 서재를 만들겠죠."

"일은 사무실에서 하는데 서재가 왜 있어야 하지? 큰 거실이 있는 게 더 좋지."

"그래요. 거실요. 당신 말이 맞아요. 거실과 식당이 함께 있는. 그리고 아름다운 침실이 있겠죠."

"그럼."

"하지만 접이식 소파는 안 돼요. 너무 초라해요. 큰 더블 침대가 있는 보통의 침실이면 좋겠어요. 그리고 멋진 주방도 있겠죠?"

"멋진 주방이라. 왜 아니겠어?"

"가스와 전기로 가동되는 두 구 버너 레인지면 좋겠어요. 크고 아름다운 냉장고도 갖고 싶어요. 돈이 충분하지 않다면 할부로 구입할 수 있어요."

"물론이지. 할부로 사고말고."

"더 얘기해줘요. 그 집에서 우리 뭐 할 거예요?"

"거기서 행복하게 살 거야."

"난 아주 많이 행복해야 돼요."

그녀가 그를 좀더 꽉 끌어안으며 말했다.

"아주 많이요. 있잖아요. 난 태어날 때부터 행복하고 싶었던 것 같아요."

"좋아, 우린 행복할 거야."

마르첼로가 공격적일 만큼 단호하게 말했다.

"아이를 가질 건가요?"

"그럼."

"난 많이 낳고 싶어요."

그녀가 고조된 음성으로 말했다.

"매년 하나씩 낳고 싶어요. 적어도 앞으로 4년간은요. 그러면 우린 가족을 이룰 거예요. 나는 가능한 한 빨리 가족을 만들고 싶어요. 기다릴 필요가 없는 것 같아요. 안 그러면 너무 늦을 거예요. 그리고 가족을 만들면 나머지는 모두 저절로 따라오지 않나요?"

"그럼, 나머지는 모두 저절로 따라오지."

그녀가 잠시 말이 없다가 물었다.

"내가 벌써 임신했다고 생각해요?"

"내가 그걸 어떻게 알겠어?"

"그렇다면 기차에서 생긴 아이일 테니까요."

그녀가 웃었다.

"그러면 좋겠어?"

"그래요. 그 애한테 좋은 징조일 거예요. 누가 알겠어요. 훌륭한 여행가가 될지도 몰라요. 첫아이는 아들이면 좋겠어요. 둘째는 딸이면 더 좋고요. 분명 정말 예쁠 거예요. 당신은 아주 잘생겼고 나도 못생긴 건 아니니까요. 우리 둘은 분명 정말 예쁜 아이를 낳을 거예요."

마르첼로는 아무 말도 하지 않았고, 줄리아는 계속해서 말했다.

"왜 아무 말도 안 해요? 나와 아이를 갖는 게 싫어요?"

"그럴 리가."

놀랍게도 그는 갑자기 눈에서 눈물 두 줄기가 솟아올라 뺨을 타고 흘러내리는 걸 느꼈다. 그러고 나서 다시 두 줄기가 더 흘러내렸다. 마치 눈을 격렬한 고통으로 채우기 위해 아주 오래전에 형성되어 눈 안에 고여 있던 것처럼 뜨겁고 얼얼했다. 그는 이유를 확실히 알 수 없지만 자신이 운 것이 줄리아가 앞서 행복에 대해 말했기 때문임을 알아챘다. 아마도 이런 행복은 미리 커다란 대가를 치러야 했기 때문에 가능한 것이고, 자신은 적어도 줄리아가 말한 단순하고 애정 어린 방식으로는 결코 행복하지 못할 것임을 깨달았기 때문이리라. 그는 마침내 애써 울고 싶은 마음을 억누르고 줄리아에게 들키지 않도록 손등으로 눈물을 닦았다.

한편 줄리아는 그를 더 꽉 끌어안고 유혹적으로 그에게 몸을 밀착하면서 가만히 있는 그의 손을 가져다가 자신을 애무하도록 만들고 있었다. 그런 다음 그는 그녀가 고개를 들고 열광적으로 어린애 같은 욕심을 보이며 자신의 뺨 전체와 입과 이마와 턱에 열렬히 키스하기 시작하는 것을 느꼈다. 마침내 그녀가 거의 울부짖듯이 "안 들어올래요? 날 가져요"라고 속삭였다. 그녀의 애원하는 목소리에 그는 그녀의 행복보다 자신의 행복에 대해 더 많이 생각했다고 혼내는 소리를 들은 것 같았다. 그런 다음 그가 그녀를 껴안고 부드럽게 안으로 들어갔다. 그 밑으로 그녀가 눈을 감고 베개를 받친 상태에서 조수를 따라 오르내리는 파도의 움직임처럼 규칙적이고 수동적이면서 다소 반사적인 동작으로 엉덩이를 올렸다 내렸다 하는데, 문에서 노크 소리가 울려 퍼졌다.

"속달입니다."

"뭐지?"

그녀가 눈을 반쯤 뜬 채 헐떡이며 속삭였다.

"움직이지 말아요. 뭘 신경 써요?"

마르첼로는 몸을 돌려 문가의 희미한 조명 속에서 바닥의 문틈으로 밀려들어오는 편지를 흘끗 보았다. 그와 동시에 줄리아는 쓰러지면서 그 밑에서 경직되더니 깊은 숨을 내쉬며 고개를 뒤로 젖히고 손톱으로 그의 팔을 파고들었다. 그녀는 베개 위에서 고개를 앞뒤로 흔들면서 속삭였다.

"죽여줘요."

이유 없이 마르첼로는 갑자기 리노가 "날 개처럼 죽여"라고 울부짖던 게 떠올랐다. 끔찍한 불안이 정신을 침범하는 걸 느꼈다. 줄리아의 손이 다시 침대 위로 떨어지길 오랫동안 기다린 다음, 램프를 켜고 바닥으로 내려와서 편지를 집어 들고 돌아와 아내 옆에 몸을 뻗고 누웠다. 줄리아는 이제 그에게서 등을 돌리고 있었고, 눈을 감은 채 몸을 웅크리고 있었다. 마르첼로는 편지를 보고 난 뒤, 입을 벌린 채 여전히 헐떡이는 그녀의 입술 근처 침대 모서리에 놓았다. 봉투에는 매우 여성스러운 필체로 "줄리아 클레리치 부인께"라고 쓰여 있었다.

"콰드리 부인이 보낸 편지야."

줄리아가 눈을 뜨지 않은 채 낮게 말했다.

"이리 줘요."

긴 침묵이 이어졌다. 줄리아의 입 가까이에 놓인 편지를 램프가 밝게 비추었다. 쓰러진 채 움직이지 않아 마치 잠든 것 같던 줄리아가 한숨을 쉬더니, 눈을 뜨고, 한 손으로 편지 한 귀퉁이를 들고 이로 봉투를 뜯고는, 종이를 꺼내 읽었다. 그녀가 미소를 짓고 나서 낮게 말했다.

"사랑할 때는 도망치는 사람이 이기는 거라고 하죠. 어제저녁에 내가 못되게 굴었더니 그녀가 맘을 바꿔서 오늘 아침에 남편이랑 같이 떠났다고 하는군요. 내가 오길 원한다고. 즐거운 여행 하라고 했어요."

"떠났다고?"

"그래요. 오늘 아침 일곱 시에 남편이랑 사부아로 떠났대요. 왜인지 알아요? 어젯밤에 내가 그녀와 두번째로 춤출 때 기억나요? 내가 춤추자고 하니까 그녀는 기뻐했죠. 내가 마침내 자기 마음을 받아주기를 바랐으니까요. 음, 그런데 난 제발 날 좀 내버려두라고, 계속 그러면 아예 안 보겠다고, 난 남편만을 사랑한다고, 그러니 날 좀 내버려두라고, 부끄러운 줄 알라고, 아주 솔직하게 말했어요. 음, 내가 그렇게 말하니까 거의 울려고 하더군요. 그래서 오늘 떠난 거예요. 얼마나 계획적인지 알겠죠. 내가 뒤쫓아오길 바란 거예요. 내가 오길 기다리겠죠."

"기다리겠지."

마르첼로가 따라 말했다.

"하지만 그녀가 가서 난 기뻐요. 너무 집요하고 귀찮게 굴었어요. 뒤따라가는 얘기는 입에 올리지도 말자고요. 그 여자를 다시는 보고 싶지 않아요."

"다시는 볼 일 없을 거야."

11

마르첼로가 일하는 관청 사무실에서는 뜰이 내다보였다. 사무실은 매우 작았고 비대칭이었으며, 책상 하나와 책장 두 개밖에 없었다. 마르첼로의 사무실은 앞쪽에 있는 사무실에서 멀리 떨어져 막다른 골목 끝에 있었다. 사무실에 가기 위해 마르첼로는 관청 건물 뒤로 나와 다소 인적 없는 골목으로 들어가는 뒤편 계단을 올라갔다. 파리에서 돌아온 지 일주일이 지난 어느 날 오전에 마르첼로는 책상 앞에 앉아 있었다. 푹푹 찌는 무더위에도 그는 동료들과 달리 정장 재킷을 벗거나 넥타이를 풀지 않았다. 사무실에 있을 때에는 어떤 식으로도 외출복을 고쳐 입지 않는 것이 그의 꼼꼼한 습관이었다.

완벽하게 차려입어서 칼라에 목이 꽉 끼인 채 업무를 시작하기에 앞서 그는 해외 신문과 국내 신문을 살펴보기 시작했다. 엿새가 지났지만 오늘 아침에도 그는 먼저 콰드리 살해 기사를 찾았다. 그에 관한 기사와 표제는 크게 줄어 있었다. 분명 수사에 큰 진척이 없다는 신호였다. 프랑스 좌익 신문 두어 개는 그 범죄 사건을 한 번 더 다루면서 기이하거나 중요하다고 여겨지는 세부 사항 몇 가지에 대한 해석을 자세히 언급했다. 즉 콰드리는 울창한 숲속에서 칼로 찔러 죽이고, 아내는 길가에서 총알 세 발을 쏜 다음 끌어다가 남편 옆에 뉘어놓았으며, 차도 역시 숲속에 있었는데, 덤불 속에 숨겨 있었다. 이처럼 차를 철저하게 숨겨놓고 시체를 길에서 멀찍이 떨어진 나무들 사이에 갖다놓은 정황으로 봐서, 두 사람은 이탈리아에서 온 청부 암살자에게 살해되었음이 분명하다고 밝혔다. 몇몇 해외 우익 신문은 이탈리아 신문들의 공식 설명을 다소 주저하며 싣고 있었다. 즉 그들이 스페인 내전에 관해 논의하던 중 반파시즘 동료들에게 암살되었다는 것이다.

마르첼로는 신문들을 치우고 사진이 많은 프랑스 잡지 한 권을 집어 들었다. 그는 그 범죄를 전반적으로 다룬 기사의 두번째 페이지에 실린 사진을 보자마자 놀랐다. 그것은 '제보당 숲의 비극'이라는 제목이 붙어 있었으며, 발견 당시나 직후에 찍은 것이 분명했다. 덤불이 보였다. 곧추 선 나무줄기에 가지가 빽빽이 뻗어 있었다. 밝은 햇살이 나무줄기 사이를 비추었다. 땅에는 혼란스러운 빛과 삼림의 그림자 속에서 언뜻 보면 거의 보이지 않는 시체 두 구가 우거진 풀숲에 버려져 있었다. 콰드리는 등을 대고 길게 누워 있었는데, 그에게서 보이는 것은 어깨와 머리뿐이었다. 머리에는 턱과 목에만 검게 베인 흔적이 보였다. 하지만 리나는 전신이 보였으며, 남편과 몸이 일부 포개져 있었다. 마르첼로는 불붙인 담배를 차분하게 재떨이 가장자리에 놓고, 확대경을 꺼내 사진을 주의 깊게 살펴보았다. 덤불 그림자와 햇살로 인해 더욱 흐려졌을 뿐 아니라 어둡고 초점도 맞지 않았지만 그는 가냘프면서도 풍만하고, 순수하면서도 관능적이고, 아름다우면서도 기묘한 리나의 몸을 알아보았다. 섬세한 목덜미와 가냘픈 목 아래의 넓은 어깨, 가느다란 허리 위의 생동감 있는 가슴, 풍만한 엉덩이, 우아하고 긴 다리가 보였다. 그녀는 몸의 일부와 넓게 펼쳐진 원피스로 남편의 몸을 덮고 있었으며, 남편의 귀에 대고 무슨 말을 하고 싶어 하는 것 같았다. 그녀는 한쪽으로 돌아누워 있었고, 얼굴은 풀숲에 파묻혀 있었으며, 입은 남편의 뺨에 닿아 있었다. 마르첼로는 렌즈를 통해 오랫동안 그 사진을 바라보면서 모든 그림자, 모든 선, 모든 세부 사항을 살펴보려 했다. 죽음이라는 확고하고 기계적인 정적으로 가득한 광경은 부드러운 평화의 숨을 내쉬는 것 같았다. 갑작스럽고 끔찍한 고통 뒤에 따라왔을 최후의 깊은 고요로 가득한 사진이라고 그는 생각했다. 잠시 전에는 모든 것이 혼란, 폭력, 공포, 증오, 희망, 자포자기였지만, 잠시 후에는 모든 것이 끝나고 평화로웠다.

그는 시체 두 구가 오래, 거의 이틀 동안 덤불 속에 방치되었다는 사실이 생각났다. 태양이 오랫동안 그들을 비추고 윙윙거리는 벌레들을 끌어온 후 서서히 해가 지고 나서 달콤한 여름밤의 고요한 어둠 속에 남겨진 상황을 상상해보았다. 밤이슬이 그들의 뺨을 적시고 산들바람이 높은 나뭇가지와 덤불 사이에서 속삭였을 것이다. 해가 뜨면 전날의 빛과 그림자가 마치 회합하듯이 돌아와서 길게 뻗은 채 움직이지 않는 두 사람 위에서 노닐었을 것이다. 신선한 공기와 아침의 순수한 빛에 기운이 난 새가 팔다리에 앉아 노래했을 것이다. 벌이 리나의 머리 주위로 날아오고, 상처 입은 콰드리의 이마 근처에 꽃이 피었을 것이다. 숲속을 뱀처럼 굽이쳐 흐르는 잔잔한 시냇물은 너무 조용하고 고요한 그들에게 말을 건넸을 것이고, 비밀스러운 다람쥐, 깡충깡충 뛰어다니는 산토끼와 숲에 사는 동물들은 그들의 몸을 피해 갔을 것이다. 한편 그들 아래에 눌린 땅은 부드러운 풀과 이끼와 함께 누워 있는 몸의 형상을 서서히 바꾸었을 것이다. 땅은 준비가 되었고, 자신들을 자궁 속에 받아들이라는 그들의 말없는 요청을 수락했을 것이다. 그는 문을 노크하는 소리에 놀라 잡지를 치우고 소리쳐 말했다.

"들어와요."

문이 천천히 열렸고, 잠시 아무도 보이지 않았다. 그러더니 오를란도 요원이 경계하듯이 넙데데하고 정직해 보이는 평온한 얼굴을 문틈 사이로 들이밀었다.

"들어가도 되겠습니까. 박사님?"

"들어오시오, 오를란도."

마르첼로가 공적인 어조로 말했다.

"편하게 생각하십시오. 나한테 할 얘기가 있습니까?"

오를란도가 들어와 문을 닫고 마르첼로를 뚫어지게 쳐다보며 다가왔다. 처음으로 마르첼로는 벗어진 이마 밑으로 기이하게 반짝이는 움푹 들어간 작은 눈을 제외하면 그 불그레하게 흥분된 얼굴에서 모든 게 상냥해 보인다고 생각했다. 마르첼로는 그를 바라보며 생각했다.

'이상하군. 어떻게 그걸 진작 몰랐을까.'

그가 고갯짓으로 앉으라고 권하자 오를란도는 여전히 반짝이는 눈으로 그를 주시하며 아무 말 없이 응했다. 마르첼로가 담뱃갑을 오를란도에게 밀며 권했다.

"담배 피우겠습니까?"

"고맙습니다, 박사님."

오를란도가 한 개비를 집어 들며 말했다.

침묵이 흘렀다. 그런 다음 오를란도는 입에서 연기를 내뿜고 잠시 불붙은 담배 끝을 바라보며 말했다.

"박사님, 콰드리 사건에서 가장 이상한 점이 뭔지 아십니까?"

"아뇨, 뭡니까?"

"필요가 없었다는 겁니다."

"무슨 뜻입니까?"

"임무를 마치고 돌아온 후, 국경을 넘은 직후 확인을 위해 가브리오를 만나러 갔습니다. 그 사람이 내게 맨 처음 한 말이 뭔지 아십니까? '반대 명령을 받았소?'란 말이었습니다. 제가 물었습니다. '무슨 반대 명령 말입니까? 작전을 보류하라는 반대 명령도 못 받았습니다. 분명 너무 늦게 보낸 것 같습니다. 어쨌든 작전은 수행했고, 내일 조간신문을 보면 아실 겁니다.' 이렇게 말하자 그가 고함치기 시작했습니다. '이 짐승들아. 날 망쳤어. 이건 국제 정치의 매우 미묘한 시점에서 프랑스와 이탈리아의 관계에 타격을 입힐 수 있단 말이야. 너희는 범죄자야. 이제 로마엔 뭐라고 말해야 하지?' 제가 차분하게 대답했습니다. '사실대로 말씀하십시오. 반대 명령을 너무 늦게 보냈다고 말입니다.' 아시겠습니까. 박사님? 그 모든 수고, 두 사람의 죽음, 그게 필요가 없었습니다. 사실 역효과를 낳았죠."

마르첼로는 아무 말도 하지 않았다. 요원은 담배를 한 모금 더 피우고 나서 엄숙한 말로 입을 채우기 좋아하는 교양 없는 사람처럼 고지식하고 만족스럽게 강조하며 "운명입니다"라고 말했다. 또다시 침묵이 흘렀다. 요원이 계속해서 말했다.

"하지만 제가 이런 임무를 수락하는 건 이번이 마지막입니다. 다음번에는 다른 사람이 하겠죠. 가브리오는 '이 짐승들아'라고 고함쳤지만, 사실 그렇지 않습니다. 우린 인간이지 짐승이 아닙니다."

마르첼로는 반쯤 피운 담배를 비벼 끄고 새로운 담배에 불을 붙였다. 요원이 계속해서 말했다.

"그들은 무엇을 원하는지 말할 수 있지만, 어떤 것은 정말 불쾌합니다. 치클리오네같이 말이죠."

"치클리오네가 누구죠?"

"나와 함께 있던 자들 중 한 명입니다. 일을 치른 직후 그 혼란 속에서 별 뜻 없이 돌아보았는데 제가 뭘 봤는지 아십니까? 그자가 칼을 핥고 있었습니다. 제가 고함을 쳤죠. '뭐 하는 거야? 미쳤어?' 그러자 그가 말했죠. '꼽추의 피는 행운이래요.' 아시겠습니까? 야만인이죠. 전 그자를 쏠 뻔했다고요."

마르첼로는 눈을 내리깔고 기계적으로 책상 위에 있는 신문을 정리했다. 요원은 경멸하듯 고개를 가로젓고는 계속해서 말했다.

"하지만 가장 신경 쓰인 것은 부인이었습니다. 아무런 상관도 없고, 죽이지 말아야 했는데. 남편을 보호하려고 몸을 던져 대신 두 발을 맞았죠. 그는 숲속으로 도망쳤다가 야만적인 치클리오네에게 잡혔죠. 그녀가 아직 살아 있어서 전 최후의 일격을 가해야 했습니다. 그 여자는 많은 남자보다 용감했습니다."

마르첼로는 요원을 향해 눈을 들어 그만 가라고 암시를 주었다. 요원은 알아채고 일어섰다. 그러나 그는 즉시 나가지 않았다. 두 손을 책상 위에 올려놓고 반짝이는 눈으로 한동안 마르첼로를 바라본 다음, 조금 전에 '운명'이라고 내뱉을 때와 똑같이 강조하며 말했다.

"가족과 조국을 위해서라면 무슨 일이든 하겠습니다, 박사님."

갑자기 마르첼로는 그처럼 이상하게 반짝이는 눈을 전에 어디서 보았는지 생각났다. 그 눈은 아버지의 눈과 같은 표정을 짓고 있었다. 지금까지 정신 병원에 감금되어 있는 아버지였다. 마르첼로가 냉담하게 말했다.

"조국은 그렇게 많은 걸 요구하지 않았을 겁니다."

"그렇다면."

오를란도가 그를 향해 약간 몸을 숙이고 고조된 목소리로 물었다.

"왜 우리가 그렇게 하도록 했을까요?"

마르첼로는 주저하다가 무뚝뚝하게 말했다.

"오를란도, 당신은 임무를 수행하는 게 만족스러운 겁니다."

요원은 반은 굴욕감에서 반은 부정할 수 없는 심정에서 공손히 고개를 숙였다. 마르첼로는 잠시 말이 없다가 왜 그러는지 자신도 확실히 모른 채 부드럽게 말했는데, 아마도 자신과 매우 흡사한 요원의 분노를 풀어주기 위함이었을 것이다.

"자녀가 있습니까. 오를란도?"

"전 말이죠, 박사님, 애가 다섯입니다."

그가 호주머니에서 크고 낡은 지갑을 꺼내더니 사진을 빼서 마르첼로에게 내밀었다. 사진에는 아이들 다섯 명이 키 순서대로 서 있었는데 나이는 열세 살에서 여섯 살 정도 되어 보였다. 세 딸과 두 아들 모두 파티복 차림이었다. 딸들은 흰색 드레스를 입고 있었고 아들들은 세일러복을 입고 있었다. 다섯 명 모두 아버지처럼 둥글둥글하고, 온화하며, 지혜로워 보이는 얼굴이었다.

"엄마와 마을에 살고 있죠."

마르첼로가 내민 사진을 다시 받아 들며 요원이 말했다.

"큰애는 재봉사로 일하고 있습니다."

"예쁘군요. 당신을 닮았습니다."

"고맙습니다, 박사님. 다시 한번 말입니다."

요원이 한쪽으로 비켜서서 어느 새 방으로 들어온 줄리아가 지나가게 한 다음 자리를 떴다. 줄리아가 곧장 마르첼로에게 다가와 말했다.

"지나는 길에 들러야겠다고 생각했어요. 어때요?"

"잘했어."

그녀는 책상 앞에 서서 확신 없이 미심쩍게 걱정스러운 눈으로 그를 바라보았다. 마침내 그녀가 말했다.

"일을 너무 열심히 한다고 생각하지 않아요?"

"아니야. 왜?"

마르첼로가 열린 창으로 밖을 흘끗 내다보며 말했다.

"피곤해 보여요."

줄리아는 책상을 돌아와 의자 팔걸이에 기대어 책상 위에 흩어져 있는 신문들을 바라보며 잠시 가만히 서 있었다.

"새로운 소식 있어요?"

"무슨 소식?"

"신문에요. 콰드리와 관련된 일 말이에요."

"아니, 아무것도 없어."

그녀가 또다시 입을 다물었다가 말했다.

"난 그동안 내내 그분이 자기 당원들에게 살해당했다는 확신이 자꾸 들었어요. 어떻게 생각해요?"

그것은 파리에서 소식이 도착한 바로 그날 아침에 선전 사무소에서 그 사건에 대해 신문사에 제공한 공식적인 내용이었다. 줄리아가 마치 자신을 납득시키려 하는 것처럼 다소 의도적으로 확신을 갖고 그렇게 생각하려 했음을 마르첼로는 알아챘다. 그가 무뚝뚝하게 대답했다.

"모르겠어. 그런 것 같아."

"분명해요."

그녀가 단호히 말했다. 그러더니 잠시 주저한 후 순진하게 말했다.

"가끔씩 그날 밤, 나이트클럽에서 콰드리 부인을 그렇게 심하게 대하지 않았더라면 그녀가 파리에 남았을 거고 죽지도 않았을 거라는 생각이 들어요. 그런 후회가 들지만, 내가 어떻게 할 수 있었겠어요? 본인 잘못이었어요. 날 잠시도 가만 놔두려하지 않았으니까요."

마르첼로는 줄리아가 콰드리 살해 사건에 자신이 뭔가 역할을 했다고 의심하는 건 아닌지 궁금해하다가, 그럴 가능성을 배제했다. 그걸 알면 어떤 사랑도 견디지 못했을 거라고 그는 생각했고, 줄리아는 진실을 말하고 있었다. 전적으로 순수한 방식이었지만 자신이 간접적인 원인이었으므로 리나의 죽음에 대해 자책하는 것이다. 그는 그녀를 안심시키고 싶었지만 오를란도가 이미 그처럼 강조하며 내뱉었던 말보다 더 좋은 말을 찾을 수 없었다.

"자책하지 마."

그가 그녀의 허리에 팔을 두르고 가까이 끌어당기며 말했다.

"운명이었어."

그녀가 그의 머리카락을 가볍게 쓰다듬으며 대답했다.

"난 운명을 믿지 않아요. 정말 당신을 사랑해서였어요. 당신을 사랑하지 않았다면 말이죠, 아마도 그녀에게 그렇게 못되게 굴지 않았을 거예요. 그랬다면 그녀가 떠나지 않았을 거고, 안 죽었을 거예요. 그게 운명과 무슨 상관이 있죠?"

마르첼로는 자기 인생 모든 굴곡의 일차적 원인인 리노를 떠올리고 사려 깊게 설명했다.

"운명이라는 건 모든 걸 말하는 거야. 사랑과 나머지 것들 모두. 당신은 그런 식으로 행동하지 않을 수 없었던 거야. 그녀가 남편과 함께 떠나지 않을 수 없었던 것처럼 말이지."

"그럼 우린 아무것도 할 수 없나요?"

줄리아가 책상 위에 흩어져 있는 신문을 내려다보며 꿈꾸는 듯한 음성으로 물었다. 마르첼로는 망설이다가 매우 비통하게 대답했다.

"그래, 우린 아무것도 할 수 없다는 걸 알 수 있지."

"그게 무슨 도움이 되죠?"

"다음번에, 아니면 우리 뒤에 오는 다른 사람들에겐 도움이 되겠지."

그녀는 한숨을 쉬며 그에게서 몸을 떼고 문 쪽으로 다가갔다.

"오늘 늦지 말아요. 엄마가 맛있는 저녁을 만들어놓았어요. 그리고 오후에 아무 약속도 잡지 말아요. 같이 아파트 보러 가야 해요."

그녀가 손을 흔들어 인사하고는 밖으로 나갔다. 혼자 남겨진 마르첼로는 프랑스 잡지에서 사진을 조심스럽게 오려내 서랍 속 다른 신문들 옆에 넣고 서랍을 열쇠로 잠갔다. 그 순간 귀청을 찢는 정오 사이렌 소리가 이글거리는 하늘에서 안뜰로 떨어졌다. 곧이어 가깝고 먼 교회 종들이 울리기 시작했다.

에필로그

1

저녁이 되었다. 종일 침대에 누워 담배를 피우며 생각에 잠겨 있던 마르첼로는 일어나 창가로 갔다. 해 질 녘의 붉은빛을 등진 채 거무스름하게 보이는 주변 집들은 짧게 깎인 작은 잔디밭과 함께, 금색 울타리로 둘러싸여 있었다. 여기저기 보이는 창은 황혼에 붉게 빛났고, 하인들의 방에서는 줄무늬 작업복 재킷을 입은 집사와 흰색 앞치마를 두른 요리사 들이 집안일을 하며, 래커 칠을 한 옷장과 주방의 불꽃 없는 전기 레인지 사이를 오갔다.

마르첼로는 눈을 들어 아파트 발코니 너머를 바라보았다. 저녁 하늘에서 흐릿한 자줏빛 일몰의 마지막 파편이 사라지고 있었다. 그는 다시 시선을 낮추어 차가 들어와 안뜰에 멈추고 운전사가 큰 흰색 개와 함께 내리는 것을 보았다. 개는 기뻐서 컹컹 짖어대며 작은 풀밭을 달리기 시작했다. 조성된 지 몇 년 안 된 부자 동네였다. 마당들과 창들을 바라보면 누구도 전쟁이 4년 동안 계속되었고, 20년 동안 지속된 정부가 오늘 쓰러졌다고는 짐작도 못 할 것이다. 이곳 주민은 마르첼로와 같이 정상적으로 가족을 이루었다. 그가 오랫동안 그토록 집요하게 추구했지만 이제 외면적으로 드러난 것은 순전히 비정상으로 구성된 정상이었다. 그는 유럽에서 전쟁이 발발하던 날 아내에게 "내가 논리적이라면 오늘 자살할 거야"라고 말한 것이 생각났다. 그 말에 그녀가 공포에 질렸던 것도 기억났다. 그녀는 마치 전쟁이 불운한 결과를 가져올 거라는 단순한 예감 이상으로 자신들이 숨기는 것을 아는 것 같았다. 그는 줄리아가 자신에 관한 진실과 콰드리의 죽음에서 자신이 한 역할을 알고 있을지 다시 한번 자문했지만, 그런 신호를 보이기는 해도 역시 모르는 것 같았다.

이제 그는 흔히 말하듯이 자신이 지는 말에 돈을 걸었음을 확실하게 깨달았지만 명백한 사실을 관찰한 것을 제외하고는 왜 그런 식으로 돈을 걸었고, 왜 그 말이 이기지 못했는지는 사실 알 수 없었다. 하지만 그는 일어날 모든 일이 일어나야만 했다고, 즉 달리 돈을 걸거나 다른 결과를 가져올 수는 없었음을 확신하고 싶었다. 그리고 그는 느껴지지 않는 자책에서 벗어나기 위해 이러한 확신을 필요 이상으로 원했다. 사실 그에게 가능한 자책의 유일한 원천은 실수했다는 것, 즉 절대적이지도 필연적이지도 않은 일을 했다는 것이다. 다시 말해 일을 전적으로 다르게 했을 가능성을 일부러 또는 본의 아니게 간과한 것이다. 그러나 이것이 사실이 아니라고 확신할 수 있다면, 평소처럼 무관심하고 우울하다 해도 평화롭게 살 수 있을 것 같았다. 그는 자신의 운명을 인지하고 자신과 타인에게 유용한 그대로 받아들였음을 확신했다. 아마도 부정적이겠지만 그래도 유용했다.

한편 그는 실수가 있었더라도 다른 누구보다 그것에 더 많은 것을 걸었다. 지금 같은 상황에 처한 다른 모든 이보다 그리했다는 생각에 위로를 받았지만, 그 실수를 배제할 수 없었다. 유일하게 남은 자존심에 대한 위로일 뿐이었다. 다른 사람들은 사상, 정당, 생활, 성격까지 변하기도 하지만 그는 혼자 있을 때에도 아무것도 변하지 않았다. 그는 타인이 어떻게 살든 자신만의 이유로 정부 요원이 된 것이었다. 변화가 허용되더라도 그것은 자신을 파멸시키는 걸 의미했을 것이다. 이것은 지금 엄청난 파멸 한가운데에서 바로 그가 피하고 싶은 것이었다. 이 시점에서 그에게 오류가 있다면 가장 큰 첫번째 오류는 자신이 비정상성에서 벗어나고, 어떤 식으로든 다른 사람들과 소통할 수 있는 정상성을 찾고자 열망한 것이라 생각했다. 이러한 오류는 강력한 본능에서 나왔지만, 안타깝게도 이러한 본능과 충돌한 정상성은 단지 공허한 형태일 뿐이었고, 그 안에서는 모든 것이 비정상적이고 불필요했다. 첫 접촉에 그 형태는 산산조각 났고, 그렇게 정당화되었을 뿐 아니라 그토록 인간적인 본능은 그를 희생자에서 집행자로 바꾸어놓았다. 다시 말해 그의 실수는 콰드리를 죽인 것보다는 자기 삶의 원죄를 부적절한 방법으로 지우려 했던 것이었다.

그는 다시 궁금해졌다. 이 일이 다르게 될 가능성은 전혀 없었을까? 아니, 그럴 순 없었을 거라고 그는 스스로에게 대답했다. 리노는 자신의 순수성을 훼손시켰고, 그는 자신을 방어하기 위해 그를 죽일 수밖에 없었다. 여기서 나온 비정상성의 느낌에서 벗어나기 위해 그는 그동안의 방식으로 정상성을 추구할 수밖에 없었다. 또한 이러한 정상성을 확보하기 위해 벗어나려 했던 비정상성이라는 점에 상응하는 대가를 치러야 했다. 그 대가는 바로 콰드리의 죽음이었다. 그러므로 모든 것이 정당한 동시에 부당한 것처럼 관대하게 받아들여졌지만 모든 것은 운명이었다. 그는 자신이 거부하고 반발한 고통을 통렬하게 인식하면서 이러한 것들을 생각하기보다는 느끼고 있는 것 같았다. 그는 음울한 사건을 멀리서 관찰하듯 삶이 비참하게 파괴되는 것에 직면하여 차분하고 초연한 느낌을 갖고 싶었다. 하지만 그는 명확하게 살펴보고는 있지만 고통으로 인해 자신이 사건들의 변화로 허둥대는 건 아닌지 의심스러웠다. 그 외에도 바로 그때 명확성과 두려움을 구분하기가 쉽지 않았으며, 아마도 그가 할 수 있는 최선은 늘 그렇듯이 단정한 무감정의 행동 방식을 유지하는 것이었다. 무엇보다도 그는 다소 역설적으로 마치 자신의 수수한 야망을 요약하듯이 잃을 게 없다고 생각했다. 적어도 '잃는다는 것'이 공무원으로서의 평범한 직책, 앞으로 25년 동안 할부로 갚아나가야 하는 이 집, 2년은 더 갚아야 하는 차, 그가 줄리아에게 해준 모든 것을 비롯해 앞으로 삶에 드는 다른 여러 잡다한 비용들을 포기하는 것으로 이해된다면 그러했다. 정말 그는 잃을 게 없었고, 그 순간에 적들이 그를 체포하러 온다면 그의 직책 덕택에 얻은 물질적 이익이 보잘것없는 걸 보고 놀랄 것이다.

그는 창가에서 물러나 돌아서서 방 안을 바라보았다. 줄리아가 원하는 대로 침대 두 개의 침실이고, 짙은 색의 반짝이는 마호가니에 이집트 양식과 유사하게 손잡이와 장식은 청동이었다. 이 방에 있는 것들도 할부로 샀고, 작년에야 대금 지불을 끝냈다. 마르첼로는 의자에서 재킷을 집어 들어 입으며 빈정대듯이 생각했다.

'인생이 전부 할부군. 그런데 마지막 것이 제일 크고 결코 갚지 못할 거야.'

그는 침대가에 구겨진 깔개를 발로 펴고 방을 나갔다. 복도 끝으로 가다가 그는 열어놓은 문에 다다랐다. 문틈으로 작은 불빛이 비치고 있었다. 딸아이의 방이었다. 그는 눈앞에 펼쳐진 평범한 가족의 장면이 거의 믿기지 않아서 문가에서 잠시 머뭇거렸다. 방은 작지만 어린아이가 잠자고 생활하는 방에 적합한 예쁘고 다채로운 방식으로 꾸며져 있었다. 가구는 분홍색으로 칠해져 있었고, 커튼은 하늘색이었으며, 벽지 무늬는 작은 꽃바구니였다. 다양한 크기의 인형과 장난감이 분홍색 카펫 위에 여기저기 아무렇게나 흩어져 있었다. 아내가 침대 한쪽에 앉아 있었고, 딸 루치야는 벌써 잠자리에 들었다. 그가 들어가자마자 아이와 이야기하던 줄리아가 돌아보더니 아무 말 없이 그를 오랫동안 바라보았다. 마르첼로는 작은 분홍색 의자 하나를 가져다가 침대 옆에 앉았다. 딸이 말했다.

"안녕, 아빠."

"안녕, 루치야."

마르첼로가 딸을 바라보며 말했다. 아이는 피부가 까무잡잡하고, 둥근 얼굴과 표정이 풍부한 큰 눈에 이목구비는 너무 반듯해서 섬세하게 꾸며놓은 것 같았다. 이유를 확신할 순 없지만 그 순간 아이는 실제로 너무 사랑스러웠고, 게다가 스스로도 그렇다는 것을 알고 있었다. 그의 생각에 그것은 불쾌할 정도로 아이 엄마와 닮은 방식으로 순수한 애교의 시작을 암시했다. 이러한 애교는 자신이나 엄마와 이야기할 때 벨벳 같은 큰 눈을 굴리는 방식에서 찾아볼 수 있었다. 그것은 여섯 살짜리 아이에게 이상한 효과를 가져왔는데, 무엇보다도 아이는 거의 믿어지지 않을 정도의 자신감을 가지고 말했다. 퍼프와 레이스가 가득한 하늘색 잠옷을 입은 아이는 저녁 기도를 위해 두 손을 모으고 침대에 앉아 있다가 아버지가 들어오자 잠시 멈추었다.

"자, 루치야, 딴생각하지 마. 어서 같이 기도하자."

아이 엄마가 온화하게 말했다.

"딴생각하는 거 아니야."

아이가 짜증을 내며 생색내는 듯한 표정으로 눈을 들어 천장을 올려다보았다.

"아빠가 들어왔을 때 멈춘 사람은 엄마야. 그래서 나도 멈춘 거고."

"네 말이 맞아. 하지만 기도문은 알잖아. 혼자 할 수 있어야지. 더 크면 엄마가 늘 이렇게 재촉하지 않아도 기도해야 할 거야."

"엄마가 어떻게 내 시간을 허비하고 있는지 봐. 피곤하단 말야."

루치야가 두 손을 여전히 모은 채 어깨를 약간 으쓱하며 말했다.

"앉아서 얘기만 하고 있잖아. 지금쯤 기도를 마칠 수 있었는데.”

“알았어.”

줄리아가 이번에는 자신도 모르게 미소 지으며 말했다.

“처음부터 다시 시작하자. 은총이 가득하신 마리아님 기뻐하소서.”

아이가 질질 끄는 목소리로 따라 했다.

“은총이 가득하신 마리아님 기뻐하소서.”

“주님께서 함께계시니 여인 중에 복되시며.”

“주님께서 함께계시니 여인 중에 복되시며.”

“태중에 아들 예수님 또한 복되시나이다.”

“태중에 아들 예수님 또한 복되시나이다. 잠시 쉬어도 돼?”

이때 아이가 물었다.

“왜? 벌써 피곤해?”

“아빠 때문에 두 손을 모으고 한 시간째 이러고 있잖아.”

루치야가 두 손을 떼고 아빠를 바라보며 말했다.

“아빠가 들어왔을 땐 기도를 반쯤 했었단 말야.”

아이가 애교를 부리듯이 손으로 팔을 비비며 얼마나 피곤한지 표현했다. 그런 다음 손을 들어 모으고 말했다.

“준비됐어.”

“천주의 성모 마리아님.”

줄리아가 침착하게 계속했다.

“천주의 성모 마리아님.”

아이가 따라 했다.

“이제와 저희 죽을 때에.”

"이제와 저희 죽을 때에."

"저희 죄인을 위하여 빌어주소서."

"저희 죄인을 위하여 빌어주소서."

"아멘."

"아멘. 아빠, 아빤 기도 안 해?"

루치야가 쉴 새 없이 물었다.

"엄마 아빠는 밤에 잠자기 전에 해."

줄리아가 재빨리 말했다.

하지만 아이는 추궁하고 의심하는 듯한 태도로 마르첼로를 바라보았다. 그가 급히 확인하듯 말했다.

"그럼. 매일 밤 잠자기 전에 하지."

"이제 누워 자렴."

줄리아가 일어서서 루치야를 눕히며 말했다. 아이는 자고 싶은 마음이 전혀 없는 것 같았다. 약간 애를 먹었지만 마침내 아이를 눕힌 뒤 유일한 이불인 시트를 딸의 턱까지 끌어올렸다. 루치야가 시트를 걷어차며 말했다.

"더워. 너무 덥단 말야."

"내일 할머니 댁에 가면 더 이상 안 더울 거야."

"할머니가 어디 사는데?"

"언덕 위에. 거긴 시원해."

"어디야?"

"벌써 수백 번은 말해줬잖아. 탈리아코초라고. 시원한 곳이야. 우린 여름 내내 거기에 있을 거고."

"비행기가 안 올까?"

"비행기는 더 이상 안 올 거야."

"왜 안 와?"

"전쟁이 끝났으니까."

"전쟁이 왜 끝났는데?"

"끝날 때가 됐으니까."

줄리아가 무뚝뚝하지만 화는 내지 않으면서 말했다.

"질문은 이제 그만해. 자야지. 내일 아침 일찍 떠나야 하니까. 이제 약 가져올게."

그녀가 나가자 마르첼로는 딸과 단둘이 남았다.

"아빠."

아이가 침대에서 다시 일어나 앉으며 곧장 물었다.

"아래층 사람들이 키우는 고양이 기억나?"

"응."

마르첼로가 의자에서 일어나 침대 가장자리에 앉으며 대답했다.

"새끼를 네 마리 낳았대."

"그래서?"

"그 집 딸들 가정 교사가 그러는데 원한다면 새끼 한 마리를 가져도 된대. 한 마리 가져와도 돼? 그러면 탈리아코초에 데려갈 수 있잖아."

"새끼들이 언제 태어났는데?"

"그저께."

"그럼 안 되겠네."

마르첼로가 딸의 머리를 쓰다듬으며 말했다.

“새끼들은 젖을 먹는 동안은 어미와 함께 있어야 해. 탈리아코초에서 돌아오면 데려오도록 해.”

“탈리아코초에서 돌아오지 않으면 어떻게 해?”

“왜 안 돌아오겠어? 여름이 끝나면 돌아올 거야.”

마르첼로가 딸의 부드럽고 검은 머리카락을 손가락으로 똘똘 감으며 대답했다.

“아야, 아프단 말야.”

살짝 잡아당기자 아이가 즉시 투덜댔다. 마르첼로가 머리카락을 놓아주고 미소 지으며 말했다.

“왜 그런 말을 하지? 안 아픈 거 아는데.”

“아니야, 아팠단 말이야.”

아이가 단호하게 대답했다. 그러더니 고집스럽게 여자다운 몸짓으로 두 손을 관자놀이에 대며 말했다.

“이젠 심한 두통이 생길 거야.”

“그럼 대신 귀를 잡아당길 거야.”

마르첼로가 장난스럽게 말했다. 그는 작고 동그스름한 장밋빛 귀에서 머리카락을 치우고 귀를 아주 살짝 잡아당겨 작은 종처럼 흔들어댔다.

“아야, 아야, 아야.”

아이가 아픈 척하며 날카로운 목소리로 소리 질렀고, 얼굴 전체가 살짝 붉어졌다.

“아야, 아야. 아프단 말야!”

“거짓말쟁이구나.”

마르첼로가 귀를 놓아주며 나무랐다.

"거짓말하면 안 된다는 거 알잖아."

아이가 신중하게 말했다.

"이번엔 맹세코 정말 아팠어."

"안고 자게 인형 줄까?"

마르첼로가 고개를 돌려 장난감이 흩어져 있는 카펫을 보며 물었다. 아이는 차분히 경멸하듯이 인형들을 보고 생색내듯이 대답했다.

"원한다면."

"원한다면이라니, 무슨 뜻이지?"

마르첼로가 미소를 지으며 말했다.

"마치 아빠한테 호의라도 베푸는 것처럼 말하는구나. 인형 안고 자고 싶지 않은 거야?"

"아니 그러고 싶어. 분홍색 드레스 입은 저거 줘."

마르첼로는 일어서서 카펫을 내려다보았다.

"다 분홍색 드레스잖아."

"진짜 분홍색 있잖아."

아이가 도도하게 짜증을 내며 말했다.

"저 인형의 분홍색은 발코니에 있는 분홍 장미의 분홍색과 똑같단 말야."

"여기 이거?"

마르첼로가 카펫에서 가장 크고 가장 아름다운 인형을 집어 들며 물었다.

"아빠 정말 아무것도 몰라?"

아이가 나무라듯 말했다. 그러다 갑자기 침대에서 뛰어나와 맨발로 깔개 귀퉁이로 달려가서 납작해지고 더럽고 매우 못생긴 헝겊 인형을 집어 들었다. 그런 다음 다시 침대로 달려와 말했다.

"이거!"

이번에는 시트 속에 들어가 똑바로 누워 놀란 표정을 한 인형 얼굴에 자신의 평화로운 장밋빛 얼굴을 다정하게 댔다. 줄리아가 약병과 숟가락을 손에 들고 다시 들어왔다. 그녀가 침대로 다가오며 말했다.

"자, 약 먹어야지."

아이는 이번에는 떼쓰지 않았다. 대신 침대에서 몸을 반쯤 일으키고, 먹이를 기다리는 아기 새처럼 순순히 얼굴을 내밀고 입을 벌렸다. 줄리아는 숟가락을 아이의 입안에 넣은 다음 재빨리 기울여 물약을 쏟아부었다. 루치야는 "너무 써"라고 말하며 다시 누웠다.

"그럼 잘 자렴."

줄리아가 몸을 기울여 딸에게 키스하며 말했다.

"잘 자. 엄마 잘 자. 아빠도 잘 자."

아이가 떨리는 목소리로 말했다.

마르첼로도 아이의 뺨에 입을 맞추고 나서 아내를 따라 방을 나갔다. 줄리아가 불을 끄고 문을 닫았다. 복도에서 그녀는 남편을 향해 반쯤 몸을 돌리고 말했다.

"준비된 것 같아요."

그때 마르첼로는 책망하는 듯한 그림자 속에서 처음으로 줄리아의 눈이 마치 울었던 것처럼 부어 있는 것을 알아챘다. 그는 루치아와 이야기를 주고받으면서 기분이 좋아졌지만, 아내의 눈을 보자 원하는 대로 확고하고 침착하게 행동하지 못할 거라는 걱정이 다시 들었다. 한편 줄리아는 작고 둥근 식탁과 식기대가 놓인 작은 주방으로 먼저 들어갔다. 식탁이 차려져 있었고, 천장 램프는 켜져 있었으며, 열어놓은 창문에서는 보통 축구 경기를 중계할 때의 숨 가쁘고 승리에 도취한 말투로 파시스트 정부의 몰락을 설명하는 라디오 소리가 들려왔다. 하녀가 들어와 수프를 올려놓고 다시 나갔다. 그들은 침착한 동작으로 천천히 수프를 먹기 시작했다. 갑자기 라디오에서 열광하는 소리가 들렸다. 아나운서는 이제 의기양양한 말과 들뜬 목소리로 국왕에게 박수를 보내기 위해 엄청난 군중이 도시 거리에 모여들고 있다고 말했다.

"신물이 나는군요."

줄리아가 숟가락을 내려놓고 창밖을 내다보며 말했다.

"왜?"

"어제까진 무솔리니를 향해 손뼉을 쳤죠. 며칠 전에는 폭격으로부터 구해주길 바라면서 교황에게 박수를 보냈고요. 오늘은 무솔리니를 쫓아낸 국왕에게 환호를 보내고 있군요."

마르첼로는 아무 말도 하지 않았다. 그는 사회 문제에 대한 줄리아의 반응과 의견을 아주 잘 알고 있어서 속으로 예상할 수 있었다. 그것은 사건을 일으키는 근본적인 동기는 전혀 궁금해하지 않고, 다른 무엇보다도 개인적이고 감정적인 이유에 의해 유도되는 매우 단순한 사람의 반응과 의견이었다. 두 사람이 말없이 수프를 먹는 동안 라디오에서는 격렬한 외침이 계속되고 있었다. 그러다가 갑자기 하녀가 두번째 음식을 가져온 후 라디오가 끊기더니 소리가 나오지 않았다. 그리고 침묵과 함께 고요한 여름밤의 숨 막히는 더위가 다시 찾아와서 그들을 억누르는 것 같았다. 그들은 서로를 바라보았고, 줄리아가 물었다.

"이제 어떻게 할 거예요?"

마르첼로가 간단하게 대답했다.

"나와 상황이 같은 모든 사람이 하는 대로 할 거야. 이탈리아에는 나 같은 사람이 많아."

줄리아는 무슨 말을 하려다가 머뭇거렸다. 그러더니 천천히 말했다.

"아뇨. 내 말은, 콰드리와의 일을 어떻게 할 거냐고요."

그러니까 그녀는 알고 있었고, 아마도 늘 그렇듯 결국 알게 될 것이다. 마르첼로는 그 말에 심장이 멎는 것 같은 기분을 느꼈다. 10년 전에 누군가 "이제 리노와의 일을 어떻게 할 거죠?"라고 물었다면 지금과 똑같았을 것이다. 그때 예언 능력이 있었다면 "콰드리를 죽여야죠"라고 대답했을 것이다. 하지만 지금은? 그는 접시 옆에 포크를 내려놓고, 목소리가 떨리지 않는다는 확신이 들자마자 "무슨 말을 하는지 모르겠군"이라고 말했다.

그는 그녀가 눈을 내리깔고 마치 다시 울 것처럼 얼굴이 일그러지는 걸 보았다. 그러더니 느리고 슬픈 목소리로 말했다.

"파리에서 리나가, 아마도 날 당신에게서 떨어뜨려놓고 싶어서 그랬겠지만, 당신이 정치 경찰의 일원이라고 말해줬어요."

"그래서 뭐라고 대답했어?"

"상관없다고요. 난 당신 아내고, 당신이 무슨 일을 하든 당신을 사랑한다고. 당신이 그 일을 한다면 그게 옳다고 생각해서 그러는 거라고요."

마르첼로는 그녀의 맹목적이고 확고한 마음에 자기도 모르게 감동을 받아 아무 말도 하지 않았다. 줄리아는 머뭇거리는 목소리로 계속해서 말했다.

"하지만 그러다가 콰드리와 리나가 살해당하자 난 당신이 그 사건에 개입했을까 봐 너무 무서웠어요. 그리고 그때부터 다른 건 거의 아무것도 생각나지 않았어요. 하지만 당신한텐 그 일에 대해 말을 안 했죠. 당신은 일에 대해 아무 얘기도 안 했으니까요. 그래서 난 특히 그 일에 대해서는 당신과 이야기할 수 없다고 생각했어요."

마르첼로가 잠시 입을 다물고 있다가 말했다.

"그럼 지금은 어떻게 생각해?"

"나 말이에요?"

줄리아가 눈을 들어 그를 바라보며 말했다. 마르첼로는 그녀의 눈에 눈물이 차오르는 걸 보고는 그 눈물이 이미 대답임을 알았다. 그런데도 그녀는 애써 계속해서 말했다.

"파리에서 당신 입으로 콰드리를 찾아가는 게 당신 일에 중요하다고 말했죠. 그래서 난 그게 사실일 거라고 생각해요."

그가 즉시 말했다.

"사실이야."

그 순간 그는 줄리아가 마지막 순간까지 자신이 틀렸기를 바랐음을 알게 되었다. 이제 그 말에 마치 어떤 신호를 받은 것처럼 그녀는 식탁 위에 엎드려 팔에 얼굴을 파묻고 흐느끼기 시작했다. 마르첼로는 일어나 문으로 가서 열쇠를 돌려 잠갔다. 그러고 나서 그녀에게 다가와 몸을 숙이지 않고 그녀의 머리에 손을 얹고 말했다.

"당신이 원한다면 내일 헤어지기로 하지. 루치야와 같이 탈리아코초로 데려다주고 난 떠나서 다시는 나타나지 않을게. 그걸 원하는 거야?"

곧 줄리아는 마치 자기 귀를 의심하는 것처럼 흐느낌을 멈췄다. 그러더니 얼굴을 숨긴 팔의 오목한 곳에서 그녀의 슬프고 놀란 목소리가 들려왔다.

"무슨 얘길 하는 거예요? 헤어져요? 그게 아니에요. 난 그저 당신이 너무 걱정돼서. 이제 그들은 당신을 어떻게 할까요?"

그러니까 줄리아는 그에 대한 반감이나 콰드리와 리나의 죽음에 대한 가책이 아니라 오로지 그와, 그의 삶과, 그의 미래만을 걱정하는 것이었다. 사랑의 힘에 의해 강력해진 무감각은 그에게 이상하게 작용했다. 그는 어둠 속에서 계단을 오를 때 또 다른 계단을 찾을 생각으로 발을 들어 올렸다가 텅 빈 층계참에서 맞닥뜨리는 사람 같은 느낌이 들었다. 실제로 그는 반감과 혹독한 심판을 기대했고, 심지어 바라기까지 했다. 하지만 대신에 그는 평소처럼 맹목적으로 지지해주는 그녀의 사랑만을 확인했다. 그가 다소 초조하게 말했다.

"나한텐 아무 일도 없을 거야. 증거가 없어. 게다가 난 명령을 따랐을 뿐인걸."

그가 상투적인 말에 대한 혐오감과 일종의 수치심이 뒤섞이는 것을 느끼며 잠시 주저하다가 애써 말했다.

"난 그저 군인처럼 임무를 수행했을 뿐이야."

즉시 줄리아는 오를란도 요원도 진정시키기에 충분치 않았던 이 빤한 말에 매달렸다.

"그래요. 나도 그렇게 생각했어요."

그녀가 고개를 들고 그의 손을 잡고 광적인 키스를 퍼부으며 말했다.

"난 늘 생각했어요. 마르첼로는 사실 군인과 같아. 그리고 군인은 명령을 받기 때문에 죽이지. 그들이 그에게 어떤 일을 하게 만든다면, 그건 그 사람 잘못이 아니야. 하지만 그들이 뒤쫓아올 거라고 생각하지 않나요? 분명 당신에게 명령을 내린 사람들은 탈출할 거고, 사실 그와 아무 관계도 없고 그저 임무만 수행하던 당신은 중간에 붙잡힐 거예요."

그의 손등을 키스로 뒤덮고 난 그녀는 손을 뒤집더니 똑같이 광적으로 손바닥에 키스하기 시작했다.

"진정해."

마르첼로가 그녀를 부드럽게 쓰다듬으며 말했다.

"바로 지금 그들은 나를 찾는 일 말고 다른 일을 해야 해."

"하지만 사람들은 너무 끔찍해요. 당신을 좋아하지 않는 한 사람만으로도 충분해요. 그들은 당신을 신고할 거예요. 항상 그런 식이에요. 명령을 내리고 수백만을 버는 사람들은 몸을 사리고, 당신처럼 임무를 수행하고 한 푼도 못 버는 사람들은 그 일로 고통을 받죠. 오, 마르첼로, 너무 두려워요!"

"겁먹을 거 없어. 다 잘 해결될 거야."

"오, 다 잘 해결되지 않을 거예요. 난 알아요. 느껴져요. 그리고 난 너무 지쳤어요."

줄리아는 이제 그의 손에 키스하지 않았지만 손에 얼굴을 댄 채 말하고 있었다.

"루치야가 생긴 후 당신이 무슨 일로 돈을 버는지 알고 있었지만 난 이렇게 생각했어요. 이제 정해졌다고요. 난 아이, 사랑하는 남편, 집, 가족이 있다고. 난 행복하다고. 정말 행복하다고. 행복한 건 난생처음이었고, 그럴 수 없다는 느낌이 들었어요. 난 거의 믿을 수가 없었어요. 그리고 그게 전부 끝장이 나서 행복이 지속될 수 없을까 봐 늘 두려웠어요. 그건 실제로 지속되지 않았고, 이제 우린 도망쳐야 해요. 당신은 일자리를 잃을 거고, 그들이 당신에게 무슨 짓을 할지는 아무도 모르고, 내 불쌍한 딸은 고아보다 더 못하게 될 거고. 우린 처음부터 다시 시작해야 할 거예요. 어쩌면 우린 다시 시작조차 못 하고 온 가족이 다 파멸하게 될지도 몰라요."

그녀가 다시 울음을 터뜨리면서 식탁 위에 도로 엎드려 얼굴을 팔에 파묻었다. 마르첼로는 갑자기 전에 머릿속을 스쳐갔던 이미지가 생각났다. 죄가 있는 자신뿐 아니라 무고한 아내와 딸까지 온 가족을 사정없이 내리치던 신의 회초리였다. 그는 그 생각에 몸을 떨었다. 누군가 문을 두드렸고, 그는 식사를 마쳤으니 더 이상 올 필요 없다고 하녀에게 소리쳐 말했다. 그런 다음 줄리아에게 몸을 구부리며 부드럽게 말했다.

"제발 그만 울고 진정해. 우리 가족은 파멸하지 않을 거야.

우린 아르헨티나로 갈 거야. 새 삶을 시작할 거야. 거기서 집도 구할 거고, 나도 루치야도 거기 있을 거야. 날 믿어봐. 분명, 다 잘 해결될 거야."

그러자 줄리아는 눈물로 얼룩진 얼굴을 들어 그를 바라보며 갑작스러운 희망에 가득 차 말했다.

"아르헨티나로 간다고요? 언제요?"

"가능한 빨리. 전쟁이 완전히 끝나자마자."

"그러면 그동안은?"

"그동안엔 로마를 떠나 탈리아코초에 머물 거야. 거기선 아무도 우릴 찾지 않을 거야. 분명, 일이 잘될 거야."

마르첼로는 그녀가 일어나 코를 푸는 걸 보며 줄리아가 이 말에, 무엇보다도 자기 말의 확고한 어조에 기운을 내는 것 같다고 생각했다.

"용서해줘요. 난 너무 바보 같아요. 당신을 도와야 하는데 내가 아는 거라곤 우는 것뿐이에요. 어쩜 이리 멍청한지."

그녀는 식탁을 정리하고 접시를 치워 싱크대 위에 쌓아놓기 시작했다. 마르첼로는 창가로 가서 창틀에 기대어 밖을 내다보았다. 앞집의 불투명 창을 통해 계단의 흐릿한 불빛이 꼭대기 층까지 비추고 있었다. 으슥한 시멘트 마당에 어둠이 드리워 석탄처럼 검게 물들었다. 밤은 고요하고 무더웠으며, 가장 세심한 귀도 누군가 마당의 어둠 속에서 잔디에 물을 주는 정원용 호스의 지글거리는 소리 외에는 아무 소리도 못 들었을 것이다. 마르첼로가 돌아보며 말했다.

"시내로 산책 갈까?"

"왜요? 뭐하러요? 어떤 사람이 모여 있는지 모르잖아요."

"가보면 알겠지."

그가 다소 가볍게 대답했다.

"독재가 어떻게 무너지는지 말이야."

"그리고 루치야가 있잖아요. 혼자 놔둘 순 없어요. 폭격기가 오면 어떻게 해요?"

"걱정 마, 오늘 밤에는 안 올 거야."

"하지만 시내엔 왜 가는데요?"

그녀가 갑자기 막아섰다.

"난 정말 당신이 이해가 안 가요. 당신은 고생을 사서 하는 것 같아요. 거기서 얻는 게 뭐죠?"

"당신은 집에 있어. 나 혼자 갈게."

"아니요, 그럼 나도 갈 거예요. 당신에게 무슨 일이 일어나면 나도 거기에 있고 싶어요. 아이는 하녀가 돌봐줄 거예요."

"걱정 마. 오늘 밤엔 폭격기가 안 올 거야."

"옷 갈아입고 올게요."

그녀가 방을 나가며 말했다.

혼자 남겨진 마르첼로는 다시 창가로 갔다. 누군가 앞집 계단을 오르고 있었는데, 남자였다. 불투명 유리 뒤로 꾸준히 한 층씩 올라가는 그림자의 옆모습이 보였다. 그는 태평하게 올라가고 있었고, 호리호리한 그림자로 판단하건대 젊은 남자임이 틀림없었으며, 아마도 휘파람을 불고 있을 거라고 마르첼로는 부럽게 생각했다. 그때 라디오에서 다시 소리가 나기 시작했다. 마르첼로는 동일한 목소리가 마치 대화를 끝내듯이 "그리고 전쟁은 계속됩니다"라고 결론짓는 걸 들었다. 그것은 새로운 정부의 전언이었고, 그가 방금 전에 이미 들은 것이었다. 마르첼로는 주머니에서 담뱃갑을 꺼내 담배에 불을 붙였다.

2

변두리 거리는 인적이 없고, 고요하고, 어두웠으며, 피가 갑자기 한곳에만 집중된 커다란 몸의 사지처럼 거의 죽은 상태였다. 하지만 차가 도심에 접근할수록 마르첼로와 줄리아는 손짓을 하며 소리치는 사람들 무리를 더 자주 보았다. 마르첼로는 교차로에서 속도를 줄이고 문구가 적힌 깃발과 포스터를 흔드는 젊은 남녀를 가득 실은 트럭 행렬이 지나가도록 멈춰 섰다. 많은 깃발로 장식하고 사람들을 가득 실은 트럭에는 발판에도 사람들이 매달려 있었으며, 보도를 가득 메운 사람들에게 혼란스러운 박수로 인사를 받았다. 누군가 차창에 고개를 들이밀어 줄리아의 얼굴에 대고 "자유 만세!"라고 소리 지르고 나서, 마치 거리를 어둡게 만드는 군중 속으로 다시 빨려 들어가듯이 금세 사라졌다. 줄리아가 말했다.

"집에 돌아가는 게 낫지 않을까요?"

"왜?"

마르첼로가 앞 유리를 통해 거리를 주시하며 물었다.

"저들은 너무 행복해서 분명 아무도 해치려 하지 않을 거야. 어딘가에 차를 댄 다음 돌아가서 무슨 일인지 알아보자고."

"저들이 차를 훔치지 않을까요?"

"말도 안 되는 소리."

마르첼로는 평소의 사려 깊고, 차분하고, 참을성 있는 태도로 차를 몰고 도심의 혼잡한 거리를 지나갔다. 불이 꺼져 어두운 거리에서 군중이 모이고, 충돌하고, 흩어지고, 달리는 모습이 확실하게 보였다. 그것은 전부 달랐지만, 모두 독재 붕괴에 진심으로 기뻐하는 하나의 마음으로 충만했고, 뭉쳐 있었다. 서로 모르는 사람들이 거리 한가운데에서 껴안았다. 깃발을 흔드는 트럭이 지나가는 것을 오랫동안 말없이 주시하던 한 남자가 갑자기 모자를 벗고 소리쳐 환호를 보냈다. 사람들은 선동과 기쁨의 말을 되풀이하면서 이 무리에서 저 무리로 분주한 웨이터처럼 달려 나갔다. 몇 사람은 마치 갑작스럽게 분출하는 증오에 압도된 것처럼 방금 전까지 공무원들이 근무하다가 지금은 굳게 닫힌 어두운 관청 건물을 향해 위협적으로 주먹을 휘둘렀다. 마르첼로는 많은 여인이 남편의 팔을 잡고 나온 것을 보았고, 때때로 유아차를 탄 아이들도 있었다. 그것은 붕괴된 체제의 강제 동원 시위에서는 오랫동안 보지 못한 광경이었다. 비밀 정당들의 연합 모임 같은 결의에 찬 남자들이 종렬로 모여 환호와 박수에 맞추어 짧게 행진하고 나서 다시 군중 속으로 흩어졌다. 대규모 지지 집단이 자발적인 연설자들을 에워쌌다. 다른 이들은 함께 모여 해방가를 목청껏 불렀다. 마르첼로는 모여 있는 군중을 존중해 달팽이 정도의 속도로 천천히 끈기 있게 차를 몰았다.

"정말 기뻐하는군요."

줄리아가 갑자기 두려움을 잊고 온화한 목소리로 거의 지지하는 듯 말했다.

"저들의 입장이라면 나도 그럴 거야."

그들은 역시 서행하는 다른 차 두어 대 뒤에서 온통 사람들로 가득한 대로를 지나갔다. 그런 다음 마르첼로는 골목길 입구를 돌아 시위대가 지나가기를 기다린 후 간신히 골목 안으로 진입했다. 그는 인적이 전혀 없는 또 다른 골목으로 재빨리 차를 몰고 들어가 멈추고는 시동을 끄고 아내를 돌아보며 말했다.

"여기서 내리지."

줄리아는 아무 말 없이 내렸다. 마르첼로는 차문을 조심스럽게 닫은 뒤 아내와 함께 그동안 지나온 거리로 향했다. 이제 그는 완전히 차분해졌으며, 온종일 원했던 대로 침착하고 초연했다. 하지만 그는 계속해서 스스로를 주시하고 있었고, 다시 혼잡한 거리로 나왔을 때에는 시끄럽고, 떠들썩하고, 열성적이고, 공격적인 군중의 환희가 면전에서 폭발하는 가운데, 이러한 기쁨이 자신의 마음에 다소 평온하지 않은 감정을 야기하지 않는지 걱정스럽게 자문했다. 그는 잠시 스스로를 주의 깊게 살펴본 후 그렇지 않다고 생각했다. 후회도, 원한도, 두려움도 없었다. 그는 진정 차분하고, 무감하고, 거의 완전히 지쳤으며, 다른 이들의 환희를 응시하고 싶었다. 물론 참여는 하지 않았고, 그것을 위협이나 모욕이라고 생각하지도 않았다. 그들은 이 무리에서 저 무리로, 이 블록에서 저 블록으로 정처 없이 군중 속을 걷기 시작했다. 이제 줄리아는 더 이상 두려워하지 않았고, 그만큼이나 차분하고 침착한 것 같았다. 하지만 그것은 타인의 감정에 공감하는 그녀의 온후한 능력 같은 다른 이유 때문이라고 그는 생각했다.

군중은 줄어들기는커녕 시시각각 늘어나는 것 같았다. 마르첼로가 보기에 그들은 전적으로 기뻐하면서도 어리벙벙해하며 의심하는 것 같았고, 표정도 어색하고, 무사할 수 있을지 아직 확신하지 못하는 것 같았다. 두 사람은 무리를 간신히 뚫고 지나가면서 노동자로 가득한 트럭들을 더 지나쳤다. 그들 중 어떤 이들은 적색 깃발을 흔들고 있었고, 또 어떤 이들은 삼색기를 흔들고 있었다. 두 사람은 소형 독일제 컨버터블을 지나쳐 갔는데, 차 안에는 관료 두 명이 조용히 앉아 있었고, 군복을 입은 군인이 경기관총을 손에 쥐고 차문 가장자리에 올라 앉아 보도에서 자신에게 보내는 휘파람과 야유를 무시하고 있었다. 마르첼로는 거리에 군인이 많다는 것을 알아챘다. 그들은 흐트러진 차림에 무기가 없었으며, 상당수가 서로 끌어안고 있었고, 둔감하고 순수한 얼굴은 들뜬 희망으로 빛났다. 마르첼로는 단추를 채우지 않은 상의에 총검이 흔들리게 둔 채 연인처럼 서로의 허리에 팔을 두르며 걸어가는 군인 두 명을 보며 그날 밤 처음으로 경멸과 매우 흡사한 감정이 생기는 걸 알게 되었다. 그들은 군복을 입었고, 그에게 제복은 그것을 입은 사람이 어떤 기분이든 단정함과 위엄을 의미했다. 줄리아가 마치 그의 생각을 짐작하듯이 단정치 못하지만 다정한 두 군인을 가리키며 물었다.

"전쟁이 끝나지 않았다고 하지 않았나요?"

"그래, 그렇게 말했지."

마르첼로가 거의 고통스럽게 애써 판단을 뒤집으며 말했다.

“하지만 그렇지 않아. 저 가련한 친구들은 행복한 게 옳아. 저들에게 전쟁은 진짜 끝났어.”

마르첼로가 파리로 출발하기 전날 밤에 명령을 받으러 갔던 관청 문 앞에서는 많은 사람들이 항의하고, 소리 지르고, 허공에 주먹을 휘두르고 있었다. 문에서 가장 가까이에 있는 이들은 주먹으로 문을 쳐서 열려고 했다. 여러 목소리가 명백히 증오와 경멸이 담긴 어조로 최근에 실각한 장관의 이름을 반복해서 불렀다. 마르첼로는 이들을 오랫동안 지켜봤지만 시위자들이 뭘 원하는지는 알 수 없었다. 마침내 문이 겨우 열렸고, 애원하는 표정의 창백한 얼굴을 하고 제복을 입은 수위가 문틈으로 나타났다. 그가 가장 가까이에 있는 사람들에게 무슨 말을 하자 누군가 문으로 들어가 즉시 닫아버렸고, 군중은 잠시 더 소리치더니 사라졌다. 하지만 그들 모두가 서성거리며 소리치고 닫힌 문을 두드린 것은 아니었고, 가장 집요한 소수의 시위자들이 그러했다. 마르첼로는 관청을 떠나 인근 광장을 향해 걷기 시작했다. “비켜! 비켜!”라고 외치는 소리가 들리면서 마르첼로가 포함된 군중이 뒤로 밀려났다. 그는 목을 길게 빼고 난폭한 십대 소년 서너 명이 독재자의 커다란 흉상을 밧줄로 묶어 질질 끌고 가는 것을 보았다. 자갈길 위로 질질 끌려가면서 생기는 흰색 부스러기에서 알 수 있듯이, 청동으로 만든 줄 알았던 그 흉상은 사실 채색한 석고상에 불과했다. 얼굴을 파묻을 듯 커다란 별갑 테 안경을 쓴 키 작은 흑인 남자가 흉상을 바라보고 나서 마르첼로를 향해 몸을 돌리고 킬킬대며 설교조로 말했다.

"청동이라고 생각했는데 사실 그저 평범한 진흙이었군요."

마르첼로는 그 말에 대답하지 않았고, 여전히 목을 길게 빼고 흉상이 심하게 나뒹굴며 옆을 지나가는 동안 잠시 그것을 주시했다. 그것은 관공서들이 들어서 있는 그 일대에 세워진 수백 개의 유사한 흉상들 중 하나였고, 돌출된 턱, 둥글고 움푹 들어간 눈, 매끄럽고 부어오른 머리 등 극도로 양식화되어 있었다. 그는 한때는 열렬히 환호했던 바로 그 군중이 이제는 조롱하는 휘파람과 야유를 보내는 가운데 먼지 속을 질질 끌려가는 가짜 청동 흉상이 연상시키는 그토록 거만하고 그토록 생생한 살아 있는 입이 떠올랐다. 다시 한번 줄리아가 그의 생각을 직감한 것처럼 낮은 소리로 말했다.

"생각해봐요. 한때는 로비에 이런 흉상만 있어도 사람들이 귓속말을 했죠."

그가 무뚝뚝하게 대답했다.

"저들은 지금 당장 그를 산 채로 잡아, 바로 이 흉상을 대하듯이 처단할 거야."

"그를 죽일까요?"

"당연하지, 할 수 있다면 말이야."

그들은 정처 없이 제멋대로 흘러가는 홍수의 물살처럼 어둠 속으로 흘러가고 소용돌이치는 군중 한가운데를 조금 더 걸었다. 도로 모퉁이에서 한 무리의 사람들이 긴 사다리를 관청 건물 귀퉁이에 대어놓았고, 한 사람이 꼭대기에 올라가 정권 명칭이 적힌 석재 표지에 망치를 세게 휘두르고 있었다. 누군가 마르첼로를 돌아보며 웃으며 말했다.

"파시스트는 도처에 있습니다. 타도하는 데만도 몇 년은 걸릴 겁니다."

"맞습니다."

마르첼로가 응수했다.

그들은 광장을 가로질러 군중 속을 뚫고 지나가 아케이드에 이르렀다. 흐릿한 손전등 불빛만이 희미하게 퍼질 뿐인 거의 완전한 어둠 속에 두 갈래 길이 시작되는 지점에서 한 무리의 사람들이 무언가를 에워싸고 있었는데, 마르첼로와 줄리아에겐 보이지 않았다. 다가가 사람들 너머로 살펴본 마르첼로는 그들이 어떤 소년이 춤추는 것을 보고 있음을 알았다. 소년은 밸리 댄서의 동작과 뒤트는 몸짓을 연기하는 마임을 익살맞게 패러디하고 채색된 독재자의 초상화를 걸치고 있었는데, 거기에 구멍을 내 칼라처럼 어깨에 두르고 있었다. 소년은 칼을 씌운 죄수같이 여전히 목에 고문 도구를 쓴 채 춤을 추는 것처럼 보였다. 그들이 다시 광장 쪽으로 걸어가는 동안, 작고 검은 턱수염에 눈에 생기가 넘치는 젊은 남자가 검은 머리를 바람에 휘날리며 들떠 있는 여자와 팔짱을 끼고 마르첼로에게 몸을 기울이더니 기고만장한 동시에 훈시하는 듯한 어조로 소리쳤다.

"물론 자유 만세. 하지만 무엇보다도 국왕 만세!"

줄리아가 남편을 흘끗 보았다.

"국왕 만세."

마르첼로가 눈 하나 깜짝하지 않고 말했다. 두 사람은 계속 걸었고, 그가 말했다.

"이번엔 군주제에 유리하게 만들고 싶어 하는 지지자가 많아. 퀴리날레 광장에서 무슨 일이 일어나고 있는지 가서 보자고."

그들은 차를 세워두었던 골목으로 간신히 돌아왔다. 줄리아가 차에 시동을 걸고 있는 마르첼로에게 말했다.

"정말 가야 해요? 저 외쳐대는 소리에 난 너무 지쳤어요."

"가보자고. 달리 더 좋은 일도 없는걸 뭐."

마르첼로는 재빨리 옆길로 차를 몰아 퀴리날레 광장으로 갔다. 그곳에 도착했을 때에는 사람들이 그리 많지 않았다. 인파는 왕족이 모습을 드러내는 발코니 아래 가장 많았지만, 광장 가장자리로 갈수록 적어졌고, 빈 공간이 많았다. 이곳에도 불빛이 거의 없었고 포도송이 모양의 구슬픈 노란색 램프가 달린 큰 철제 가로등만이 광장의 어두운 군중을 희미하게 비추었다. 군중은 별로 성의 없이 박수를 쳐대며 왕족을 불렀는데, 그런 일조차 드문 일이었고, 군중은 자신들이 무엇을 원하는지 아는 것 같았다. 그들은 열광하기보다는 호기심을 보이는 것 같았고, 사람들이 독재자를 보고 그의 말을 듣기 위해 모여드는 것과 같은 방식으로 마치 공연을 보러 온 것처럼, 이제 독재자를 타도한 사람을 보고 그의 말을 듣기 위해 모여들었다. 차가 광장을 천천히 선회하는 동안 줄리아가 부드럽게 물었다.

"국왕이 발코니에 나올 것 같아요?"

마르첼로는 대답하기 전에 목을 움츠리고 앞 유리를 통해 발코니를 올려다보았다. 거기에는 불그스름한 두 개의 횃불이 희미하게 빛을 비추고 있었고, 횃불 사이로 닫힌 창 덧문이 보였다. 그가 말했다.

"안 나올 것 같아. 왜 나와야 하지?"

"그럼 이 사람들은 모두 뭘 기다리고 있는 거죠?"

"아무것도. 그저 광장에 와서 누군가를 부르는 게 습관인 거지."

마르첼로는 광장을 매우 천천히 돌다가 차 흙받이로 무리를 살짝 칠 뻔했다. 그들은 마지못해 비켜섰다. 줄리아가 불쑥 말했다.

"있죠, 난 거의 실망했어요."

"왜?"

"저들이 뭘 할 거라고 생각했는지 모르겠어요. 집을 불태우고, 사람들을 죽이고…… 우리가 나왔을 때 난 당신이 걱정됐고 그래서 따라 나온 거예요. 하지만 저들은 아무 짓도 하지 않고 있잖아요. 그저 소리치고, 환호하고, '함께 올라가자' '함께 내려가자'라고 말하고, 노래하고, 행진할 뿐이네요."

마르첼로는 자신도 모르게 대답했다.

"최악은 아직 안 왔어."

"무슨 뜻이에요?"

그녀가 갑자기 겁먹은 목소리로 소리쳤다.

"우리한테요? 아니면 다른 사람들한테요?"

"우리와 다른 사람들 모두."

그는 즉시 그렇게 말한 것을 후회했다. 줄리아가 자기 팔을 꽉 붙잡고 괴로운 듯 말하는 소리가 들렸다.

"난 당신이 하는 말이 사실이 아니라는 걸 늘 알고 있었어요. 모든 게 잘 해결될 거라고 말했으면서. 이제는 당신 입으로 그렇게 말하는군요."

"겁먹을 거 없어. 그냥 혼잣말을 한 거야."

줄리아는 아무 말도 하지 않고, 그저 두 손으로 그의 팔에 매달려 몸을 기댔다. 방해가 되지만 그녀를 뿌리칠 수 없어서 마르첼로는 다시 대로로 나갔다. 대로에 도착하자 그는 덜 혼잡한 옆길을 지나 포폴로 광장으로 들어섰다. 거기서부터는 핀초 언덕의 가파른 면을 올라 보르게세 공원으로 향했다. 그들은 대리석 흉상이 있는 음침한 핀초를 가로질러 베네토 거리 방향으로 공원을 통과해 갔다. 핀치아나 문 입구에 이르자, 줄리아가 갑자기 낮고 슬픈 목소리로 말했다.

"집에 가고 싶지 않아요."

"왜?"

마르첼로가 속도를 늦추며 물었다. 그녀가 앞을 주시하며 대답했다.

"왜인지는 모르겠지만 그걸 생각만 해도 심장이 조이는 것 같아요. 우리가 영원히 떠나게 될 집 같아서요. 하지만 괜찮아요. 떠나야 하는 집이잖아요."

"그래서 어디 가고 싶은데?"

"어디든 당신 가고 싶은 곳요."

"보르게세 공원 주변을 돌까?"

"그래요, 그렇게 해요."

마르첼로는 길고 어두운 도로를 달렸고, 길 끝에 보르게세 박물관이 어둠 속에서 하얗게 보였다. 건물 앞 광장에 이르자 그는 차를 세우고 시동을 끄고 말했다.

"잠깐 걸을까?"

"그래요. 좋을 대로 해요."

그들은 차에서 내려 팔짱을 끼고 박물관 뒤편 공원으로 향했다. 공원에는 사람이 없었다. 정치적 사건으로 인해 연인들마저 찾지 않았다. 그림자 속에서 나무들이 우거진 어두운 배경으로 영웅적인 몸짓을 하는 애잔한 느낌의 대리석상이 하얗게 보였다. 그들은 분수까지 걸어가서 움직임 없는 검은 물을 응시하며 잠시 말없이 쉬었다. 이제 줄리아는 남편의 손을 꼭 쥐었고, 손가락으로 단단히 깍지를 꼈다. 그들은 다시 걷기 시작해 참나무 숲으로 이어지는 매우 어두운 길로 들어갔다. 몇 걸음 걸은 후 줄리아가 갑자기 멈춰 서서 몸을 돌리고는 마르첼로의 목에 팔을 감고 키스했다. 그들은 길 한가운데에 그렇게 서서 끌어안고 오랫동안 키스했다. 그러고 나서 몸을 떼자 줄리아가 남편의 손을 잡아 숲으로 이끌며 속삭였다.

"자, 우리 여기서 해요. 땅바닥에서요."

"안 돼."

마르첼로는 소리치지 않을 수 없었다.

"여기서?"

"그래요. 여기서요. 어때서요? 어서요. 그렇게 해야 안심하겠어요."

"무슨 안심?"

"모두가 전쟁, 정치, 폭격기에 대해 생각하지만 우린 아주 행복할 수 있어요. 어서요, 어느 광장 한가운데에서도 하겠어요."

그녀가 갑자기 격분해서 말했다.

"그저 내가 실제로 다른 것에 대해 생각할 수 있다는 걸 보여주기 위해서요, 어서요!"

그녀는 이제 의기양양해 보였고, 마르첼로보다 앞서 나무줄기 사이의 짙은 어둠 속으로 들어갔다. 그녀가 낮은 음성으로 말했다.

"봐요. 얼마나 아름다운 침실인지. 우린 곧 집을 잃을 거예요. 하지만 이건 우리한테서 뺏을 수 없는 침실이에요. 우린 원하면 언제든 여기서 자고 사랑을 나눌 수 있어요."

갑자기 그녀가 마치 땅속으로 들어간 것처럼 시야에서 사라졌다. 그녀를 찾던 마르첼로는 그녀가 어둠 속에서 나무 밑 땅위에 길게 누워 한쪽 팔을 머리 밑에 받치고 말없이 다른 쪽 팔을 들어 그에게 옆에 누우라고 손짓하는 것을 보았다. 그가 순순히 눕자마자 줄리아가 다리와 팔을 그에게 꼭 휘감고 맹목적이고 아찔한 힘으로 마치 이마와 뺨에서 파고들어갈 다른 입을 찾듯이 그의 얼굴에 키스를 퍼부었다. 하지만 거의 곧바로 포옹이 풀렸고, 마르첼로는 그녀가 자기 위에서 몸을 약간 일으키고 어둠 속을 내다보는 것을 보았다.

"누가 오고 있어요."

그녀가 말했다. 마르첼로도 일어나 앉아 내다보았다. 나무들 사이로 여전히 멀리서 땅에 원형의 희미한 빛이 먼저 비추면서 호주머니 크기의 손전등 빛이 흔들리며 다가오는 것이 보였다.

"경비원일 거예요."

줄리아가 낮게 말했다.

이제 손전등 불빛은 바로 옆 땅을 비추었고, 마침내 그들의 얼굴 전면을 비추었다. 그들은 눈이 부셨지만 손전등을 든 남자의 그림자에 불과한 형체를 마주보았다. 그가 자신들의 얼굴을 똑바로 보고 나면 손전등을 거둘 거라고 마르첼로는 생각했다. 하지만 이상하게도 불빛은 여전히 자신들을 비추고 있었다. 그 남자가 말없이 쳐다본다고 마르첼로는 생각했다.

"원하는 게 뭔지 얘기해주시겠습니까?"

그가 분개한 목소리로 물었다.

"원하는 건 없네, 마르첼로."

부드러운 목소리가 즉시 대답했다. 그와 동시에 불빛이 거둬지고 다시 멀어지기 시작했다.

"누구예요? 당신을 아는 것 같은데."

마르첼로는 극히 불안해져서 미동도 하지 않고 숨을 죽인 채 앉아 있었다. 그러다가 아내에게 말했다.

"잠깐 기다려. 금방 돌아올게."

그는 벌떡 일어나 낯선 이를 뒤쫓았다. 그는 숲 가장자리에 있는 창백한 석상 기둥 옆에서 그를 따라잡았다. 가로등 근처에서 남자가 발소리를 듣고 돌아보자 마르첼로는 오랜 시간이 흘렀음에도 불구하고 짧게 깎은 머리 아래의 그 매끄럽고 금욕적인 얼굴을 즉시 알아보았다. 당시 그는 운전사 복장이었는데, 지금도 여전히 목까지 단추를 채운 검은색 제복 상의에 통 넓은 바지를 입고 검은색 가죽 부츠를 신고 있었다. 그는 모자를 팔에 끼고 손에는 손전등을 들고 있었다. 그가 미소를 지으며 재빨리 말했다.

"누구든 죽지 않으면 다시 만날 것이다."

마르첼로는 아마도 그가 무의식적으로 장난삼아 말했겠지만 그 표현이 상황에 너무도 꼭 들어맞는다고 생각했다. 뛰어온 탓에 헐떡이며 깊은 불안에 싸여 마르첼로가 말했다.

"하지만 난, 내가 당신을 죽인 줄 알았는데."

"그들이 날 살렸다는 걸 자네가 알아내길 바랐네, 마르첼로."

리노가 조용히 말했다.

"사실 신문에서는 내가 죽었다고 발표했지만 그건 실수였어. 그 병원에서 내 옆 침대에 있던 사람이 죽었지. 그래서 자넨 내가 죽었다고 생각한 거야. 그러니 누구든 죽지 않으면 다시 만날 거라고 할 만했지."

마르첼로는 리노를 다시 찾아낸 것보다 이미 두 사람 사이에 확립된 친근하지만 음울한 대화에 경악했다. 마르첼로가 비통하게 말했다.

"하지만 당신이 죽었다고 생각하면서 많은 결과가 초래됐습니다. 그런데 죽지 않았군요."

"내게도 많은 결과가 있었다네, 마르첼로."

리노가 연민을 갖고 그를 바라보며 말했다.

"난 그걸 경고라고 생각하고 결혼을 했다네. 그러고 나서 아내가 죽었지."

그가 더욱 천천히 말을 이었다.

"모든 것이 다시 시작됐다네. 이제 난 야간 경비원이야. 이 공원은 자네 같은 아름다운 소년으로 가득하지."

그는 뻔뻔하게도 부드럽고 차분하게 말했지만, 감언의 기미는 없었다. 마르첼로는 처음으로 그의 머리가 거의 하얗고 얼굴이 다소 살찐 것을 알아챘다.

"자네도 결혼했군. 자네 부인 아니었나?"

갑자기 마르첼로는 고분고분하고 비열한 잡담을 더 이상 참을 수 없었다. 그는 리노의 어깨를 잡아 흔들며 말했다.

"아무 일도 없었던 것처럼 얘기하는군. 당신이 내 인생을 망친 거 알아?"

리노는 몸을 빼려고 하지도 않고 대답했다.

"나한테 왜 그런 말을 하지, 마르첼로? 자넨 결혼했고 아마 아이도 있겠지. 잘 사는 것 같은데, 뭐가 불만이야? 자네가 정말 날 죽였다면 더 안 좋았을 텐데 말이야."

마르첼로는 언성을 높이지 않을 수 없었다.

"하지만 당신을 만났을 때 난 순수했어. 그 이후론 그렇지 않았지. 다시는 그럴 수 없었어."

그는 리노가 놀라 자신을 바라보는 것을 보았다.

"하지만 마르첼로, 우린 모두 순수했어. 나도 순수했다고 생각하지 않나? 그리고 우리는 모두 어떤 식으로든 순수성을 잃지. 그게 정상이야."

그는 이미 힘이 풀린 마르첼로의 손아귀에서 간신히 벗어나 공모하는 듯한 어조로 말했다.

"자네 안사람이 왔군. 각자 길을 가는 게 좋겠어."

"마르첼로."

어둠 속에서 줄리아의 목소리가 말했다. 돌아서자 줄리아가 다가오는 것이 어렴풋이 보였다. 그와 동시에 리노는 모자를 쓰며 손을 흔들어 인사하고는 재빨리 박물관 쪽으로 가버렸다.

"누구예요?"

"학교 친구야. 야간 경비원이 됐다지 뭐야."

"집에 가요."

그녀가 다시 그의 팔을 잡으며 말했다.

"좀더 걷고 싶지 않아?"

"아뇨. 집에 가는 게 좋겠어요."

그들은 차를 타고 말없이 집으로 달렸다. 마르첼로는 운전하면서도 리노가 무심결에 던진 의미심장한 말을 곱씹었다. '그게 정상이야.' 그 말 속에는 자신의 삶 전체에 대한 심판이 응축되어 있다고 마르첼로는 생각했다. 그가 그때까지 한 일은 가상의 죄로부터 스스로를 구원하기 위한 것이었다. 그런데도 리노의 말은 자신이 그를 만나지 않았고, 그를 쏘지 않았고, 그를 죽였다고 확신하지 않았더라도, 다시 말해 그 일이 전혀 일어나지 않았더라도 어쨌든 순수성을 상실했을 것이고, 그 결과 순수성을 다시 되찾고 싶어 했을 것이므로 자신은 여전히 그렇게 했을 거라는 생각을 처음으로 각인시켰다. 이게 정상이라는 거였다. 즉 리노를 만난 날 이후 추구해온 기만적인 신기루가 아니라 이미 원죄로 얼룩진 자신의 삶을 정당화하려 하는 숨가쁘고 헛된 열망이 정상이었다. 그는 줄리아가 "내일 아침 몇 시에 출발해요?"라고 묻는 소리를 듣고, 마치 자신이 범한 오류를 목격해 성가실 뿐 아니라 이제 쓸모없어진 증인인 양 이런 생각을 떨쳐버렸다.

"가능한 한 빨리."

3

새벽녘, 마르첼로는 잠에서 깨 아내가 창가 구석에 서서 이른 시간의 뿌연 빛 속에서 창 너머로 밖을 내다보는 모습을 보았다. 아니 어쩌면 그것은 환영에 불과하다고 생각했다. 그녀는 완전히 벌거벗은 채 한 손으로 커튼을 젖히고 다른 손으로는 가슴을 가리고 있었는데, 정숙해서인지 두려워서인지는 알 수 없었다. 긴 머리는 풀어서 뺨 옆으로 늘어뜨렸고, 창문을 향한 생기 없고 창백한 얼굴은 쓸쓸한 생각과 서글픈 명상을 하는 듯한 표정을 짓고 있었다. 몸도 밤새 탄탄하고 건강한 원기를 잃은 것 같았다. 젖을 먹이느라 다소 납작해지고 늘어진 가슴은 옆에서 볼 때, 전에는 보지 못했는데 피곤한 듯 축 늘어져 접힌 부분이 보였다. 둥그스름하기보단 불어난 배가 주는 어색하고 무거운 느낌은 마치 여성성을 숨기려는 듯이 떨리는 허벅지를 지탱하는 모습에 의해 강조되었다. 새날의 차가운 빛이 경솔하고 감정 없는 시선처럼 그녀의 벗은 몸을 누추하게 비추었다. 마르첼로는 그녀를 바라보면서 그녀가 동트기 전 최초의 희미한 빛 속에서 미동도 않고 그렇게 서서 텅 빈 안뜰을 내려다보며 무슨 생각을 하는지 궁금하지 않을 수 없었다. 생생한 연민을 느끼며 그는 그 생각을 너무도 잘 상상할 수 있다고 스스로에게 말했다.

'나 여기 있어요.'

그녀는 분명 그렇게 생각하고 있었다.

'나 여기 있어요. 인생의 거의 한복판에서 연약한 어린아이와 더 이상 미래에 대한 희망 없이 인생을 망친 남편과 같이 집에서 쫓겨나 운명이 불확실하고 삶이 위험해졌답니다. 그러니까 이게 그 모든 노력, 그 모든 열정, 그 모든 희망의 결과입니다.'

그녀는 진정 에덴동산에서 쫓겨난 이브 같다고 그는 생각했다. 에덴동산은 벽장의 세간, 주방의 식기, 그녀가 친구들과 만나는 거실, 은 식기, 모조 페르시아 양탄자, 장모가 준 도자기, 냉장고, 현관에 있는 꽃병, 할부로 구입한 가짜 황실 양식의 침대, 그리고 침대에서 그녀를 바라보는 자신 등 여러 수수한 물건들이 들어 있는 그 집이었다. 에덴동산은 또한 분명 하루에 두 번 가족과 함께 식탁에 둘러앉고, 자신의 미래와 남편과 아이의 미래에 대한 계획을 세우는 기쁨이 있는 곳이었다. 마지막으로 에덴동산은 마음과 영혼의 평화, 자신 및 주변 세계와의 조화, 진정되고 만족스러운 마음의 고요함이었다. 이제 성나고 무자비한 천사가 이글거리는 검으로 무장한 채 그녀를 에덴동산에서 영원히 쫓아내 무방비 상태로 벌거벗은 그녀를 험악한 외부 세계로 몰아내고 있었다. 마르첼로는 그녀가 우울한 생각에 잠겨 미동도 않고 서 있는 모습을 잠시 더 바라보다가, 다시 찾아온 잠에 눈꺼풀이 내려앉는 와중에 그녀가 창문에서 몸을 돌려 발끝으로 가운을 걸어놓은 옷걸이로 다가가 가운을 입고 소리 없이 방을 나가는 것을 보았다. 아마 잠자는 아이의 침대가에 앉아 불행한 생각을 더 하거나 길을 떠나기 위해 짐을 마저 정리하러 가는 모양이라고 그는 생각했다. 그는 일어나 그녀에게 가서 어떤 식으로든 위로해줘야겠다고 잠시 생각했다. 하지만 여전히 무척 졸렸고, 금세 도로 잠이 들었다. 나중에 그는 늦여름 아침의 깨끗한 빛 속에서 탈리아코초를 향해 차를 몰면서 그 애잔한 모습이 다시 떠오르자, 자신이 꿈을 꾼 건지 실제로 본 건지 궁금해졌다. 아내는 루치야에게 자리를 내어주기 위해 엉덩이를 그에게 꼭 댄 채 옆에 앉아 있었다. 차를 타서 신이 난 아이는 좌석에 무릎을 꿇고 앉아 고개를 창밖으로 내밀었다. 줄리아는 꼿꼿한 자세로 앉아 있었다. 흰색 블라우스 위에 입은 가벼운 재킷은 단추를 풀어놓았으며, 고개를 똑바로 들고, 얼굴은 여행용 모자로 인해 그늘져 있었다. 마르첼로는 그녀가 갈색 종이로 싸서 끈으로 묶은 길쭉한 모양의 물건을 무릎에 올려놓은 걸 보았다.

"그 안에 뭐가 든 거야?"

"당신이 알면 웃을 테지만 현관에 두었던 크리스털 꽃병을 두고 올 수 없었어요. 내가 그걸 좋아하는 이유는 무엇보다도 예뻐서고, 그다음에는 당신이 준 거라서 그래요. 기억나요? 루치야가 태어나고 얼마 후예요. 깨지기 쉬운 거 알지만 도움이 될 거예요. 탈리아코초에서 꽃을 꽂아놓을 거예요."

'현실이었구나.'

꿈을 꾼 게 아니었다. 그날 아침에 창가에 서 있던 건 정말 현실 속의 그녀이지 꿈속의 모습이 아니었던 것이다. 잠시 후 그가 말했다.

"그걸 가져가는 게 좋다면 좋은 거지 뭐. 하지만 맹세컨대 우린 여름이 끝나자마자 집으로 돌아갈 거야. 당신이 걱정할 이유는 전혀 없어."

"난 걱정 안 해요."

"모든 게 최상으로 해결될 거야."

차가 언덕을 오르도록 마르첼로가 기어를 바꾸며 말했다.

"그리고 당신은 지난 몇 년 동안 그랬던 것처럼 아니 훨씬 더 행복할 거야."

줄리아는 아무 말도 하지 않았지만 납득하는 것 같지는 않았다. 그는 운전 중이었지만 고개를 돌려 잠시 그녀를 관찰했다. 그녀는 한 손으로 무릎에 놓인 꽃병을 잡고 다른 팔로는 차창에 매달려 있는 루치야의 허리를 감싸 안았다. 그녀가 사랑하는 것 전부와 가진 것 전부가 바로 지금 여기 이 차 안에 있다고 그녀의 몸짓이 말하는 것 같았다. 한쪽에는 남편, 다른 쪽에는 딸이 있고, 가정생활의 상징인 크리스털 꽃병을 무릎에 올려놓았다. 그는 집을 나설 때 그녀가 집 앞을 마지막으로 바라보며 "우리 아파트에 누가 와서 살지 누가 알겠어요"라고 말한 것이 떠올랐다. 그녀에게는 설득당할 여지가 없고 두려운 육감만 있을 뿐이므로 그녀를 납득시킬 수 없음을 알았다. 그런데도 그는 차분히 물었다.

"지금 무슨 생각 하고 있는지 말해주겠어?"

"아무것도요. 아무 생각도 안 하고 있어요. 그저 시골을 보고 있어요."

"아니 내 말은 일반적으로 무슨 생각을 하느냐고?"

"일반적으로요? 일이 나쁘게 돌아갈 거라고 생각해요. 하지만 누구의 탓도 아니에요."

"아마 내 탓이겠지."

"그게 왜 당신 탓이겠어요? 결코 누구의 탓도 아니에요. 모두가 틀린 동시에 옳아요. 일은 잘못되기 때문에 잘못되는 거예요. 그것뿐이에요."

그녀는 마치 더 이상 이야기하고 싶지 않다는 듯 쌀쌀맞은 어조로 이렇게 말했다. 마르첼로는 아무 말도 하지 않았고, 그때부터 한동안 두 사람 사이에는 침묵이 흘렀다.

아직 이른 아침이었지만 날은 벌써 더웠고, 벌써 차 앞에는 빛으로 눈부신 먼지투성이 산울타리 사이로 공기가 흔들렸다. 폭염으로 인해 아스팔트에서 거울 같은 신기루가 떠오르고 있었다. 길은 마른 그루터기가 빽빽하게 들어선 황색 언덕 사이로 완만하게 경사진 시골을 굽이치며 뻗어 있었고, 이따금 갈색이나 회색 농가가 사막같이 나무 한 그루 없는 골짜기 밑에 숨어 있었다. 가끔 그들은 말이 끄는 마차나 오래된 차가 다니는 길을 건넜는데, 거의 아무도 다니지 않는 시골길이었으며, 군용 차량은 다른 길로 다니고 있었다. 모든 것이 조용하고, 정상적이고, 무심하다고 마르첼로는 운전하며 생각했다. 그들이 혁명과 전쟁으로 찢긴 나라 한복판에 있다고는 아무도 생각하지 않았을 것이다. 지나치는 몇몇 농부는 울타리에 기대어 있거나 들판 한가운데에서 손에 가래를 들고 있었다. 그들은 오직 평범하고 일상적인 것과 같은, 인생에서 확실한 것에만 충실히 평화롭게 주의를 기울이고 있었다. 그들은 모두 추수, 햇볕, 비, 식량 가격만을 생각하는 사람들이었다. 줄리아는 오랫동안 저 농부들 같았다. 이제는 그러한 평화를 빼앗겨 상심해 있다고 그는 생각했다. 그는 갑자기 초조해졌다. 그녀가 처한 상황은 당연한 것이라고, 인간에게 삶은 너그러운 자연이 제공하는 나태한 평화를 얻는 것이 아니라 불안하며, 끊임없이 분투해야 할 뿐 아니라 매 순간 더 큰 문제들의 경계 안에 있는 작은 문제를 해결하는 것이었고, 큰 문제들은 삶의 문제라는 전체적인 문제 안에 있었다.

차가 평평하고 황량한 시골을 뒤로하고 언덕들의 높고 붉은 절벽 사이를 구불구불 달리는 동안 이런 생각은 자신에 대한 믿음을 다시 가져다주었다. 아마도 차를 몰면서 평탄치 않은 길과 온갖 오르막 커브를 당당하게 맞서 해결하는 차와 자기 몸이 하나가 되는 듯 느껴져 아주 오랜만에 다소 건방지고 대담한 낙관주의가 찾아든 것 같았다. 갑작스러운 돌풍처럼 마침내 마음의 하늘에서 폭풍을 걷어내어준 것이다. 그는 이제 자기의 전 생애가 끝나 묻혀버렸다고 여겼고, 다른 수준에서 다른 방식으로 처음부터 다시 시작할 거라고 생각했다. 리노와의 만남은 매우 유용했다. 자신이 저지르지 않은 죄에 대해 되는 대로 내뱉은 몇 마디 말 때문에 20년 동안 잘못된 길을 고집해왔지만, 이제는 그 길을 버리고 돌아보지 말아야 한다는 걸 알게 됐기 때문이다. 이번에는 정당화하고 소통할 필요가 없을 거라고 그는 생각했고, 자신이 실제로 저지른 범죄, 즉 콰드리에 대한 범죄로 인해 정화와 정상성을 헛되이 추구하느라 고통받으면서 자신을 망치지 않겠다고 결심했다. 과거는 과거고 콰드리는 죽었다. 마르첼로는 완전하고 철저한 망각을 의미하는 가장 확실한 돌인 비석보다 무거운 죽음을 떨치고 싶었을 것이다. 아마도 이제 숨 막히던 사막에서 풍경이 바뀌었고, 보이지 않는 풍부한 물이 길 양옆과 저 멀리 응회암 위에 풀과 꽃과 양치식물을 가져오고, 빽빽하고 풍성한 초록빛 삼림을 가져다주었기 때문에, 지금부터는 인간이 자신의 그림자를 따라가면서 고통과 죄책감을 느끼는 사막의 쓸쓸함을 영원히 피하는 방법을 알 것 같았다. 대신 지금 달리는 이 길과 같이 접근하기 어렵고 험난하여 강도와 야생 동물에게만 적합한 곳을 자유롭고 대담하게 찾아 나서게 될 것 같았다. 그는 자발적으로 고집스럽고 어리석게 스스로를 무가치한 사슬과 훨씬 더 무가치한 의무에 묶어두었는데, 이 모든 것은 존재하지 않는 정상성이라는 신기루를 위한 것이었다. 하지만 이제 사슬은 끊어졌고, 의무는 소멸되었으며, 다시 자유로운 몸이 되어 그 자유로 무엇을 할지 알게 되었다. 그 순간 그림같이 아름다운 풍경이 모습을 드러냈다. 길의 한쪽으로 숲이 펼쳐지면서 언덕 비탈을 덮고 있었다. 다른 쪽에는 잎이 무성한 거대한 참나무 몇 그루가 듬성듬성 자란 풀로 덮인 비탈이 있었다. 그 발치에는 덤불이 무성한 도랑의 급물살이 거품을 일으키며 반짝였다. 도랑 너머에는 돌벽이 솟아 있고, 그 아래에는 반짝이는 한줄기 폭포가 흘러나오고 있었다. 갑자기 마르첼로가 차를 세우고 말했다.

"아주 아름다운 곳이군. 잠깐 멈추자고."

딸이 차창에서 몸을 돌리며 물었다.

"벌써 다 왔어?"

"아니, 아직 아니야. 그냥 잠깐 멈추는 거야."

줄리아가 아이를 팔에 안아 차에서 내리는 걸 도와주며 말했다. 그들이 내리자 그녀는 멈춰 선 김에 아이에게 볼일을 보게 하는 게 좋겠다고 말했다. 줄리아가 루치야의 손을 잡고 가는 동안 마르첼로는 차 옆에 있었다. 그녀는 딸에게 몸을 기울이지 않고 천천히 걸었고, 짧은 흰색 원피스를 입고 등까지 드리워진 큰 리본을 머리에 맨 아이는 마치 질문을 하는 것처럼 종종 얼굴을 들어 엄마를 쳐다보며 평소처럼 활발하게 재잘거렸다. 마르첼로는 잠시 전에 갑자기 행복감에 넘쳐 그려본 자유롭고 새로운 미래에서 딸이 어떤 곳에 있을지 자문했다. 다른 건 몰라도 지금까지 자신의 삶을 이끌어왔던 것과는 전혀 다른 가치가 작용하는 삶으로 안내하기에 충분할 거라고 강렬한 애정을 담아 생각했다. 딸의 인생에서는 모든 것이 안개나 숨 막히는 더위를 모르면서 공기를 더 맑게 해주고, 색상을 더 밝게 해주는 날쌘 정화의 폭풍만 있는 풍경과 흡사할 거라고 그는 생각했다. 어제까지 자신의 운명이던 피비린내 나는 강박은 전혀 남지 않을 것이다. 그렇다. 이 아이는 전적으로 자유롭게 살아야 한다고 그는 다시 생각했다.

그는 생각에 잠긴 채 길가를 벗어나 다른 쪽에 그늘을 만들고 있는 숲 쪽으로 걸어갔다. 나무들은 키가 컸고 잎이 무성했다. 그 밑에 블랙베리 덤불과 다른 야생 덤불이 뒤엉켜 자라고 있었다. 아래에는 삼림 그늘 속에 흰 줄무늬 꽃이 있었으며, 코에 가져다 대자 쓴 풀 내음이 났다. 이 꽃은 불모의 응회암에 붙어 있는 한 줌의 흙에 의지해 그늘진 덤불 속에서 자란 거라고 마르첼로는 생각했다. 그것은 키가 더 크고 더 강한 식물을 제한하거나 자기 운명을 받아들이거나 거부하기 위해 인식하려 하지 않았다. 그것은 완전히 무의식으로 자유롭게 씨가 떨어진 곳에서 그가 꺾은 그날까지 자란 것이다. 어두운 덤불 속 이끼에서 외롭게 핀 꽃처럼 되는 것은 참으로 겸허하고 자연스러운 운명이라고 그는 생각했다. 반면 기만적인 상상에 적응하지 못하는 자발적인 겸손함은 허영, 자만, 거꾸로 된 자기애를 감추었다.

그는 "그만 가요"라고 말하는 아내의 목소리에 정신을 차리고 다시 운전석에 앉았다. 차는 굽이진 길을 신속하게 달려 참나무가 드문드문 서 있는 언덕 비탈을 따라 덤불이 무성한 길을 지나 언덕의 협곡을 통과해 광활한 평원으로 들어섰다. 철원의 높은 습도로 멀리 푸른 산이 에워싸고 있는 수평선은 불분명했고, 약간 흐릿한 금빛 속에서 마르첼로는 평원 한가운데 홀로 서 있는 도로 위 바위투성이 언덕을 분간해냈는데, 그 위에는 마치 아크로폴리스같이 성의 탑과 벽 아래로 집 몇 채가 모여 있는 마을이 있었다. 나선형으로 그 언덕을 휘돌아 이어진 고속도로를 따라 수직으로 떠 있는 집들의 잿빛 면이 보였다. 성은 정사각형으로 한쪽에 원통형의 조잡한 탑이 있었다. 마을은 장밋빛이고 하늘에서 이글거리는 태양이 집들의 창에서 치명적인 불꽃을 피웠다. 언덕 발치에 곧게 난 길은 평원의 가장 먼 경계까지 일직선으로 뻗어 있었고, 언덕 반대편 길의 다른 쪽에는 완전히 파괴되어 누렇게 된 넓은 군용 비행장이 있었다. 마을의 오래된 집들과 대조적으로 비행장에 있는 것은 모두 새롭고 현대적으로 보였다. 초록색, 파란색, 갈색으로 위장된 긴 격납고 세 개, 적백기가 휘날리는 꺽대기의 안테나, 캠프장 가장자리에 되는 대로 놓은 것 같은 반짝이는 장비들이 많이 있었다.

차가 가파른 길을 구불구불 돌아 평원을 향해 신속하게 내려가면서 마르첼로는 풍경을 자세히 관찰했다. 오래된 요새와 매우 현대적인 이착륙장 간의 대조는 그에게 의미가 많아 보였는데, 갑자기 주의를 흩뜨리는 것이 있어서 그것의 정확한 의미를 파악할 수 없었다. 그와 동시에 그는 마치 이미 과거에 이 풍경을 봤던 것처럼 이상하면서도 친숙한 장면을 알아봤다. 하지만 그는 이 길을 달리는 게 처음이라는 걸 알고 있었다. 차는 언덕 밑에 이르자 끝없이 계속되는 것 같은 직선 도로 위로 들어섰다. 마르첼로는 속도를 올렸다. 속도계 화살표가 점차 시속 80킬로미터까지 올라가더니 이내 90까지 올라갔다. 길은 이제 나무도 집도 없고 추수가 끝나 금속처럼 누렇게 뻗은 들판 사이로 이어지고 있었다. 분명 주민들이 모두 마을에 살고 있고, 아침이면 내려와 들에 일하러 갈 거라고 마르첼로는 생각했다. 그러다 저녁이면 마을로 돌아간다.

"봐요"라고 하는 아내의 목소리에 그는 생각에서 벗어났다.

"무슨 일이죠?"

그녀가 이착륙장 쪽을 가리키며 말했다. 마르첼로가 보자 많은 사람이 팔을 흔들며 폐허가 된 드넓은 들판을 이리저리 뛰어다니는 것이 보였다. 그와 동시에 여름의 눈부신 햇살 속에서 이상한 모습, 즉 날카롭고, 붉고, 연기도 거의 없는 불꽃이 한 격납고에서 혀를 내밀었다. 그러더니 두번째 지붕에서 다른 불꽃이 솟아올랐고, 세번째에서 또 다른 불꽃이 솟아올랐다. 세 개의 불꽃이 합쳐져 하나가 되어 사방으로 격렬하게 옮겨가는 동안 땅에는 검은 연기구름이 떠돌면서 격납고를 숨기고 바깥쪽으로 밀려나갔다. 그러는 동안 생명의 징후가 모두 사라졌고, 이착륙장은 다시 한번 버려졌다. 마르첼로가 차분하게 말했다.

"공습이야."

"위험하겠는데요."

"아니, 벌써 지나갔을 거야."

그는 속도를 올렸고, 회전 속도계 화살표가 100킬로미터로 올라가더니 120까지 올라갔다. 이제 그들은 마을 아래에 있었고, 나선형 길과 집의 측면과 성이 보였다. 그와 동시에 마르첼로는 뒤에서 공격하는 비행기의 격렬하고 잔학한 폭격 소리를 들었다. 그는 온갖 소음 속에서 퍼붓는 총탄 소리와 기관총 소리를 구별해낼 수 있었다. 비행기가 바로 뒤에 있고 곧 자신들 위에 오게 될 걸 알았다. 엔진 소음은 그 길과 일치했고 그 길만큼 곧고 굽힘이 없었다. 그때 귀청을 찢을 듯한 금속성의 폭격 소리가 그들 위에서 들리더니 금세 저 멀리 물러났다. 그는 주먹으로 얻어맞은 것처럼 어깨에 심한 타격이 느껴지더니 극심한 피로가 몰려왔다. 그는 필사적으로 힘을 끌어모아 차를 길가에 세웠다.

"나가자."

그가 문에 손을 대고 열며 지친 목소리로 말했다. 문이 열렸고, 마르첼로가 밖으로 떨어졌다. 그런 다음 그는 얼굴과 손을 풀밭에 대고 몸을 질질 끌어 다리를 차 밖으로 빼내어 도랑 근처 땅 위에 누웠다. 하지만 아무도 말을 하지 않았다. 문은 여전히 열려 있었지만 아무도 차 밖으로 나오지 않았다. 바로 그때 그는 비행기가 선회하여 다시 돌아오는 소리를 들었다. 그는 다시 한번 생각했다.

'하느님, 저들이 폭격을 맞지 않게 해주십시오. 저들은 죄가 없습니다.'

그런 다음 체념한 그는 풀밭에 입을 댄 채 비행기가 돌아오기를 기다렸다. 차는 문이 열린 채 조용했다. 그는 아무도 나오지 않을 것을 알고 통렬한 슬픔을 느꼈다. 마침내 폭격기가 그의 위에 왔다가 불타는 하늘과 침묵과 밤 속에서 질질 끌듯이 다시 멀어져갔다.

옮긴이 해설

참여문학 작가 알베르토 모라비아

이탈리아 참여문학의 출발점으로 간주되는 알베르토 모라비아(Alberto Moravia, 1907~1990)는 스물두 살에 출간한 『무관심한 사람들』을 시작으로 부르주아 가족이 파멸해가는 과정을 과감하게 그려 논란을 일으키면서, 평단의 주목을 받았다. 그의 작품들은 전체적으로 실존주의에 바탕을 두고 주로 인간의 이중적인 의식을 주제로 삼고 있다.

1. 진실 추구와 모라비아

현대 이탈리아 소설에는 산업화, 전쟁으로 가치 기준에 영향을 받은 사회의 특징이 나타난다. 조반니 베르가(Giovanni Verga, 1840~1922)의 '진실주의'라는 자연주의 문학과 루이지 피란델로(Luigi Pirandello, 1867~1936)부터 두드러지는 실존주의 문학이라는 두 흐름이 현대 이탈리아 소설의 방향을 잡고, 이 흐름으로부터 네오리얼리즘 문학이 탄생한다. 전쟁이라는 큰 사건으로 가치 전도의 계기를 맞은 현대인들의 의식에 흐르는 소외감과 자아 상실감 때문에 개인과 개인, 나아가서는 개인과 사물과의 관계가 결여 혹은 단절된 상태에서 인간이 겪어나가는 고통을 주로 다루는 네오리얼리즘 작가들은 인간성 회복, 영혼의 구원, 역사의식에 대해 고민한다.

네오리얼리즘의 대표작가 중 하나인 모라비아는 베니스 출신의 유대인으로 어린 나이에 병을 앓아 정규 교육을 받지 못하고 오랜 요양 생활 속에서 많은 책을 탐독하며 문학적 역량을 키웠다. 『병자의 겨울』이라는 중편소설은 이 시절을 배경으로 썼는데, '고립, 타인과의 소통의 부재'를 담고 있다. 모라비아는 1929년 첫 소설 『무관심한 사람들』이 평단의 주목을 받고, 저널리스트로 활동했으나, 1939년 파시스트 정부의 유대인을 배척하는 급진 사회주의법 때문에 더 이상 기사를 쓰지 못하게 된다. 1947년부터 다시 저널리스트로 활동하며 영화 시나리오를 쓰고 문학잡지도 창간한다. 이때 영화감독 피에르 파올로 파졸리니, 마리오 카메리니 등과 우정을 쌓고 함께 작업한다. 모라비아의 작품 다수가 영화화된 것도 우연이 아닌 모라비아의 작품세계의 연장선인 것이다. 『순응주의자』 역시 1970년 베르나르도 베르톨루치Bernardo Bertolucci 감독에 의해 영화로 제작되었다.

세계 문학사의 한 장을 장식한 소설가이자 현대적인 지성인을 대표하는 모라비아는 소설가로 출발하여 수필, 희곡, 연극, 영화, 평론 등 거의 모든 분야에서 활약했다. 모라비아 자신은 사회 참여를 좋아하지 않고 거부한다고 말하지만, 그는 사실상 예술로서의 참여, 즉 저항하는 '참여문학' 작가로 활동했다. 그는 "작가의 임무는 사실을 있는 그대로 말하고, 숨김없이 묘사하는 데 있다"고 했으며, 스스로도 "자기의 거울에 비친 인간 사회의 적나라한 모습을 대담하게 그려나간다." 또한 "인간사회의 묘사에 그치지 않고, 병든 사회의 현실과 인간을 구석구석까지 알아야 한다"고 주장했다. 이러한 기조 아래 당대 현실을 사실적으로 그린 그의 작품들은 파시즘하에서 획일화되는 현실에 대한 비판을 함축하고 있어, 모라비아는 반파시스트 작가로 알려지고 정치적 탄압을 받았다.

2. 소설가로서의 모라비아

소설가 모라비아는 마음속에서 우러나오는 감정을 표현하는 데 천부적인 재능이 있었다. 그는 서술하는 데 힘들이지 않으며, 문체와 언어학적인 면에서 연구하는, 작가와 지식인이라는 의식을 가진 실천 작가였다.*

모라비아의 작품 속 주요 인물은 똑똑하지만 실존적 불안을 표현하는 무능한 부르주아 지식인이다. 그들은 행동할 수 없고 행동하지 않으면 비난받아 마땅하여 자신을 외면하는 세계에 적응하기 위해 헛된 노력을 끊임없이 계속한다. 사는 것에 대한 권태와 무관심은 모라비아 작품 세계의 핵심 테마다.

타고난 이야기꾼인 모라비아의 작품은 발자크부터 도스토옙스키에 이르는 19세기 유럽의 위대한 문학에서 영향을 받았다.

---

* M. Bontempelli, *L'avventura novecentistica*(Firenze: Vallecchi, 1938), p.71.

그의 작품은 심리적 상태를 극도의 긴장 상태로 몰아가며 인물들의 삶을 조명한다. 그는 작품 속에서 의미 소통의 연속성을 강조하고, 매우 심리적인 차원에서 인물에게 동기를 부여하며, 명확한 선택보다는 내적인 동요와 갈등을 항상 유지하는 애매함을 바탕으로 등장인물 상호 간의 갈등 관계를 만들어간다.*

모라비아에게 글을 쓴다는 것은 욕망을 채우기 위한 끝없는 실행이며, 자신에 대한 부단한 건설이며, 자신의 존재를 파괴하려는 위협에 대한 체계적인 방어다. 모라비아 자신의 이러한 방어적 태도는 동시대 문화에 대한 논쟁의 형태로, 현실에 대해 저항하는 주제의 문학으로 다채롭게 제기된다.

3. 윤리주의자로서의 모라비아

모라비아는 자신을 사실주의자라고 하면서 "사실주의는 휴머니즘이다"라고 밝혀 윤리주의자로서의 소명 의식을 보여주었다. 그의 작품들에 나타나는 도덕적인 카테고리와 등장인물과 상황은 윤리적인 도식에 따른 서술 구조라고 말할 수 있다. 이는 '복종, 경멸, 권태, 주의' 등 추상명사를 나열한 그의 작품 제목들 속에도 나타난다.**

한편 모라비아는 사회적 윤리주의자로서 그 당시 마르크시즘과 프로이트의 정신분석 문화에 대해 비판한다. '사회 문제

---

* Gulio Ferroni, *Storia della Letteratura Italiana*(Milano: Einaudi, 1991), p.433.

** Gulio Ferroni, 위의 책, p.435.

에 적극 참여하는(impegnato)' 지식인인 모라비아는 정치적 독립성을 유지하며 당대의 현실을 그려냄으로써 파시즘 시대부터 오늘에 이르기까지 이탈리아 중산층 지식인의 행동과 의식에 하나의 모범을 제시했다. 또한 윤리주의자라고 소개한 바대로 이러한 문제 제기, 비판과 더불어 대중과의 의사소통의 수단으로 문학을 창작했다.*

무엇보다도 모라비아가 인물의 무관심, 권태, 단절감, 고독 등을 주제로 다뤘다는 점이 주목할 만하다. 이러한 테마는 숙명적으로 개인의 불행을 낳고, 도덕적 체계의 붕괴로 이어진다. 무관심이 주를 이루고 있는 이야기는 개인이 대처 불가능한 사건에 의해 기계화된 인간의 모습을 암시하며, 진실로부터 유리된 사회생활을 통해 인물들이 겪는 상실감을 나타낸다. 이를 바탕으로 모라비아에게 성性과 재물은 중요한 테마가 되는데, 성과 재물은 등장인물들을 통해 인간의 행동을 규정짓는 열쇠 역할을 한다.

모라비아는 성적 행위를 통해 다른 삶(인간)에 몰입하며 그것이 인간을 단절감과 고독에서 벗어나게 해준다고 생각하며, 이러한 성은 도덕성과 금기 사항, 위선과 보수주의로부터의 자유를 상징한다. 모라비아의 작품에 많이 등장하는 매춘부들은 도스토옙스키의 추상적인 여인도 아니며, 사회 질서에서 이탈한 애처롭거나 감상적인 여인도 아니다. 『로마의 여인』의 여걸, 『피곤한 매춘부』의 지친 고급 창녀, 『사실과 다른 이야기

---

* Gulio Ferroni, 위의 책, p.435.

들』의 밤의 산책녀와 같이 평화롭고, 달콤하고, 긍정적으로, 때로는 냉정冷靜하게 표현된다. 『순응주의자』에서도 매매춘을 참다운 사랑을 잃거나 타락한 행위로 여기지 않고 자유롭고 평화로운 분위기로 묘사한다.*

4. 『순응주의자』에서 말하는 '정상'의 기준

예술적 창조란 조화 속에서 이루어져야 하며 인간이 살아가는 세계에 대한 이해를 도와주어야 한다고 모라비아의 소설은 말한다. 하지만 모라비아는 1941년 파시스트 정부의 검열 탓에 저술 활동 및 책 출간을 할 수 없게 된다. 그 당시에 쓴 글들의 주된 흐름은 파시스트 체제에서 뻗어 나온 부정적 요소를 다루고 있다. 사회의 혼란뿐 아니라 윤리적인 면에서 타락해가는 상황을 반영한 작품들이 전쟁이 끝난 1940년 후반부터 1950년 중반에 발표된다.

1951년 출간된 『순응주의자』는 파시즘에 관한 작품으로, 생존을 위해서라면 결국 인간은 체제에 순응해야 하는지 의문을 던지는 소설이다. 정상 궤도를 벗어난 순응은 비정상적인 결과만을 낳게 된다. 모라비아는 주인공 마르첼로를 통해 '정상성'에 대한 강박에 의해 비정상적인 세계로 빠지게 되는 속성을 보여준다. 비정상적인 상황에서 정상을 찾기 위해 오히려 비정

* Cristina Beussi, *Il punto su Moravia*(Roma-Bari: Gius. Laterza & Figli, 1987), p.146 참고. D. Fernandez, *Il romanzo e la crisi della coscienza moderna*(Milano: Lerici, 1960), pp.57~59.

상적인 수단과 방법을 추구하다 보면 정상은 언제나 비정상에 의해 구축되는 것이다. 『순응주의자』 속 마르첼로의 삶은 자아 정체성이 확립되지 않은 사춘기, 정상임을 증명하려는 청년기, 평범해 보이는 중년기로 나뉜다.

냉랭하고 무관심한 부모 사이에서 자란 열세 살 마르첼로가 가장 갖고 싶은 것은 진짜 총이다. 총을 갈망하는 폭력성은 식물을 꺾고 도마뱀을 학살하는 것도 모자라 고양이까지 죽이고 만다. 내재된 잔인성을 표출하는 자신이 비정상이라고 여긴 그는 학교에서 다른 학생과 같이 생활하는 것이 보통의 다수에 속하게 되는 것 같아 좋지만, 곱상한 외모 때문에 놀림을 받고 자신의 남성성을 증명하기 위해 총으로 폭력성을 드러내야 한다고 생각한다. 방과 후 동급생들에게 붙잡혀 억지로 치마를 입는 수모를 당한 마르첼로는 자신을 구해준 리노에게 총을 얻을 생각으로 집까지 따라가지만, 리노는 그를 범하려 하고 마르첼로는 침대에 놓인 총을 집어 그를 향해 쏘고 도망친다.

서른 살, 정부의 비밀요원으로 성장한 마르첼로는 부패한 관료를 보며 눈살을 찌푸리고 다른 사람과 같이 행동하는 것에 뿌듯함마저 느낀다. 비슷한 사람들만 있던 대학 생활, 가게에서 담배를 사서 한 개비 피우는 행동, (애정과 상관없이) 남들 다 하는 결혼을 하자 그는 자신이 정상인 것 같다. 마르첼로는 파리 신혼여행 중에 대학 시절 교수였으며 반파시즘 운동가가 된 콰드리를 암살하는 임무를 돕게 된다. 마르첼로는 콰드리의 아내 리나에게 빠져 사랑을 갈구하지만 리나는 줄리아에게 구애한다. 이 기묘한 사각관계는 신혼여행이 끝나면서 종결된다.

콰드리 부부가 암살된 뒤 마르첼로는 아파트에서 가족과 함께 평안한 삶을 영위한다. 그러나 시대는 바뀌었고, 거리에서는 사람들이 국왕 만세를 부르짖으며 독재의 상징을 모조리 부순다. 마르첼로는 아내와 딸을 데리고 탈리아코초로 간느데, 그들의 행복을 짓밟으려는 듯 끝난 줄 알았던 전쟁이 다시 시작된다. 그들이 가는 길 위에도 폭격이 시작된다.

작중 배경에서 백 년이 채 지나지 않은 지금도 남들과 다른 것을 비정상이라고 여긴다. 애초에 정상의 기준이라는 것이 존재할까? 요즘 시대의 정상은 무엇일까? 사회적, 도덕적 관념에서의 기준도 있지만 각자가 생각하는 범위도 제각각이다. 우리는 관습적인 것에서 벗어나면 비정상이라고 손가락질한다. 그러나 다양성의 중요성이 커진 지금, 정상의 기준을 딱 잘라 말할 수 없다는 것은 분명하다.

줄리아는 결혼 전 아버지 친구에게 성적 학대를 당한 사실은 신랑에 대한 배신이라고 여기며 괴로워하지만, 여전히 자신에게 집착한다는 '여자' 친구 얘기를 할 때는 특별한 문제의식을 보이지 않는다. 마르첼로는 어린 시절의 경험으로 내재된 잔인성과 성정체성에 관한 혼란을 느끼지만, 모라비아는 이 모든 것이 똑같은 자아 정체성에 대한 고민으로 보는 듯하다. 오히려 획일적인 기준에 의한 강박관념이 정상성을 갈망하게 하여 한 인간의 삶을 흔드는 모습을 보여준다. 이렇듯 모라비아의 도덕관, 윤리관은 도덕적 준칙을 상대화시키는 모럴리스트의 일면일 것이다.

마르첼로의 '정상적이지 못함'은 단지 '다르다'는 것일지도 모른다. 그러나 그는 획일적인 사회에서 '정상성'에 대한 열망으로 비정상적이 된 것은 아닐까? 기숙학교에서 아침에 남들과 같이 알림 시계로 깨는 것으로 자신도 정상이라고 생각하고, 성인이 되어 파시즘을 위해 일할 때 "다른 사람들처럼 기다리는 것"을 기쁘게 생각한다. 심지어 특별한 애정이 없더라도 결혼은 자신을 정상의 범주에 넣어줄 것이기에 선택한다. '순응주의자', 사전에 따르면 자기가 놓인 처지에 아무 의심도 품지 않고 틀에 박힌 사고와 태도로 일관하는 주의라고 한다. 관습상 정상적인 것을 추구하고 스며들려고 하는 마르첼로를 표현하기에 적확한 표현이다. 모라비아 작품의 궁극적인 목표는 이탈리아를 포로로 삼은 파시즘이 지적이고 영적인 생각의 자유를 추방하고 시민들은 하나의 진실만을 추구해야 하며 그것을 선포한 독재자 무솔리니의 비정상적인 이데올로기임을 드러내는 것이었다.

5. 반反파시즘과 『순응주의자』

20세기 초, 아돌프 히틀러의 나치즘과 베니토 무솔리니의 파시즘은 전 세계를 전쟁의 화염으로 몰아넣었다. 그리고 이탈리아 반反민주주의자들은 플라톤의 동굴의 비유에 나오는 죄수들처럼 단지 그림자만을 보고 태양 아래 현실을 보지 못했다. 모라비아는 자신이 경멸하는 파시즘 특유의 정치적, 윤리적 타락을 작품에 녹여내며 '문학의 의무'에 대해 언급한다. 플라톤의 동굴의 비유에서 족쇄를 푼 죄수가 햇빛 속으로 나아가 그동안 보아온 것들이 그림자임을 깨닫듯이 우리의 양심을 깨우치지 않고, 합당하지 않은 의무를 받아들이거나 무비판적으로 생활하는 순응에 대해 모라비아는 다음과 같이 말했다.

"작가의 신념을 저버리고 굴복하는 사람은 파시즘의 수호천사가 소매를 잡아당기는 것을 느낀다." 평론 『목적이 있는 남자*L'uomo come fine*』(1967)에서 그는 '인간의 척도', 다시 말하면 인간을 목적이 아닌 수단으로 간주한다. 이는 인간인 작가가 현실의 진실을 외면하고 정치에 굴복하면 문학작품은 편견덩어리, 화석과 같이 죽은 것이 되고, 작가는 플라톤 동굴의 비유의 죄수에 불과할 뿐이라는 것이다.

작가들이 추구하는 세계관이나 문학관은 각자 다르겠지만, 결국 어떤 방식으로든 문학이 얘기하려는 것은 현재 작가 자신이 존재하는 현실과 삶이다. 소설은 보통 한 개인의 이야기를 그려나가지만, 이는 사회적 통찰과 함께 가정의 비극, 더 나아가서는 부르주아 사회에 사는 모든 인간이 가지고 있는 문제로 보편성을 얻는다. 프로이트에 있어서 예술작품은 인간의 무의식 속에 어떤 금기 체제로도 억압되지 않은 리비도의 존재가 의식의 검열 행위로 말미암아 직접적으로 표출되지 못하기 때문에, 리비도의 대리 만족 혹은 우회 과정의 결과이다.* 모라비아 작품의 주요 테마 현대인의 성性관념, 사회적 소외, 실존주의적 고뇌는 시공을 초월해 공통적으로 인지되기 때문에 현재까지도 끊임없는 관심의 대상이 되고 있다.

---

* 허창운 외, 『프로이트의 문학예술이론』(민음사, 1998), p.35.

작가 연보

1907 본명은 알베르토 핀케를레Alberto Pincherle. 로마에서 아버지가 건축가이며 미술가인 부유한 가정에서 태어남.

1916 결핵에 걸려 16세까지 침상 생활을 함.

1919 집에서 3년 동안 병을 치료하며 보낸 후, 요양소에 들어감. 요양소에 있는 동안 많은 책을 섭렵하며 시를 쓰기도 하지만, 병으로 인한 학업 중단으로 정규 교육을 받지 못함.

1925 병이 완쾌되어 요양소를 나온 후, 첫 소설 『무관심한 사람들*Gli indifferenti*』 집필 시작.

1927 로마에 거주하며 단편소설 「피로한 창부Cortigiana Stanca」를 잡지에 발표.

1929 첫 소설 『무관심한 사람들』을 자비로 출판. 두번째 소설 『그릇된 야망*Le Ambizioni Sbaglicti*』을 쓰기 시작.

1935 파시스트 정부와의 관계 악화로, 비윤리적인 작가로 낙인이 찍힘. 반파시스트 작가로 알려지게 되어, 그해 연말 두번째 소설 『그릇된 야망』이 출간될 때 이탈리아 문공부는 모든 언론 기관에 그의 작품에 대해 한 줄도 논평하지 말 것을 명령, 그의 두번째 소설은 서평 하나 실리지 못하는 수모를 당함. 미국에 사는 이탈리아 소설가 프레촐리니의

초청을 받아 미국으로 건너가지만, 1936년 다시 이탈리아로 귀국.

1940 단편집 『게으른 자의 꿈*I Sogni di Pigro*』출판. 제2차 세계대전 발발로, 로마를 떠나 카프리 섬으로 도피함.

1941 중편소설 『가면 무도회*La Mascherata*』가 출판되었지만, 제2판에서 검열에 걸려 출판 금지됨. 작가 엘사 모란테와 결혼. 결혼과 동시에 쓰기 시작한 중편소설 「아고스티노Agostino」 또한 신문 지상에 발표 금지됨.

1943 단편집 『불행한 연인*L'Amante Infelice*』 출간. 파시즘이 일시 몰락했을 때 『로마의 시민*Il Popolo di Roma*』지에 반파시즘 글을 실은 죄목으로 검거자 명단에 올라 부인과 함께 나폴리로 도피하려 하지만, 전선을 통과할 수가 없어 폰디 근방의 산골 마을에서 9개월 동안 은신. 이러한 피난 생활의 경험이 후에 그에게는 『두 여인*La Ciociara*』이라는 작품을, 부인에게는 『역사*La Storia*』라는 유명한 작품을 창작하게 함.

1945 가장 성공적인 소설의 하나인 『아고스티노』로 제2차 세계대전 이후 최초의 문학상인 코리에레 롬바르도상 수상. 그러나 로마에서 밀라노까지 갈 여비가 없어 시상식에 불참.

1949 『부부애*L'Amore Coniugale*』 출판을 비롯하여 단편과 장편소설을 열심히 쓰면서 주간지와 일간지에 활발한 기고 활동을 펼침. 여러 문화적인 토론에도 참여.

1951 『순응주의자*Il Conformista*』 출판. 영화 「태양의 잘못Colpa del

sole」 감독, 시나리오. 잔니 프란치올리니Gianni Franciolini 감독의 영화「Ultimo incontro」의 시나리오를 씀.

1953 『새 논제*Nuoui Argomenti*』라는 잡지 창간.

1958 여행기 『소련에서의 한달*Un mese in USSR*』, 희곡 『베아트리체 첸치*Beatrice Cenci*』를 출판.

1960 『무관심한 사람들』 이후의 또 다른 문제작 『권태*La Noia*』 출간.

1962 25년간의 결혼 생활을 끝으로 엘사 모란테와 별거. 여행 수필집 『인도에 대한 생각*Un'Idea dell'Indic*』 출판.

1966 베네치아에서 그의 첫 희곡 작품「세상은 그런 것Il Mondo è Quello Che è」 공연.

1968 희곡「쿠트 신Il Dio Kuri」 로마와 밀라노, 라퀼라에서 공연.

1971 『나와 그*Io e Lui*』 출판.

1973 단편집 『또 다른 생*Un'Altra Vita*』 펴냄.

1975 주간지 『레스프레소*L'espresso*』에 실렸던 영화평을 모아 영화 평론집인 『영화론*Al Cinema*』 출간

1988 『표범 같은 여자*La donna leopardo*』의 집필에 들어감.

1990 『표범 같은 여자』의 3차에 걸친 퇴고 원고를 타이피스트에게 넘겨주려고 한 바로 전날 사망.

기획의 말

세계문학과 한국문학 간에 혈맥이 뚫려, 세계-한국문학의 공진화가 개시되기를

21세기 한국에서 '세계문학'을 읽는다는 것은 무엇을 뜻하는가? 자국문학 따로 있고 그 울타리 바깥에 세계문학이 따로 있다는 말인가? 이제 한국문학은 주변문학이 아니며 개별문학만도 아니다. 김윤식·김현의 『한국문학사』(1973)가 두 개의 서문을 통해서 "한국문학은 주변문학을 벗어나야 한다"와 "한국문학은 개별문학이다"라는 두 개의 명제를 내세웠을 때, 한국문학은 아직 주변문학이었다. 한데 그 이후에도 여전히 한국문학은 주변문학이었다. 왜냐하면 "한국문학은 이식문학이다"라는 옛 평론가의 망령이 여전히 우리의 의식을 장악하고 있었기 때문이다. 그렇게 생각하고 그렇게 읽고, 써온 것이었다. 그리고 얼마간 그런 생각에 진실이 포함되어 있는 것도 사실이었다. 그러나 천천히, 그것도 아주 천천히, 경제성장이나 한류보다는 훨씬 느리게, 한국문학은 자신의 '자주성'을 세계에 알리며 그 존재를 세계지도의 표면 위에 부조시키고 있었다. 그런 와중에 반대 방향에서 전혀 다른 기운이 일어나 막 세계의 대양에 돛을 띄운 한국문학에 위협적인 격랑을 밀어붙이고 있었다. 20세기 말부터 본격화된 '세계화'의 바람은 이제 경제적 재화뿐만이 아니라 어떤 나라의 문화물도 국가 단위로만 존재할 수 없게 하였던 것이니, 한국문학 역시 세계문학의 한 단위라는 위상을 요구받게 되었던 것이다.

그러니 21세기 한국에서 세계문학을 읽는다는 것은 진정 무엇을 뜻하는가? 무엇보다도 세계문학이라는 개념을 돌이켜 볼 때가 되었다. 그동안 세계문학은 '보편문학'의 지위를 누려왔다. 즉 세계문학은 따라야 할 모범이고 존중해야 할 권위이며 자국문학이 복종해야 할 상급 문학이었다. 그리고 보편문학으로서의 세계문학의 반열에 올라간 작품들은 18세기 이래 강대국의 지위를 누려온 국가의 범위 안에서 설정되기가 일쑤였다. 이렇게 해서 세계 각국의 저마다의 문학은 몇몇 소수의 힘 있는 문학들의 영향 속에서 후자들을 추종하는 자세로 모가지를 드리워왔던 것이다. 이제 세계문학에게 본래의 이름을 돌려줄 때가 되었다. 즉 세계문학은 보편문학이 아니라 세계인 모두가 향유할 수 있도록 전 세계 방방곡곡에서 씌어져서 지구적 규모의 연락망을 통해 배달되는 지구상의 모든 문학이라고 재정의할 때가 되었다. 이러한 재정의에는 오로지 질적 의미의 삭제와 수량적 중성화만 있는 게 아니다. 모든 현상학적 환원에는 그 안에 진정한 가치를 향해 나아가고자 하는 지향성이 움직이고 있다. 20세기 막바지에 불어닥친 세계화 토네이도가 애초에는 신자유주의적 탐욕 속에서 소수의 대국 기업에 의해 주도되었으나 격심한 우여곡절을 겪으며 국가 간 위계질서를 무너뜨리는 평등한 교류로서의 대안-세계화의 청사진을 세계인의 마음속에 심게 하였듯이, 오늘날 모든 자국문학이 세계문학의 단위로 재편되는 추세가 보편문학의 성채도 덩달아 허물게 되어, 지구상의 모든 문학들이 공평의 체 위에서 토닥거리는 게 마땅하다는 인식이 일상화까지는 아니더라도 최소한 정당화되고 잠재적으로 전망되는 여건을 만들어내게 되었던 것이다.

또한 종래 세계문학의 보편문학적 지위는 공간적 한계만을 야기했던 게 아니다. 그 보편문학이 말 그대로 보편성을 확보했다기보다는 실상 협소한 문학적 기준에 근거한 한정된 작품 집합에 머무르기 일쑤였다. 게다가, 문학의 진정한 교류가 마음의 감동에서 움트는 것일진대, 언어의 상이성은 그런 꿈을 자주 흐려왔으니, 조급한 마음은 그런 어둠 사이에 상업성과 말초적 자극성이라는 아편을 주입하여 교류를 인공적으로 촉진시키곤 하였다. 이제 우리는 그런 편법과 왜곡을 막기 위해서, 활짝 개방된 문학적 관점을 도입하여, 지금까지 외면당하거나 이런저런 이유로 파묻혀 있던 숨은 걸작들을 발굴하여 널리 알리고 저마다의 문학을 저마다의 방식으로 감상할 수 있는 음미의 물관을 제공해야 할 것이다. 실로 그런 취지에서 보자면 우리는 한국에 미만한 수많은 세계문학전집 시리즈들이 과거의 세계문학장을 너무나 큰 어둠으로 가려오고 있었다는 것을 절감한다.

이와 같은 인식하에 '대산세계문학총서'의 방향은 다음으로 모인다. 첫째, '대산세계문학총서'의 기준은 작품의 고전적 가치이다. 그러나 설명이 필요하다. 이 고전은 지금까지 고전으로 인정된 것들에 갇히지 않는다. 우리가 생각하는 고전성은 추상적으로는 '높은 문학성'을 가리킬 터이지만, 이 문학성이란 이미 확정된 규칙들에 근거한 문학성(그런 문학성은 실상 존재하지 않거니와)이 아니라, 오로지 저만의 고유한 구조를 통해 조직되는데 희한하게도 독자들의 저마다의 수용 기관과 연결되는 소통로의 접속 단자가 풍요롭고, 그 전류가 진해서, 세계의 가장 많은 인구의 감성을 열고 지성을 드높일 잠재적 역능이 알차게 채워진 작품의 성질을 가리킨다. 이러한 기준은 결국 작품의 문학성이 작품이나 작가에 의해 혹은 독자에 의해 일방적으로 결정되는 것이 아니라, 세 주체의 협력에 의해 형성되며 동시에 그 형성을 통해서 작품을 개방하고 작가의 다음 운동을 북돋거나 작가를 재인식시키며, 독자의 감수성을 일깨워 그의 내부에 읽기로부터 쓰기로의 순환이 유장하도록 자극하는 운동을 낳는다는 점을 환기시키고 또한 그런 작품에 대한 분별을 요구한다.

이 첫번째 기준으로부터 두 가지 기준이 덧붙여 결정된다.

둘째, '대산세계문학총서'는 발굴하고 발견한다. 모르거나 잊힌 것을 발굴하여 문학의 두께를 두텁게 하고, 당대의 유행을 따라가기보다는 또한 단순히 미래를 예측하기보다는 차라리 인류의 미래를 공진화적으로 개방할 수 있는 작품을 발견하여 문학의 영역을 확장할 것을 목표로 한다. 이는 또한 공동선의 실현과 심미안의 집단적 수준의 진화에 맞추어 작품을 선별한다는 것을 뜻한다.

셋째, '대산세계문학총서'가 지구상의 그리고 고금의 모든 문학작품들에게 열려 있다면, 그리고 이 열림이 지금까지의 기술 그대로 그 고유성을 제대로 활성화시키는 방식으로 진행되는 것이라면, 이는 궁극적으로 '가장 지역적인 문학이 가장 세계적인 문학'이라는 이상적 호환성을 추구한다는 것을 가리킨다. 이는 또한 '대산세계문학총서'의 피드백에도 그대로 적용될 것이다. 즉 '대산세계문학총서'의 개개 작품들은 한국의 독자들에게 가장 고유한 방식으로 향유될 터이고, 그럴 때에 그 작품의 세계성이 가장 활발하게 현상되고 작용할 것이다.

이러한 기준들을 열린 자세와 꼼꼼한 태도로 섬세히 원용함으로써 우리는 '대산세계문학총서'가 그 발굴과 발견을 통해 세계문학의 영역을 두텁고 넓게 하는 과정 그 자체로서 한국 독자들의 문학적 안목과 감수성을 신장시키는 데 기여할 것을 기대하며, 재차 그러한 과정이 한국문학의 체내에 수혈되어 한국문학의 도약이 곧바로 세계문학의 진화로 이어지게끔 하기를 희망한다. 이는 우리가 '대산세계문학총서'를 21세기의 한국사회에서 수행하는 근본적인 소이이다. 독자들의 뜨거운 호응을 바라마지않는다.

'대산세계문학총서' 기획위원회

대산세계문학총서

001-002 소설 트리스트럼 섄디(전 2권) 로렌스 스턴 지음 | 홍경숙 옮김

003 시 노래의 책 하인리히 하이네 지음 | 김재혁 옮김

004-005 소설 페리키요 사르니엔토(전 2권)
호세 호아킨 페르난데스 데 리사르디 지음 | 김현철 옮김

006 시 알코올 기욤 아폴리네르 지음 | 이규현 옮김

007 소설 그들의 눈은 신을 보고 있었다 조라 닐 허스턴 지음 | 이시영 옮김

008 소설 행인 나쓰메 소세키 지음 | 유숙자 옮김

009 희곡 타오르는 어둠 속에서/어느 계단의 이야기
안토니오 부에로 바예호 지음 | 김보영 옮김

010-011 소설 오블로모프(전 2권) I. A. 곤차로프 지음 | 최윤락 옮김

012-013 소설 코린나: 이탈리아 이야기(전 2권) 마담 드 스탈 지음 | 권유현 옮김

014 희곡 탬벌레인 대왕/몰타의 유대인/파우스투스 박사
크리스토퍼 말로 지음 | 강석주 옮김

015 소설 러시아 인형 아돌포 비오이 까사레스 지음 | 안영옥 옮김

016 소설 문장 요코미쓰 리이치 지음 | 이양 옮김

017 소설 안톤 라이저 칼 필립 모리츠 지음 | 장희권 옮김

018 시 악의 꽃 샤를 보들레르 지음 | 윤영애 옮김

019 시 로만체로 하인리히 하이네 지음 | 김재혁 옮김

020 소설 사랑과 교육 미겔 데 우나무노 지음 | 남진희 옮김

021-030 소설 서유기(전 10권) 오승은 지음 | 임홍빈 옮김

031 소설 변경 미셸 뷔토르 지음 | 권은미 옮김

032-033 소설 약혼자들(전 2권) 알레산드로 만초니 지음 | 김효정 옮김

034 소설 보헤미아의 숲/숲 속의 오솔길 아달베르트 슈티프터 지음 | 권영경 옮김

035 소설 가르강튀아/팡타그뤼엘 프랑수아 라블레 지음 | 유석호 옮김

036 소설 사탄의 태양 아래 조르주 베르나노스 지음 | 윤진 옮김

037 시 시집 스테판 말라르메 지음 | 황현산 옮김

038 시 도연명 전집 도연명 지음 | 이치수 역주

039 소설 드리나 강의 다리 이보 안드리치 지음 | 김지향 옮김

040 시 한밤의 가수 베이다오 지음 | 배도임 옮김

041 소설 독사를 죽였어야 했는데 야샤르 케말 지음 | 오은경 옮김

042 희곡 볼포네, 또는 여우 벤 존슨 지음 | 임이연 옮김

043 소설 백마의 기사 테오도어 슈토름 지음 | 박경희 옮김

044 소설 경성지련 장아이링 지음 | 김순진 옮김

045 소설 첫번째 향로 장아이링 지음 | 김순진 옮김

046 소설 끄르일로프 우화집 이반 끄르일로프 지음 | 정막래 옮김

047 시 이백 오칠언절구 이백 지음 | 황선재 역주

048 소설 페테르부르크 안드레이 벨르이 지음 | 이현숙 옮김

049 소설 발칸의 전설 요르단 욥코프 지음 | 신윤곤 옮김

050 소설 블라이드데일 로맨스 나사니엘 호손 지음 | 김지원·한혜경 옮김

051 희곡 보헤미아의 빛 라몬 델 바예-인클란 지음 | 김선욱 옮김

052 시 서동 시집 요한 볼프강 폰 괴테 지음 | 안문영 외 옮김

053 소설 비밀요원 조지프 콘래드 지음 | 왕은철 옮김

054-055 소설 헤이케 이야기(전 2권) 지은이 미상 | 오찬욱 옮김

056 소설 몽골의 설화 데. 체렌소드놈 편저 | 이안나 옮김

057 소설 암초 이디스 워튼 지음 | 손영미 옮김

058 소설 수전노 알 자히드 지음 | 김정아 옮김

059 소설 거꾸로 조리스-카를 위스망스 지음 | 유진현 옮김

060 소설 페피타 히메네스 후안 발레라 지음 | 박종욱 옮김

061 시 납 제오르제 바코비아 지음 | 김정환 옮김

062 시 끝과 시작 비스와바 쉼보르스카 지음 | 최성은 옮김

063 소설 과학의 나무 피오 바로하 지음 | 조구호 옮김

064 소설 밀회의 집 알랭 로브-그리예 지음 | 임혜숙 옮김

065 소설 붉은 수수밭 모옌 지음 | 심혜영 옮김

066 소설 아서의 섬 엘사 모란테 지음 | 천지은 옮김

067 시 소동파사선 소동파 지음 | 조규백 역주

068 소설 위험한 관계 쇼데를로 드 라클로 지음 | 윤진 옮김

069 소설 거장과 마르가리타 미하일 불가코프 지음 | 김혜란 옮김
070 소설 우게쓰 이야기 우에다 아키나리 지음 | 이한창 옮김
071 소설 별과 사랑 엘레나 포니아토프스카 지음 | 추인숙 옮김
072-073 소설 불의 산(전 2권) 쓰시마 유코 지음 | 이송희 옮김
074 소설 인생의 첫출발 오노레 드 발자크 지음 | 선영아 옮김
075 소설 몰로이 사뮈엘 베케트 지음 | 김경의 옮김
076 시 미오 시드의 노래 지은이 미상 | 정동섭 옮김
077 희곡 셰익스피어 로맨스 희곡 전집 윌리엄 셰익스피어 지음 | 이상섭 옮김
078 희곡 돈 카를로스 프리드리히 폰 실러 지음 | 장상용 옮김
079-080 소설 파멜라(전 2권) 새뮤얼 리처드슨 지음 | 장은명 옮김
081 시 이십억 광년의 고독 다니카와 슌타로 지음 | 김응교 옮김
082 소설 잔지바르 또는 마지막 이유 알프레트 안더쉬 지음 | 강여규 옮김
083 소설 에피 브리스트 테오도르 폰타네 지음 | 김영주 옮김
084 소설 악에 관한 세 편의 대화 블라디미르 솔로비요프 지음 | 박종소 옮김
085-086 소설 새로운 인생(전 2권) 잉고 슐체 지음 | 노선정 옮김
087 소설 그것이 어떻게 빛나는지 토마스 브루시히 지음 | 문항심 옮김
088-089 산문 한유문집-창려문초(전 2권) 한유 지음 | 이주해 옮김
090 시 서곡 윌리엄 워즈워스 지음 | 김숭희 옮김
091 소설 어떤 여자 아리시마 다케오 지음 | 김옥희 옮김
092 시 가윈 경과 녹색기사 지은이 미상 | 이동일 옮김
093 산문 어린 시절 나탈리 사로트 지음 | 권수경 옮김
094 소설 골로블료프가의 사람들 미하일 살티코프 셰드린 지음 | 김원한 옮김
095 소설 결투 알렉산드르 쿠프린 지음 | 이기주 옮김
096 소설 결혼식 전날 생긴 일 네우송 호드리게스 지음 | 오진영 옮김
097 소설 장벽을 뛰어넘는 사람 페터 슈나이더 지음 | 김연신 옮김
098 소설 에두아르트의 귀향 페터 슈나이더 지음 | 김연신 옮김
099 소설 옛날 옛적에 한 나라가 있었지 두샨 코바체비치 지음 | 김상헌 옮김
100 소설 나는 고故 마티아 파스칼이오 루이지 피란델로 지음 | 이윤희 옮김
101 소설 따니아오 호수 이야기 왕정치 지음 | 박정원 옮김
102 시 송사삼백수 주조모 엮음 | 이동향 역주
103 시 문턱 너머 저편 에이드리언 리치 지음 | 한지희 옮김

104 소설 충효공원 천잉전 지음 | 주재희 옮김

105 희곡 유디트/헤롯과 마리암네 프리드리히 헤벨 지음 | 김영목 ;

106 시 이스탄불을 듣는다
오르한 웰리 카늑 지음 | 술탄 훼라 아크프나르 여·이현석 옮김

107 소설 화산 아래서 맬컴 라우리 지음 | 권수미 옮김

108-109 소설 경화연(전 2권) 이여진 지음 | 문현선 옮김

110 소설 예피판의 갑문 안드레이 플라토노프 지음 | 김철균 옮김

111 희곡 가장 중요한 것 니콜라이 예브레이노프 지음 | 안지영 옮김

112 소설 파울리나 1880 피에르 장 주브 지음 | 윤 진 옮김

113 소설 위폐범들 앙드레 지드 지음 | 권은미 옮김

114-115 소설 업둥이 톰 존스 이야기(전 2권) 헨리 필딩 지음 | 김일영 옮김

116 소설 초조한 마음 슈테판 츠바이크 지음 | 이유정 옮김

117 소설 악마 같은 여인들 쥘 바르베 도르비이 지음 | 고봉만 옮김

118 소설 경본통속소설 지은이 미상 | 문성재 옮김

119 소설 번역사 레일라 아부렐라 지음 | 이윤재 옮김

120 소설 남과 북 엘리자베스 개스켈 지음 | 이미경 옮김

121 소설 대리석 절벽 위에서 에른스트 윙거 지음 | 노선정 옮김

122 소설 죽은 자들의 백과전서 다닐로 키슈 지음 | 조준래 옮김

123 시 나의 방랑 랭보 시집 아르튀르 랭보 지음 | 한대균 옮김

124 소설 슈톨츠 파울 니종 지음 | 황승환 옮김

125 소설 휴식의 정원 바진 지음 | 차현경 옮김

126 소설 굶주린 길 벤 오크리 지음 | 장재영 옮김

127-128 소설 비스와스 씨를 위한 집(전 2권) V. S. 나이폴 지음 | 손나경 옮김

129 소설 새하얀 마음 하비에르 마리아스 지음 | 김상유 옮김

130 산문 루테치아 하인리히 하이네 지음 | 김수용 옮김

131 소설 열병 르 클레지오 지음 | 임미경 옮김

132 소설 조선소 후안 카를로스 오네티 지음 | 조구호 옮김

133-135 소설 저항의 미학(전 3권) 페터 바이스 지음 | 탁선미·남덕현·홍승용 옮김

136 소설 신생 시마자키 도손 지음 | 송태욱 옮김

137 소설 캐스터브리지의 시장 토머스 하디 지음 | 이윤재 옮김

138 소설 죄수 마차를 탄 기사 크레티앵 드 트루아 지음 | 유희수 옮김

ㅓ전 2번가에서 에스키아 음파렐레 지음 | 배미영 옮김

설 묵동기담/스미다 강 나가이 가후 지음 | 강윤화 옮김

개척자들 제임스 페니모어 쿠퍼 지음 | 장은명 옮김

반짝이끼 다케다 다이준 지음 | 박은정 옮김

ㄴ의 의식 이탈로 스베보 지음 | 한리나 옮김

흥분이란 무엇인가 장웨이 지음 | 임명신 옮김

소설 그랜드 호텔 비키 바움 지음 | 박광자 옮김

146 소설 무고한 존재 가브리엘레 단눈치오 지음 | 윤병언 옮김

147 소설 고야, 혹은 인식의 혹독한 길 리온 포이히트방거 지음 | 문광훈 옮김

148 시 두보 오칠언절구 두보 지음 | 강민호 옮김

149 소설 병사 이반 촌킨의 삶과 이상한 모험
블라디미르 보이노비치 지음 | 양장선 옮김

150 시 내가 얼마나 많은 영혼을 가졌는지
페르난두 페소아 지음 | 김한민 옮김

151 소설 파노라마섬 기담/인간 의자 에도가와 란포 지음 | 김단비 옮김

152-153 소설 파우스트 박사(전 2권) 토마스 만 지음 | 김륜옥 옮김

154 시, 희곡 사중주 네 편 T. S. 엘리엇의 장시와 한 편의 희곡
T. S. 엘리엇 지음 | 윤혜준 옮김

155 시 귈뤼스탄의 시 배흐티야르 와합자대 지음 | 오은경 옮김

156 소설 찬란한 길 마거릿 드래블 지음 | 가주연 옮김

157 전집 사랑스러운 푸른 잿빛 밤 볼프강 보르헤르트 지음 | 박규호 옮김

158 소설 포옹가족 고지마 노부오 지음 | 김상은 옮김

159 소설 바보 엔도 슈사쿠 지음 | 김승철 옮김

160 소설 아산 블라디미르 마카닌 지음 | 안지영 옮김

161 소설 신사 배리 린든의 회고록 윌리엄 메이크피스 새커리 지음 | 신윤진 옮김

162 시 천가시 사방득, 왕상 엮음 | 주기평 역해

163 소설 모험적 독일인 짐플리치시무스 그리멜스하우젠 지음 | 김홍진 옮김

164 소설 맹인 악사 블라디미르 코롤렌코 지음 | 오원교 옮김

165-166 소설 전차를 모는 기수들(전 2권) 패트릭 화이트 지음 | 송기철 옮김

167 소설 스너프 빅토르 펠레빈 지음 | 윤서현 옮김

168 소설 순응주의자 알베르토 모라비아 지음 | 정란기 옮김